»Dein Gesicht. Dein unfassbar hübsches Gesicht. Zerschmettert, zerschlagen, deine Züge bis zur Unkenntlichkeit entstellt. Aber für mich, für mich, bist du immer noch dieser wunderschöne Mensch von damals.
Vor sechs Jahren, als wir uns zum ersten Mal angesehen haben. Gesehen haben. Erkannt. Als uns beiden von einer Sekunde auf die nächste klargeworden ist, dass wir an die Seite des jeweils anderen gehören.
Schsch, mein Herz! Versuch nicht, zu sprechen, es ist alles gesagt. Alles – und mehr als das. Komm, ich bette deinen Kopf in meinen Schoß, streiche dir durchs Haar, sehe, wie es meine Finger färbt in ein tiefes und warmes Rot. Leuchten, meine Hände leuchten. Blutrot.«

»Unglaublich spannend, raffiniert und mitreißend – ein Fest für jeden Thriller-Fan.« *Ursula Poznanski* zu »Bald ruhest du auch«

»Ein psychologisch meisterhaftes und hoch spannendes Schreckensszenario, das Ihnen Angst vor Ihren eigenen Phantasien machen wird. (Alb)traumhaft gut!« *Sebastian Fitzek* zu »Alles muss versteckt sein«

Eine kurze Pressemeldung brachte Wiebke Lorenz auf die Idee für ihren Psychothriller »Einer wird sterben«: Über eine Woche lang parkte ein Pärchen im Auto in einer ruhigen Straße, ohne auszusteigen. Und niemand verstand, weshalb. Wiebke Lorenz war davon so fasziniert, dass sie die Geschichte gleich im Kopf weiterspann. Was, wenn diese Leute etwas wüssten, was keiner wissen darf? So ergeht es ihrer Hauptfigur Stella im Roman, gemeinsam mit ihr durchlebt der Leser Tage voller Angst und weiß nie, welche doppelten Böden die Geschichte noch bereithält. Genau dafür wird Wiebke Lorenz von ihren Fans geliebt, und die Presse verglich ihre psychologischen Höllenritte mit denen Sebastian Fitzeks. Sie lebt als freie Autorin in Hamburg.

Weitere Informationen finden Sie unter www.fischerverlage.de

WIEBKE LORENZ

EINER WIRD STERBEN

PSYCHOTHRILLER

FISCHER Taschenbuch

Aus Verantwortung für die Umwelt hat sich der S. Fischer Verlag zu einer nachhaltigen Buchproduktion verpflichtet. Der bewusste Umgang mit unseren Ressourcen, der Schutz unseres Klimas und der Natur gehören zu unseren obersten Unternehmenszielen.

Gemeinsam mit unseren Partnern und Lieferanten setzen wir uns für eine klimaneutrale Buchproduktion ein, die den Erwerb von Klimazertifikaten zur Kompensation des CO_2-Ausstoßes einschließt.

Weitere Informationen finden Sie unter: www.klimaneutralerverlag.de

FSC www.fsc.org
MIX
Papier aus verantwortungsvollen Quellen
FSC® C014496

2. Auflage: Dezember 2020

Erschienen bei FISCHER Taschenbuch
Frankfurt am Main, Januar 2021

Druck und Bindung: GGP Media GmbH, Pößneck
Printed in Germany
ISBN 978-3-596-03698-1

Für meinen Vater Volker Lorenz

AM ENDE

Wie sehr musst du mich lieben, dass du so etwas für mich tust?

Dein Gesicht. Dein unfassbar hübsches Gesicht. Zerschmettert, zerschlagen, deine Züge bis zur Unkenntlichkeit entstellt. Aber für mich, *für mich*, bist du immer noch dieser wunderschöne Mensch von damals.

Vor sechs Jahren, als wir uns zum ersten Mal angesehen haben. *Gesehen* haben. Erkannt. Als uns beiden von einer Sekunde auf die nächste klargeworden ist, dass wir an die Seite des jeweils anderen gehören. Dass wir nicht mehr auf einsamen, sondern gemeinsamen Pfaden wandeln wollen.

Schsch, mein Herz! Versuch nicht, zu sprechen. Es geht nicht. Es geht doch einfach nicht, dein Mund gibt keine Worte mehr preis. Und das muss er auch nicht, es ist alles gesagt. Alles – und mehr als das. Komm, ich bette deinen Kopf in meinen Schoß, streiche dir durchs Haar, sehe, wie es meine Finger färbt in ein tiefes und warmes Rot. Leuchten, meine Hände leuchten.

Es musste so enden, mein Herz, das war uns beiden klar. Nur wann, wie und wo, das konnte keiner von uns sagen. Aber dass es so kommen würde, war uns schon in dem Moment bewusst, in dem wir unseren geheimen Pakt schlossen. In dem wir einen Bund miteinander besiegelten, einen, den nichts und niemand würde auflösen können. Bis auf den Tod. Und jetzt ist jener Tod eben da und hat entschieden, dich zuerst mitzunehmen auf die letzte lange Reise.

Aber sorge dich nicht, ich werde dir folgen. Bald, schon sehr bald. Nur einen Wimpernschlag wird es dauern verglichen mit der Ewigkeit.

Ich habe dich geliebt, mein Herz. Vielleicht glaubst du mir nicht, aber das ist die Wahrheit, so mir Gott helfe. Ich weiß, du würdest jetzt gern lachen, wenn du könntest. Würdest sagen, dass Gott damit nichts zu tun hat, rein gar nichts. Und wenn doch – dann wäre es ein ziemlich gottloser Gott.

I don't want to start any blasphemous rumours but I think that God's got a sick sense of humour. And when I die I expect to find Him laughing. Damals, in unserem ersten Sommer, nach dem *Depeche-Mode*-Konzert. Auf der Fahrt nach Hause haben wir lauthals diesen Song mitgesungen, haben ihn fast trotzig dem Fahrtwind entgegengeschrien. Deine Hand in meiner oder meine in deiner, ich kann es nicht mehr sagen. Ich weiß nur, dass es in diesen fast schon unerträglich glücklichen vier Wochen war. Vier Wochen, die mich durch die Jahre getragen haben; getragen bis zum heutigen Tag. Die mich alles haben vergeben und vergessen lassen, alles, was war und was noch sein würde.

Komm, du darfst jetzt die Augen schließen und dich davonträumen in eine bessere Welt. Dorthin, wo es weder Schmerz noch Kummer gibt, keine Angst und keine Sorge mehr, nur Leichtigkeit und Freude, so viel davon, dass es bis in die Unendlichkeit reichen wird. Wehr dich nicht, mein Herz, es ist alles gut.

Warte. Ich helfe dir.

I

DONNERSTAG, 21. JUNI

Als sie am Nachmittag nach Hause kam, stand das Mercedes Cabriolet immer noch da. Parkte auf der anderen Straßenseite, direkt gegenüber ihrer Villa vor dem Haus der Sanders. Sein Verdeck war trotz des guten Wetters geschlossen, hinterm Steuer saß eine blonde Frau, auf dem Beifahrersitz ein Mann mit dunklen Haaren. Wie Puppen sahen sie aus, und wenn Stella nicht ein paar kleine Bewegungen wahrgenommen hätte – hier eine Hand, die übers Lenkrad strich, dort ein Kopf, der sich ein wenig zur Seite neigte –, hätte sie tatsächlich angenommen, dort in dem Auto säßen nur zwei leblose Pappkameraden.

Verstanden hätte sie es trotzdem nicht. Verstanden, weshalb in ihrer Straße seit morgens um neun, als sie das erste Mal aus dem Fenster geschaut und das Fahrzeug bemerkt hatte, bis jetzt um halb drei am Nachmittag ein schwarzes Cabrio stand, dessen Insassen sich kaum rührten.

Stella holte den Schlüssel aus ihrer Handtasche, steckte ihn in den Zylinder der Haustür und drehte ihn nach rechts. Sie hielt in der Bewegung inne. Wandte sich noch einmal zu dem Wagen um, betrachtete die zwei reglosen Gestalten und zog für den Bruchteil einer Sekunde in Erwägung, hinüberzugehen und gegen die Scheibe zu klopfen, um nachzufragen, ob sie helfen könne. Dann aber schüttelte sie den Kopf, fast amüsiert über diesen Anflug des Sich-Einmischen-Wollens, der eher zu ihrem Nachbarn Egon Scharff passte, der zwei Häuser weiter links direkt am Wendehammer wohnte.

»Renata?«, rief sie nach ihrer Haushälterin, sobald sie die Villa betreten, Sommermantel und Tasche an die Garderobe gehängt sowie ihre Mokassins abgestreift und ins Schuhregal gestellt hatte. »Ich bin wieder da!« Sie nahm den kleinen Stapel Post, der auf dem Sideboard neben der Tür lag, und ging damit in den Flur.

»In der Küche!«, erklang dumpf die Stimme der älteren Frau, die ihr und Paul zweimal pro Woche zur Hand ging, immer montags und donnerstags von halb elf bis halb drei. Stella fuhr in dieser Zeit zu ihrer Personaltrainerin und machte Pilates oder Yoga, danach holte sie sich noch etwas zum Mittagessen und setzte sich damit in den nahe gelegenen Park, um für die Haushälterin das Feld zu räumen. So war es beiden am liebsten.

Paul nannte Renata Graubert »seine gute Seele«. Sie war schon seit vielen Jahren für ihn tätig, länger, als er und Stella sich kannten. Anfangs hatten die zwei Frauen ein paar Anlaufschwierigkeiten miteinander gehabt, zu unterschiedlich ihre Auffassung von einer ordentlichen Haushaltsführung. Aber seit Paul seine Frau davon überzeugt hatte, Renata einfach freie Hand zu lassen, hatten sich alle Probleme in Wohlgefallen aufgelöst.

»Hallo«, begrüßte Stella die Putzfrau, als sie im Türrahmen zur Wohnküche stand. Sie kniete auf allen vieren vor dem Edelstahlherd im freistehenden Kochblock und hatte den Kopf in den Backofen gesteckt. »War heute alles in Ordnung?«

»Hm«, kam es bejahend zurück, wenige Sekunden später tauchte Renata aus dem Ofen hervor, schloss die Klappe, kam auf die Füße und beförderte ein Knäuel schmutziger Küchenrolle in den Paperboy neben der Arbeitsplatte. Dann zog sie sich mit einem geräuschvollen Flutschen die Gummihandschuhe aus. »Das Ceranfeld unten links funktioniert nicht«, sagte sie, während sie die Handschuhe in der Schublade für die Putzutensilien verstaute. »Ich habe schon mit dem Kundendienst telefoniert. Wir haben für Montagmorgen um acht einen Termin ausgemacht, ich hab's eingetragen.«

»Um acht?« Stella warf die Post auf den Küchentresen.

»Später ging leider nicht. Soll ich am Montag einfach früher kommen?«

»Nein, kein Problem, ich kümmere mich darum.«

»Ich kann aber wirklich …«

»Wie gesagt, es ist kein Problem, den Mann reinzulassen. Machen Sie sich keine Gedanken.«

»Sonst würde ich einfach schon mittags gehen, das würde mir nächste Woche ohnehin ganz gut passen.«

»In Ordnung«, stimmte Stella nun doch zu. »War sonst noch was?«

Renata zuckte mit den Schultern. »Nein, nichts. Der Schornsteinfeger war da und hat die Rauchmelder geprüft. Sind alle in Ordnung.«

»Prima. Dann wünsche ich Ihnen ein schönes Wochenende.«

»Ich Ihnen auch, Frau Johannsen. Paul ist nicht da, oder?«

»Nein, er kommt erst Ende nächster Woche zurück.« Sie

nickten sich freundlich zu, und Renata machte sich daran, sich ihrer Schürze zu entledigen, um nach Hause zu Mann und Dackel zu eilen.

»Ach, Renata?«, hielt Stella sie zurück.

»Ja?«

»Ist Ihnen draußen auf der Straße auch das Auto aufgefallen?«

»Welches Auto?«

»Da parkt seit heute früh ein schwarzer Mercedes mit zwei Leuten drin, aber keiner steigt aus.«

Die Haushälterin schüttelte den Kopf. »Habe ich nicht bemerkt.« Sie ließ ihren Blick durch Küche und Wohnzimmer schweifen. »Aber ich hatte ja auch anderes zu tun.«

»Natürlich. Natürlich hatten Sie das.«

»Sind vielleicht wegen des Neubaus hier«, überlegte Renata. »Der ist doch jetzt fertig, oder?«

»Ich glaube schon.«

»Na, dann werden das Mietinteressenten sein.«

»Seit heute früh um neun?«

Renata sah sie fragend an.

»Um neun Uhr habe ich den Wagen zum ersten Mal gesehen. Seitdem hat er sich nicht von der Stelle bewegt, und da sitzen einfach nur eine Frau und ein Mann drin.«

»Keine Ahnung«, gab sie zurück. »Vielleicht wollen die sehen, was in der Straße so los ist.« Sie lachte leise. »Sonderlich viel ist das ja nicht.«

»Nein«, gab Stella ihr recht und nickte zerstreut. »Werden wohl tatsächlich Interessenten für eine der Wohnungen sein.«

Renata verabschiedete sich und ließ ihre Auftraggeberin allein in der Küche zurück.

Eine Weile blieb Stella unschlüssig stehen, dann ging sie hinüber in den Wohnbereich, setzte sich seufzend aufs Sofa und griff nach einer der Zeitschriften, die hier ordentlich gestapelt auf einem Beistelltisch lagen.

Aber sie konnte sich nicht aufs Lesen konzentrieren, permanent wanderten ihre Gedanken zu diesem seltsamen Paar draußen im Auto ab. Also stand sie wieder auf, ging zu einem der Fenster, die zur Straße lagen, und spähte durch eine Lücke zwischen den cremefarbenen Schiebegardinen.

Das Cabriolet parkte unbewegt an Ort und Stelle, die beiden Menschen rührten sich ebenfalls nicht, hockten da wie tot. Ansonsten sah alles aus wie immer.

Es war nicht so, dass Stella sich sonderlich darum scherte, was vor ihrer Haustür passierte. Zum einen hatte auch sie Besseres zu tun, als auf ein Kissen gestützt am Fenster zu lehnen und ihre Nachbarn zu beobachten. Zum anderen hatte Renata Graubert recht: Es gab da schlicht nichts, was der Beobachtung lohnen würde. Stella schob die Gardinen ein Stückchen weiter auseinander, ließ ihren Blick von links nach rechts wandern.

Die Blumenstraße war eine kurze Sackgasse und mündete in einen kleinen Wendehammer. Höchstens sechzig oder siebzig Meter lang, Kopfsteinpflaster, von mächtigen Linden gesäumt. »Gehobene Lage« würden Immobilienmakler es nennen. Mitten im Zentrum, sämtliche Einrichtungen des täglichen Bedarfs in fußläufiger Distanz: Einkaufsmöglichkeiten, Ärzte, Banken, Schulen, U-Bahn, Bus, sogar das Universitätskrankenhaus war nur wenige hundert Meter entfernt. Ebenfalls direkt um die Ecke lag ein großer Park mit Grillplätzen, Abenteuerspielplatz, Laufpfaden, Hundewiese und See; im Sommer war der Rasen unter zahlreichen ausgebreiteten Picknickdecken kaum auszumachen.

Vier ehrwürdige Bauten aus der Gründerzeit standen rechts und links der Straße. Vorn an der Ecke ihr und Pauls eigenes Haus, dann das von Marlies und Hermann Wagner, einem älteren Rentnerpaar, beide weit über siebzig – sie an Muskelschwund erkrankt, er stets sorgenvoll um sie bemüht, Marlies hin und wieder im Rollstuhl durch die Gegend schiebend, weil ihre Beine kaum noch laufen wollten –, und schließlich noch die schöne, aber heruntergekommene Villa von Egon Scharff; ebenjenem Nachbarn, den sie alle hinter vorgehaltener Hand nur »den Blockwart« nannten. Denn niemand fühlte sich wie er dazu berufen, auf die nachbarschaftliche Ordnung zu pochen. Ob es die Gelben Säcke waren, die man für die Abfuhr nicht sichtbar genug am Straßenrand positioniert hatte, oder der Umstand, dass der TÜV des eigenen Fahrzeugs eine Woche überfällig war – schneller, als man Luft holen konnte, wies der 63-jährige Lehrer in Altersteilzeit seine Mitbürger auf solche Verfehlungen hin und gab den reuigen Sündern so die Möglichkeit zur Nachkorrektur.

Auf der anderen Straßenseite, vis-à-vis von Paul und Stella und damit genau dort, wo der Mercedes parkte, bewohnten Michael und Nina Sanders mit Sohn und Tochter ihr Haus im Jugendstil und betrieben gleichzeitig die Apotheke in dem kleinen Anbau daneben. Bereits in vierter Generation führte Michael Sanders das Geschäft. Manchmal, wenn Stella ihn und seine Frau durch das große und nackte Panoramafenster ihres Wohnzimmers miteinander diskutieren sah, kamen sie ihr hektisch und aufgeregt vor. Sie hatte sich deshalb schon gefragt, ob es mit der Apotheke nicht zum Besten stand, was sie in Anbetracht der etwas abgeschiedenen Lage nicht weiter verwundert hätte. Allerdings machten sowohl er als auch sie stets einen entspannten und freundlichen Eindruck, wenn Stella gelegentlich ein paar Kopfschmerztabletten oder einen Hustensaft bei ihnen kaufte, so dass die abendlichen Debatten wohl einen anderen Grund haben mussten.

Wahrscheinlich die Kinder, bei Eltern ging es ja meist um die Kinder. Lilly Sanders, gerade siebzehn geworden, war ein hübsches und nettes Mädchen, das zumindest dem äußeren Anschein nach keinen Anlass zur Sorge gab. Ganz im Gegensatz zu ihrem Bruder Leon, der mit Anfang zwanzig und nach einer geschmissenen Zahntechnikerlehre seine Füße vor drei Monaten wieder unter den elterlichen Tisch gestellt hatte. Erzwungenermaßen, wie Stella vermutete, denn glücklich wirkte der Junge nicht. Tagsüber war er nie zu sehen, nur abends huschte er aus dem Haus und kehrte weiß Gott wann zurück, immer schwarz gekleidet, immer die Stöpsel eines Kopfhörers in den Ohren und den Blick hypnotisch auf sein Smartphone geheftet.

Dem strengen Egon Scharff war Leon Sanders ein Dorn im Auge, natürlich war er das. Und das schon seit Jahren. Seit der fünften Klasse hatte er den Jungen am nahe gelegenen Gymnasium in ein paar Fächern unterrichtet und war laut eigener Aussage wenig überrascht gewesen, als Leon zwei Klassen wiederholen musste und schließlich wegen zu schlechter Leistungen von der Schule geflogen war.

»Keine Disziplin und vor allem keinerlei Respekt!«, hatte der Herr Oberstudienrat erst kürzlich Stella gegenüber ungefragt festgestellt, als sie sich auf der Straße begegnet waren. »Die Lilly, die wird ihren Weg gehen, die macht Abitur und studiert. Aber ihr Bruder ist schlicht ein Taugenichts. Früher hätten wir so einen zum Bund geschickt. Da hätten sie ihm die Flausen schon ausgetrieben.«

Doch noch mehr als über »so einen« konnte Egon Scharff sich über Marius Marquardt erregen. Nicht nur dass der fünfzigjährige Architekt mit seiner jungen Frau Chloé – knapp zwanzig Jahre trennten die beiden – auf der gegenüberliegenden Straße kurz vor dem Wendehammer einen protzigen Kubus aus Stahl, Beton und Glas hatte errichten lassen, der so gar nicht ins Viertel passte. Nein, auch das Endgrundstück der Sackgasse gehörte Marius Marquardt, und er hatte trotz des erbitterten Widerstands der Nachbarn, genauer gesagt *des* Nachbarn Scharff, den Neubau einer großen Wohnanlage durchgesetzt.

Vier Jahre lang war es dem Blockwart – vermutlich unter Aufwendung sämtlicher ihm zur Verfügung stehenden finanziellen Mittel – gelungen, das Flower-Bay-Quartier mit diversen Widersprüchen und Eingaben zu verhindern. Aber vor zwei Jahren hatten die Bauarbeiten begonnen. Da hatte die wilde Wiese mit ihren hübschen Birken, Feldblumen und sogar einer mächtigen Kastanie Marquardts Projekt weichen müssen. Ebenso wie der praktische Trampelpfad, über den die Anwohner bis dahin zu Fuß eine Abkürzung zum nächsten Supermarkt nehmen konnten, der ihnen aber dann durch die Baustelle abgeschnitten wurde. In dieser Zeit war in der Blumenstraße dann doch etwas los gewesen, allerdings nur der Lärm von Baggern und Presslufthammern, und nun standen vierzehn Luxuswohnungen bereit, neue Mieter zum Preis von zwanzig Euro kalt pro Quadratmeter zu begrüßen. Dafür durften sie dann auch exklusiv den nun gepflasterten Fußweg nutzen, der nur noch durch den Hinterausgang des Mehrfamilienhauses zu erreichen war. Es sei denn, man wollte sich links oder rechts am Quartier vorbei durch Rhododendronbüsche kämpfen.

»Wer weiß, wer da alles einzieht?!«, hatte Egon Scharff auf der letzten von ihm einberufenen Versammlung im Clubraum seines Kegelvereins gewettert, zu der sie alle nur gekommen waren, um den nachbarschaftlichen Frieden aufrechtzuerhalten. Stellas Mann hatte Glück und in der Regel eine gute Ausrede für sein Fernbleiben von diesen Veranstaltungen parat gehabt: Er hatte sich meist schlicht irgendwo anders auf der Welt befunden. »Ein Kommen und Gehen wird das werden, ständig Menschen, die wir nicht kennen!«, hatte Egon Scharff sich wie ein Wanderprediger in Rage geredet. »Ein solches Gesocks wollen wir in unserer Straße nicht haben!«

Den Hinweis von Michael Sanders, bei einem derart horrenden Quadratmeterpreis sei vermutlich keinerlei »Gesocks« zu erwarten, hatte er mit einem »Und was ist mit der Parkplatzsituation?« vom Tisch zu fegen versucht. Hier allerdings hatte Hermann Wagner eingeworfen, dass das neue Quartier zum einen eine Tiefgarage habe, die übrigen Anwohner außerdem allesamt einen Stellplatz direkt vor ihrem Haus. »Aber da werden ja auch jede Menge Besucher kommen!«, hatte der Lehrer sich weiter ereifert. »Und was ist denn mit unseren Gästen, wo parken die? Wir sollten bei der Stadt beantragen, in der Blumenstraße eine Anwohnerparkzone einzurichten.« Sie alle – ohne Ausnahme – hatten Egon Scharff mit belustigten bis mitleidigen Blicken bedacht. Denn jeder wusste: Gerade *er* bekam nie Besuch.

Stella hatte die Diskussion nicht im Geringsten interessiert. Ihr war es komplett egal, wer in die Blumenstraße kam und ging, wer wen besuchte oder wer wo parkte. Soweit es ging, hielt sie sich aus allem heraus. Ohnehin war Egon Scharffs Empörung nur noch Makulatur, das Flower-Bay-Quartier stand, die Sache war damit erledigt.

Jetzt allerdings, während Stella sich auf die Suche nach ihrem Kater Paulchen begab und hoffte, dass er zu Hause war und nicht draußen durch die Gegend streunte – sie brauchte ein wenig warmes Fell im Arm –, wünschte sie sich, sie hätte sich an Egon Scharffs Seite entschiedener gegen den Neubau zur Wehr gesetzt. Denn ob die beiden dort draußen im Auto nun Mietinteressenten waren oder nicht – der Umstand, dass da seit Stunden zwei fremde Menschen quasi vor ihrer Haustür parkten, machte sie …

Sie horchte in sich hinein und fragte sich, was genau es mit ihr machte.

War sie nervös?

Einfach nur unruhig?

Ihr Blick fiel auf den Wandkalender neben der Küchentür, in den Renata den Termin mit dem Kundendienst am Montag eingetragen hatte. Heute war der einundzwanzigste Juni, der längste Tag des Jahres.

Nein, Stella war weder unruhig, noch war sie nervös.

Sie hatte Angst.

2

An meiner Seite wirst du oft einsam sein.

Als Stella zwei Stunden später aus einem tiefen Nachmittagsschlaf hochschreckte und ihr Blick auf das leere Laken neben sich fiel, ging ihr dieser Satz durch den Kopf.

Paul hatte ihn zu ihr gesagt. Vor über fünf Jahren, als er sie gebeten hatte, seine Frau zu werden. Da hatte er sie in einem Atemzug mit seinem Antrag darauf hingewiesen, was sie von einer Ehe mit ihm zu erwarten hätte. Trotzdem hatte Stella mit ihrem »Ja« nicht gezögert, nicht eine Sekunde lang, und sich von ihm den kostbaren Verlobungsring mit großem Solitär an den Finger stecken lassen, den sie von diesem Moment an stolz wie eine Trophäe trug und den sie niemals ablegte, nie. Genauso wenig wie den schlichten Ehering, der nur vier Wochen später gefolgt war.

Damals, am schönsten Tag ihres Lebens, als sie zu *Frau Johannsen* wurde, hatte sie nicht ahnen können, wie wahr Pauls Satz sein würde. Wie wahr – und wie schrecklich. Hatte gedacht, dass sie das schon aushalten würde. Dass sie diese Zeit für sich ganz allein unglaublich genießen werde. Niemand da, der sie störte. Niemand, der etwas von ihr verlangte. Niemand, dem sie Rechenschaft schuldig war darüber, was sie den gesamten Tag über tat oder bleiben ließ. Vollkommen frei. Und dennoch behütet in der geborgenen Sicherheit, dass da jemand war, den sie liebte und der sie zurückliebte. Wenn auch nicht hier bei ihr, dann aber doch irgendwo.

Aber so war es eben nicht. Die Einsamkeit drohte sie oft aufzufressen, Stück für Stück, Zelle für Zelle. Sie drang in ihr Innerstes vor, zersetzte sie schleichend. Vor allem an einem Tag wie dem heutigen. Da hätte sie Paul gebraucht, da hätte sie ihn *verdammt nochmal* gebraucht. Gebraucht, damit er sie in seine Arme schloss, ihr über den Kopf strich und ihr ins Ohr raunte, dass sie *Dummerchen* sich keine Sorgen machen müsse über die *zwei Verrückten* da draußen im Mercedes und dass das Datum nichts weiter als ein Zufall sei. Dass die Leute vermutlich wirklich nur Interessenten für den Neubau waren oder auch zwei unterbezahlte Boulevardjournalisten, die hier herumlungerten in der Hoffnung, irgendeinen Promi bei der Wohnungssuche vor die Linse zu bekommen.

»Die Preise, die der Marquardt aufruft, sind ja horrend genug«, hätte Paul zu ihr gesagt und dabei gelacht. »Schon möglich, dass da irgendwelche C- und D-Sternchen aufkreuzen, die sich zu Höherem berufen fühlen und meinen, nach ihrem Rumgehüpfe bei *Let's Dance* oder dem Seelenstrip beim *Dschungelcamp* müsse es jetzt mindestens ein Luxusloft sein.«

Stella hätte ihm zugestimmt und ebenfalls gekichert. Vielleicht hätte sie sogar im Spaß eine weitere Möglichkeit vorgeschlagen: »Vielleicht sind es ja auch die Zeugen Jehovas, die hier mit allen Anwohnern über Gott sprechen möchten.«

»Wird schwierig, wenn sie dafür nicht mal aussteigen. Es sei denn, die wollen einen Drive-In betreiben und warten darauf, dass die Leute zum Bekehrungsgespräch an ihre Autoscheibe klopfen.«

Sie hätte richtig laut gelacht und gleich noch einen draufgesetzt: »Oder es sind verdeckte Ermittler, die den Scharff beschatten. Bei dem will man ja gar nicht wissen, wer oder was da seit Jahren in seinem Keller hockt.«

»Das wären dann aber ganz schön ›unverdeckte‹ Ermittler, wenn sie am helllichten Tag gut sichtbar in der Straße parken«, hätte Paul entgegnet. »Für wahrscheinlicher halte ich noch zwei Bewährungshelfer, die Leon Sanders im Auge behalten.«

»Warum das?«

»Na, so wie der sich immer rumdrückt, würde es mich nicht wundern, wenn der was ausgefressen hätte. Wer weiß, ob der seine Ausbildung wirklich abgebrochen hat oder nicht vielmehr gefeuert worden ist. Der Junge braucht mal einen ordentlichen Tritt in den Hintern, aber Michael und Nina lassen den ja machen, was er will.«

»Jetzt klingst du selbst wie Egon Scharff.«

»Du!«, hätte er empört erwidert und ihr im Spaß mit erhobenem Zeigefinger gedroht. Dann hätten sie beide noch einmal gelacht, hätten sich geküsst und sich am Abend eine gute Flasche Rotwein und das bestellte Essen von *Sushi for Friends* schmecken lassen. Und ansonsten keinen weiteren Gedanken mehr an die Insassen des Mercedes verschwendet. Ja, so wäre es gewesen, genau so.

Stattdessen aber war Stella allein mit ihrer Angst. Vollkommen allein. Nicht einmal anrufen konnte sie Paul. Es gab zwar an Bord seiner Maschine ein Satellitentelefon, aber das war natürlich nicht für Privatgespräche gedacht. Erst recht nicht für Telefonate mit überspannten Ehefrauen. Pauls aktueller Einsatzplan, der wie immer an der Tür des Kühlschranks pinnte, hatte ihr verraten, dass er gerade irgendwo über dem Indischen Ozean war und erst um 0.30 Uhr UTC – Universal Time Coordinated, die Zeitzone, in der er ständig lebte –, den Flughafen von Auckland erreichen würde; da wäre es hier bereits halb zwei in der Nacht, in Neuseeland schon zwölf Stunden weiter am Nachmittag.

Trotzdem hatte sie vorhin, nachdem Renata gegangen und auch der Kater nicht aufzufinden gewesen war, die Handynummer ihres Mannes gewählt. Und sich mit seiner Mailbox unterhalten, die ohne ein einziges Klingeln angesprungen war, wie in fünfundneunzig Prozent der Fälle, wenn Paul Dienst hatte.

Frustriert hatte sie das Telefon aufs Sofa gepfeffert, sich allein eine Flasche vom guten Roten geöffnet, um sich mit einem Glas ins Schlafzimmer zu verziehen. Trotzig war sie die Treppe nach oben gestapft, innerlich skandierend, dass sie damals »nein« hätte sagen sollen. Dass diese Heirat ein Fehler gewesen war und dass sie lieber einen wollte, der ganz langweilig auf dem Boden blieb. Montag bis Freitag, Nine-to-Five, mit Spiele- und Kochabenden bei Freunden und Wochenendausflügen. Mit dreißig Tagen Urlaub im Jahr, dann ab in einen Robinson Club oder in ein Wellness-Hotel an der Ostsee. Mit Ostern, Weihnachten und Silvester in trauter Zweisamkeit. Sie schiss auf Neujahrsgrüße per WhatsApp aus Singapur!

Dazu machte sie das permanente Jonglieren mit den Zeitzonen verrückt, *verrückt*. Dass sie nie genau wusste, ob sie Paul in den seltenen Fällen, in denen sie ihn an die Strippe bekam, mit »Guten Morgen« oder »Guten Abend« oder »Sorry, hab ich dich geweckt?« begrüßen sollte; dass er so oft auf einem anderen Planeten zu Hause war als sie, unter einer anderen Sonne und einem anderen Mond lebte, dass Stella sich – im wahrsten Sinne des Wortes – meist fühlte wie *Die Frau des Zeitreisenden.*

Andere beneideten sie tatsächlich darum. Die Frauen aus Nachbarschaft und Bekanntenkreis. Sie sah es an ihren begehrlichen Blicken. *Oh, wie toll, Stella Johannsens Mann ist Pilot! Sogar Kapitän! Vier Streifen auf der Schulterklappe, der hat es zu was gebracht!*

Dass er »nur« Cargo flog, also Frachtgut anstelle von Passagieren von A nach B beförderte, minderte ihre Wertschätzung nicht. Im Gegenteil. »Seien Sie doch froh«, hatte Chloé Marquardt irgendwann einmal zu ihr bei einem kurzen Gespräch im Supermarkt gesagt, als Stella angesichts der klebrigen Bewunderung der Architektenfrau bissig erwidert hatte, Paul sei genau genommen auch nichts Besseres als ein Postbote, nur eben in der Luft. »Seien Sie doch froh«, hatte Chloé Marquardt da gesagt, »keine hübschen Stewardessen oder Fluggäste, das kann doch nur von Vorteil sein, so rasend gut, wie er aussieht.« Keine Stewardessen. Das konnte Stella tatsächlich als Vorteil gelten lassen beim *rasend* gutaussehenden Paul Johannsen.

Und sie selbst? Sie sah nicht gut aus. Schon gar nicht *rasend.* Nicht mehr. Sie ging vom Schlafzimmer hinüber ins angrenzende Bad, und schon bevor sie in den Spiegel sah, wusste sie, dass der Anblick sie auch heute noch, nach so vielen Jahren, schmerzen würde. Und dass der Rotwein, den sie vorhin getrunken und von dem sie so schläfrig geworden war, ein Übriges getan hatte, die letzte verbliebene Vitalität aus ihren Zügen zu vertreiben.

Sie hatte recht. Ihr zerschlagenes Gesicht war für niemanden attraktiv. Die große wulstige Narbe, die sich von der linken Schläfe bis zur Mitte ihrer Stirn zog. Es gab kein Make-up, das einen solchen Makel verschwinden lassen konnte. Das hängende linke Auge. Die schiefgedrückte Nase. In drei Operationen irgendwie wieder zusammengeschustert, damit sie wenigstens ohne allzu große Schwierigkeiten atmen konnte. Schön sah es nicht aus. Aber darum war es den Ärzten auch nicht gegangen. Sondern darum, die Funktion zu retten. Sie zu erhalten. Mehr hatte man, hatte *sie* nicht erwarten dürfen.

Sie drehte den Wasserhahn auf, hielt beide Hände darunter und fing das Nass auf wie mit einer Kelle, bevor sie es sich ins Gesicht warf. In dieses krumme Gesicht. Wie hübsch sie einmal gewesen war. Wie hübsch! Seidig blonde Haare, die ihr bis über die Schultern reichten. Gut, die waren geblieben. Ebenso die hellblauen Augen, so hell, dass sie strahlten wie unter Scheinwerferlicht. Doch darauf achtete niemand. Zu verstörend waren die Narben. Die roten Mahnmale lenkten ab von allem, was früher so viele als anziehend empfunden hatten. Sie hob eine Hand, bedeckte ihre linke Gesichtshälfte, betrachtete nur die rechte und versuchte, sich daran zu erinnern, dass beide einmal so ebenmäßig gewesen waren. Hübsch ist das falsche Wort. Sie war eine schöne Frau gewesen.

Lehrerin? Ihre Mutter hatte es nicht geschrien, sie hatte es gekreischt. *Du willst Lehrerin werden? Und dann noch an der Grundschule? Bei deinen Möglichkeiten? Kind, bist du verrückt geworden?*

Nein, sie war nicht verrückt geworden. Sie war es schon immer. Und jetzt – jetzt war sie einfach nur noch ein bisschen ver-rückter. Ver-rückt darüber, dass sie nicht einmal mehr mit Kindern arbeiten konnte. Weil sie ihnen Angst machte, weil sie sich vor Stella fürchteten. Anders als vor Egon Scharff, der Disziplin und Respekt einforderte, den die Schüler aber wenigstens ansehen konnten, ohne sich vor ihm zu gruseln. Da konnte Stella noch so viel Liebe und Aufmerksamkeit geben, vor ihr wichen die Kinder zurück. Oder sie gaben Gemeinheiten von sich, weil sie noch nicht gelernt hatten, Impulse höflich zu unterdrücken, sondern direkt sagten, was sie dachten.

Du, Frau Johannsen, warum siehst du so gruselig aus?

Steigt ein Zombie aus der Geisterbahn. Und der Zombie heißt Frau Johannsen.

Narbenfresse, meck, meck, meck, schon ist die Johannsen weg!

Sie kannte auch einen Kinderreim. Und der ging so:

Ene, mene, miste
Es rappelt in der Kiste
Ene, mene, muh
Und raus bist du
Raus bist du noch lange nicht
Sag mir erst, wie alt du bist.
Zweiunddreißig.
Eins … zwei … drei … vier …

Sie waren beide zweiunddreißig Jahre alt. Mit zweiunddreißig hörte das Leben der anderen auf. Und Stellas begann. Hatte sie jedenfalls gedacht. Damals.

Paul also. Mit vier Streifen auf der Schulterklappe. Flog um die Welt, flog und flog; schwebte hinaus ins Universum und zurück. Kapstadt. Rio. Shanghai. New York. Sydney. Honolulu.

Zu Hause: Stella. Sein demütiges Weib. Das wartete. Egal, wie lange es dauerte. Manchmal zehn Tage am Stück. »Kette fliegen« nannten sie das. Ein passender Begriff. Denn so lange lag sie an der Kette, konnte sich nicht rühren und nicht bewegen, fühlte sich wie abgestorben. Auch die Mitbringsel von fünf Kontinenten trösteten sie nach Pauls Heimkehr nicht darüber hinweg. Was hatte sie von einer winkenden Glückskatze aus Hongkong oder Erdnussbutterbrezeln aus Los Angeles? Sie vermisste *ihn*, ihren Mann. Seine Nähe, seine Wärme, seinen Geruch, seine Haut an ihrer. Natürlich, sicher, dafür war er dann mehrere Tage am Stück zu Hause, dann hatte sie ihn 24/7. Aber dieses »ganz oder gar nicht«, das schlauchte sie fast noch mehr. Das Leben mit Paul war ein einziger Entzug in Intervallen; nach jedem Schuss sofort die gewaltsame Entgiftung, ständig litt sie unter einer Art von Liebeskummer.

Aber nein. Stella drehte erst ihren Verlobungs-, dann ihren Ehering am Finger hin und her, warf ihrem Spiegelbild ein zaghaftes Lächeln zu, schloss die Augen und erinnerte sich an damals. Paul und sie beim Standesamt, nur sie beide, ohne Trauzeugen, ohne Gäste, denn sie hatten das *nur für sich getan*, für niemanden sonst. Sie hatten weder eine rührselige Tante Gertrud gebraucht noch einen launigen Onkel Manfred, der beim anschließenden Fest erst dröhnend Anekdoten zum Besten und sich danach die Kante gegeben hätte. Keine Freunde mit peinlichen Ideen für noch peinlichere Spiele oder gar Gesangeinlagen. Und keine Eltern. Stellas Mutter war schon seit einigen Jahren tot, und ihren Vater hatte sie zuletzt mit vier gesehen, seitdem war er abgängig, dorthin, wo – laut ihrer Mutter – der Pfeffer wächst. Pauls Eltern hingegen wären ohnehin nicht gekommen. Sie waren von ihrer Verbindung so wenig begeistert, dass Paul ihnen erst zwei Jahre später erzählt hatte, dass sie inzwischen verheiratet waren.

Trotzdem oder gerade deshalb: Es war der schönste Tag ins Stellas Leben, schöner, als sie es sich je hätte träumen lassen. Die Heirat, sie war kein Fehler gewesen. Sie liebte Paul, wie sie noch nie zuvor jemanden geliebt hatte. Vom ersten Moment an hatte sie das getan, seit sie ihn damals gesehen hatte.

An einem Sonntag waren sie sich begegnet, im Supermarkt des Flughafens, der als einziger der Stadt geöffnet hatte. Sie hatte eine Kollegin zu ihrem Flieger gebracht, eine Woche Mallorca zu Pfingsten. Nie hätte sie damit gerechnet, an diesem Tag den Mann ihres Lebens zu treffen. Aber genau so war es passiert. Gegen vier Uhr am Nachmittag waren ihre Leben ineinandergestolpert. Er, Paul, dieser *rasend* gutaussehende Mann in seiner schneidigen Pilotenuniform, über einen Meter neunzig groß, mit schwarzen Haaren, bronzenem Teint und bernsteinfarbenen Augen, gerade erst von sonst woher eingeflogen, wie ein schöner Prinz aus einem fernen Land; und sie, Stella, nicht einmal einen Meter siebzig, zierlich und im sommerlichen Blümchenkleid, ein wenig zerstreut wie immer, im Kopf noch die Korrekturen der Deutscharbeit, an denen sie bis mittags gesessen hatte. Sie hatten ihre Einkaufswagen miteinander vertauscht, und Paul war hinter Stella hergerannt, um den Irrtum aufzuklären.

Noch am selben Abend hatte Stella in Pauls Haus für ihn gekocht, hatte aus ihren gemeinsamen Einkäufen ein dreigängiges Menü gezaubert und dafür staunende Begeisterung geerntet. Eine leidenschaftliche Liebesnacht war gefolgt. Erst am nächsten Morgen, als Paul sie mit zärtlichen Küssen geweckt hatte, hatte Stella ihm gestanden, dass die Sache mit den Einkäufen gar keine Verwechslung gewesen war. Dass sie seinen Wagen absichtlich genommen hatte. Absichtlich, weil sie ihn unbedingt hatte kennenlernen wollen, da schon ein einziger Blick für sie gereicht hatte, um dieses Gefühl in ihr heraufzubeschwören – dieses Gefühl, dass sie zu ihm gehörte und er zu ihr. Und so war es dann auch gewesen, von diesem Morgen an hatten sie zusammengehört, unzertrennlich füreinander bestimmt.

Deshalb war Stella bereit, den Preis des Alleinseins zu zahlen. Und das Paar im Auto würde sie nicht dazu bringen, alles in Frage zu stellen, was sie hatte. Das wäre lächerlich, wirklich lächerlich!

Sie ging zurück ins Schlafzimmer, schnappte sich das leere Weinglas und brachte es hinunter in die Küche. Und als wollte sie sich von der Lächerlichkeit ihrer Angst überzeugen, zog sie mit einem Ruck das Rollo des Küchenfensters hoch und sah hinaus auf die Straße.

Der Mercedes stand noch immer an derselben Stelle. Nur hatte das Paar die Plätze gewechselt.

Jetzt saß der Mann am Steuer.

3

FREITAG, 22. JUNI

In der Nacht riss sie das Klingeln ihres Handys erneut aus einem tiefen Schlaf. Benommen tastete sie danach und stieß dabei die leere Rotweinflasche auf dem Couchtisch um. Sie hatte sich mit einem Film auf andere Gedanken bringen wollen und war dabei offenbar eingenickt. Der Fernseher zeigte das stumme Hauptmenü von Netflix.

»Hallo?« Stellas Stimme kratzte, als sie noch im Liegen das Gespräch entgegennahm.

»Hallo, Schatz! Du hattest angerufen?«

»Paul!«

»Ist irgendwas los?«

»Nein, was soll denn los sein?«

»Du klingst so aufgebracht.«

»Tut mir leid, du hast mich geweckt, das ist alles.«

»Na ja«, sie hörte ihn schmunzeln, »bei dir ist es jetzt kurz nach zwei, kein Wunder, dass du schon geschlafen hast. Du hättest dein Handy ausschalten sollen.«

Stella setzte sich auf und hangelte mit einer Hand nach der leeren Weinflasche, die sie ein wenig beschämt über sich selbst zurück auf den Couchtisch stellte. »Ich bin froh, deine Stimme zu hören, das Wecken macht mir nichts.«

»Was wolltest du denn?«

»Ach, ich weiß auch nicht«, erwiderte sie, während sie aufstand, zur Fensterfront ging und nach draußen sah. Der Mercedes parkte noch immer an Ort und Stelle, jetzt allerdings mit eingeschalteter Innenbeleuchtung. Verstecken wollten sich die Insassen offensichtlich nicht. Der Mann am Steuer, neben ihm die Frau. Sofort kam die Angst zurück, die Stella mit dem Rotwein hatte verscheuchen wollen.

»Was weißt du nicht?«

»Es ist vielleicht albern. Aber hier steht seit heute früh ein schwarzes Mercedes Cabriolet in der Straße mit zwei Leuten, die einfach nicht aussteigen.«

»Was denn für Leute?«

»Ein Mann und eine Frau.«

»Seit heute früh?«

»Genau genommen seit gestern, ist ja schon nach Mitternacht.«

»Und was machen die beiden?«

»Das ist es ja gerade, die machen nichts. Das heißt, doch, zwischendurch haben sie einmal die Plätze getauscht. Zuerst saß die Frau am Steuer, jetzt der Mann.«

»Dann warten die wohl auf etwas oder jemanden.«

»Einen Tag lang und die halbe Nacht?«

Kurze Pause. Dann: »Na ja, vielleicht springt ihr Auto nicht an.«

»Paul!«, fuhr sie ihn an. »Dann bleibt man doch nicht stundenlang einfach da hocken!«

»Wenn der ADAC mal wieder etwas länger braucht, dann schon«, sagte er und lachte.

»Mir ist gerade nicht nach Witzen zumute.«

»Tut mir leid, Schatz. Aber ich kann mir wirklich vorstellen, dass die einfach nur ein Problem mit dem Wagen haben.«

»Dann würde man doch in ein Hotel gehen.«

»Was weiß ich?« Stella hörte ein klatschendes Geräusch, als würde er sich mit einer Hand auf den Oberschenkel schlagen. »Vielleicht haben sie kein Geld, sind zu geizig dafür, warten auf einen befreundeten Schrauber, der sich Zeit lässt, sind geistig umnachtet …« Ein Seufzer erklang. »Dafür kann es alle möglichen Erklärungen geben.«

»Ja«, stimmte sie ihm zu. »Aber ich hab so ein seltsames Gefühl.«

»Geh doch einfach mal hin und frag, was los ist.«

»Auf keinen Fall!«, stieß sie aus. Allein der Gedanke löste bei ihr Panik aus.

»Tja …« Ein *Dann kann ich dir auch nicht helfen* in einer einzigen Silbe. »Am besten legst du dich schlafen. Morgen früh sind die mit Sicherheit verschwunden. Ich glaube wirklich nicht, dass du dir darüber Sorgen machen musst.«

»Glaubst du nicht?«, wiederholte sie Pauls Worte und bemerkte die fast kindlich klingende Hoffnung, die in ihrer Stimme mitschwang.

»Nein«, bekräftigte er. »Wie gesagt, leg dich hin und vergiss die Sache.«

»Paul …« Sie zögerte, wollte nicht, dass er sie für hysterisch hielt. Aber sich verabschieden und auflegen – das wollte sie noch viel weniger. Denn die Angst war trotz der durchaus logischen Gründe, die er aufgeführt hatte, immer noch da. Auch wenn Stella sich mittlerweile selbst fragte, weshalb. Erst da fiel ihr wieder ein, welchen Tag sie hatten, das war ihr komplett entfallen. »Da ist aber noch die Sache mit dem Datum!«, sagte sie hektisch.

»Was ist denn damit?«

»Gestern war der einundzwanzigste Juni.«

Paul sog scharf die Luft ein, hustete. »Du meinst …« Er sprach nicht weiter.

»Ich weiß nicht, was ich meine. Aber es ist schon sehr eigenartig.«

»Ach, Quatsch!« Es kam gepresst und so energisch, als wolle er sich selbst davon überzeugen. »Das ist doch reiner Zufall. Die Sache ist schon sechs Jahre her, niemand weiß davon, da müsste ja …«

»Niemand?«, unterbrach sie ihn. »Hast du da nicht eine Kleinigkeit vergessen?« Sie wollte ihn nicht so anherrschen, aber es war ihr herausgerutscht.

»Nein, hab ich nicht.« Er klang angespannt. »Auf das Video ist allerdings nie wieder etwas gefolgt. Warum sollte also ausgerechnet jetzt etwas passieren?«

»Keine Ahnung.« Sie zuckte mit den Schultern, so als könnte er es sehen. »Ich kann nur sagen, dass ich ein mulmiges Gefühl habe.« Noch immer hatte sie den Blick auf das Paar in dem Wagen geheftet. Am liebsten wäre sie jetzt doch nach draußen auf die Straße gerannt und hätte die Leute angeschrien, dass sie verschwinden sollten.

»Was genau für ein Auto ist es denn?«

»Keine Ahnung«, sagte sie noch einmal. »Halt ein schwarzes Mercedes Cabriolet.«

»Ich meine, was für ein Modell?«

»Woher soll ich das wissen?« Erneut geriet ihr der Tonfall aggressiver als gewollt.

»Schatz, ich meine, ob es ein …«

»Ob es ein Oldtimer ist?«, beendete sie seine Frage.

»Genau.«

»Nein, das Auto ist neu.«

Sie hörte ihn aufseufzen. »Na, siehst du!« Nun hatte er sich wieder im Griff, war ganz der souveräne und umsichtige Paul. »Du kannst mir glauben, das alles bedeutet rein gar nichts.«

»Aber ausgerechnet ein Mercedes Cabrio?«

»Davon gibt's ja nun wirklich so viele, dass das nichts zu bedeuten hat. Es ist ja kein Oldtimer, also mach dich nicht verrückt.«

»Ich weiß nicht …«

»Liebling, du siehst Gespenster.« Er lachte auf. »Ich meine, selbst, wenn es so wäre: Was sollte so eine Aktion denn bringen? Wenn die was von uns wollen würden, dann würden sie … Na ja, sie würden doch wohl eher klingeln oder anrufen oder irgendwas tun. Einfach nur im Auto sitzen? Das ergibt nicht den geringsten Sinn! Ich finde, du solltest die ganze Sache wirklich einfach vergessen.«

»Okay«, antwortete sie, ging vom Fenster zurück zum Sofa und ließ sich darauf plumpsen. »Ich sehe wohl tatsächlich nur Gespenster. Trotzdem wünschte ich, du wärst jetzt hier und nicht am anderen Ende der Welt.«

»Das kann ich ja nicht ändern.«

»Ich weiß.«

»Wo ist denn das Tier?«

»Treibt sich irgendwo rum, ich hab ihn seit vorgestern nicht mehr zu Gesicht bekommen.«

»Taucht sicher bald wieder auf, länger als zwei Tage ist es doch nie weg.«

»Ich guck gleich mal nach, ob Paulchen in seinem Korb liegt.«

»Mach das. Und knuddel ihn von mir.«

»Echt?«

»Ausnahmsweise«, erwiderte er, und Stella dachte daran, wie Paul vor drei Jahren, als sie ungefragt mit dem Kater aufgetaucht war, gesagt hatte, er selbst würde sich um »das Vieh« mit Sicherheit nicht kümmern. Und auch Renata sei nicht dafür da, Katzenscheiße und Tierhaare wegzuputzen. Das hatte Stella nicht gestört, im Gegenteil, sie kümmerte sich am liebsten allein um ihren kleinen Mitbewohner, der von Paul immer nur »das Tier« genannt wurde. Vermutlich, weil er die Tatsache, dass Stella den Kater nach ihm benannt hatte, im Gegensatz zu ihr weder lustig noch originell fand, sondern »einfach nur bescheuert«. Allerdings hatte er durchaus verstehen können, dass sie nicht immer so allein sein wollte, und sich mittlerweile einigermaßen mit Paulchen arrangiert. Vor ein paar Wochen hatte Stella ihren Mann sogar dabei ertappt, wie er ihm heimlich die Öhrchen kraulte, so hingebungsvoll, dass er nicht einmal seine Frau im Türrahmen bemerkte. Sie hatte sich in dem Moment nicht zu erkennen gegeben, sondern war ganz leise wieder davongeschlichen.

»Okay, das mache ich«, sagte Stella nun. Dann zögerte sie einen Moment und überlegte, ob sie Paul bitten sollte, wenigstens mal pro forma bei der Crewplanung seiner Airline anzufragen, ob die Möglichkeit bestünde, seinen Dienst so zu ändern, dass er früher nach Hause käme. Aber sie ließ es. Er hatte ja recht, es gab keinen Grund, panisch zu sein. »Ich liebe dich«, sagte sie stattdessen.

»Ich liebe dich auch. Versuch, wieder einzuschlafen. Morgen früh ist das Auto ganz bestimmt weg. Wenn nicht, ruf mich an, mein nächster Flug geht erst in fünfzehn Stunden.«

»Ist gut.« Sie schickten sich gegenseitig zwei Küsschen durch die Leitung, dann legten sie auf.

Einen Moment blieb Stella noch auf dem Sofa sitzen, dann nahm sie die leere Weinflasche, stellte sie in der Küche in den Kasten fürs Altglas und schloss ihr Handy ans Ladekabel neben der Arbeitsplatte an. Ihr Blick fiel auf den Poststapel, den sie gestern Nachmittag hier abgelegt hatte. Sie blätterte ihn durch, beförderte drei Umschläge mit Werbung direkt in den Mülleimer und legte zwei Rechnungen für Paul beiseite. Das letzte Kuvert war aus dickem cremefarbenem Büttenpapier und an ihn adressiert. *Nur* an ihren Mann. »Paul Johannsen« stand dort, schwungvoll mit blauem Füller geschrieben. Kein Absender. Stella sah sich nach allen Seiten um, als könnte sie hinter zugezogenen Fenstern jemand beobachten, dann öffnete sie den Brief, entnahm ihm eine ebenfalls cremefarbene Klappkarte und begann, den gedruckten Text zu lesen.

Danksagung

Meine Konfirmation am 14. April war für mich ein wunderschöner Tag, und ich möchte mich von Herzen bei Dir bedanken, dass Du mit Deinem Dabeisein, mit Deinen Glückwünschen und Geschenken dazu beigetragen hast.

Unterschrieben war die Karte ebenfalls mit blauer Tinte. »Alles Liebe, Deine Laura.«

Alles Liebe, Deine Laura.

Stella legte sich eine Hand auf den Brustkorb, als würde sie dort ein körperliches Stechen verspüren. Und tatsächlich schmerzte ihr Herz für einen kurzen Moment, ihre Augen füllten sich mit Tränen. Laura. Laura Sievers, Pauls Patenkind, die Tochter seines früheren Schwagers. Die er seit Jahren nicht mehr gesehen hatte. Nicht, seit er – natürlich wegen Stella – von Lauras Eltern Lukas und Saskia zur *persona non grata* erklärt worden war. Umso überraschender die Einladung zu Lauras Konfirmation, die ihnen Anfang März ins Haus geflattert und die ebenfalls ausschließlich an Paul gerichtet gewesen war.

Es hatte darüber Streit gegeben. Heftigen Streit.

»Wie kommen diese Leute dazu, dich ohne mich einzuladen?«, hatte sie ihn angefaucht. »Das ist eine absolute Unverschämtheit, immerhin bin ich deine Frau!«

»Stella«, hatte er erwidert, »du weißt doch, warum!«

»Natürlich weiß ich das!« Vor Wut hatte sie ihn kaum ansehen können. »Und ich weiß auch, wie unfair das ist.«

»*Unfair* ist wohl kaum das richtige Wort.«

»Ist mir egal, welche Bezeichnung du passend findest! Was soll das überhaupt? Du hast doch seit Jahren nichts mehr von denen gehört!«

»Wundert mich auch, aber vielleicht ist es ein Zeichen der Versöhnung. Immerhin ist Laura meine Patentochter.«

»Du bist gar nicht mehr ihr Onkel! Natalie ist tot, und wir sind jetzt verheiratet. Es hat sich also ausgeonkelt.«

»Pate bleibt man ein Leben lang.«

»Laura hat sich doch nie für dich interessiert.«

»Sie ist ein Kind, Stella!«, hatte er zurückgegeben. »Außerdem ist es als Pate meine Aufgabe, für sie da zu sein, ganz egal, wie sie sich verhält.«

»Was aber offensichtlich nie gewünscht war, sonst wären deine Geburtstags- und Weihnachtsgeschenke ja nicht immer ungeöffnet zurückgekommen.«

»Wer weiß, ob Laura die Annahme selbst verweigert hat oder ob das nicht vielmehr ihre Eltern waren. In jedem Fall freue ich mich umso mehr, dass sie ihre Meinung geändert hat und mich nun einlädt. Und dass das auch für Lukas und Saskia in Ordnung zu sein scheint.«

Stella hatte ihren Mann entsetzt angestarrt. »Du willst da doch wohl nicht hingehen?«

»Natürlich will ich das.« Er hatte sie in den Arm nehmen wollen, war aber von ihr zurückgestoßen worden.

»Lass das!«, hatte sie ihn angeherrscht und dabei angefangen zu weinen.

»Stella, bitte.« Nun hatte sie doch zugelassen, dass er sie an sich zog und ihr beruhigend über den Kopf strich. »Das ist doch eine Hand zur Versöhnung, und ich möchte sie gern ergreifen. Kannst du das nicht verstehen?«

Dem hatte sie nichts mehr entgegenzusetzen gehabt. Und so hatte sie unglücklich mit angesehen, wie Paul zuerst seine Patentochter angerufen, sich bei ihr bedankt und zugesagt hatte. Und wie er im Anschluss seinen für April bereits festgelegten Dienstplan ändern ließ, um am Tag der Feier und dem danach frei zu haben. Sie hatte geschwiegen, hatte nichts gesagt. Nicht, dass er das für sie, Stella, noch nie getan hatte. Und sie hatte es auch nicht weiter kommentiert, als er nach der Konfirmation erst am frühen Morgen nach Hause gekommen war, so betrunken, dass er es nicht einmal bis zu ihr ins Schlafzimmer geschafft hatte, sondern mitsamt Anzug und Schuhen auf dem Sofa im Wohnzimmer eingeschlafen war. Anstatt ihm irgendwelche Vorhaltungen zu machen, hatte sie ihn gegen Mittag mit einem starken Kaffee und einem ordentlichen Katerfrühstück geweckt, das er zwar dankbar, aber schweigend und recht abwesend zu sich genommen hatte.

Danach hatten weder Paul noch Stella ein Wort über die Konfirmation verloren. Er hatte nichts erzählt, und sie hatte nicht gefragt, weil sie nichts hatte wissen wollen. Im Gegenteil, sie hatte gehofft, dass das Thema damit erledigt war und Natalies Familie wie in all den Jahren zuvor keine Rolle mehr in ihrem Leben spielen würde.

Und nun also Lauras Danksagung an Paul, die in ihr alles wieder hochkommen ließ. Immerhin nur eine unpersönliche Drucksache, ein Massenbrief an alle. Kein »Lieber Onkel Paul, ich hoffe, wir sehen uns bald wieder!«. Nein. Von daher wohl kein Grund, darüber so aus dem Häuschen zu geraten.

Stella zögerte einen Moment, dann steckte sie die Karte zurück in den Umschlag – und zerriss beides so gründlich, dass davon nur noch kleine Schnipsel übrig blieben, die sie zu den Werbebriefen in den Müll beförderte. Die Post war unzuverlässig, das wusste schließlich jeder. Einen Moment stand Stella noch unschlüssig in der Küche herum, dann ging sie nach oben, um die restliche Nacht in ihrem und Pauls Bett zu verbringen.

Als sie die letzte Treppenstufe erreicht hatte, entdeckte sie den Kater, der im Flur in seinem Körbchen lag und schlief. Vor Freude lachte sie auf, einen Augenblick später hatte sie Paulchen auf dem Arm und drückte ihre Nase in sein warmes weiches Fell. Nur, um den Kater sofort wieder mit einem Aufschrei fallen zu lassen. Nach einer unsanften Landung flitzte das Tier fauchend davon, aber sie sah ihm nicht nach, sondern starrte angewidert auf ihre nackten Unterarme. Blut, sie waren vollgeschmiert mit Blut. Zu

Stellas Füßen lag die zerbissene Maus, die Paulchen in seinem Korb unter sich begraben haben musste. Der Kopf des Kadavers fehlte zur Hälfte, aus dem aufgeschlitzten kleinen Bauch blitzten Teile des Gerippes hervor, und das eine noch verbliebene Auge schien Stella in Todesangst anzustarren.

Sie musste würgen, presste sich eine Hand vor den Mund, was die Übelkeit aber noch verstärkte, denn jetzt stieg ihr der Geruch des Bluts direkt in die Nase. Kopflos stolperte sie Richtung Schlafzimmer und Bad, riss den Deckel der Toilette hoch und beugte sich über die Schüssel. Eine Minute lang verharrte sie so, aber es blieb bei einem leeren Würgen, auf das nichts folgte.

Als sie sicher sein konnte, den Brechreiz überwunden zu haben, ging sie zum Waschtisch, drehte den Hahn auf und hielt beide Arme unter den warmen Wasserstrahl. Hellrot floss das Blut ins Becken, verschwand im Ausguss und in der Kanalisation. Stella nahm die Nagelbürste aus dem kleinen Schälchen neben der Mischbatterie, hielt ihre Arme nacheinander unter den Seifenspender und pumpte sich mehrere Hübe der sämigen Flüssigkeit auf die oberflächlich zwar nun sauberen, aber vom Gefühl her noch immer besudelten Stellen. Mit der Bürste schrubbte sie, schrubbte und schrubbte, bis ihre Unterarme ganz rot und wund waren, aber trotzdem noch immer nicht vom Blut befreit.

Erst, als ihr vor Schmerz schon fast die Tränen kamen, wurde ihr bewusst, was sie da tat. Abrupt hielt sie in der Bewegung inne, stellte das Wasser aus und beförderte die Bürste in den kleinen Treteimer unterm Waschtisch.

Es war Unsinn, sich wegen ein bisschen Tierblut so aufzuregen. Paulchen brachte immer mal wieder solche »Geschenke« mit nach Hause, das war keine Seltenheit. Normalerweise legte er sie draußen vor der Haustür ab, dass er seine Beute dieses Mal mit hineingetragen hatte, war dennoch alles andere als ein Drama.

Stella wickelte ein langes Stück Toilettenpapier ab und ging damit zurück in den Flur. Sie bückte sich zu der toten Maus, spürte kurz wieder ein flaues Gefühl im Magen, doch dann stülpte sie das Papier über den Kadaver und nahm ihn mit spitzen Fingern auf. Ihr Blick fiel auf Pauls Schlafplatz, und auch, wenn sie auf der weichen Polsterung weder Blut noch irgendwelche Tierreste entdecken konnte, beschloss sie, den Bezug ebenfalls zu entsorgen, und legte die tote Maus darauf.

Dann lief sie noch einmal zurück ins Bad, holte mehr Toilettenpapier und Desinfektionsspray, um die Stelle auf dem Fußboden, wo das Tier gelegen hatte, gründlich zu reinigen. Nachdem sie das erledigt hatte, löste sie das Polster vom Katzenkorb, faltete es mitsamt gruseligem Inhalt zusammen und ging nach unten zur Haustür.

Als sie nach draußen trat, stutzte sie und brauchte einen Moment, ehe ihr klar wurde, was nicht stimmte: Die Außenbeleuchtung sprang nicht an, das vertraute Klicken des Bewegungsmelders blieb aus. Nach wie vor parkte der Wagen mit dem Pärchen auf der anderen Straßenseite, reglos und nur schemenhaft zu erkennen, weil sie die Innenbeleuchtung wieder ausgeschaltet hatten. Während sie einerseits froh war, dass es vor dem Haus dunkel blieb und die zwei sie deshalb vermutlich nicht bemerken würden, löste der Umstand, dass das Licht nicht wie sonst anging, Beklemmung in ihr aus. Am liebsten wäre sie sofort wieder hineingelaufen.

Stella fröstelte, sie trug nur ein T-Shirt, und in dieser

Juninacht war es nicht wärmer als zehn Grad. Mit zielstrebigen Schritten marschierte sie zu den Mülltonnen neben der Auffahrt, entschlossen, nur schnell das Polster wegzuwerfen, danach direkt wieder ins Haus zu gehen und sich schlafen zu legen, ohne den seltsamen Mercedes und dessen Insassen noch eines weiteren Blickes oder Gedankens zu würdigen.

Sie öffnete den schwarzen Restmüllbehälter, warf den Bezug hinein und ließ den Deckel geräuschvoll wieder zuklappen, als direkt vor ihr eine dunkle Gestalt in die Höhe schoss und zu ihr herumwirbelte.

Zum zweiten Mal innerhalb weniger Minuten schrie Stella laut auf, stieß reflexhaft mit beiden Händen gegen die Tonne, um denjenigen, der dahinter gekauert hatte, abzuwehren. Der Behälter kippte um, sein Inhalt ergoss sich in die Auffahrt, und der zerbissene Mauskadaver kullerte ihr vor die Füße.

Mit einem Satz sprang sie zurück, taumelte, stürzte, schlug mit beiden Ellbogen auf die harten Steinplatten. Kurz blieb ihr die Luft weg, dann schrie sie erneut, noch lauter, wilder – und plötzlich war die dunkle Gestalt wie ein böser Schatten über ihr. Kniete sich zu ihr hinunter, packte sie fest an beiden Armen und zischte: »Halt die Schnauze!«

4

»Hör endlich mit dem Gekreische auf!« Der Mann hielt noch immer ihre Oberarme umklammert. Es tat weh, sehr sogar, mehr noch als ihre Ellbogen von dem Sturz. So, als würden ihr gleich die Knochen brechen, als würden sie unter seinem harten Griff zersplittern wie Glas.

»Halt's Maul!«

Sie sah die Rückhand ihres Angreifers wie in Zeitlupe auf ihr Gesicht zufliegen, im nächsten Moment explodierte ihre rechte Wange, und ihr Kopf kippte nach hinten in den Nacken.

Stille. Jetzt erst war Stille.

Stella hörte nur noch ihren Atem, hörte, wie er angestrengt und rasselnd aus ihren Lungen gepresst wurde, während sie stumm die Gestalt über sich anstarrte. Seine Züge wurden von einer dunklen Kapuze überschattet, wie ein böser Dämon, der sich ihrer bemächtigen wollte, der sie …

»He! Was ist denn da los?« Das Kapuzengesicht fuhr herum, als eine Männerstimme laut und polternd zu ihnen herüberbrüllte. Eine Sekunde später war der Angreifer aufgesprungen, rannte mit lautlosen Schritten übers Kopfsteinpflaster und verschwand hinter einer Kurve in Richtung Hauptstraße. Erschöpft schloss Stella die Augen, ließ sich nach hinten auf den Boden sinken, zitternd vor Erleichterung, aber auch immer noch vor Angst.

»Geht es Ihnen gut?« Ihr Retter hustete und keuchte, als er sich kurz darauf neben sie kniete, er musste ebenfalls gerannt sein. Stella öffnete die Augen und erkannte ihren Nachbarn Hermann Wagner, der sie sorgenvoll betrachtete. Dabei sah er selbst aus, als ginge es ihm nicht gut, sein ausgemergeltes Gesicht glänzte schweißnass im diffusen Licht, seine Brust hob und senkte sich sichtbar.

»Ich glaube schon«, entgegnete sie und unternahm den Versuch, sich aufzurichten. Hermann Wagner reichte ihr eine Hand, die sie dankbar ergriff. Stöhnend zog sie sich daran hoch, ihre Ellbogen pulsierten noch immer vor Schmerz.

»Hat der Kerl Ihnen was getan?«, fragte ihr Nachbar, als sie voreinander standen. Er war gerade mal so groß wie sie und ebenso zierlich; ein kleiner und trauriger alter Mann in brauner Strickjacke, dunkler Cordhose und mit Hausschuhen an den Füßen. Die Haare schlohweiß, aber immer noch dicht, und trotzdem verdeckten sie nur einen Teil seiner riesigen Ohren. Alte-Menschen-Ohren.

»Nein.« Stella schüttelte den Kopf, rieb sich zitternd mit beiden Händen über die nackten Unterarme. »Mir geht's gut. Sie sind ja rechtzeitig dazwischengegangen.«

»Hier!« Er machte Anstalten, seine Jacke auszuziehen. »Sie frieren ja.«

»Schon gut«, wehrte sie die Geste ab. »Das ist nur der Schreck. Der steckt mir wohl noch in den Gliedern.«

»Kein Wunder.« Nun war es an ihm, den Kopf zu schütteln. »Nicht auszudenken, wenn …«

»Es ist ja nichts passiert«, unterbrach sie ihn.

»Trotzdem. Ich habe gedacht, hier draußen sind Mord und Totschlag!«

»Haben Sie die Polizei gerufen?«, entfuhr es ihr. Sie hoffte inständig, Hermann Wagner würde ihre sich überschlagende Stimme ebenfalls auf den Schreck zurückführen. Über seine Schulter hinweg linste sie zu dem Mercedes, in dem der Mann noch immer am Steuer saß. Ob das Paar etwas von dem Tumult mitbekommen hatte? Das musste es eigentlich, ihre Schreie hatte man mit Sicherheit noch bis zum nächsten Häuserblock hören können.

»Was?« Ihr Nachbar sah sie vollkommen perplex und verständnislos an. »Ach so, nein«, sagte er dann, als er den Inhalt ihrer Frage begriff, und schüttelte den Kopf. »Ich wollte erst einmal selbst nachsehen, was los ist.«

»Gut.« Sie gab sich Mühe, nicht allzu erleichtert zu klingen. Der Mann und die Frau im Auto rührten sich weiterhin nicht, vielleicht war ihnen der Lärm doch entgangen.

»Denken Sie denn, wir sollten die Wache verständigen?«

»Nein«, erwiderte sie gedehnt und lenkte ihre Aufmerksamkeit zurück auf Hermann Wagner. »Ich glaube nicht, dass das nötig ist.«

»Wie Sie meinen«, sagte er und trat in seinen Hauspuschen von einem Fuß auf den anderen. »Haben Sie eine Idee, wer das gewesen sein könnte?«

»Nein.«

Sie log. Sie hatte Leon Sanders genau erkannt, auch wenn sie dem jungen Mann noch nie so nah gewesen war. Und das letzte Mal, dass sie mit ihm gesprochen hatte, war sicher drei oder vier Jahre her, da hatte sie ihm nur quer über die Straße zugerufen, er möge seine Musik nach zehn Uhr abends doch bitte ein bisschen leiser drehen. Passiert war daraufhin nichts. Außer, dass die Beats am folgenden Abend noch lauter zu ihr herübergeweht waren. Allerdings nur eine halbe Stunde lang, dann hatte Paul sich der Sache angenommen, hatte bei den Sanders geklingelt und mit Leons Eltern ein vernünftiges Gespräch geführt. Danach war Ruhe gewesen. Und der Junge fast überhaupt nicht mehr zu sehen, höchstens, wenn er auf seinem Skateboard den Bürgersteig entlanggeschossen kam.

»Ich glaube nicht, dass mir der Kerl aufgelauert hat«, führte Stella weiter aus und bemerkte, dass ihre Stimme nun deutlich fester klang. »Wahrscheinlich habe ich ihn überrascht, und er wollte sich nur verstecken.«

»Vor was denn?«

»Keine Ahnung.« Sie zuckte mit den Schultern.

»Ich finde das beängstigend. Das ist hier doch sonst eine sichere Gegend.« Wie auf Kommando drehten beide den Kopf in Richtung Neubau, dessen Silhouette sich wie ein undurchsichtiges Bergmassiv von dem klaren Nachthimmel abhob. Noch lag die Anlage in völliger Dunkelheit, die Fenster waren nackt, die Balkone unbepflanzt. Einzig in einer Erdgeschosswohnung hatte jemand dunkle Jalousien angebracht, da schien schon ein neuer Nachbar eingezogen zu sein oder sich zumindest darauf vorzubereiten. Einer, dem noch viele folgen würden, die Wohnungen waren allesamt so groß, dass sie sich für Familien eigneten. Dann wäre es vorbei mit der Ruhe in der Blumenstraße. »Vielleicht hat Egon Scharff recht«, sagte Hermann Wagner, als hätte er Stellas Gedanken gelesen. »Da werden bald viele fremde Leute kommen, und wir haben keine Ahnung, wer.«

»Darüber sollten wir uns keine Sorgen machen.« Mit einiger Mühe ließ sie ein belangloses Lachen erklingen.

Und dachte daran, dass zumindest sie, Stella, den Anwohnern der Straße in den vergangenen Jahren so fremd wie möglich geblieben war. »Ich konnte ihn zwar nicht erkennen, aber für mich sah der Mann hier eben in seinem schwarzen Kapuzenpulli eher aus wie jemand, der so einen Neubau ansprayen will – und nicht da einziehen.«

»Ein Linksautonomer?«

»Vielleicht?«

»Hm.« Sachte wiegte der alte Mann den Kopf hin und her, ließ seinen Blick die Straße entlangschweifen, als sähe er vor seinem inneren Auge brennende Barrikaden und fliegende Molotowcocktails. Dann stutzte er und zog die faltige Stirn kraus. »Wer sind *die* denn?«, fragte er und deutete mit Kinn Richtung Mercedes.

Sofort beschleunigte sich Stellas Herzschlag. »Wen meinen Sie?«

»Na, die zwei da drüben im Auto.« Nun hob er den Arm und zeigte direkt auf den Wagen.

»Keine Ahnung.«

»Ich geh mal rüber«, sagte er, »vielleicht haben die den Kerl, der Sie angegriffen hat, ja auch gesehen.« Bevor Stella ein schlüssiger Grund einfallen konnte, warum er das nicht tun sollte, war Hermann Wagner schon auf dem Weg hinüber zur anderen Straßenseite. Angespannt beobachtete sie, wie er gegen das Fenster der Fahrerseite klopfte, das daraufhin geöffnet wurde. Unwillkürlich hielt sie den Atem an, um etwas von dem nun folgenden Wortwechsel verstehen zu können, machte aber zwischen ihrem Nachbarn und dem Mann am Steuer nur wispernde Laute aus. Wenige Augenblicke später wandte Hermann Wagner sich schon wieder ab, die Scheibe fuhr nach oben.

»Und?«, wollte Stella wissen, als er wieder bei ihr war.

»Nichts. Sie meinen, sie hätten niemanden gesehen oder gehört.«

»Wie kann das denn sein?« Sie knetete ihre Hände. »Ich hab doch geschrien wie am Spieß!«

»Die hatten das Radio laufen. Mussten sie erst einmal ausschalten.«

Stella nickte. »Was haben sie sonst noch gesagt?«

»Was sollen die denn gesagt haben?«

»Ich weiß nicht, ich meine nur ...« Sie ließ den Satz in der Luft hängen.

»Was meinen Sie?«

»Finden Sie es nicht seltsam, dass die beiden hier mitten in der Nacht in ihrem Wagen hocken?«

»Ein bisschen schon, ja. Aber es gibt Dinge die seltsamer sind als zwei Leute im Auto.«

»Stimmt«, gab sie zu. »Ich hab mich einfach nur gefragt, was die hier wollen.« Dass der Mercedes schon seit dem gestrigen Morgen in der Sackgasse parkte, schien Hermann Wagner noch nicht aufgefallen zu sein, und so wollte Stella ihn auch nicht darauf hinweisen. Sie ärgerte sich bereits darüber, überhaupt gestanden zu haben, dass sie das Paar eigenartig fand.

Hermann Wagner zuckte mit den Schultern. »Darüber habe ich mir noch keine Gedanken gemacht.« Nun lächelte er schief. »Sie wissen ja, dass ich ganz andere Sorgen habe.«

»Ja, sicher.« Sie räusperte sich, froh darüber, so unauffällig das Thema wechseln zu können. »Wie geht es Ihrer Frau denn? Ich habe sie schon länger nicht mehr gesehen.«

»Wir gehen ja auch kaum noch raus.« Das Lächeln wich

einem Ausdruck von Traurigkeit. »Sie wird schwächer und schwächer, allein kommt sie nicht mal mehr hoch.«

»Kann man denn da gar nichts machen?«

Anstelle einer Antwort blickte er noch trauriger drein.

»Wenn ich irgendetwas für Sie …«, setzte Stella zu einer Phrase an, die sogar in ihren eigenen Ohren ungelenk klang.

Er machte eine wegwerfende Handbewegung. »Das ist sehr nett von Ihnen, aber wir kommen schon klar.« Ein weiterer Seufzer. »Besonders schlimm sind nur die Nächte. Da findet Marlies einfach keine Ruhe.« Nun grinste er wieder schief. »Aber immerhin war ich deshalb noch wach und konnte Ihnen zur Hilfe eilen.«

»Ja.« Stella erwiderte sein Grinsen. »Immerhin.« Dann bückte sie sich zu der umgestoßenen Mülltonne und stellte sie wieder auf. »Ich räume das hier mal weg.«

»Warten Sie, ich helfe Ihnen kurz!«

»Nicht nötig«, gab Stella zurück. Erneut begann ihr Herz heftig zu pochen. Denn im Halbdunkel zwischen den Müllresten entdeckte sie in diesem Moment etwas, das sie allein in Augenschein nehmen wollte: ein Smartphone. Und wenn sie die zwei roten Punkte auf dem Display, von denen einer blinkte, richtig deutete, befand es sich im Aufnahmemodus.

»Ich kann aber wirklich …«

»Nein!« Sie bellte es nahezu und richtete sich erneut auf, darum bemüht, mit ihrem Körper den unverhofften Fund zu verdecken.

»Tut mir leid, ich wollte nicht …«

»Nein«, fiel sie ihm ins Wort, »*mir* tut es leid.« Sie legte ihm eine Hand auf den Arm, weil er ob ihrer heftigen Abweisung regelrecht erschrocken aussah. »Ich wollte nur nicht … Also, hier liegt eine tote Maus, die Paulchen mitgebracht hat. Das ist kein sonderlich schöner Anblick, den will ich niemanden zumuten.«

»Eine tote Maus macht mir nichts aus.«

»Trotzdem, Herr Wagner. Gehen Sie lieber wieder rein.« Sie deutete auf die Silhouette der Gestalt, die im Erdgeschoss der Wagner'schen Villen im schwachen Lichtschein hinter zugezogenen Vorhängen zu erkennen war. »Ich glaube, Ihre Frau wartet schon auf Sie.«

Ihr Nachbar wandte sich zu seinem Haus um, sah einen Moment hinüber, dann drehte er sich noch einmal zu Stella. »In Ordnung. Aber wenn noch etwas ist, melden Sie sich gern – ich bin ja direkt nebenan.«

»Gut zu wissen«, sagte sie. »Wirklich, Herr Wagner, das ist sehr nett von Ihnen.«

»Immer gern.« Nun lächelte er wieder. »Und sagen Sie doch einfach Hermann.«

»Stella. Ich bin Stella.«

»Das weiß ich doch.« Er zwinkerte ihr zu, was ihn für das Aufflackern eines Moments wieder jung aussehen ließ. Ein großer Junge mit riesigen Ohren.

Sie wartete noch ab, bis er in seinem Haus verschwunden war, dann bückte sie sich, um den Müll und das tote Tier mit spitzen Fingern zurück in die Tonne zu befördern. Mit ebenso spitzen Fingern nahm sie dann das Handy und trug es vorsichtig wie ein rohes Ei vor sich her zur offenen Eingangstür. Sie durfte auf gar keinen Fall auf irgendeinen Knopf kommen, der die Tastensperre aktivieren würde, denn sie ging davon aus, dass das Telefon gesichert war.

Wieder im Haus, legte sie das Handy auf dem Couchtisch im Wohnzimmer ab, dann wusch sie sich noch einmal gründlich die Hände, ehe sie sich daranmachte, den Videospeicher des Smartphones zu inspizieren. Im Schneidersitz über das Telefon gebeugt, klickte sie die aktuelle Aufnahme an. Aus der Perspektive ihrer Auffahrt hatte der Junge die Straße gefilmt. Hoch und runter. Und noch einmal hoch und runter. Die Häuser der Nachbarn tauchten auf und verschwanden wieder, ebenso wie das Auto, in dem das Pärchen saß. Aber sonst passierte nichts. Gar nichts. Der Film zeigte ausschließlich die Blumenstraße bei Nacht, nur von ein paar Straßenlaternen und dem vereinzelten Lichtschein aus wenigen Fenstern erhellt.

Dann hörte Stella Schritte und begriff, dass es ihre eigenen sein mussten, als sie sich auf den Weg zu den Mülltonnen gemacht hatte. Das Klappern des Deckels, dann gab es einen heftigen Ruck im Bild, dicht gefolgt von ihrem Schrei. Danach war nichts mehr zu sehen, sondern nur noch zu hören. Stellas kurzer Kampf mit Leon, dann Hermann Wagner, der laut rufend dazwischenging, und schließlich, sehr, sehr dumpf, das Gespräch zwischen ihr und dem alten Mann, kaum zu verstehen, nur ein Gemurmel im Hintergrund.

Mit zitternden Fingern scrollte Stella über das Display zum nächsten Film, der sich im Speicher befand. Diese Aufnahme zeigte nun ausschließlich das regungslose Paar im Wagen. Sie kniff die Augen zusammen, als würde sie so besser sehen können, aber die Gesichter der beiden waren in der Dunkelheit nicht zu erkennen.

Mit einem Mal allerdings kam Bewegung in die Szene, der Mann öffnete die Fahrertür, stieg aus und ging die Straße entlang. In genau dieselbe Richtung, in die Leon Sanders vorhin davongelaufen war, zur Hauptstraße. Er trug einen dunklen Anzug, mehr war auf dem Video nicht auszumachen, da war nichts Auffallendes an ihm. Nachdem er aus dem Bild verschwunden war, sprang der Film – und der Unbekannte kehrte wieder zurück. Offenbar hatte Leon Sanders auf Pause gedrückt und gewartet, bis der Mann wiederauftauchte. Auch jetzt war nichts Außergewöhnliches an der Szene, außer dass der Mann in der einen Hand eine Flasche, in der anderen eine orangefarbene Brötchentüte trug. Stella meinte, darauf das blaue Emblem der nahe gelegenen Tankstelle zu erkennen. Er hatte also etwas zu Essen und zu Trinken geholt, das war alles. Tatsächlich stieg der Mann nun wieder ins Auto, schaltete das Licht ein, reichte seiner Begleitung die Tüte und nahm einen Schluck aus der Flasche. Dann stoppte auch dieser Film.

Stella konnte sich keinen Reim darauf machen, was das alles sollte. Weshalb hatte Leon Sanders das gefilmt? Ihr wurde heiß und kalt, als ihr erst in diesem Moment klar wurde, was das bedeutete. Leon Sanders filmte. Und zumindest die letzten zwei Videos waren hier in der Straße entstanden. Und die anderen? Sie tippte die nächste Aufnahme an, sie würde sich der Reihe nach jedes einzelne Video ansehen und dabei hoffen, dass sich ihre größte Befürchtung nicht bestätigen würde. Doch noch bevor sie eine weitere Aufnahme starten konnte, wurde das Display schwarz. Fassungslos starrte Stella auf das Telefon in ihrer Hand, dann fluchte sie laut. Der Akku war leer! Warum hatte sie nicht auf die Batterieanzeige geachtet?

Hektisch sprang sie auf, rannte mit dem Telefon zur Küchenzeile, wo ihr eigenes am Ladekabel hing. Sie riss den Stecker heraus und versuchte, Leons Handy anzuschließen, darum betend, dass der Anschluss passte. Es wollte ihr nicht gelingen, das Kabel zu verbinden. Ihre Finger zitterten so stark, dass es ihr dreimal nacheinander entglitt. Dann endlich schaffte sie es. Wenige Augenblicke später leuchtete das Display auf und zeigte ein Batteriesymbol mit einer dünnen roten Linie an der linken Seite. Ungeduldig starrte Stella auf das Zeichen, wartete darauf, dass ein dickerer Balken entstand. Nach einer Ewigkeit wechselte das Rot zu Grün, Stella drückte auf die Taste zum Einschalten. Doch dann ließ sie enttäuscht die Schultern sinken. Das Telefon hatte eine Codesperre, natürlich. Sie kam nicht mehr an den Videospeicher heran.

Ohne allzu große Hoffnung tippte Stella dreimal nacheinander vier Ziffern ein, erst 1234, dann 0000 und zuletzt 4321. »Deaktiviert« teilte ihr das Display nach dem dritten Versuch triumphierend mit. Sie legte das Handy auf die Arbeitsplatte, lehnte sich dann mit dem Rücken dagegen und starrte ins Leere. Sie musste versuchen, klar zu denken. Das Paar im Auto, Leon Sanders, der Film – möglich, dass das alles rein gar nichts zu bedeuten hatte und nicht miteinander zusammenhing. Genau genommen war es sogar wahrscheinlich.

Aber wenn doch? Was dann? Ein Glück, dass sie Hermann Wagner nicht gesagt hatte, wer der Angreifer gewesen war, und dass der alte Mann das Handy nicht entdeckt hatte!

Sie griff nach ihrem eigenen Telefon, um erneut Paul anzurufen.

Ohne auch nur ein einziges Klingeln sprang die Mailbox an, und seine sonore Stimme forderte Stella auf, eine Nachricht zu hinterlassen, damit er zurückrufen könne.

»Paul!«, schrie sie in den Hörer. »Wo bist du denn? Ruf mich sofort zurück! Es ist etwas passiert!«

5

Sie sah sich selbst schreien. Doch sie hörte sich nicht. Sah nur, wie ihr Mund immer wieder auf- und zuklappte, ohne einen Ton von sich zu geben. Wie ein Fisch auf dem Trockenen, verzweifelt nach Luft schnappend, wieder und wieder. Aussichtlos.

Paul saß am Steuer, das Lenkrad mit beiden Händen fest umklammert, die Züge angespannt. Angestrengt blinzelte er gegen die ersten Sonnenstrahlen an; angestrengt und müde. Leise Musik tönte aus dem Radio, kaum wahrnehmbar, *Home* von Michael Bublé. Der sanfte Rhythmus vermischte sich mit dem Stöhnen, das von der Rückbank des Oldtimers kam. Von dort, wo die Frau lag. Die schöne Frau mit den langen dunklen Haaren. Bis vor zwei Stunden war sie für Stella noch eine Fremde gewesen, doch nun war sie bereits das Zünglein an ihrer Schicksalswaage.

Wieder stumme Schreie, Pauls Hand schnellte zum Radio vor und drehte es aus. Worte formten sich in Stellas Kopf. *Vertrauen. Benutzt. Geliebter …*

Wie aus dem Nichts ein gleißendes Licht. Alles kam zum Stillstand, Farben wirbelten durcheinander, drehten sich wild um sie herum. Dumpfe Schläge, links und rechts, oben, unten, überall. Eine harte Erschütterung. Und noch eine. Fliegen, plötzlich konnte Stella fliegen. Und sie flog.

Flog weit, weit weg von allem. *Flog durch die stillen Lande, als flöge sie nach Haus …*

Dann der Geruch, dieser stechende und scharfe Geruch. Ihr eigenes Stöhnen, das von Paul und das der Brünetten. Auf einmal lag die Frau mit ihrem Kopf in Stellas Schoß, die weitaufgerissenen Augen direkt auf sie gerichtet. Aus ihrem Körper sprudelte Blut hervor, sprudelte wie aus einer Fontäne. Blut, so viel Blut! Ein See, ein ganzes Meer aus rotem Lebenselixier, pumpte, spritzte. Stella spürte feine Sprenkel davon in ihrem Gesicht, wie ein warmer Sommerregen legten sich Tropfen auf ihre Haut. Beim Blick nach unten wurde ihr schwindelig, es war, als würde die Frau von ihr im Zeitraffer weggezoomt; als würde Stella in die Höhe katapultiert und plötzlich wie ein Raubvogel hoch oben im Himmel über ihr kreisen, zum Sturzflug auf die Beute bereit. Von hier aus sah sie das fast vollständig abgetrennte Bein; unterhalb des Torsos abgerissen, aufgerissen, hellrote Fleischklumpen, aus denen weiß ein dicker Knochen hervorragte, umspült von noch mehr Blut, Blut, Blut.

Tourniquet.

Von irgendwoher dieses Wort. Tourniquet.

Dunkelheit. Ein ohrenbetäubendes Nichts. Und schließlich, aus weiter Ferne, der Klang von Sirenen.

Schweißgebadet fuhr Stella hoch, ihr T-Shirt war bis auf die Haut durchnässt. Noch bevor sie wusste, wo sie sich befand – ob im Schlafzimmer oder wieder unten auf dem Sofa – tastete sie nach ihrem Handy, fand es halb unter sich begraben und tippte mit fahrigen Fingern auf den Home-Button. Das Display leuchtete auf. Kein Rückruf von Paul. Keine Nachricht, keine WhatsApp, keine SMS.

Sofort drückte sie auf Wahlwiederholung, Sekunden später erklang die Stimme ihres Mannes: »Hallo, hier ist die Mailbox von Paul Johannsen. Hinterlassen Sie bitte eine Nachricht, dann rufe ich Sie zurück!«

»Von wegen!«, schrie Stella ins Telefon. »Ich hab dich mindestens zehnmal angerufen und dir Nachrichten hinterlassen, bist du abgestürzt oder was? Ruf mich endlich an!« Dann legte sie auf und warf sich erneut in die Kissen. Sie war im Schlafzimmer, immerhin, obwohl sie vorhin, als sie versucht hatte, hier oben ein wenig zur Ruhe zu kommen, davon überzeugt gewesen war, kein Auge zubekommen zu können. Nun zeigte der Wecker auf ihrem Nachttisch Viertel vor sechs, die Sonne fiel durch die halb geöffneten Jalousien und zeichnete ein gebrochenes Muster auf den dunklen Holzfußboden. Sie hatte also mehr als zwei Stunden geschlafen, fühlte sich aber gerädert wie nach drei durchwachten Nächten. Und das lag überhaupt nicht am mangelnden Schlaf.

Stöhnend erhob sie sich, zog das nasse T-Shirt aus und warf es in den Wäschekorb, dann ging sie rüber ins Bad, um sich unter die Dusche zu stellen. Heiß und kalt, heiß und kalt. Sie musste beinahe lachen, als sie sich abbrauste und ihr dabei der Gedanke kam, dass der wechselnde Wasserstrahl den Wirbelsturm im Inneren ihres Kopfes widerspiegelte. *Das Auto. Der Mann und die Frau. Hermann Wagner. Leon Sanders …*

Ihre Bewegungen wurden immer wütender, als sie den Hebel der Mischbatterie zwischen Links und Rechts hin- und herriss. Warum, zum Teufel, ging Paul nicht an sein Handy? Warum rief er sie nicht zurück? Was trieb er gerade? Während sie hier mit ihrer wachsenden Panik zu kämpfen hatte, hockte er am anderen Ende der Welt gemütlich in irgendeiner schicken Hotellobby und genehmigte sich mit den Kollegen ein paar Drinks? Nein, er würde bald wieder fliegen müssen, das also nicht. Aber möglich, dass er gerade in einem netten Restaurant in Auckland saß oder sich noch ein wenig in seinem Hotelzimmer entspannte. Vielleicht bei einem schönen Film. Ach, herrlich, noch mal ein bisschen die Füße hochlegen, bevor man dann ganz gemütlich per Shuttle zum Flughafen kutschiert wird! Als ginge ihn das hier gar nichts an, als wäre das allein ihr Problem. Aber so war es nicht, sie hingen da beide mit drin. Nicht nur das, Paul hatte wesentlich mehr zu verlieren als sie. Und das würde sie ihm auch in aller Deutlichkeit sagen. Wenn er sich, verdammt, endlich mal bei ihr melden würde!

Eine Viertelstunde später ging Stella runter in die Küche, um sich dort einen schwarzen Tee zu kochen. Ihr war nach etwas Stärkerem, etwas *viel* Stärkerem. Aber auch wenn sie in den nächsten Stunden kein Flugzeug steuern musste, befand sie sich im Gegensatz zu Paul ja nicht am anderen Ende der Welt und in einer Zeitzone, in der es legitim wäre, jetzt die nächste Flasche Wein zu öffnen.

Unwillkürlich fiel ihr Blick wieder nach draußen auf die Straße. Dasselbe Bild wie am gestrigen Morgen. Der parkende Mercedes, der Mann und die Frau. Und sie, Stella, eben *nicht* am anderen Ende der Welt. Dabei hätte sie in diesem Moment alles dafür gegeben, so weit weg wie möglich zu sein. Alles hinter sich zu lassen, ein für alle Mal, nicht nur zeitlich, sondern auch räumlich.

Sie hatte Paul mehr als einmal vorgeschlagen, dass sie das Land verlassen könnten. An einen Job als Lehrerin oder einen anderen, in dem sie persönlich mit Menschen zu tun hatte, war für sie sowieso nicht mehr zu denken. Auch wenn Paul ihr immer wieder beteuerte, sie sei noch immer so hübsch wie früher –, sie selbst war trotz dieser offensichtlichen Lüge nicht gewillt, sich öfter als nötig den Blicken Fremder auszusetzen. Konnte es einfach nicht ertragen. Diese erste unübersehbare Irritation (manchmal war es sogar Ekel), ehe es einem neuen Gegenüber gelang, seine Gesichtszüge wieder unter Kontrolle zu bringen und sie bemüht angestrengt anzulächeln, als wäre da rein gar nichts. Dabei trotzdem immer diesen deutlich erkennbaren Ausdruck des Bedauerns, wenn nicht gar des Entsetzens in den Augen. Gepaart mit einem Hauch der Erleichterung, dass es einen nicht selbst getroffen hat; dass man mit einer »normalen« Visage leben durfte und nicht aussah wie Frankensteins Braut. Und das Mitleid, dieses widerwärtige Mitleid – das war überhaupt das Allerschlimmste. Das unausgesprochene »Du Arme«, das konnte, das *wollte* sie nicht wieder und wieder über sich ergehen lassen.

»Du könntest dir einen Job im Call-Center suchen«, hatte Paul einmal vorgeschlagen, war dann aber sofort mit einem »Das war nur ein Scherz!« zurückgerudert. Und sie hoffte bei Gott für ihn, dass es nur als Scherz gemeint gewesen war. Als ein überaus schlechter.

Und so hatte sie eben eine ganze Zeitlang versucht, ihn davon zu überzeugen, dass sie weggehen könnten. Aber da war mit Paul nicht zu reden gewesen. Nicht nur, dass es, wie er ihr erklärte, selbst für einen Piloten nicht so einfach wäre, das Land oder auch nur die Stadt seines Einsatzorts zu wechseln – er liebte die Stadt, seine Eltern und seine beiden Geschwister lebten hier, er fühlte sich wohl. Und weil

Stella ihren Mann bei allem, was auch geschehen war, liebte, so sehr, dass es manchmal schon fast nicht mehr zu ertragen war, hatte sie den Gedanken bald wieder verworfen. Er hatte ja recht. Sie hatten alles, was man sich nur wünschen konnte. Ein schönes Haus, genug Geld, ein beinahe unbeschwertes Leben. Sie selbst brauchte ohnehin nicht mehr als ihn. Als ihn, der fast nie da war. Sie lachte bitter auf, griff nach dem Wasserkocher, füllte ihn und setzte ihn zurück auf das Heizelement.

Der Hebel klickte, als sie ihn nach unten drückte, aber die rote Kontrolllampe sprang nicht an. Stella beugte sich vor, lauschte am Kocher, vielleicht war ja nur die Birne kaputt. Einen Moment lang verharrte sie regungslos, aber das typische Rauschen blieb aus. Irritiert richtete sie sich wieder auf, stellte den Hebel noch dreimal auf Aus und An. Nichts passierte. Dabei war das Gerät keine drei Monate alt. Sie hatte es im Internet bestellt, und gestern hatte es noch einwandfrei funktioniert. Dann würde sie es wohl zurückschicken müssen.

Die Außenbeleuchtung fiel ihr wieder ein und dass sie sich nachher noch die Lampe und den Bewegungsmelder ansehen wollte. Sie hoffte, den Fehler selbst zu finden und auch beheben zu können, gerade jetzt fühlte sie sich nicht wohl bei dem Gedanken, dass jemand im Dunkeln um das Haus schleichen konnte. Paul hatte Stella vor Jahren gefragt, was sie von einer Alarmanlage halten würde, aber sie hatte das als »unpraktisch« abgelehnt. In diesem Moment wünschte sie, sie hätte sich anders entschieden.

Seufzend öffnete sie die große Schublade unterm Herd, holte einen kleinen Topf heraus, ließ Wasser einlaufen und stellte ihn auf die vordere linke Herdplatte. Erst, als Stella den Regler nach rechts gedreht hatte und die Anzeige des Induktionsfelds sofort eine neun anzeigte; erst, als sich auf dem Boden des Topfes binnen Sekunden die ersten Bläschen bildeten; erst da stutzte sie. Hatte Renata gestern nicht behauptet, genau diese Platte würde nicht mehr angehen? Hatte sie von der linken Platte gesprochen? Oder doch von einer anderen?

Stella nahm drei weitere Töpfe, füllte sie mit Wasser und verteilte sie auf den anderen Feldern. Sie wurden alle heiß, alle vier, keine war kaputt. Hatte sie da etwas missverstanden? Sie warf einen Blick auf den Wandkalender. Nein, da stand es Schwarz auf Weiß: »Montag, 8.00 Uhr, Kundendienst wg. Herd.«

Schon war Stella versucht, zum Hörer zu greifen, um Renata zu fragen, was da los war, doch angesichts der Uhrzeit ließ sie es bleiben. Sie würde bis neun warten, die Haushälterin dann anrufen, ihr von der Spontanheilung der Platte berichten und sie fragen, ob sie wirklich ganz sicher sei, dass sie gestern nicht funktioniert hatte. Dann könnte Renata auch gleich dem Kundendienst absagen, Stella hatte keine Ahnung, wen sie damit beauftragt hatte.

Gedankenverloren schüttelte sie den Kopf und starrte wie in Trance auf die sprudelnden Töpfe. Dann stellte sie den Herd aus, goss sich einen Tee auf und räumte die Töpfe wieder weg. Ein unangenehmes Gefühl saß ihr im Nacken, und es gelang ihr nicht, es abzuschütteln. Auch wenn der Anlass nichtig und lächerlich war, weil ein defekter Wasserkocher, eine nicht mehr funktionierende Außenbeleuchtung und ein dafür aber wieder intakter Herd nun wirklich keinen Anlass zur Beunruhigung boten. Jedenfalls nicht, wenn man diese »Vorfälle« nicht im Zusammenhang mit einem dauerparkenden Pärchen vor der Tür und einem filmenden Nachbarsjungen sah.

Als sie zehn Minuten später mit ihrem heißen Tee auf dem Sofa saß, erschien ihr der Anflug von Paranoia tatsächlich lächerlich. Welchen Grund sollte es für Renata auch geben, Stella anzulügen? Zumal spätestens der Kundendienst entdeckt hätte, dass der Herd vollkommen intakt war. Eine überaus kurzlebige Scharade wäre das also geworden. Eine Scharade, die noch dazu nicht den geringsten Sinn ergab.

Du hörst die Flöhe husten. So hätte ihre Mutter es bezeichnet. *Kind, du hörst die Flöhe husten.* In solchen Redewendungen hatte sie gern gesprochen. *Der sieht hinter jedem Busch einen Räuber. Was Hänschen nicht lernt, lernt Hans nimmermehr. Es kann der Frömmste nicht in Frieden leben, wenn es dem bösen Nachbarn nicht gefällt.*

Stellas Mutter Helga hatte in verschiedenen Haushalten als Putzfrau gearbeitet, hatte *die Scheiße anderer Leute* weggewischt und war also ebenfalls weit hinter ihren Möglichkeiten zurückgeblieben. Aber immerhin hatte sie so ihr Kind und sich selbst irgendwie über die Runden gebracht. Nicht leicht ohne Mann in der Familie. Ohne den *Dreckskerl*, der sie einfach hatte sitzen lassen. *Unter jedem Dach ein Ach.* Vor acht Jahren war sie an einem Herzinfarkt gestorben. Als die Nachbarin, die Helga damals gefunden und den Notarzt alarmiert hatte, Stella angerufen und mit Grabesstimme die Nachricht überbracht hatte, hatte sie nicht anders gekonnt, als in reflexhaftes Kichern auszubrechen. Ein Herzinfarkt, ausgerechnet! Bis zu diesem Tag hätte Stella Stein und Bein geschworen, ihre Mutter besäße gar kein Herz.

Und so hatte Helga Brenner nicht mehr miterlebt, wie weit ihre Tochter es letztlich gebracht hatte. Die Frau des

Piloten, des Zeitreisenden, das hätte ihr gefallen. Und sie hätte sich auch über winkende Katzen und anderen Tinnef aus Asien gefreut, hätte den Krempel stolz auf einem Spitzendeckchen auf der Fensterbank arrangiert und Besuchern ungefragt erläutert, welches Kleinod aus welchem Land stammte.

Bei der Erinnerung an die Enge ihrer Kindheit und Jugend verspürte Stella nun unwillkürlich einen Druck auf der Brust, ein Gewicht, das sie zu erdrücken drohte. Diese Einsamkeit, diese gottverdammte Einsamkeit in ihrem Inneren. Sie atmete tief ein und aus, nahm einen Schluck Tee und spürte der Wärme nach, die sich vom Mund aus in ihrem Körper ausbreitete.

Das Klingeln des Telefons ließ sie aufschrecken. Nicht das des Handys, sondern das vom Festnetz, das nur selten läutete.

Sie sprang vom Sofa hoch, eilte in den Flur, nahm das Mobilteil von der Station und warf einen Blick auf die angezeigte Nummer. Teilnehmer unbekannt. Sie drückte auf das grüne Hörersymbol.

»Johannsen?«

Statt einer Antwort nur ein atmosphärisches Rauschen.

»Hallo?«

Nichts.

»Wer ist denn da?«

Nur Rauschen.

»Paul?«

Keine Antwort.

»Paul? Ich kann dich nicht hören, warum rufst du mich nicht auf dem Handy an?«

Sie meinte, ein leises Flüstern zu vernehmen. Ein verzerrtes und hohes Flüstern, eine Art Fisteln. Oder war das nur ihre eigene Einbildung, die dem Rauschen einen Inhalt geben wollte?

»Renata?«, fragte sie unsicher. »Sind Sie das?« Die Haushälterin gehörte zu den wenigen, die manchmal hier anriefen, allerdings war dann immer ihre Nummer zu sehen. »Hallo? Sagen Sie doch was!«

Ein Klicken, der Anrufer hatte aufgelegt.

Die Wärme des Tees war verflogen. Die Zeiger der Standuhr im Flur sprangen klickend auf sieben, ein dunkler Gong hallte dröhnend durch das leere Haus.

6

»Wie oft soll ich denn noch sagen, dass es mir leidtut? Ich kann doch nichts dafür, wenn ich nicht merke, dass mein Akku den Geist aufgegeben hat!«

Paul.

Seit seinem Rückruf um kurz vor acht das inkarnierte schlechte Gewissen. Anstelle einer Begrüßung hatte Stella ihn aus dem Stand angeschrien, weinend und hysterisch. Angemessen hysterisch, wie sie fand, denn das Festnetztelefon hatte noch drei weitere Male geläutet, ohne dass sich jemand am anderen Ende der Leitung gemeldet hätte. Danach hatte Stella den Stecker gezogen und sich unter einer Decke auf dem Sofa zusammengerollt. Verängstigt und wimmernd, unfähig, einen klaren Gedanken zu fassen.

»Natürlich kannst du was dafür!« Ihr Kreischen schmerzte ihr selbst in den Ohren. »Wenn man weiß, dass man erreichbar bleiben soll, achtet man auf so etwas. Erst recht, wenn …«

»Du hast recht, Liebling, ich habe Mist gebaut.«

»Hast du.« Noch ein Schluchzen. Wie das eines Kindes, das mit aufgeschürften Knien auf dem Boden vor der noch nachschwingenden Schaukel hockt. »Ich … ich …« Sie schnäuzte geräuschvoll in die wollweiße Decke, ein Taschentuch hatte sie nicht zur Hand. Es war ihr egal.

»Jetzt sag mir doch bitte, was los ist. Bisher habe ich kein einziges Wort verstanden.«

»Die wollen was!«, wiederholte sie, was sie vor wenigen Sekunden schon einmal gestammelt hatte.

»Wer will was? Sprichst du von diesem Paar im Auto?«

»Die auch. Und … und … ich … ah … uuund …« Ihre Stimme zitterte zu stark, es war ihr schlicht nicht möglich, einen vollständigen Satz hervorzubringen.

»Beruhig dich erst einmal, Stella! Ich bin doch da.«

Da? Du bist da? Einen Scheiß bist du! Du bist da, wo der Pfeffer wächst! Wie gern hätte sie das geschrien – wenn sie es denn gekonnt hätte.

»Konzentriere dich auf deine Atmung«, schnarrte seine Stimme durch die Leitung. »Einfach nur ganz tief ein- und ausatmen. Einfach ein und aus. Und ein – und aus.«

Sie versuchte es. Ließ sich von ihm wie von ihrer Personaltrainerin leiten, richtete ihre Aufmerksamkeit voll und ganz auf ihren Solarplexus, der sich hektisch hob und senkte. Dann tiefer, tiefer – tief in den Bauch hinein, nach ganz unten, dorthin, wo die Angst und all die anderen Gefühle sitzen. Wie ein Mantra strömten Pauls Worte durch sie hindurch. Ein und aus. Ein und aus. Und ein und aus. Sein Ton wandelte sich, wurde noch weicher. Tiefer. Und langsamer. Wie eine leiernde Schallplatte, die mit der falschen Geschwindigkeit lief, die Worte verschwammen zu einer Melange aus dunklen, langgezogenen Vokalen. Stella schloss die Augen, schaukelte wie eingelullt auf sanften Wellen dahin. *Und ein … Und aus … Sie machen das gut. Ja, sehr gut, immer weiter so. Und ein und aus …*

Mit einem Mal stockte Stella der Atem, sie musste husten und riss die Augen auf.

»Schatz? Alles in Ordnung?«

»Ja«, keuchte sie. »Es geht.« Einen Moment lang war sie wieder dort gewesen; dort in diesem Rettungswagen. Hatte die Stimme des Sanitäters gehört, der neben ihr gesessen und ihr ganz leicht eine Hand auf den Rücken gelegt hatte. *Gut so, weiter so, einfach ein und aus.*

»Schatz?«, wiederholte Paul.

»Ich bin da, warte kurz.« Sie räusperte sich, kniff die Augen fest zusammen, schüttelte energisch den Kopf, als könne sie so wieder Ordnung bringen in das Chaos, das dort herrschte. Es funktionierte tatsächlich, sie wurde klarer, ruhiger. So ruhig, dass sie Paul alles erzählen konnte. Wie sie die tote Maus zu den Mülltonnen getragen und dabei über Leon Sanders gestolpert war. Wie er sie angegriffen, Hermann Wagner sie aber gerettet hatte und was sie anschließend auf dem gefundenen Smartphone entdeckt hatte. Die mysteriösen Anrufe auf dem Festnetztelefon, das furchteinflößende Rauschen in der Leitung, die heisere Stimme, die sie meinte vernommen zu haben.

Die Sache mit dem Bewegungsmelder sowie dem Kochfeld, das laut Renata erst defekt sein sollte und es dann doch nicht war, unterschlug sie. Zu unwichtig erschien ihr das. Und tatsächlich auch hysterisch.

»Hm.« Mehr sagte er nicht, als sie mit ihrem Bericht fertig war. Und noch einmal: »Hm.«

»Das ist alles?«

»Moment.« Er bellte es fast. »Ich muss kurz nachdenken!«

»Was gibt es denn da nachzudenken?«, erwiderte sie aufgebracht. »Die Sache liegt doch klar auf der Hand! Leon Sanders weiß alles, und deshalb lungert er mit seinem Handy in der Straße herum!«

»Jetzt, Stella«, gab Paul zurück. »Jetzt.«

»Was soll das heißen?«

»Das, was es heißt. Er filmt *jetzt.* Oder von mir aus auch seit einiger Zeit. Aber damals? Da kann er ja nicht älter als dreizehn oder vierzehn gewesen sein, also noch ein Kind.«

»Na und? Smartphones mit Videofunktion gab's da auch schon!«

»Sicher. Aber trotzdem ergibt es überhaupt keinen Sinn, dass es Leon Sanders war. Warum hätte er das tun sollen? Was hätte er davon gehabt?«

»Ach, was?« Ihre Stimme troff vor Sarkasmus. »Und heute macht es Sinn, wenn er hier filmt?«

»Nein, auch nicht.«

»Dann erklär mir das bitte!«

»Ich kann es dir nicht erklären. Keine Ahnung, junge Leute eben, die halten ihre Kamera auf alles drauf, was sich bewegt, und stellen den Mist anschließend ins Internet.« Eine Sekunde lang war es still. Dann, als würde ihm gerade erst die Bedeutung des selbst Gesagten klar werden, gab auch er ein Keuchen von sich.

»Paul …« Ihre Stimme zitterte erneut.

»Du sagst, du hast sein Handy?«

»Ja. Aber ich komme an die Filme nicht mehr ran, es ist gesperrt.«

»Das ist egal, auf jeden Fall kann dann ja nichts passieren.«

»Doch, Paul! Vielleicht hat er seine älteren Aufnahmen auf irgendeinem Computer gespeichert. Und es geht ja auch gar nicht darum, was er heute Nacht gefilmt hat, sondern eben …«

»Wie gesagt«, unterbrach er sie. »Ich glaube nicht, dass es

da einen Zusammenhang gibt. Wenn, dann hätte der Junge schon vor Jahren etwas unternommen.«

»Hat er doch! Wenn er es war, hat er dir immerhin einen USB-Stick mit dem Video in den Briefkasten geworfen.«

»Und danach hat er gar nichts mehr gemacht?«, fragte Paul zurück. »Warum nicht? Um mir einfach so aus Spaß einen Schrecken einzujagen?«

»Das weiß ich nicht. Aber du hast selbst gesagt, dass Leon damals noch ein Kind war. Mittlerweile ist er erwachsen, vielleicht ist ihm erst vor kurzem aufgegangen, dass er mit seinem Wissen noch viel mehr anfangen könnte.« Paulchen kam hinter einer Ecke hervorgeschlichen, sprang zu Stella aufs Sofa, rollte sich auf ihrem Schoß zusammen und gab augenblicklich ein wohliges Schnurren von sich, als sie geistesabwesend anfing, seinen Nacken zu kraulen.

»Also gut«, sagte Paul und seufzte. »Er hat von unserer Auffahrt aus die Straße gefilmt, sagst du?«

»Ja«, antwortete sie. »Und dieses seltsame Paar im Auto. Einmal ist der Mann ausgestiegen, hat etwas zu essen und zu trinken geholt und ist dann wieder zurückgekommen.«

»Ich verstehe wirklich nicht, was das soll.«

»Was meinst du, das Paar oder die Videos?«

Tatsächlich lachte er jetzt. »Beides, würde ich sagen.«

»Wie kannst du nur so gelassen bleiben?«, fuhr Stella ihn an. »Macht dich das denn alles gar nicht nervös?«

»Doch«, gab er zu. »Natürlich tut es das. Besonders, weil ich im Moment nicht bei dir sein kann. Es bringt nur nichts, wenn wir uns wegen irgendwelcher Mutmaßungen verrückt machen.«

»Bringt es denn was, wenn wir es einfach ignorieren und nur vom Besten ausgehen?«

»Das tue ich doch gar nicht.«

»Kommt mir aber so vor.«

»Nein, Stella.« Er räusperte sich. »Aber soll ich jetzt auch hysterisch werden?« Hysterisch. *Auch.* Sie ließ es unkommentiert, und er sprach weiter. »Also, ich schlage vor, du gehst nachher einfach mal zu Leon Sanders rüber und fragst ihn, was das soll.«

»Was?«

»Na, ganz simpel.« Sie sah ihn förmlich vor sich, wie er sich entspannt mit seinem Handy am Ohr zurücklehnte. »Konfrontier ihn damit und guck, was passiert.«

»Bist du verrückt geworden?«

»Überhaupt nicht. Es ist doch dein gutes Recht, ihn zu fragen, warum er nachts vor unserem Haus rumlungert und …«

»Hast du vergessen, dass er mich angegriffen hat?«

»Nein, das habe ich nicht.« Seine Stimme klang schneidend. »Und du kannst dir sicher sein, dass das auch noch ein Nachspiel haben wird, sobald ich wieder zurück bin. Aber wenn du am helllichten Tag bei seinen Eltern klingelst, wird er dich kaum anfallen. Im Gegenteil«, erneut lachte er, »wenn ich daran denke, als ich damals mit Michael und Nina über den Höllenlärm gesprochen habe, den er immer veranstaltet – ich glaube, da war er hinterher *so* klein mit Hut.«

»Nein, Paul, das mache ich nicht.«

»Warum denn nicht?«

»Was, wenn er uns damals tatsächlich gefilmt hat? Was, wenn er alles weiß?«

»In Ordnung«, erwiderte ihr Mann. »Lass uns das mal durchspielen.«

Sie nickte, auch, wenn er es nicht sehen konnte.

»Nehmen wir von mir aus an, Leon hat mir tatsächlich den Stick in den Briefkasten geworfen.« Er unterbrach sich.

»Ja?«

»Dann bleibt eben immer noch die Frage, warum. Schließlich hat er keine Forderungen gestellt oder irgendetwas, da war nur der Film.«

»*Nur* der Film?«, wiederholte Stella. »Weißt du nicht mehr, wie nervös du danach warst?«

»Das habe ich nicht vergessen.«

»Aber jetzt bist du es nicht?«

»Doch«, gab er zu. »Aber es ist ja durchaus möglich, dass das alles ganz harmlos ist.«

»Und wenn es nicht harmlos ist? Wenn ich mit meiner Befürchtung recht habe und der Junge jetzt etwas gegen uns plant?«

Es dauerte einen Augenblick, ehe Paul antwortete. »Dann gibt es ein Problem.«

»Schön, dass du endlich auch begreifst, dass wir ein Problem haben«, schnappte sie.

»Ich«, korrigierte er sie. »*Ich* habe ein Problem. Nicht du.«

»Na ja, immerhin bin ich diejenige, die hier mutterseelenallein rumhockt. *Ich* bin diejenige, die angegriffen wurde. Bei *mir* parken diese Leute vor der Tür! Und *hier* klingelt nachts das Telefon, und keiner ist dran!« Sie gab dem Kater einen Schubs, der daraufhin mit einem unwilligen Laut vom Sofa sprang.

»Am besten machst du erst mal nichts, sondern verhältst dich weiterhin ganz normal, als wäre rein gar nichts passiert«, sagte Paul. »Geh zum Sport, fahr in die Stadt zum Einkaufen oder was du sonst halt so machst.«

Sein letzter Satz versetzte ihr einen Stich, aber sie sagte

nichts dazu. Hier ging es um wichtigere Dinge als Pauls Ansichten zu Stellas Tagesgestaltung, also entgegnete sie lediglich: »Eben sollte ich noch Leon Sanders zur Rede stellen.«

»Eben hatte ich die ganze Sache auch noch nicht gründlich durchdacht.«

»Dann freue ich mich, dass du es jetzt tust.«

»Mein Gott, Stella!«, herrschte er sie an. »Was erwartest du denn von mir? Ich habe einen ewig langen Flug hinter mir, bin komplett übermüdet und fertig. Von hier aus sind mir sowieso die Hände gebunden, was soll ich denn deiner Meinung nach tun?«

»Du könntest nach Hause kommen.«

Ein tiefes Seufzen erklang. »Du weißt genau, dass das nicht mal eben so geht.«

»Von *mal eben so* war auch keine Rede.«

»In einer Woche bin ich zurück, dann kümmere ich mich um alles.«

»Klasse. Dann kann ich mich ja so lange im Haus verbarrikadieren. Vielleicht lebe ich dann sogar noch, wenn der werte Herr gedenkt, sich gen Heimat zu begeben.«

»Du könntest doch ein paar Tage wegfahren«, schlug er vor. »Such dir irgendwo ein nettes Wellness-Hotel und warte dort, bis ich wieder da bin.«

Sie dachte einen Moment nach. Die Idee schien verlockend. Einfach ein paar Klamotten in eine Reisetasche werfen und dann ab ans Meer, alles hinter sich lassen. Eine gute Idee? Eine schlechte Idee?

»Und wenn hier in der Zwischenzeit was passiert?«, kam ihr ein Gedanke.

»Zum Beispiel?«

Sie schlug sich mit der Hand auf den Oberschenkel. »Ich

denke an das Worst-Case-Szenario. Das, was eintreten könnte, wenn eben *nicht* alles ganz harmlos ist. Wenn Leon Sanders der Urheber des Films von damals ist. Oder wenn das Paar im Auto einzig und allein unseretwegen hier ist. Wenn die stummen Anrufe …«

»Du hast recht«, fiel er ihr ins Wort. »Einer von uns sollte vor Ort sein, um die Kontrolle über die Situation zu behalten.« Stella schluckte den zynischen Kommentar hinunter, der ihr zu seiner Formulierung »einer von uns« auf der Zunge lag. »Hör zu«, forderte er sie auf, und mit einem Mal klang seine Stimme sanft und beruhigend, »ich verspreche dir, dass ich alle Hebel in Bewegung setze, um doch früher nach Hause kommen zu können.«

»Glaubst du, du kriegst das hin?« Stella umklammerte ihr Handy wie ein Schiffbrüchiger das ihm zugeworfene Rettungstau.

»Ich kann es natürlich nicht garantieren, aber ich denke schon, dass die Crewplanung das irgendwie hinkriegen müsste. Ich werde da mal nachfragen, ob ein Kollege hier irgendwo in der Nähe auf Standby ist und für mich einspringen kann.«

»Bitte, Paul!« Erneut stiegen ihr die Tränen in die Augen, die Fingerkuppen ihrer rechten Hand liefen rot an, weil sie das Telefon fast zerdrückten. »Bitte, für mich. Für uns!«

»Ich gebe mein Bestes, Liebling.«

Anstelle einer Antwort schluchzte sie nur auf.

»Aber dann musst du auch etwas für mich tun«, sagte er in ihr Schweigen hinein. »Geh zu Enno.«

Stella schnappte nach Luft. »Zu Enno? Warum? Was soll das bringen?«

»Er könnte dich stabilisieren, bis ich da bin.«

»Mich stabilisieren?«, fuhr sie ihn an. »Paul, ich bin nicht *verrückt*!«

»Das habe ich auch nicht behauptet«, erwiderte er ruhig. »Aber bei Enno könntest du dir alles von der Seele reden.«

Sie schwieg erneut. Als hätte es jemals etwas gebracht, sich *alles von der Seele zu reden.*

»Stella?«

»Ich will da nicht hin.«

»Tu es für mich, das würde mich sehr beruhigen«, bat er sie. »Dann setze ich auch alles daran, so schnell wie möglich wieder bei dir zu sein.«

»Das nennt man Erpressung.«

»Nein.« Sie konnte hören, wie er schmunzelte. »Erpressung ist es, wenn ich etwas von dir verlange, was *für mich* das Beste ist. Aber ich möchte etwas, das für dich das Beste ist.«

»Das ist jetzt nicht dein Ernst, oder?«

»Ich ruf Enno gleich an und mache dir einen Termin«, sagte Paul, ohne auf ihre Frage einzugehen. Dabei legte er diesen bestimmten Tonfall an den Tag, den Stella nur zu gut kannte. Und sie wusste, dass es keinen Sinn hatte, ihrem Mann zu widersprechen, wenn er erst einmal so klang.

»Wer weiß, ob er überhaupt Zeit hat.«

»Für dich wird er sie sich nehmen, daran habe ich keinen Zweifel.«

»Aber …« Stella stockte. Und lauschte. Da war ein Geräusch. Ein Martinshorn. Wie in ihrem Traum. Nur, dass das Sirenengeheul jetzt echt war. Mit dem Telefon in der Hand lief sie zum Fenster, schob die Gardinen auseinander und spähte nach draußen. Flackerndes Blaulicht, direkt vor ihrem Haus.

7

SAMSTAG, 23. JUNI

»Warum denkst du, dass das Paar in eurer Straße etwas mit damals zu tun hat?« Enno sah sie über seine randlose Brille hinweg an, hatte die Beine übereinandergeschlagen und wippte mit dem linken Fuß, der in einem klobigen Schnürschuh steckte und aus seiner unförmigen Jeans hervorragte. Der Prototyp eines Therapeuten, Enno Borchers verkörperte sein eigenes Klischee. »Tatsächlich kann es dafür ja viele Erklärungen geben.«

»Ich sage nicht, dass ich es unbedingt glaube. Ich würde es eher befürchten nennen.« Zehn Minuten in einem Raum mit diesem Mann – und Stella hätte schreien können. Oder etwas kaputtschlagen.

Paul hatte sich nach ihrem Telefonat gestern früh nur eine halbe Stunde später noch einmal gemeldet und ihr erfreut mitgeteilt, dass Enno heute um 17.00 Uhr einen Termin für sie hatte. Statt ihrem Mann zu sagen, was sie tatsächlich dachte, nämlich, dass sie keine zehn Pferde erneut zu diesem Seelenklempner bringen würden, hatte sie sich gefügt. Hatte ihm zugesichert, bis dahin Ruhe zu bewahren und sich ganz normal zu verhalten. Mit »Feldenkrais, Schaufensterbummeln und ein bisschen Kerzenziehen«, worüber Paul aber nicht gelacht hatte, entweder weil er es nicht lustig gefunden oder es nicht verstanden hatte. Oder weil auch ihm überhaupt nicht nach Lachen zumute gewesen war. Am Ende ihres Gesprächs hatte sie Paul noch einmal daran erinnert, dass er versprochen hatte, alle Hebel in Bewegung zu setzen, früher nach Hause zu kommen, wenn sie bereit war, Enno aufzusuchen. Er hatte ihr sein Ehrenwort gegeben. Deshalb saß sie jetzt hier – und *nur* deshalb.

»Du befürchtest es also«, stellte Enno fest.

»In gewisser Weise fühle ich mich bedroht.«

»Bedroht?« Er zog er die Augenbrauen in die Höhe, wiegte den Kopf hin und her und legte einen süffisanten Tonfall an den Tag. »Obwohl die beiden rein gar nichts machen?«

»Ich empfinde sie als passiv-aggressiv.« Kaputtschlagen, ja, Stella könnte gerade etwas kaputtschlagen. Am liebsten Ennos Brille. Einfach mit der rechten Faust ausholen und sie dann, rumms, auf sein Nasenbein niedersausen lassen. Vielleicht könnte sie ihm damit das hochnäsige Näschen sogar brechen. Ennos Blut würde durchs Zimmer spritzen und ein paar hübsche Sprenkel auf den Wänden in Pastellgrün hinterlassen.

»Meiner Meinung nach handelt es sich dabei um reine Projektion.«

»Projektion?«

»Projektion, das heißt …«

»Ich weiß, was das heißt«, schnitt sie ihm das Wort ab. »Schließlich bin ich Lehrerin!«

Der Psychologe hob in abwehrender Manier die Hände und lächelte sie an. »Warum bist du denn so wütend, Stella?

Ich kann doch nichts dafür, dass die beiden in eurer Straße parken.«

Und ich kann nichts dafür, dass ich hier sitzen muss, ich wurde von Paul dazu verdonnert, dachte sie, sagte es aber nicht. Stattdessen riss sie sich zusammen und versuchte, sich zu beruhigen. Sie hatte nur wenig Lust darauf, dass Enno sich später bei Paul über sie beschwerte. Schließlich kannten die zwei sich seit frühester Kindheit, und wenn man von engen Freundschaften zwischen Frauen auch nur ansatzweise auf die zwischen Männern schließen konnte, war es denkbar, dass Enno sie verpetzen würde.

Natürlich unterlag er der Schweigepflicht, sonst hätte Paul sie weder damals noch heute zu ihm geschickt, denn eine Therapie war ja nur sinnvoll, wenn man dort die gesamte Wahrheit erzählte. Und so wusste Enno alles über die Nacht des Unfalls und auch über den Film, den jemand Paul hatte zukommen lassen. Dass der Psychologe einem Außenstehenden etwas darüber erzählte, hielt Stella für ausgeschlossen – aber was seine Verschwiegenheit Paul gegenüber betraf, war sie sich unsicher.

Stella dachte an die Sitzungen, die sie vor sechs Jahren bei Enno wahrgenommen hatte. Weil Paul darauf bestanden hatte, dass sie mit jemandem über dieses Trauma sprach. Dass sie sich dabei helfen ließ, mit ihrem gezeichneten Gesicht zurecht zu kommen. Also war sie hingegangen. Und obwohl Enno Borchers ihr bereits beim ersten Mal unsympathisch gewesen war, allein schon deshalb, weil sie mit ihm über Dinge reden musste, über die sie nicht reden *wollte*, war sie noch ein zweites, ein drittes, ein viertes, ein fünftes und ein sechstes Mal in seiner Praxis gewesen. Einzig aus Liebe zu Paul. Weil sie merkte, dass es *ihm* dabei half, mit seiner eigenen Schuld besser fertig zu werden. Genau genommen hätte Paul damals auf diesen weißen Ledersessel für Patienten gehört, nicht sie.

»Ich bin nicht wütend auf dich«, sagte sie nun. »Die ganze Sache macht mir eben Angst und regt mich auf, daran kann ich nichts ändern.«

»Vielleicht kannst du es doch.«

»Wie denn?«

»Indem du zumindest die Möglichkeit in Betracht ziehst, dass es tatsächlich nur eine Projektion ist.«

Stella schlug wie er die Beine übereinander und lehnte sich in dem weißen Ledersessel zurück, um ihm zu signalisieren, dass sie nun ganz Ohr war. Bisher hatte sie angespannt auf der vorderen Kante gehockt, jetzt wippte sie ebenfalls mit ihrem linken Fuß, der in dunkelblauen Riemchensandalen mit zehn Zentimeter hohen Absätzen steckte. Dazu trug sie eine weiße, sehr eng geschnittene Jeans und eine hellblaue Bluse mit Carmenkragen, die ihre zierliche Figur betonten. Ihre Haare hatte sie hochgesteckt, wobei ihr wie immer ein Teil ihres langen Ponys über die linke Gesichtshälfte fiel. Paul mochte diesen sportlich-eleganten Look. Und er mochte es auch, wenn Stella sich so groß machte, dass er einen Arm um sie legen konnte, ohne sich dabei »eine Schulter auszukugeln«. Obwohl er gar nicht da war, hatte Stella sich heute früh so angezogen, als wäre er zu Hause und hatte den Sandalen gegenüber ihren flachen TOD'S den Vorzug gegeben. Während sie nun einen flüchtigen Blick auf ihre rotlackierten Fußnägel warf und darauf wartete, dass Enno weitersprach, war sie froh darüber.

»Also, Stella«, sagte Enno. »Denkst du, du kannst dich auf die Idee einen Moment lang einlassen?«

»Würdest du mir das bitte noch ein wenig genauer erläutern?«

Erneut lächelte er sein sanftes Therapeutenlächeln und legte den Kopf schräg. »Aber sicher doch.«

»Danke.« Verstohlen ballte sie die Fäuste, versteckt unter ihren miteinander verschränkten Armen. Sie ahnte, dass er sie gern daran aufgehängt hätte, dass sie erst vor Sekunden gesagt hatte, sie wisse, was eine Projektion sei. Um sie bei der Gelegenheit auch gleich daran zu erinnern, dass sie ihren Beruf als Lehrerin schon längst nicht mehr ausübte, die Gegenwartsform also überhaupt nicht angebracht war. Doch gerade, dass er es *nicht* tat, empfand sie als noch demütigender.

»Bei der Projektion schließt man von sich auf andere«, übertönte Enno ihre Gedanken. »Man verdächtigt sie eines Vorwurfs, den man sich unterbewusst selbst macht.«

»Und welcher Vorwurf sollte das sein?«

Enno lehnte sich in seinem eigenen weißen Sessel ein Stück zu ihr vor. »Du hast Schuldgefühle, Stella. Immer noch.«

»Warum sollte ich?«

»Da fallen mir jede Menge Gründe ein.«

»Zum Beispiel?«

»Da ist zum einen die Tatsache, dass du seit Jahren mit einer Lüge lebst.«

»Das macht mir nichts aus.«

»Auch das ist eine Lüge«, stellte er fest und verzog dabei keine Miene.

»Und weiter?«

»Du wirfst dir vor, dass du Paul damals nicht den Autoschlüssel abgenommen hast.«

»Einem erwachsenen Mann von über einem Meter neunzig, der wild entschlossen ist?« Sie lachte auf. »Wie hätte ich das tun sollen?«

»Trotzdem nagt es an dir.«

»Nein. Tut es nicht.«

»Ich sagte ja, dass das alles unterbewusste Vorgänge sind.«

»Enno.« Ihr Ton wurde wieder schärfer. »Ich verstehe durchaus, dass es dein Job ist, alles Mögliche und Unmögliche zu analysieren – aber Fakt ist, dass seit Tagen ein Paar direkt vor unserer Haustür parkt und nicht aussteigt. In einem schwarzen Cabriolet von Mercedes Benz. Zwar kein Oldtimer, wie Paul ihn damals gefahren ist, aber schon ziemlich nah dran. Was auch immer diese Leute für Gründe für ihre Mahnwache haben, normal finde ich das nicht.«

»Das habe ich auch nicht behauptet. Ich spreche lediglich davon, dass du es sofort auf dich und Paul beziehst, weil du dich eben aus diversen Gründen schuldig fühlst. Und weil du Angst hast.«

»Angst habe ich in der Tat.«

»Aber nicht vor dem Paar – sondern davor, dass jemand die Wahrheit erfahren könnte.«

»Ist das nicht dasselbe?«

»Nein. Denn wenn du mich fragst, haben die Leute im Auto rein gar nichts mit der Sache zu tun, Mercedes hin, Mercedes her. Dass du es aber glaubst, ist eben die Folge deiner Projektion.« Nun lächelte er wieder. »Man kann es am besten so erklären: Wer etwas ausgefressen hat und sich schuldig fühlt, hat schnell den Eindruck, dass alle anderen es wissen oder zumindest ahnen und ihn deshalb beobachten.«

»*Ausgefressen* finde ich in diesem Zusammenhang eine überaus interessante Wortwahl.«

»Ich wollte dir nur ein anschauliches Beispiel geben.«

»Was du dabei aber leider vergessen hast, ist Leon Sanders, der mit seinem Handy vor unserem Haus rumlungert und filmt. Und was ist mit dem klingelnden Telefon?«

Enno schmunzelte. »Ein Halbwüchsiger mit Handy im Gebüsch und jemand, der sich ein paarmal verwählt und dann wieder auflegt – kein wirklicher Grund zur Panik, möchte ich meinen.«

»Viermal nacheinander verwählt?«

»Kann alles passieren, wenn man die falsche Nummer aufgeschrieben hat und sie wieder und wieder probiert.« Enno zuckte mit den Schultern.

»Paul scheint jedenfalls meiner Meinung zu sein«, trumpfte Stella auf. »Immerhin will er versuchen, früher nach Hause zu kommen.«

»Das wundert mich gar nicht, schließlich liebt er dich. Natürlich macht er sich Sorgen, wenn er das Gefühl hat, dass du durch … durch den Wind bist.«

»Durchdrehst. Das wolltest du sagen.«

»Außerdem fühlt er sich ebenfalls schuldig«, sprach Enno unbeirrt weiter. »Immerhin hat er damals am Steuer gesessen.«

»Was aber bis heute nicht rausgekommen ist.« Sie zuckte mit den Schultern. »Der Urheber der Filmaufnahme hat sich ja nie wieder gemeldet, und wenn Leon Sanders tatsächlich nur ein harmloser Spinner ist, kann Paul sich doch beruhigt zurücklehnen.«

»Glaubst du, das mindert seine Schuldgefühle? Im Gegenteil! Gerade im Geheimen können sie immens wuchern.

Außerdem wird sein schlechtes Gewissen noch durch die Tatsache, dass du dich für ihn geopfert und die Schuld auf dich genommen hast, potenziert. Und das wiederum beziehst du auf dich.«

»Ich habe das nie als Opfer empfunden«, warf sie ein. »Bei ihm ging es um die Fluglizenz, bei mir um gar nichts.«

»Reine Vernunftgründe«, erwiderte er, »die Seele interessiert das nicht.«

»Gut«, sagte Stella und rutschte in ihrem Sessel wieder ein Stückchen nach vorn. »Dann haben wir das ja alles geklärt. Das Paar hat nichts mit uns zu tun, Leon Sanders hat einen Knall, und das Telefon hat viermal nacheinander geklingelt, weil irgendjemand zu blöd war, die richtige Nummer zu wählen.« Sie erhob sich.

»Wo willst du denn hin?«

»Wohin wohl? Nach Hause. Wir sind hier schließlich durch. Ich bin plemplem, und alles ist gut.«

»Stella.« Enno stand ebenfalls auf, ging auf sie zu und legte ihr eine Hand auf den Arm, was ihr fast ein körperliches Unwohlsein bescherte. »Ich will dir doch nur helfen.«

»Dein Gefasel hilft mir aber nicht!«, herrschte sie ihn an. Sollte er doch bei Paul petzen, sein Therapeutengewäsch würde sie sich nicht länger anhören.

»Mir war nicht klar, dass du es als solches empfindest.« Nun wirkte er ehrlich betroffen und dadurch auf einen Schlag wesentlich sympathischer.

»Tut mir leid«, ruderte sie zurück und erwiderte seine Berührung, »ich bin wohl echt ziemlich durch den Wind.«

»Das merke ich ja, und ich will der Letzte sein, der dich noch mehr aufregt. Sag mir doch bitte einfach, wie ich dich unterstützen kann.«

»Indem du zum Beispiel bereit bist, dich einen Moment lang darauf einzulassen, dass es hier nicht um meine Projektion, sondern um eine tatsächliche Bedrohung geht.«

»In Ordnung.« Enno nickte und deutete Stella, sich wieder zu setzen. Sie nahmen beide Platz. Stella wie zu Beginn der Sitzung auf der vorderen Kante ihres Sessels, nur stützte sie jetzt beide Ellbogen auf ihren Knien ab und bettete das Kinn in ihre Hände.

»Wenn wir also davon ausgehen, dass die Leute im Auto etwas wissen, dann sollten wir noch einmal die gesamten Ereignisse rekapitulieren«, schlug der Therapeut vor.

»Die habe ich dir doch gerade eben erzählt.«

»Ich meine nicht, was seit vorgestern passiert ist, sondern vor sechs Jahren.«

Stella gab einen unwilligen Laut von sich. »Haben wir das nicht zur Genüge durchgekaut?«

»Scheinbar nicht, also bitte.«

»Ich verstehe nicht, welchen Sinn das haben soll.«

»Es ist möglich, dass sich mit der Zeit in deinen Erinnerungen etwas verändert hat. Darin könnte der Schlüssel zu deinen Schuldgefühlen liegen, die offenbar immer noch vorhanden sind.«

»In Ordnung.« Stella seufzte. Und bereute, dass sie gerade eben nicht gegangen war.

»Paul und ich haben uns an einem Sonntag im Supermarkt des Flughafens kennengelernt und sofort ineinander verliebt.« Sie bemerkte selbst, wie leiernd sie das vortrug. »Gut vier Wochen lang war alles toll und großartig. Na ja«, nun lachte sie, »netto waren es eigentlich nur zehn Tage, Paul war ja oft nicht da, sondern musste fliegen und außerdem gerade die letzten Prüfungen für seine Beförderung zum Kapitän ablegen. Aber immer wenn er Zeit hatte, haben wir uns getroffen.«

»Und er hat dir in dieser ersten Zeit nicht erzählt, dass er verheiratet ist?«

»Nein, aber das weißt du ja.«

»Wie ging es weiter?«

Seufzend lehnte sie sich in ihrem Sessel zurück, schloss die Augen und reiste gedanklich zu diesem Abend am 20. Juni und dem frühen Morgen des 21. Und obwohl das alles schon so viele Jahre zurücklag, obwohl sie nichts lieber getan hätte, als die Ereignisse ein für alle Mal aus ihrer Erinnerung zu löschen, fühlte es sich für Stella an, als wäre es gerade erst passiert.

8

FREITAG, 21. JUNI VOR SECHS JAHREN

Fragile
Like a baby in your arms
Be gentle with me
I'd never willingly do you harm

Der Wecker auf dem Nachttisch zeigt bereits zehn Minuten nach Mitternacht. Sie liegt in seinen Armen, hat ihren Kopf auf seine warme Brust gebettet, summt leise und mit geschlossenen Augen einen Song von Depeche Mode. Vor kurzem erst hatte sie mit Paul ein Konzert der Band besucht, und diese Ballade bringt genau das zum Ausdruck, was sie in diesem Moment fühlt. Dass sie zerbrechlich ist, unendlich zerbrechlich und dass er sanft mit ihr umgehen soll. Dass er es muss. Zu viele tiefe Wunden hat ihr das Leben schon geschlagen. Bei ihm fühlt sie sich sicher, hier wird ihr nichts geschehen. Das wusste sie schon, als sie ihn zum ersten Mal im Supermarkt am Flughafen sah. Als sie seinen Einkaufswagen nahm, um ihn kennenzulernen, da war ihr bereits klar, dass er die Antwort auf alle ihre Fragen ist.

Sie stützt sich auf den Ellbogen ab, um noch einmal sein Gesicht zu betrachten. Vor zwanzig Minuten ist er ins Schlaf-

zimmer gestolpert, hat sein Hemd mit der neuen vierten Schulterklappe, das er ihr am Abend stolz präsentiert hatte, ausgezogen, war mitsamt Hose aufs Bett gefallen und dann sofort eingeschlafen. Ein kleines bisschen schnarcht er gerade sogar, sein ganzer Körper dünstet Alkohol aus. Trotzdem spürt sie, wie sie bei seinem Anblick eine Welle der Liebe durchflutet. Eine warme und weiche Welle, sie könnte schreien vor Glück.

Die vergangenen Stunden waren wunderschön. Sie haben gemeinsam gekocht, haben nebeneinander in der Küche gestanden, haben geschnippelt und gerührt, wobei ein Großteil des Rotweins, der für die Sauce zum Lammfilet gedacht war, in Paul landete. Dazu noch fast eine ganze Flasche Champagner, kein Wunder, dass er ins Land der Träume weggedriftet war, kaum, dass er das Laken berührt hatte.

Sie nimmt es ihm nicht übel, er hatte heute jeden Grund zum Feiern. Endlich Flugkapitän, dafür hat er jahrelang gearbeitet, hat in den vergangenen Wochen viele anstrengende Prüfungen und Flüge bewältigen müssen, um diese Beförderung zu erhalten. Da hat sie ihm jeden Schluck gegönnt, auch wenn er von Minute zu Minute angeschlagener wirkte, während sie selbst wegen eines Antibiotikums, das sie einnehmen musste, nüchtern blieb.

Paul seufzt im Schlaf, dreht sich vom Rücken auf die Seite, und sein Schnarchen verebbt. Sie wirft noch einen Blick auf den Nachttischwecker, nun ist es zwanzig Minuten nach Mitternacht, und sie ist froh, dass sie freitags nicht in die Schule muss und Paul keinen Dienst hat, sie werden also gemütlich im Bett frühstücken können. Ein letztes Mal beugt sie sich über ihn und muss lächeln, weil er im Schlaf aussieht wie ein kleiner Junge. Dann rutscht sie ganz nah an ihn heran, legt einen Arm um ihn und schließt nun ebenfalls die Augen. Sie freut sich auf die Tage, auf die Monate und Jahre, die für sie zusammen noch kommen werden. Jetzt fängt ihr Leben erst wirklich an, jetzt ist alles richtig, und dieses große schwarze Loch, das sie schon so lange in ihrem Herzen fühlt, kann verheilen.

Ein lautes Klingeln lässt sie aus dem Bett hochfahren, sie hat das Gefühl, gerade erst eingeschlummert zu sein. Auch Paul schreckt zusammen und setzt sich auf, verwirrt sieht er sich im Zimmer um. Draußen ist es noch dunkel, der Wecker steht auf kurz vor vier. Wieder ertönt das Schellen und noch einmal und noch einmal. Es ist die Klingel der Haustür, auf die jemand wieder und wieder drückt.

»Wer zum Teufel ist das?«, brummt Paul verärgert, schwingt sich aus dem Bett, schnappt sich sein Pilotenhemd und streift es über. Die Hose seiner Uniform hat er immer noch an, jetzt sieht es alles ein wenig zerknittert aus, aber was will ein nächtlicher Störenfried auch erwarten?

Stella hört seine eiligen Schritte auf der Treppe, vermischt mit Pauls lautem »Ich komm ja schon!«, weil der Besucher immer weiter klingelt. Dann wird die Haustür geöffnet, Sekunden später erklingt eine weinerliche Frauenstimme.

»Paul!«, sagt die Fremde. »Ich dachte schon, du bist nicht da.« Es klingt verwaschen, hört sich ähnlich an wie die letzten Sätze, die Paul von sich gegeben hat, bevor er kurz nach Mitternacht betrunken ins Bett getorkelt ist.

»Was willst du denn hier?«, fragt er und klingt dabei ziemlich ungehalten. Nun steht Stella ebenfalls auf, zieht ihr blaues Wickelkleid und ihre Unterwäsche an, die auf dem Sessel neben dem Fenster liegen. Mit nackten Füßen tapst sie nach draußen in den Flur, vom oberen Treppenabsatz aus sieht sie, wie eine Frau beide Arme um Paul schlingt, wie sie sich regelrecht an ihn hängt. Sie ist groß und hat lange dunkle Haare, eine enge Jeans

und ein schulterfreies Top betonen ihre schlanke Figur. Noch nie zuvor hat Stella sie gesehen.

»Ich will zurück!«, nuschelt die Fremde an Pauls Schulter. »Das ist mir heute bei unserem Telefonat klargeworden. Ich hätte dich nicht verlassen dürfen, das war so dumm von mir. Ich liebe dich noch immer, bitte verzeih mir, was ich dir angetan habe.« Ihre Worte lösen in Stella ein Frösteln aus. Nicht verlassen? Ich liebe dich noch immer? Was geht hier vor?

»Paul«, ruft nun auch sie nach ihm und geht langsam die Treppe hinunter in die Halle. »Wer ist das?«, will sie wissen, sobald sie die beiden erreicht hat.

»Natalie«, antwortet er und löst sich vorsichtig aus der Umklammerung der Frau.

»Und wer ist die Schlampe da?«, lallt die Frau und betrachtet Stella mit glasigen Augen. »Was hast du bei meinem Mann verloren? Was machst du in meinem Haus?«

»Ich …« Vor Schreck bricht Stella die Stimme weg, sie kann nicht mehr tun, als ihren Blick wortlos zwischen Paul und der Fremden namens Natalie hin- und herwandern zu lassen.

»Raus aus meinem Haus!«, fordert die Frau und macht mit einer Hand eine ausladende Geste, durch die sie ins Wanken gerät. Paul fängt sie ab, ehe sie zu Boden stürzen kann, dann stützt er sie, hält sie am Arm fest.

»Besser, wir bringen dich zum Sofa«, sagt er leise zu ihr.

»Nein«, widerspricht Natalie, lässt sich dann aber doch von ihm folgsam ins Wohnzimmer führen und auf die Couch verfrachten. Dort bleibt sie in sich zusammengesunken hocken wie ein kleines Häufchen Elend. Stella geht den beiden nach, das alles kommt ihr vor wie ein sehr, sehr schlechter Traum.

»Ich erkläre dir alles, versprochen«, sagt Paul an Stella gewandt. »Aber zuerst muss ich mich um Natalie kümmern, sie

ist ja vollkommen außer sich.« Er setzt sich neben die Frau, Stella bleibt stehen und verschränkt die Arme vor der Brust, als könnte sie mit dieser Geste abwehren, was hier gerade direkt vor ihren Augen geschieht.

»Sie ist total besoffen«, stellt sie abfällig fest. »Das ist alles.«

»Ja, natürlich ist sie betrunken«, fährt Paul Stella an, sein Tonfall ist angespannt, fast aggressiv. »Ich habe sie heute Mittag angerufen und ihr erzählt, dass ich die Kapitänsprüfung bestanden habe. Und dass es in meinem Leben eine neue Frau gibt. Dass sie darauf so reagiert, damit habe ich nicht gerechnet.«

»Ich will zurück!«, flüstert Natalie nun schwach, noch immer lallend, und lehnt sich mit geschlossenen Augen gegen Paul. Stella kann kaum hinsehen, am liebsten würde sie sich auf die Fremde stürzen und sie vom Sofa schubsen. »Den anderen habe ich verlassen. Wir gehören doch zusammen!«

»Versuch ein bisschen zu schlafen«, erwidert Paul, ohne auf das Gesagte einzugehen. »Morgen früh können wir reden.« Er streicht ihr mit einer Hand über die Wange, und allein diese Geste ist so zärtlich, dass Stella schlagartig die Knie weich werden und sie sich nur mit Mühe und Not auf den Beinen halten kann.

»Ich liebe dich«, nuschelt die Frau ein weiteres Mal. »Bitte wirf die Schlampe aus meinem Haus! Ich bin deine Frau, ich! In guten wie in schlechten Zeiten, das haben wir uns doch mal versprochen. Bis dass der Tod uns scheidet.«

Paul sieht Stella entschuldigend an, fährt sich mit beiden Händen über das Gesicht, das plötzlich sehr müde und erschöpft aussieht. »Es tut mir leid«, sagt er und senkt den Blick. »So solltest du das nicht erfahren. So nicht.«

»Das ist doch nicht wahr, oder?«

»Doch, Stella, ich bin mit Natalie verheiratet.«

9

SAMSTAG, 23. JUNI

Enno sah sie nachdenklich an. »Und vor diesem Abend hast du wirklich nicht einmal geahnt, dass Paul eine Frau hat?«

Sie schüttelte den Kopf. »Keine Spur. Nichts in dem Haus hat auf Natalie hingedeutet. Sie hatte den Großteil ihrer Sachen zu ihrem neuen Freund mitgenommen, den Rest hatte Paul in Kartons verpackt und in den Keller gestellt, weil er ihren Kram nicht mehr sehen wollte. Wie hätte ich also auf so eine Idee kommen können?«

»Als Paul dir im Wohnzimmer offenbart hat, dass er mit ihr verheiratet ist, muss es dich doch wahnsinnig wütend gemacht haben.«

»Nein, da war ich erst nur verwirrt.« Sie überlegte kurz. »Schockiert, würde ich es nennen. Hilflos.«

»Natalie saß also auf dem Sofa und Paul neben ihr«, nahm Enno den Faden wieder auf.

»Sie hat weiter geweint und ständig wiederholt, dass ihr alles so leidtut und dass sie zu Paul zurückmöchte. Wieder und wieder hat sie das gesagt, es war, als wäre eine Schallplatte hängen geblieben. Paul hat versucht, sie irgendwie zu beruhigen, hat ihr gut zugeredet, dass sie ihren Rausch ausschlafen soll, damit wir später alle in Ruhe miteinander reden können. Aber da ist sie plötzlich total ausgeflippt, hat mich böse angestarrt und Paul angebrüllt, dass sie mit mir garantiert nichts zu bereden hätte und er das ›Flittchen‹ sofort aus ihrem Haus werfen soll.«

»Was hat Paul dazu gesagt?«

»Ach, Himmel, das ist alles schon so lange her, ich weiß es nicht mehr genau.«

»Hast du dich von ihm verteidigt gefühlt?«

»Keine Ahnung«, sagte sie und dachte einen Moment lang nach. »Nein«, gab sie dann zu, »nicht so richtig. Er ist sehr ruhig geblieben, und ich glaube, ich hätte mir gewünscht, dass er Natalie zurechtweist und ihr sagt, dass sie mich nicht so nennen darf.« Sie zuckte mit den Schultern. »Anderseits war er komplett überfordert und wusste nicht, wie er mit der ganzen Sache umgehen soll. Trotzdem habe ich mich irgendwie … im Stich gelassen gefühlt.«

»Erinnert dich dieses Gefühl an etwas?«

»Wie meinst du das?«

»Denk doch mal an deine jetzige Situation.«

»Du hast recht«, sie nickte langsam und dachte daran, dass Paul gerade am anderen Ende der Welt weilte, während sie hier zu Hause allein gegen ihre Angst kämpfen musste. »Das lässt sich durchaus vergleichen.«

»Es ist also ein altes Gefühl«, stellte Enno fest. »Und wenn wir tiefer gehen, werden wir vermutlich feststellen, dass es sogar *noch* älter ist.«

»Redest du von meiner Kindheit?«

»Da finden wir am häufigsten die Gründe für unsere Ängste.«

Du Flittchen! Der Satz schoss ihr wie aus dem Nichts durch den Kopf. *Du Flittchen*, hörte sie ihre Mutter sagen, *du nutzloses Flittchen! Machst für jeden die Beine breit, ansonsten kannst du rein gar nichts!* Und dann plötzlich: *Meine süße, kleine Maus, Mama hat dich lieb. Weißt du, wie lieb deine Mama dich hat? Komm, lass dich in den Arm nehmen, mein Schatz.*

»Stella?«

Erschrocken sah sie ihn an. »Ja?«

»Was ist los? Du weinst ja!«

»Sorry, ich bin nur aufgewühlt.« Sie wischte sich mit den Händen über beide Augen.

»Sollen wir eine kurze Pause machen?«

»Ja.« Sie holte tief Luft und stand auf. »Nur fünf Minuten, dann kann ich mich ein bisschen sammeln.«

»Gerne.«

Stella ging in den Vorraum von Ennos Sprechzimmer und öffnete die Tür zu dem kleinen Bad, das hiervon abging. Einen Moment stand sie unschlüssig vor dem Spiegel über dem Waschbecken und betrachtete sich. Tatsächlich war ihre Wimperntusche verlaufen, sie nahm ein Papierhandtuch aus dem Spender und wischte die schwarzen Schlieren unter den Augen weg.

Du Flittchen. Was hast du dir nur dabei gedacht? Du machst es einem wirklich unmöglich, dich lieb zu haben. Selbst dein Vater hat es nicht ausgehalten und ist abgehauen.

Stella schüttelte unwillig den Kopf, als könne sie so die Stimme ihrer Mutter verscheuchen. Aber es gelang ihr nicht, Helga Brenner hackte weiter auf ihr herum, um im nächsten Moment unvermittelt liebevolle Töne anzuschlagen. *Mein Liebling, mein hübsches kleines Mädchen!*

Halt die Klappe!, fuhr Stella sie stumm an. *Halt endlich deine Klappe! Du machst mich nicht mehr fertig, du nicht! Du bist tot und vermodert, du hast dich mit deinem eigenen Gift umgebracht!*

Mittlerweile liefen ihr die Tränen in wahren Sturzbächen übers Gesicht. Sie musste das in den Griff bekommen, und zwar schnell! Undenkbar, Enno so gegenüberzutreten. Undenkbar, ihm oder irgendjemandem sonst etwas davon zu erzählen. Das ging niemanden etwas an, niemanden!

Patsch! Mit einem lauten Klatschen versetzte Stella sich selbst eine Ohrfeige. So fest, dass ihr Kopf nach links flog und sie beinahe das Gleichgewicht verloren hätte. Aber es wirkte, sofort verstummte die Stimme.

Ein weiteres Mal wischte sie sich übers Gesicht, dann warf sie sich im Spiegel ein aufmunterndes Lächeln zu und ging zurück ins Sprechzimmer. Beim Eintreten nahm sie gerade noch wahr, wie Enno eilig sein Handy seitlich hinter einem Sesselkissen verschwinden ließ.

»Telefonier gern in Ruhe zu Ende«, sagte Stella, damit Enno wusste, dass sie es bemerkt hatte.

»Tut mir leid«, erwiderte er. »Eigentlich schalte ich das Handy während der Sitzungen aus, aber ich musste kurz einen Termin für heute Abend absagen. Wollen wir weitermachen?«

Sie nickte.

»In Ordnung, was ist in der Nacht dann noch passiert?«

»Irgendwann hat Natalie nicht mehr geschrien, sondern nur noch leise vor sich hin geweint. Und Paul hat gesagt, dass er sie nach Hause zu ihren Eltern fahren würde und ich auf ihn warten solle. Alles Weitere könnten wir dann später klären. Aber das wollte ich nicht.«

»Du wolltest keine Klärung der Situation?«

»Doch, aber ich wollte nicht allein auf ihn warten, sondern mitkommen. Er hat Natalie gestützt, sie zu seinem Auto geführt und auf die Rückbank verfrachtet. Das war gar nicht so einfach, denn sie war mittlerweile schon ziemlich weggetreten. Dann wollte er sich ans Steuer setzen, aber ich habe ihm gesagt, dass es besser wäre, wenn ich fahre, weil er eine ganze Menge getrunken und mit Sicherheit noch Restalkohol hatte. Davon hat er aber nichts hören wollen, sondern nur gesagt, dass er niemanden ans Lenkrad seines Oldtimers lässt.«

»Ziemlicher Machospruch.«

Sie grinste schief. »Du kennst ihn ja, manchmal haut er solche Sachen raus. Außerdem war er wirklich noch angetrunken.«

»Was war denn mit deinem Auto?«, wollte Enno wissen. »Warum habt ihr nicht das genommen?«

»Ich hatte damals einen Smart, da hätten wir nicht reingepasst.«

»Hast du Paul denn noch einmal widersprochen?«

»Ich hab's versucht, aber er ist stur geblieben. Und ich wollte mich auch nicht auf offener Straße mit ihm streiten, zu dem Zeitpunkt wurde es langsam schon hell.«

»In dem Moment hat euch jemand gefilmt, richtig?«

»Ja«, bestätigte sie. »Die Aufnahme zeigt die gesamte Sequenz. Wie Paul Natalie ins Auto legt, wie er und ich miteinander diskutieren, wie er sich schließlich ans Steuer setzt, ich mich auf die Beifahrerseite und wir losfahren. Alles ganz genau zu sehen, zumal Paul sein Auto am Straßenrand geparkt hatte, damit ich meinen Smart in seine Auffahrt stellen konnte.« Nun lächelte sie. »Macho hin, Macho her – er ist auch Kavalier der alten Schule. Nur waren wir so blöderweise alle gut auf dem Film zu erkennen.«

»Zu der Aufnahme kommen wir später.«

»Okay. Im Auto haben wir uns dann natürlich gestritten.«

»Warum natürlich?«

»Na, ich bitte dich! Da hat Paul mir ja erst alles gestanden. Dass er mit Natalie verheiratet ist, sie ihn aber vor einem halben Jahr für einen anderen Kerl verlassen hatte, zu dem sie dann auch gleich gezogen war.« Stella schluckte schwer, auch heute noch konnte sie die Erinnerung an diese albtraumhafte Szene kaum ertragen. Dieser Moment, in dem ihr vermeintliches neues Liebesglück zu zerbrechen drohte. »Ich war wie vor den Kopf gestoßen, total entsetzt. Erst recht, als er mir dann auch noch erzählte, dass das Haus – sein schönes, großes Haus! – gar nicht ihm gehört, sondern seiner Frau. Aber dass er dort weiter wohnen durfte, weil sie wegen der Trennung so ein schlechtes Gewissen hatte. Da habe ich mich wie ein Stück Dreck gefühlt. Wie die Affäre, die heimlich ins eheliche Heim und Bett bestellt wird.«

»Aber Natalie hatte Paul verlassen, es war sein gutes Recht, dich einzuladen.«

»Wenn ich dich mal zitieren darf: Ein reiner Vernunftgrund, innerlich fühlte ich mich beschmutzt. Uns, ich fühlte uns beschmutzt.«

»Was hat Paul denn zu Natalies nächtlichem Auftritt gesagt?«

»Den fand er total absurd, allerdings vermutete er ja, dass er daran nicht unschuldig war. Eben weil er Natalie an dem Tag angerufen hatte, um ihr unter die Nase zu reiben, dass er jetzt Flugkapitän wäre und außerdem eine neue Freundin hätte. Er war immer noch in seinem Stolz verletzt, denke ich. Damit wollte er sie treffen.«

»Das scheint ihm gelungen zu sein.«

»Ich weiß nicht, was sie so in Rage gebracht hat. Ob es die Tatsache war, dass er ihr von mir erzählt hat oder ob es um seine Beförderung zum Kapitän ging. Wahrscheinlich beides.«

»Natalie war sehr wohlhabend, weshalb hätte es sie aufregen sollen, dass Paul einen Sprung auf der Karriereleiter gemacht hat?«

»Na ja, wie das so ist«, sagte Stella und zuckte mit den Schultern. »Sie kam zwar aus reichem Hause, war aber ›nur‹ Stewardess, wie du weißt.«

»Ich weiß aber auch, dass das Natalies eigene Entscheidung war. Sie hätte ihr Medizinstudium ja nicht hinwerfen müssen, sondern es wie ihr Bruder Lukas beenden können. Das Zeug dazu hätte sie durchaus gehabt.«

»Dazu kann ich nichts sagen, ich kannte sie ja gar nicht«, erklärte Stella und verzichtete darauf, Enno zu sagen, dass es ihr komplett egal war, wozu Natalie das Zeug gehabt hätte. Auch so hatte es sie schon immer gestört, dass Enno als Pauls bester Freund selbstverständlich auch dessen erste Frau gekannt hatte. Ein weiterer Grund dafür, weshalb ihr die Therapiesitzungen bei ihm zuwider waren, sie hätte eine neutralere Person bevorzugt. »Alles, was ich von Paul erfahren habe«, erzählte sie weiter, »war, dass Natalie und ihr Bruder vorzeitig von ihren Eltern einen Großteil ihres Erbes erhalten haben und dass Natalie danach lieber um die Welt jetten als weiter studieren wollte.« Sie seufzte. »Aber über diese Dinge haben wir natürlich erst viel später gesprochen, nicht damals im Auto. Da hat er nur gesagt, dass Natalie seine Frau ist, sie ihn vor einem halben Jahr verlassen hat und ihr die Villa gehört. Ach ja, und das mit der Stewardess hat er erwähnt, als Erklärung, weshalb er sie überhaupt angerufen hat.«

»Also tatsächlich eine kleine Spitze als Rache.«

»So in der Art, das ist doch menschlich. Er wollte ihr zeigen, dass er nicht total am Boden liegt, sondern dass es ihm gutgeht. Damit, dass sie so ausrastet, hat er nicht gerechnet. Er hat sich tausendmal dafür entschuldigt, dass ich so von ihr erfahren musste. Er hat gemeint, dass er mir das alles schon viel früher sagen wollte, aber dann habe der Moment nie so richtig gepasst, auch weil er ja immer so viel unterwegs ist. Da wollte er die wenige Zeit, die wir miteinander hatten, nicht verderben.«

»Hast du das verstehen können?«

»Einerseits ja. Auf der anderen Seite war ich sehr wütend und verletzt. Wieder und wieder hat er mich gefragt, ob ich ihm das verzeihen kann, und mich nahezu angebettelt, dass ich ihn deshalb nicht verlassen soll.« Stella unterbrach sich, zu schmerzhaft waren die Erinnerungen an die letzten Minuten im Auto.

»Hast du denn daran gedacht, ihn zu verlassen?«

»Nein«, sagte sie, »nicht eine Sekunde lang. Aber trotzdem konnte ich nicht aufhören, ihn anzuschreien und ihm Vorwürfe zu machen.« Sie fing an, mit ihrem Verlobungsring herumzuspielen, und sprach dann leise weiter: »Ich habe mich später oft gefragt, warum ich das gemacht habe. Wieso habe ich seine Entschuldigung nicht einfach akzeptiert? Warum musste ich rumzetern wie ein altes Weib?«

»Weil deine Wut ein Ventil brauchte.«

»Vielleicht.« Nun hob sie den Blick, sah Enno direkt in die Augen. »Aber wenn wir uns nicht so gestritten hätten …

Wenn Paul durch mein Gekeife nicht so abgelenkt gewesen wäre, hätte er den Unfall nicht gebaut.«

»Das kann sein, muss aber nicht.«

»Doch«, insistierte Stella. »Er war zwar angetrunken, aber so sehr, dass er eine Kurve übersieht, mit Sicherheit nicht.« Sie räusperte sich. »Wir waren mittlerweile auf der Landstraße, und Paul fuhr vor Aufregung viel zu schnell. Im Radio lief ›Home‹ von Michael Bublé, dieses Lied hat sich bei mir seitdem regelrecht eingebrannt.« Noch einmal holte sie tief Luft. »Alles Mögliche habe ich ihm an den Kopf geworfen, dass er ein mieser Lügner und Betrüger ist, dass ich ihm nie wieder auch nur ein einziges Wort glauben werde und dass er mich wie eine Nutte behandelt hat. Bei dem Wort ist Paul dann richtig ausgeflippt. Er hat mich angebrüllt, ich solle langsam mal einen Punkt machen, sonst würde er mich aus dem Auto schmeißen.« Ihr Atem ging immer schwerer, beinahe sah sie die Landstraße vor sich, erinnerte sich daran, wie Paul sie böse angestarrt hatte.

»Sprich weiter, Stella, das ist eine sehr wichtige Erinnerung.«

Sie schloss die Augen. »Da habe ich mit einer Hand ausgeholt und ihm einen Stoß gegen die Schulter versetzt. Nicht wirklich fest, aber er hat im Reflex zurückgehauen, mich allerdings verfehlt. Danach ging alles ganz schnell, wie im Zeitraffer. Wir beide haben die steile Rechtskurve nicht einmal gesehen, sondern erst durch eine heftige Erschütterung gemerkt, wie der Wagen direkt auf einen Acker schoss. Das Auto hat sich überschlagen, danach war ich eine Weile weggetreten. Wie lange, weiß ich nicht, aber bestimmt ein paar Minuten.«

»Was war mit den anderen beiden?«

»Als ich wieder zu mir gekommen bin, lag ich auf dem Rücken und sah nur den blauen Himmel über mir, also war ich aus dem Wagen geschleudert worden. Wir waren ja alle nicht angeschnallt, der Oldtimer hatte keine Sicherheitsgurte. Ich habe ganz vorsichtig versucht, aufzustehen, was auch ging, und als ich an mir hinuntersah … da war da so viel Blut, alles an mir war voller Blut. Schmerzen hatte ich keine, was wohl daran lag, dass ich total unter Schock stand.« Automatisch fuhr sie sich mit der linken Hand übers Gesicht, befühlte die vernarbten Stellen. »Dann habe ich nach Paul geschrien und bin zum Wagen gehumpelt, der ein paar Meter entfernt auf der Seite lag. Das Auto war leer, eine Tür war abgerissen, das Verdeck ebenfalls und die Frontscheibe zersplittert. Paul lag direkt hinter dem Wrack, zuerst habe ich nur einen seiner Schuhe gesehen. Er war nicht bei Bewusstsein, aber er atmete, also habe ich versucht, ihn aufzuwecken, indem ich ihn schüttelte. Darauf hat er allerdings nicht reagiert, auch nicht auf die zwei Ohrfeigen, die ich ihm in meiner Verzweiflung versetzt habe. Irgendwann habe ich aus dem Auto so ein seltsames Knistern und Knacken gehört und Benzin gerochen, da bin ich in Panik geraten und habe Paul noch einmal geohrfeigt. Weil das aber alles nichts brachte, habe ich ihn dann unter den Achseln gepackt und von dem Wagen weggezerrt. Keine Ahnung, woher ich die Kraft genommen habe, ich war ja selbst recht schwer verletzt. Als ich weit genug vom Auto weg war, habe ich ihn in die stabile Seitenlage gebracht.« Ein Lächeln huschte ihr übers Gesicht. »Immerhin dafür war der Pflichtkurs in Erste Hilfe für Lehrer gut.«

»Damit hast du Paul wohl das Leben gerettet.«

»Kann sein, ich weiß es nicht. Tatsächlich hat das Auto

kurze Zeit später Feuer gefangen, und ich hatte riesige Angst, dass es noch eine Explosion oder so etwas geben könnte. Ist allerdings nicht passiert, das Auto ist nur komplett ausgebrannt.«

»Und was war mit Natalie?«

»Sie lag ziemlich nah bei der Straße, am Anfang des Feldes. Und ich konnte schon aus der Ferne sehen, dass es sie sehr schlimm erwischt hatte.« Stella schluckte. »Da war noch viel mehr Blut als bei mir, ihr linkes Bein war fast vollständig abgetrennt, es sah schrecklich aus.«

»Hat sie noch gelebt?«

»Ja, sie hat geatmet und gestöhnt. Ich habe versucht, ihr zu helfen. Habe mit Pauls Gürtel den Stumpf abgebunden, um die Blutung zu stoppen.« Sie lachte trocken auf. »Ich konnte nur noch dieses eine Wort denken, *Tourniquet*, ein Druckverband. Auch das war bei der Ersten Hilfe dabei. Irgendwie habe ich es geschafft. Dann habe ich meine Handtasche mit meinem Handy gesucht, aber die lag noch im Auto, das mittlerweile richtig brannte. Paul hatte seines in der Hosentasche stecken, es war zwar gesperrt, aber die Notruffunktion konnte ich drücken.«

»Man kann also sagen, dass du alles versucht hast, um Pauls und Natalies Leben zu retten?«

»Ich denke schon.«

»Wie lange hat es gedauert, bis Hilfe kam?«

»Keine Ahnung, das verschwimmt in meinem Kopf alles miteinander. Fünf Minuten? Zehn? Zwanzig? Irgendwann kamen sie an, gleich drei Krankenwagen auf einmal, das Sirenengeheul verfolgt mich noch heute manchmal bis in den Schlaf.«

»Was hast du getan, während du gewartet hast?«

»Ich habe mich neben Natalie gesetzt, ihren Kopf auf meinen Schoß gelegt und ihr immer wieder übers Haar gestrichen. Und ihr gesagt, dass bald jemand kommt. Ich weiß nicht, ob sie das überhaupt noch gehört hat, sie war nicht mehr bei Bewusstsein.«

»Warum hast du dich so um sie gekümmert und nicht um Paul? Die Frau hätte dir doch egal sein können.«

»Ehrlich gesagt habe ich schon in diesem Moment gedacht, dass Natalie sterben wird. Ich fühlte mich schuldig.«

»Siehst du«, sagte Enno und betrachtete sie nickend. »Genau da sitzt das Schuldgefühl.«

»Natürlich sitzt es da!«, fuhr sie ihn an. »Ich habe einen Menschen auf dem Gewissen. Zeig mir mal jemanden, der sich da nicht schuldig fühlt!«

»Es war ein Unfall. Ein tragischer und vermeidbarer, das schon. Aber ein Unfall. Außerdem bist du nicht einmal gefahren.«

Sie seufzte. »Ich habe schon so oft und so lange das Gegenteil behauptet, dass ich manchmal selbst glaube, dass ich am Steuer gesessen habe.«

»Darüber möchte ich auch noch mit dir reden. Du hast damals, als der Rettungswagen kam, sofort behauptet, dass du gefahren bist?«

»Ja.« Sie nickte. »Mir war klar, dass Paul noch Alkohol im Blut haben musste, man konnte es sogar riechen. Groß darüber nachgedacht habe ich gar nicht, auch nicht, welche Konsequenzen das für mich haben könnte. Das war mehr aus einem Reflex heraus.«

»Ein Reflex, der Paul eine Menge Ärger erspart hat.«

»Wie schlimm es für ihn tatsächlich geworden wäre, habe ich erst später so richtig begriffen. Als er mir erklärt hat, dass das Luftfahrtbundesamt ihm mit Sicherheit seine Fluglizenz entzogen hätte, wenn herausgekommen wäre, dass er unter Alkoholeinfluss einen so schweren Unfall verursacht hatte. Da wird dann von einer charakterlichen Untauglichkeit für den Pilotenberuf ausgegangen. Und wegen der groben Fahrlässigkeit hätte seine Berufsunfähigkeitsversicherung dann auch nichts gezahlt.«

»Was auch nicht ganz falsch wäre. Moralisch gesehen.«

»Wir sind dann ins nächste Krankenhaus gebracht worden«, sprach Stella weiter, ohne auf Ennos Einwurf einzugehen. Sie wollte mit ihm nicht darüber diskutieren, was seiner Meinung nach richtig und was falsch war. »Mich haben sie ziemlich schnell operiert, ich hatte sehr tiefe Schnittwunden im Gesicht. Es hat ganze zwei Tage gedauert, bis ich erfahren habe, was mit Paul und Natalie los ist. Da war eine nette Schwester, die mir gesagt hat, dass es Paul bis auf ein leichtes Schädel-Hirn-Trauma und einen gebrochenen Arm gutgeht. Dass zwar sein Gedächtnis etwas gelitten hatte und ihm die Erinnerung an ein paar Stunden fehlte, was aber bei einem solchen Unfall nicht ungewöhnlich sei. Außerdem würde der Alkohol da wohl auch eine Rolle spielen.« Stella hielt kurz inne, bevor sie weitersprach. »Ich erinnere mich noch genau daran, wie unfassbar erleichtert ich über Pauls Gesundheitszustand war. Und wie unfassbar hart mich der nächste Satz der Schwester getroffen hat: *Frau Johannsen hat es leider nicht geschafft, sie ist noch am Unfallort verstorben.*«

»Wann hast du Paul das nächste Mal gesehen?«

»Das war ein paar Tage später. Direkt nach meiner Entlassung bin ich zu ihm nach Hause gefahren.«

»Er hat dich im Krankenhaus nicht besucht?«

»Nein.« Sie schüttelte den Kopf. »Das wollte ich auch gar nicht. Am liebsten hätte ich sogar ein paar Wochen gewartet, bis ich die Verbände los bin und die Wunden schon ein wenig verblasst sind. Letztlich war dann aber meine Sehnsucht nach ihm größer.«

»Wie war euer erstes Wiedersehen?«

»Eigenartig«, antwortete sie. »Seltsam … distanziert. Oder unsicher, ich weiß gar nicht, wie ich es beschreiben soll. Mir kam es so vor, als wären wir beide mit der Situation überfordert, keiner von uns wusste so recht, was er sagen sollte. Einen Moment lang habe ich einfach vor ihm gestanden, aber dann hat er eine Hand nach mir ausgestreckt und mich ins Haus gezogen. Wir haben stundenlang geredet, er wollte von mir alles ganz genau wissen, weil er sich an den gesamten Abend und den Unfall überhaupt nicht erinnern konnte. Er hatte keine Ahnung, dass er gefahren war.« Sie räusperte sich. »Da habe ich es nicht übers Herz gebracht, es ihm zu sagen, sondern bin ihm gegenüber auch bei der Version geblieben, die ich den Sanitätern und der Polizei erzählt habe.«

»Das war sehr nobel von dir.«

»Ich hielt es für die beste Lösung. Natalie war tot, daran konnte ich nichts mehr ändern. Warum hätte ich ihn damit belasten sollen?«

»Stattdessen hast du dich selbst damit belastet. Und diese Lüge ist es, die dich auch heute noch umtreibt.«

»Was schlägst du vor?«, wollte sie wissen. »Sollen wir etwa hingehen und allen erzählen, wie es wirklich war? Wie stehen wir dann da?«

»Die Frage ist nicht, wie ihr vor anderen dasteht – sondern wie ihr vor euch selbst dasteht.«

»Tut mir leid, Enno, aber so einfach ist das nun mal nicht.«

»In Ordnung, wie ging es dann damals weiter?«, fragte Enno.

»Ein paar Tage lang haben wir uns nach dem Gespräch nicht mehr gesehen, Paul meinte, er müsse das alles erst einmal für sich verarbeiten.«

»Hat er dir vorgeworfen, dass du den Unfall verursacht hast? Denn das hat er ja gedacht.«

»Nein, das ich glaube nicht. Aber er war durcheinander und ich selbst auch.«

»Und dann hat er irgendwann einfach so vor deiner Tür gestanden?«

Sie nickte. »Ja, das war vier oder fünf Tage nach unserem ersten Wiedersehen. Paul ist überraschend bei mir aufgekreuzt und war total von der Rolle, weil er überhaupt nicht mehr verstand, was los war. Er erzählte mir, dass er in seinem Briefkasten einen USB-Stick gefunden hätte. Mit einem Video, das ihn, mich und Natalie am Morgen des Unfalls an seinem Auto zeigt. Und dass man in der Aufnahme sehr deutlich erkennen könnte, dass er sich ans Steuer setzt und nicht ich. Da blieb mir nichts anderes übrig, als ihm alles zu erzählen. Wir saßen bei mir zu Hause in der Küche, und ich habe ihm geschildert, wie es wirklich war und warum ich behauptet habe, ich sei gefahren. Mit jedem meiner Worte ist Paul blasser geworden, und am Ende hat er sogar geweint. Dann ist er irgendwann aufgestanden, hat mich von meinem Stuhl hochgezogen und ganz fest in seine Arme geschlossen.« Sie spürte, wie sich ihr gesamter Körper mit einer feinen Gänsehaut überzog, als sie den Satz wiederholte, mit dem ihr gemeinsames Leben mit Paul damals begonnen hatte: »Wie sehr musst du mich lieben, dass du so etwas für mich tust?, hat er mich gefragt.«

»Sehr«, sagte Enno. »Du musst ihn sehr lieben.«

»Das tue ich. Und ich glaube, das ist der eigentliche Grund für meine Angst. Es sind nicht die Schuldgefühle, und es ist auch nicht die Lüge, mit der wir leben. Meine größte Angst ist es, Paul zu verlieren.«

Enno beugte sich zu ihr vor und betrachtete sie nachdenklich. »Aber warum sollte ausgerechnet das passieren?«

»Ganz einfach: Wenn unsere Lüge von damals ans Licht kommt, ist alles vorbei.«

»Wie kommst du darauf? Ja, sicher, es könnte große Empörung geben. Aber sonst? Hat euch nicht damals ein Anwalt gesagt, dass eine grob fahrlässige Tötung nach spätestens fünf Jahren verjährt?«

»Doch«, erwiderte Stella, »davon war die Rede.«

»Mittlerweile sind aber schon sechs Jahre vergangen, euch droht also keine Gefahr, für Natalies Tod zur Rechenschaft gezogen zu werden.«

»Und was ist mit Pauls Lizenz?«

»Ich halte es für sehr unwahrscheinlich, dass ihm die nach so vielen Jahren noch nachträglich entzogen werden kann.«

»Unwahrscheinlich heißt aber nicht, dass du dir sicher bist.«

»Und selbst, wenn es passiert?« Enno zuckte mit den Schultern. »Ihr seid finanziell komplett abgesichert, ihr habt das Haus und ein großes Barvermögen. Dann fliegt Paul eben nicht mehr, sondern spielt Golf oder Tennis und jettet mit dir in die Karibik. Ehrlich gesagt frage ich mich sowieso, warum er sich die Fliegerei überhaupt noch antut.«

Ich mich auch, wäre es ihr beinahe herausgerutscht. Doch stattdessen sagte sie: »Er liebt seinen Job.«

»Ja, und dich liebt er auch. Von daher: Was auch immer du befürchtest – so lange du und Paul euch nicht trennen *wollt*, wird das auch nicht passieren.«

»Du verstehst das nicht!«, fuhr sie ihn an.

»Nein«, stimmte er ihr zu, »das verstehe ich tatsächlich nicht.«

»Dann sind wir uns ja einig«, gab sie zurück und bemühte sich, ruhig zu bleiben, obwohl die Wut mit einem Mal wieder in ihr tobte. »Du verstehst mich nicht, und ich verstehe dich nicht.« Sie erhob sich. »Und jetzt möchte ich gern nach Hause fahren und nicht länger in der Vergangenheit rumwühlen.«

Enno stand ebenfalls auf, streckte ihr die rechte Hand entgegen, die sie ergriff. »Wie du möchtest, Stella. Aber wenn noch etwas ist, kannst du dich jederzeit gern an mich wenden.«

»Danke, das werde ich tun.«

Als sie draußen auf der Straße die Tür ihres Minis aufschloss, schwor sie sich, dass sie nie wieder einen Fuß in diese Praxis setzen würde. Ganz egal, was Paul wollte.

10

Das Gespräch mit Enno Borchers hatte Stella dermaßen aufgewühlt, dass es ihr schwerfiel, sich aufs Fahren zu konzentrieren. Dreimal nacheinander bog sie falsch ab, weil es in ihrem Kopf drunter und drüber ging. Permanent wanderten ihre Gedanken zu dem Unfall zurück. Und zu der schweren Zeit, die Paul und sie danach gehabt hatten. Wie lange es gedauert hatte, bis die Wunden halbwegs verheilt waren, die körperlichen wie die seelischen. Wie lange sie beide in der riesigen Angst hatten leben müssen, dass es da draußen irgendwo einen Mitwisser gab, der den Beweis hatte, dass Paul gefahren war, und der das jederzeit gegen ihn verwenden konnte. Dieses permanent über ihm schwebende Damoklesschwert hatte Paul fast in den Wahnsinn getrieben, hatte ihn Nacht für Nacht um den Schlaf gebracht.

Zudem hatte Paul unter dem Tod seiner Frau und seiner Schuld daran extrem gelitten. Auch weil Natalies Familie – allen voran ihr Bruder Lukas – nicht nur Stella als Fahrerin für den Unfall verantwortlich machte, sondern Paul gleichermaßen, weil er Natalie betrogen hatte. Und das auch noch in ihrem eigenen Haus! Dass sie ihn verlassen hatte, zählte für ihre Familie nicht. Für die Sievers war Stella eine Mörderin und Paul ihr Komplize, sie hatten ihn sogar aufgefordert, der Beerdigung fernzubleiben, woran er sich auch gehalten hatte. Als Natalies gesamtes Vermögen sowie die Villa in der Blumenstraße an Paul fielen, weil sie sich gegenseitig als Alleinerben eingesetzt hatten, hatte das für weitere Anfeindungen gesorgt. Die Familie hatte aber nichts dagegen unternehmen können, rechtlich gehörte alles Paul.

Der hatte sehr mit sich gekämpft, ob er das Erbe überhaupt annehmen sollte. Letztlich war seine Angst, dass die Wahrheit doch noch ans Licht kommen könnte – ob durch den geheimnisvollen Film oder anders – und er damit alles verlieren würde, größer gewesen als die Skrupel. Verbunden mit dem Wunsch, Stella für das, was sie für ihn getan hatte, die größtmögliche Sicherheit zu bieten. Ohnehin: Natalies Familie war so wohlhabend, dass ein Haus mehr oder weniger keine Rolle spielte. Ihr Bruder Lukas hatte wie Natalie von den Eltern vorab einen Teil des Erbes ausgezahlt bekommen und war darüber hinaus ein erfolgreicher plastischer Chirurg, so dass kein Risiko bestand, dass irgendjemand aus der Sievers-Sippe jemals in Nöte geraten könnte. Paul hatte also niemandem etwas weggenommen.

Reine Vernunftgründe, ging es Stella unmittelbar durch den Kopf, *die Seele interessiert das nicht.*

Energisch ballte sie die Fäuste, lehnte sich gegen die Worte auf. Das Haus! Sie hatten in der Villa einige Umbauten vornehmen lassen und sie komplett neu eingerichtet, aber für Stella war Natalie noch jahrelang im Haus spürbar. Paul hingegen hatte sich schnell mit der Situation arrangiert, nachdem er sich damit abgefunden hatte, dass die Dinge waren, wie sie waren und die Villa nun ihm gehörte. Und ausgerechnet jetzt, nachdem Stella es langsam und Schritt für Schritt geschafft hatte, sich ebenfalls wohl und zu Hause zu fühlen; nachdem es ihr gelungen war, die Vergangenheit abzustreifen und sie ruhen zu lassen, hatte dieses Paar im Auto auftauchen müssen!

Als sie vor einer roten Ampel anhielt, fasste Stella den Entschluss, dass sie Paul nach seiner Rückkehr unbedingt davon überzeugen musste, die Villa zu verkaufen und sich woanders etwas zu suchen. Wenn schon nicht in einem anderen Land oder einer anderen Stadt, dann doch wenigstens in einem anderen Viertel.

Sie konnte sich selbst nicht mehr erklären, wie sie sich jemals auf ein Leben in diesem vergifteten Haus hatte einlassen können. In dieser vergifteten Nachbarschaft, in der jeder wusste, dass sie den Platz einer anderen Frau eingenommen hatte. In der jeder glaubte, dass sie Natalie Johannsen getötet hatte.

Johannsen! Es durchfuhr sie heiß und kalt. Sie hatte keine Sekunde gezögert, als sie bei der Heirat ebenfalls Pauls Namen angenommen hatte. Froh darüber, das verhasste Brenner loszuwerden, war ihr nicht einmal in den Sinn gekommen, wie falsch das gewesen war; welches Signal sie und Paul damit der Außenwelt gesendet hatten. Sie hatten nur zu zweit geheiratet, das schon, aber warum hatten sie nicht einen Gedanken daran verschwendet, wie Stellas Namenswahl auf andere wirken würde? War es da verwunderlich, dass sie sich Feinde gemacht hatten? Natalies Familie, ihre Freunde oder sogar einen völlig Unbeteiligten? Wäre es so jemandem nicht eine Genugtuung, den »neuen« Johannsens Angst einzujagen? Vielleicht mit einem Paar, das einfach so tagelang vor ihrem Haus parkt? Wütend über sich selbst und ihre Naivität, schlug Stella mit der Faust aufs Lenkrad und erschrak, als die Hupe losdröhnte.

Das musste aufhören. Sie musste damit aufhören. Damit, nahezu all das zu tun, was Paul sich wünschte. Sich immer nach ihm zu richten. Sie würde nicht mehr seine Marionette spielen, sie hatte doch auch noch ein eigenes Leben! Eine Sekunde später schüttelte sie allerdings schon wieder den Kopf über sich selbst und ihre Gedanken. Marionette, das war natürlich Unsinn, denn Paul tat im Gegenzug ja auch alles für sie, zumindest, wenn es ihm möglich war.

Nun das Haus zu verkaufen, das war durchaus möglich. Vielleicht würde Natalies Familie es ja haben wollen. Bei dieser Vorstellung musste sie gegen ihren Willen lächeln. Immerhin sprachen sie wieder mit Paul, hatten ihn sogar zu dieser vermaledeiten Konfirmation eingeladen. So sehr Stella sich auch wünschte, dass es keinerlei Verbindung mehr zwischen Pauls »altem« und »neuem Leben« gab – wenn das Ende der Familienfehde eine Möglichkeit mit sich brachte, die Villa schnell loszuwerden, sollte es ihr recht sein.

Sie dachte an die Danksagungskarte im Müll und daran, dass das etwas übergriffig gewesen war. Aber sie hatte es nur getan, damit sie und Paul nicht wieder von der Vergangenheit eingeholt wurden. Oder jedenfalls nicht mehr, als es durch das Auftauchen des Mercedes schon geschehen war.

Erneut erklang ein Hupen, ein ganz kurzes, dieses Mal von einem anderen Fahrzeug. Stella sah nach oben zur Ampel, die auf Grün stand, hob entschuldigend eine Hand und warf einen Blick in den Rückspiegel. Sie erschauderte. Direkt hinter ihr stand ein Leichenwagen, in dem zwei Männer in dunklen Anzügen saßen.

Stella trat so fest und eilig aufs Gaspedal, dass der Mini

einen Satz nach vorne machte und dann der Motor erstarb. Im Rückspiegel sah sie, dass der Leichenwagen ebenfalls anhielt. Noch einmal hob sie die Hand, doch die zwei Männer reagierten gar nicht darauf, sondern blickten nur unbewegt nach vorne. Sie drehte den Zündschlüssel, und der Motor heulte auf. Beim Einlegen des ersten Ganges gab das Getriebe ein krachendes Geräusch von sich, und Stella fuhr so unsicher und ruckelnd los, als hätte sie gerade erst ihren Führerschein gemacht. Obwohl die Straße zweispurig und die linke Seite frei war, blieb die schwarze Limousine dicht hinter ihr und überholte nicht. Auch nicht, als Stella den Motor an der nächsten Ampel noch einmal abwürgte und danach wesentlich langsamer als die erlaubten fünfzig Stundenkilometer fuhr.

Wieder und wieder sah sie in den Rückspiegel, hoffte jedes Mal, wenn sie abbog, dass der Fahrer des Bestattungswagens geradeaus fahren würde. Aber er klebte an ihr wie schwarzes Pech. Sie atmete tief ein und aus, wischte sich ihre feuchten Hände an der Hose ab, was ein paar unschöne Flecken auf dem weißen Stoff hinterließ.

Erneut ging ihr etwas durch den Kopf, das Enno gesagt hatte, allerdings etwas Beruhigendes. Dass es nur eine Projektion war, weiter nichts, und dass sie sich nicht verrückt machen durfte. Es war reiner Zufall, dass da ein Leichenwagen hinter ihr fuhr, ganz bestimmt war es das. Warum auch sollten sie zwei Männer von einem Bestattungsinstitut verfolgen? Dafür hätten sie ja wissen müssen, wo Stella gewesen war, und außer ihrem Mann und Enno hatte niemand etwas von ihrem heutigen Termin gewusst. Als Paul sie gestern Abend noch einmal angerufen und ihr gesagt hatte, dass er schon für den nächsten Tag um 17.00 Uhr etwas ausgemacht hatte, war Stella ganz allein im Haus gewesen. Niemand hätte ihr Telefonat hören können.

Sie beugte sich vor, schaltete das Radio an und zuckte zusammen, weil die Musik in ohrenbetäubender Lautstärke durchs Auto wummerte. Mit zittriger Hand drehte sie den Ton aus. Stellas Herz pochte wild, zum einen vor Schreck, zum anderen, weil ihr sofort die Frage durch den Kopf schoss, wann um Himmels willen sie das Radio so laut gedreht hatte. Und warum. Sie versuchte sich zu erinnern. Donnerstag war sie beim Sport gewesen, da hat sie den Mini zum letzten Mal gefahren. Hatte sie Musik gehört?

Stella wusste es nicht mehr, sie trommelte mit den Fingern auf dem Lenkrad herum und dachte angestrengt nach. Dann fiel es ihr wieder ein. Ja, sie hatte das Radio angehabt und ausgeschaltet, als ihr Handy geklingelt hatte. Ein Callcenter-Agent ihres Mobilfunkanbieters, der sie zu irgendwelchen neuen Tarifen hatte überreden wollen und den sie relativ schnell und unfreundlich abgewürgt hatte. Danach hatte sie die Musik nicht wieder angestellt, weil sie ohnehin schon fast zu Hause gewesen war. Wie also kam es, dass das Radio so laut losgeplärrt hatte? Hatte sie beim Aussteigen aus Versehen den Regler berührt? Vielleicht als sie ihre Sporttasche vom Beifahrersitz gehoben hatte? Hatte sie damit den Drehknopf gestreift? Sie konnte es sich nicht vorstellen.

Unwillkürlich musste sie an Renata denken. Stella legte ihren Schlüsselbund stets auf der kleinen Kommode im Flur ab, die Haushälterin hätte ihn also nehmen, den Mini aufschließen und das Radio manipulieren können. Doch Renata war ja bei Stellas Ankunft in der Küche gewesen und hatte sich danach ziemlich schnell verabschiedet. Wann also hätte sie unbemerkt zum Auto gehen sollen? Und vor allem, aus welchem Grund?

Darauf fand Stella genauso wenig eine Antwort wie darauf, weshalb der schwarze Bestattungswagen noch immer direkt hinter ihr fuhr. Oder warum dieses Pärchen in ihrer Straße parkte, warum Leon Sanders nachts mit seinem Handy in ihrer Auffahrt herumlungerte und was es mit den seltsamen Anrufen auf sich hatte, bei denen sich niemand meldete. Bis auf die Annahme, dass es jemanden gab, der die Wahrheit kannte und sie und Paul hassen musste.

Ihr Kopf bestand nur noch aus Fragezeichen. Entweder Enno Borchers hatte recht, sie bezog vor lauter Angst alles auf sich und war kurz davor, komplett verrückt zu werden. Oder aber irgendjemand hatte ihr gezielt eine Schlinge um den Hals gelegt und war gerade dabei, sie unerbittlich immer enger zuzuziehen.

Vor der nächsten Ampel wechselte Stella auf die linke Spur, jetzt hielt der Leichenwagen rechts von ihr an. Sie sah hinüber zu den beiden Männern, und tatsächlich erwiderte der Fahrer ihren Blick. Sie meinte sogar, die Spur eines Lächelns auszumachen. Als die Ampel auf Grün sprang und die schwarze Limousine zügig anfuhr, atmete Stella erleichtert auf und wechselte zurück auf die rechte Seite. Nun, ohne ihren Mini als Hindernis, entfernte sich das Bestattungsfahrzeug relativ zügig, und schon nach wenigen Minuten war es aus ihrem Sichtfeld verschwunden.

Nun erhöhte auch Stella das Tempo wieder, sie wollte einfach nur nach Hause und hoffte, dass Paulchen in seinem Korb lag und in Kuschellaune war. Und natürlich hoffte sie, dass Paul sich bald bei ihr melden würde und eine Möglichkeit gefunden hätte, früher nach Hause zu kommen. Immerhin hatte sie ihren Teil der Vereinbarung erfüllt und war bei Enno gewesen, nun durfte sie mit Fug und Recht erwarten, dass ihr Mann alle Hebel in Bewegung gesetzt hatte, um seinen Dienstplan zu ändern. Allein der Gedanke daran, dass Paul bald wieder bei ihr wäre, löste die Beklemmung in ihrem Innern spürbar.

Sie fühlte sich schon ein wenig besser, als sie den Blinker setzte und rechts in die Blumenstraße einbog. Sogar der Anblick des geparkten Mercedes vor dem Haus der Sanders machte ihr nicht mehr so viel Angst; sollten die doch da in ihrem Auto hocken, bis sie schwarz wurden!

Dann bemerkte Stella den Leichenwagen. Er stand am linken Straßenrand, und gerade stiegen Fahrer und Beifahrer aus.

11

Erst als ihr Brustkorb schmerzte, fiel Stella auf, dass sie vor Schreck den Atem angehalten hatte. Und dass sie mit dem Auto mitten auf der Straße stehen geblieben war, einfach so. Japsend schnappte sie nach Luft und ließ sich für einen Moment nach vorn aufs Steuer sinken. Dann richtete sie sich wieder auf, fuhr an und lenkte den Mini in die Auffahrt vor ihrem Haus, ohne die beiden Männer auch nur eine Sekunde aus den Augen zu lassen.

Einer der beiden ging zum Anwesen von Hermann und Marlies Wagner, der andere blieb beim Auto und öffnete die Doppeltür an der Rückseite. Stellas Magen begann zu rebellieren, als ihr Blick auf den hölzernen Sarg auf der Ladefläche fiel, saure Flüssigkeit schoss ihr durch die Kehle in den Mund. Im selben Moment öffnete Hermann Wagner die Haustür, reichte dem Mann im Anzug die Hand – und brach dann unvermittelt zusammen, sank direkt vor ihm auf die Knie.

Zuerst wich der Mann erschrocken einen Schritt zurück, doch nur Sekunden später beugte er sich zu dem Rentner hinunter und griff ihm unter die Arme. Stella riss die Autotür auf, sprang hinaus und rannte hinüber zu ihrem Nachbarn. Als sie ihn erreichte, hatte Hermann Wagner sich mit Hilfe des Bestatters wieder aufgerichtet, wankte aber noch sichtlich, so dass er sich mit einer Hand am Türrahmen abstützen musste. Er sah noch schlechter aus als bei ihrer nächtlichen Begegnung, das Gesicht aschfahl, die Wangen eingefallen, die Augen rot unterlaufen.

»Herr Wagner«, setzte Stella an und legte ihm dabei sanft eine Hand auf den zitternden Arm. Sie korrigierte sich: »Hermann, ist deine Frau …« Sie brachte es nicht fertig, den Satz zu vollenden. Das musste sie auch nicht, denn er nickte.

»Ja. Marlies ist tot.«

»Das tut mir so leid! Wie ist … wann ist …« Erneut geriet sie ins Stocken. Der Rettungswagen, der gestern in die Blumenstraße gerast war und vor dem Haus der Wagners gehalten hatte! Sie hatte seine Sirene doch gehört und ihn dann sogar vom Fenster aus gesehen. Vor Scham schoss ihr die Röte ins Gesicht, als sie daran dachte, was sie zu Paul gesagt hatte, der am anderen Ende der Leitung wissen wollte, was los sei: »Ach, gar nichts. Bei den Wagners hat ein Krankenwagen gehalten, bestimmt geht's der Frau nur wieder nicht so gut.« So hatte sie das abgetan. Mit einem »Nur«. Es geht ihr »nur« wieder nicht so gut. Danach hatte sie keinen weiteren Gedanken mehr daran verschwendet, hatte sich nicht einmal bei Hermann Wagner – der ihr doch nur kurz zuvor zu Hilfe geeilt war – erkundigt, ob alles in Ordnung sei oder ob sie irgendwie helfen könne. Nein, nicht einmal das hatte sie getan.

Sie war so mit ihren eigenen Sorgen und Problemen beschäftigt gewesen, dass sie nicht einmal mitbekommen hatte, dass im Nachbarhaus eine Frau gestorben war.

Was bist du nur für ein Mensch? Sofort hatte sie die Stimme ihrer Mutter im Ohr. *So eine Egoistin wie dich hat die Welt noch nicht erlebt, du interessierst dich einzig und allein für dich, wie es anderen geht, kümmert dich nicht! Was bist du nur für ein schreckliches Kind? Ich hätte dich weggeben sollen. Ach was, abgetrieben hättest du gehört!*

Stella traten Tränen in die Augen, was ihr Schamgefühl noch verstärkte. Denn sie weinte ja gar nicht um Marlies Wagner. Sie weinte um sich selbst. Was für eine Egoistin sie war! Schließlich trat sie dicht an Hermann Wagner heran und legte die Arme um den dünnen alten Mann, der inzwischen wieder fest auf beiden Beinen stand. Stella drückte ihn an sich, schluchzte dabei wie ein kleines Kind, und auch er begann nun unter Tränen zu zucken.

»Es tut mir so leid«, sagte sie leise. »Es tut mir so unendlich leid.«

»Danke«, murmelte er. »Vielen Dank.« Er erwiderte noch einmal ihre Umarmung und machte sich dann sanft von ihr los. »Aber es ist gut so«, sagte er. »Jetzt ist sie erlöst, am Ende war es für sie nicht mehr zu ertragen.«

»Ist sie im Krankenhaus gestorben?«

»Nein. Hier zu Hause. Ich habe gestern Morgen einen Rettungswagen gerufen, aber da war sie schon tot.« Er schluckte schwer. »Es muss in der Nacht von Donnerstag auf Freitag passiert sein, irgendwann in den frühen Morgenstunden, nachdem du und ich uns draußen getroffen haben. Als ich zurück ins Haus gekommen bin, hat sie tatsächlich mal geschlafen, also habe ich mich neben sie gelegt und war nach wenigen Minuten auch schon weg.« Hermann fuhr sich mit beiden Händen über das Gesicht. »Und dann … dann bin ich … ich bin am Morgen aufgewacht und habe sie angesehen. Da habe ich sofort gewusst, dass sie nicht mehr lebt. Trotzdem habe ich noch den Notarzt gerufen, weil ich … weil ich …«

»Das ist doch klar«, sagte Stella.

»Meine Marlies«, flüsterte er. »Ich habe nicht einmal bemerkt, wie sie gestorben ist. Dabei habe ich direkt neben ihr gelegen!«

»Vielleicht hätte sie gar nicht gehen können, wenn du wach gewesen wärst«, versuchte Stella ihn zu trösten. Dieselben Worte, die ihre Nachbarin damals zu ihr gesagt hatte, in der irrigen Annahme, es würde sie grämen, dass sie beim Tod ihrer Mutter nicht bei ihr gewesen war.

»Trotzdem: Ich war nicht da, ich habe sie im Stich gelassen.«

»Natürlich warst du bei ihr! Und das wird sie auch gespürt haben, ganz sicher wird sie das.« Sie hörte sich selbst dabei zu, wie sie über Dinge sprach, von denen sie keine Ahnung hatte. Wie sie leere Worthülsen von sich gab. Wer wusste schon, was Marlies Wagner in ihren letzten Momenten gespürt oder gedacht hatte? Vielleicht gar nichts. Vielleicht war sie erfüllt gewesen von der großen Liebe zu ihrem Mann. Oder vielleicht hatte sie auch unaussprechliche, riesige Angst vor dem Tod gehabt, weil da nämlich am Ende kein hell erleuchteter Tunnel war, sondern nur ein tiefschwarzes, alles verzehrendes Loch. »Mach dir keine Vorwürfe«, fügte Stella dennoch mit fester Stimme hinzu, »du hast sie nicht im Stich gelassen.«

»Glaubst du wirklich?«

»Ja«, erwiderte sie. Danach schwieg sie, weil ihr keine tröstenden Worte mehr einfielen. Nur ein Gedanke, der zu ungeheuerlich war, um ihn zu äußern, ihn überhaupt auch nur zu denken. Trotzdem war er da: *Sei doch froh! Ihr hattet ein langes Leben. Ein langes, erfülltes und vor allem gemeinsames Leben.*

Der Bestatter, der die ganze Zeit schweigend danebengestanden hatte, räusperte sich höflich.

»Herr Wagner? Sollen wir dann?«

»Ja«, antwortete Stellas Nachbar und nickte.

Der Mann im Anzug ging zurück zu seinem Kollegen, gemeinsam wuchteten sie den Sarg von der Ladefläche des Leichenwagens und trugen ihn Richtung Villa. Hermann Wagner öffnete die Doppeltür zum Haus vollständig, um die Männer mit ihrer schweren Last hindurch zu lassen.

»Das Schlafzimmer ist ganz hinten rechts«, erklärte er. »Wir haben es nach unten verlegt, als meine Frau nicht mehr ohne Hilfe die Treppe hochkam.« Dann wandte er sich wieder an Stella. »Ich weiß, es ist viel verlangt, aber würdest du … Würdest du kurz mit reinkommen?«

»Was?«, entfuhr es ihr, allein bei dem Gedanken wurde ihre übel. Dann aber riss sie sich zusammen und nickte. »Natürlich.«

Sie folgte ihm und war überrascht, wie hell und freundlich es im Inneren des Hauses war. Und wie frisch es roch. Sie hatte den leicht moderigen Muff erwartet, den Wohnungen älterer Leute in ihrer Vorstellung nun einmal verströmten. Mit diesem hartnäckigen Essensgeruch, wie man ihn aus Treppenaufgängen in Hochhäusern kennt und der in jeder einzelnen Ritze steckt, nach gebratenen Zwiebeln und Rosenkohl. Dazu ein dicker Perserteppich im Flur, zusammengewürfelte Möbelstücke und überall herumstehender Tinnef.

Doch die Halle war fast komplett leer und aufgeräumt,

und als Stella auf dem Weg zum Schlafgemach der Hermanns einen Blick durch die geöffnete Wohnzimmertür erhaschen konnte, bemerkte sie eine fast sachlich zu nennende Einrichtung. Modern und reduziert im Bauhausstil, klare Linien, nirgends in Öl gemalte Bilder von Landschaften oder Tieren, keine Zinnteller und auch keine vergilbten Familienfotos an den Wänden, keine beleuchtete Schrankwand oder Glasvitrine, keine Platzdeckchen und anstelle eines alten Röhrenfernsehers stand auf einem niedrigen Sideboard ein schmaler LCD-Bildschirm. Es sah aus, als würden hier junge Leute leben. Im Betonklotz von Marius Marquardt und seiner Frau Chloé hätte Stella so etwas erwartet, in der Villa der Wagners verwunderte es sie.

»Schön habt ihr es hier«, stellte sie fest. Dicht gefolgt von einem »Entschuldigung«, weil ihr die Unangemessenheit ihrer Aussage sofort bewusst wurde.

Trotzdem lächelte Hermann Wagner sie verzagt an. »Michael Sanders und seine Frau haben uns Anfang des Jahres sehr geholfen. Als wir das Schlafzimmer verlegen mussten, haben wir das gleich zum Anlass genommen, das Haus zu entrümpeln und alles so hell und freundlich wie möglich zu gestalten, damit Marlies …« Er unterbrach sich und zuckte mit den Schultern. »Sie wollte und konnte ja kaum noch vor die Tür gehen, da sollte sie nicht in einem dunklen Museum hocken. Jetzt ist zwar fast alles Ikea, aber man bekommt wieder Luft.«

»Ja, stimmt.« Nun war sie noch verwunderter. Stella hatte nicht gewusst, dass die Sanders und die Wagners miteinander befreundet waren. Sie hatte sich allerdings auch nie sonderlich um die nachbarschaftlichen Verbindungen untereinander gekümmert, sondern sich immer soweit es ging von allen abgesondert. Abgesehen von den Versammlungen in Egon Scharffs Kegelclub, und auch an denen hatte sie nur teilgenommen, weil Paul sie darum gebeten hatte. Dabei war ihr nicht aufgefallen, wie nahe sich das Rentnerpaar und der Apotheker standen. Und umso erleichterter war sie jetzt darüber, dem alten Mann nicht verraten zu haben, dass sie Leon erkannt hatte. Vermutlich hätte er sonst sofort die Eltern des jungen Mannes darauf angesprochen, und das hätte Stella nicht gewollt. Nicht, solange sie nicht herausgefunden hatte, was in der Straße eigentlich vor sich ging.

»Bitte hier entlang«, sagte ihr Nachbar, quetschte sich im Gang an den Sargträgern vorbei und öffnete eine weiße Tür.

Für einen kurzen Moment wurde Stella nun doch übel. Denn jetzt war eben tatsächlich etwas zu riechen; der süßlich-klebrige Duft des Todes, der ihr damals schon, als sie ihre Mutter zum letzten Mal gesehen hatte, in die Nase gestiegen war.

Sie betraten das Schlafzimmer. Marlies Wagner lag auf dem breiten Doppelbett und hatte ihre Hände über der Decke miteinander verschränkt. Diese wächsernen, leicht violetten Hände, deren Fingernägel an den Rändern schon dunkel angelaufen waren. Dazu das entstellte Gesicht der Toten. Zwar mit geschlossenen Lidern, doch die ersten Anzeichen des Fäulnisprozesses waren nicht zu übersehen, rings um ihren Kopf hatte sich auf dem Kissen ein bräunlich-gelber Fleck gebildet. Nur mit großer Mühe konnte Stella ein Würgen unterdrücken, so sehr ging ihr der Anblick an die Nieren. Sie fühlte sich in der Zeit um Jahre zurückversetzt, sofort hatte sie den Anblick ihrer eigenen Mutter vor Augen.

So unauffällig wie möglich drehte sie den Kopf zur Seite, damit sie Hermann Wagners verstorbene Frau nur noch schemenhaft aus den Augenwinkeln wahrnahm, froh darüber, dass sich die Männer vom Bestattungsunternehmen sofort an die Arbeit machten. Sie setzten den Sarg am Fußende des Bettes ab, hoben den Deckel an und stellten ihn direkt daneben. Dann drehten sie sich zum Bett, senkten beide das Haupt, als würden sie für eine kurze Andacht innehalten.

Anschließend schlugen sie die Bettdecke zurück, und dieses Mal konnte Stella ein Aufjapsen nicht verhindern. Hermann Wagner, der direkt neben ihr stand, nahm ihre Hand und drückte sie, gemeinsam betrachteten sie den ausgemergelten Leichnam. Auch rund um den Körper hatten sich bräunliche Flecken ausgebreitet, es stank nach Ausscheidungen und schlechtem Atem, trotz des geöffneten Fensters. Das geblümte Nachtkleid von Marlies Wagner reichte ihr nur bis zu den Knien und konnte so nicht verdecken, dass ihre dünnen Beine bereits angefangen hatten, sich grünlich zu verfärben, und ihre Knöchel im Gegensatz zum restlichen dünnen Körper wie unter Wassereinlagerungen angeschwollen waren.

»Ich hätte ihr gern etwas anderes angezogen«, sagte Hermann leise. »Und das Bett frisch bezogen. Aber dafür war ich zu schwach, das habe ich nicht geschafft.«

»Geben Sie uns gern Kleidung für sie mit«, erwiderte einer der beiden Männer. »Wir kümmern uns darum, sobald Ihre Frau versorgt ist.«

Versorgt. *Versorgt!* In diesem Zusammenhang erschien Stella dieser Ausdruck absurd, und ihr kamen die Worte ihrer Mutter in den Sinn. *Klappe zu, Affe tot.* So unprosaisch hatte Helga Brenner es ihrer Tochter erklärt, als sie als Fünfjährige hatte wissen wollen, was mit ihr passieren würde, wenn sie eines Tages starb. *Klappe zu, Affe tot*, das waren die Worte ihrer Mutter gewesen. Kein »Dann kommst du in den Himmel«. Kein »Mein Schatz, dann treffen wir uns auf einer wunderschönen Wolke und schauen gemeinsam auf die Erde hinab.« Und erst recht kein »Mein Liebling, das ist noch sooo lange hin! Mami ist immer, immer bei dir, du brauchst keine Angst zu haben.« Nein, mit so etwas hatte Helga sich nicht aufgehalten, da war ihr nichts heilig gewesen. Aber, immerhin: Sie war nicht nur anderen gegenüber hart gewesen, sondern auch sich selbst.

Stella war mit ihrer Mutter nach deren Tod dann auch ganz unsentimental verfahren. Als sie sich nach dem Anruf der Nachbarin auf die Suche nach einem Bestatter begeben hatte, war ihr im Internet der Leitspruch eines der Beerdigungsinstitute ins Auge gesprungen: »Die Trauerfeier sollte das Leben des Verstorbenen spiegeln.« Das war ihr durchaus logisch erschienen, also hatte sie Helgas Leichnam damals abholen lassen und den Auftrag für eine anonyme Beisetzung erteilt. Ohne Gottesdienst, Feier oder sonst etwas, sie hatte den toten Affen für alle Zeit unter irgendeiner Klappe verschwinden lassen, von der sie nicht einmal selbst wusste, wo sie sich befand. Wozu auch? Nicht ein einziges Mal hatte Stella den Wunsch verspürt, irgendeinen Ort aufzusuchen, an dem sie ihrer Mutter gedenken konnte. Im Gegenteil, sie war froh, dass Helga Brenner für alle Zeiten verschwunden war.

Nachdem die Bestatter Marlies Wagner vorsichtig aus dem Bett gehoben und in den Holzsarg gelegt hatten, folgten Hermann und Stella ihnen wieder nach draußen. Zuvor hatte der Witwer noch Wäsche, ein dunkelblaues Kostüm, eine weiße Bluse und ein paar schwarze flache Damenschuhe herausgesucht, nun trug er die Sachen in einem Stoffbeutel hinter den Männern her.

Sie traten aus der Tür, und Stellas Blick fiel auf das Pärchen, das seinen Wagen verlassen hatte. Einträchtig lehnten der Mann und die Frau mit dem Rücken gegen den Mercedes und beobachteten interessiert das Geschehen. Hass flammte in Stella auf, die zwei wirkten wie Zoo-Besucher – und sie, Hermann Wagner und dessen tote Frau, die gerade von zwei Männern in einem Sarg durch die Hecktüren eines Leichenwagens geschoben wurde, hockten im Käfig und wurden begafft. Stella musste sich zusammenreißen, um nicht sofort über die Straße zu rennen und die zwei anzubrüllen, dass sie auf der Stelle verschwinden sollten! Doch Hermann sollte in Ruhe von seiner Frau Abschied nehmen können. In Ruhe. Und in Würde.

»In Ordnung, Herr Wagner«, sagte der Fahrer des Leichenwagens und nahm den Beutel mit der Kleidung entgegen. »Wir sehen uns dann nächste Woche, um alles Weitere rund um die Beisetzung zu besprechen.«

»Ja, gut.«

»Wenn Sie das Bett, die Matratze und Wäsche entsorgen lassen wollen, geben Sie uns gern Bescheid. Wir kennen zuverlässige Leute, die so etwas kurzfristig erledigen.«

»Ja, gut«, wiederholte Hermann Wagner und zögerte einen kurzen Moment. Schließlich griff er in die hintere Gesäßtasche seiner Hose, holte sein Portemonnaie hervor und entnahm ihm zwei Fünfzig-Euro-Scheine, von denen er jedem der Männer einen reichte. Sie nahmen das Geld, bedankten sich nickend, dann stiegen sie ein. Kurz darauf fuhr die schwarze Limousine in den Wendehammer, drehte dort und rollte anschließend langsam, fast majestätisch an ihnen vorüber.

Die zwei Gaffer auf der anderen Straßenseite sahen dem Bestattungsfahrzeug ebenfalls hinterher. Nachdem es am Ende der Blumenstraße hinter einer Kurve verschwunden war, nahmen beide wieder in ihrem Wagen Platz – der Mann am Steuer, die Frau auf dem Beifahrersitz. Als wäre rein gar nichts passiert.

Nun blickte auch Hermann Wagner verwundert zum Auto hinüber.

»Die Leute sind ja immer noch da«, stellte er fest.

»Wirklich?« Stella sah ihn überrascht an, als wäre ihr das überhaupt nicht aufgefallen.

»Ja.« Er deutete Richtung Mercedes. »Das kommt mir mittlerweile seltsam vor. Ich gehe da jetzt noch mal hin und frage, ob sie Hilfe brauchen.«

»Ich finde nicht, dass die so aussehen, als würden sie Hilfe brauchen.«

»Auf jeden Fall scheint da etwas nicht in Ordnung zu sein.«

»Das ist doch nicht unser Problem. Komm«, Stella streckte ihm eine Hand entgegen, »lass uns reingehen, du siehst erschöpft aus.«

»Bin ich auch«, gab er zurück, »aber ich frage trotzdem noch einmal nach.«

»Also, ich …«

»Hermann!«, polterte eine laute Stimme. »Um Gottes willen, Hermann!«

12

Nie im Leben hätte Stella gedacht, dass Egon Scharff aufrichtig betroffen sein könnte. Jedenfalls nicht, wenn es nicht um seine eigenen Belange ging. Doch nun kam er auf sie und Hermann zugeeilt, so ganz offensichtlich aus der Fassung, dass sie sich kaum vorstellen konnte, dass es nur aufgesetzt war.

»Hermann!«, wiederholte er und blieb schwer atmend vor ihnen stehen. »Ich habe es eben erst erfahren und wollte natürlich sofort zu dir rübergehen. Da habe ich noch den Leichenwagen fortfahren sehen.«

»Was hast du erfahren? Und von wem?« Aus jeder einzelnen Silbe war herauszuhören, dass der alte Mann ihn nicht ausstehen konnte, seine Ablehnung war fast körperlich spürbar. Auch von dieser Feindseligkeit hatte Stella bei den Versammlungen, denen Hermann Wagner ebenfalls beigewohnt hatte, nie etwas bemerkt. Sie hatte offenbar keine Ahnung, wie ihre Nachbarn zueinander standen und was unter ihnen vor sich ging. Unter ihnen und in der Straße.

»Natürlich, dass Marlies verstorben ist.« Egon Scharff schüttelte den Kopf. »Ich kann es überhaupt nicht glauben! Aber Michael Sanders hat es mir gerade am Telefon erzählt.«

»Warum telefonierst *du* mit Michael?«

»Äh …« Für einen kurzen Moment schien der Lehrer aus dem Konzept gebracht, dann setzte er zu einer Erklärung an. »Ich wollte euch alle zu einem Treffen bei mir bitten, um noch ein paar Dinge in Sachen Neubau zu besprechen. Und da hat Michael mir gesagt, dass er gestern früh bei dir war. Als der Rettungswagen kam.«

»Das stimmt.« Der alte Mann nickte unwillig. »Ich habe ihn sofort zu Hilfe gerufen, nachdem ich den Notarzt alarmiert hatte. Ich hatte gehofft, er könnte noch etwas unternehmen.«

»Verstehe«, erwiderte Egon Scharff. »Aber es war wohl nichts mehr zu machen, wie ich höre.«

»Nein. Da war nichts mehr zu machen.«

»Wie gesagt, es tut mir unendlich leid.«

»Vielen Dank, Egon. Ich weiß deine Anteilnahme zu schätzen.« Hermann wirkte etwas freundlicher und zugänglicher. Vielleicht hatte Stella sich seine Abwehrhaltung dem Lehrer gegenüber nur eingebildet. Oder es war schlicht der schrecklichen Situation geschuldet, die Hermann zwischen Trauer, Schmerz und Wut zerriss, die ihn wie eine Flipperkugel von einem Gefühl zum nächsten schoss.

»Tja«, meldete sich Stella wieder zu Wort. Sie kam sich extrem deplatziert vor. »Ich werde dann mal wieder …«

»Weil wir hier gerade alle so nett zusammenstehen«, fiel Egon Scharff ihr ins Wort. *Nett zusammenstehen.* Stella hatte sich bezüglich seiner Betroffenheit augenscheinlich doch geirrt. »Ich habe mich diese Woche bei der Stadt erkundigt«, sprach er prompt in sachlich-geschäftigem Tonfall weiter, von seiner vor Sekunden noch zur Schau getragenen Anteilnahme keine Spur mehr.

»Worüber?«, fragte Hermann Wagner.

»Was das Anwohnerparken betrifft. Wir können uns in dieser Angelegenheit an die Straßenverkehrsbehörde wenden und einen Antrag stellen.«

Stellas Nachbar starrte ihn sprachlos an, seine Miene sagte allerdings alles. Konnte es Egon Scharffs Ernst sein, dass er gerade in diesem Moment ein solch banales Thema zur Sprache brachte?

»Ich verstehe ja, dass das gerade ein etwas unpassender Zeitpunkt ist«, fügte der Lehrer eilig an und verhaspelte sich dabei.

»Ein unpassender Zeitpunkt – das ist es in der Tat. Meine Frau ist tot, und dir fällt nichts Besseres ein als die Parkplatzsituation hier in der Blumenstraße?«

»Tut mir leid.« Egon Scharff senkte den Blick. »Das war taktlos von mir, ich wollte deine Gefühle nicht verletzen«, murmelte er und starrte auf seine Füße.

»Also, ich glaube …« Weiter kam Stella nicht, denn Egon Scharff schnitt ihr das Wort ab.

»Wirklich, Hermann, es tut mir leid. Das war gedankenlos von mir. Ich kann mich nur in aller Form bei dir entschuldigen. Aber wenn ich an die Zukunft denke, bekomme ich ein ungutes Gefühl. Ich glaube, ich habe einfach Angst, dass sich hier alles verändert. Dass unsere Straße nicht so bleibt, wie sie ist.«

»Alles verändert sich. Immer.« Für einen kurzen Moment trat ein versonnener Ausdruck auf Hermann Wagners Gesicht, er wirkte vollkommen abwesend.

»Und ich weiß ja nicht, ob es euch«, setzte der Lehrer erneut an und duzte Stella wie selbstverständlich gleich mit, »schon aufgefallen ist. Aber da drüben«, er deutete anklagend mit ausgestrecktem Zeigefinger auf den Mercedes, »steht seit Donnerstagmorgen ein Auto mit einem zwielichtigen Pärchen darin.«

»Na ja, zwielichtig würde ich vielleicht nicht sagen«, mit einem Räuspern hatte sich Hermann Wagner aus seiner Starre gelöst, »aber ich muss dir recht geben, ein bisschen komisch finde ich auch, dass die beiden da immer noch parken. Neulich habe ich schon einmal mit ihnen gesprochen, da war aber nichts Auffälliges an ihnen.« Er zuckte mit den Schultern. »Einfach nur zwei ganz normale Leute, die im Auto sitzen und auf irgendjemanden oder irgendetwas warten.«

»Du hast schon mit denen gesprochen?«

»Ja.« Hermann Wagners Blick wanderte von Egon zu Stella. »Hier gab es vorgestern Nacht einen kleinen Vorfall, da wollte ich die zwei fragen, ob sie etwas davon mitbekommen haben.«

»Was für einen Vorfall denn?«, hakte der Lehrer nach.

»Ach, das war gar nichts«, warf Stella ein. »Ein Mann hat bei uns in der Auffahrt rumgelungert und sich hinter den Mülltonnen versteckt. Ich denke, ein Jugendlicher, nichts Dramatisches.«

»Bei Ihnen und Paul?« Egon Scharff siezte Stella nun automatisch wieder.

»Ja, genau.«

»Warum erzählt mir das niemand?«

Weil es Sie nichts angeht und wir keine Freunde sind, lag es Stella auf der Zunge. *Und weil niemand dazu verpflichtet ist, Ihnen täglich Bericht zu erstatten.* Stattdessen sagte sie leichthin: »Ich hatte die Sache ehrlich gesagt schon wieder vergessen.«

»Ich auch«, schloss Hermann Wagner sich an. »Seitdem ist ja auch …« Er brachte den Satz nicht zu Ende.

»Also, ich finde das alles mehr als merkwürdig«, hakte Egon Scharff ein. »Ich gehe da jetzt mal rüber.«

»Ich komme mit«, sagte der Rentner.

Noch bevor Stella etwas sagen konnte, marschierten die beiden Männer los, überquerten die Straße und hielten zielstrebig auf den Mercedes zu. Egon Scharff klopfte ans Seitenfenster des Autos, der Mann ließ die Scheibe herunter und die drei fingen an, miteinander zu sprechen. Stella konnte nichts weiter tun, als hilflos zu ihnen hinüberzustarren. Und zu hoffen, dass Enno Borchers mit seiner Projektions-Theorie absolut richtig lag. Denn wenn nicht, wenn dieses Paar eben doch etwas mit Paul und ihr zu tun hatte … Sie wollte sich die Folgen nicht ausmalen.

Kurz darauf kamen Egon und Hermann zu Stella zurück, beide mit ratlosem Gesichtsausdruck.

»Und?«, wollte Stella wissen. Ihre Stimme zitterte leicht, sie verschränkte die Arme und rieb sie sich mit den Händen, als würde sie frieren.

»Sie sagen, sie warten nur«, erwiderte Egon Scharff.

»Warten? Auf was denn?«

»Das hörte sich etwas kryptisch an.«

»Etwas kryptisch?«

Hermann Wagner nickte. »Ja. Der Mann hat gesagt, dass sie auf den richtigen Zeitpunkt warten.«

»Auf welchen richtigen Zeitpunkt denn?« Stella konnte nur hoffen, dass man ihr die aufkeimende Panik nicht anmerkte.

»Tja«, Egon Scharff hob ratlos die Hände und ließ sie gleich wieder sinken, »das würden wir dann schon merken, wenn es so weit ist, hat die Frau dazu gesagt.« Seine Miene verdüsterte sich. »Ich sage euch was: Das hat alles mit diesem verfluchten Flower-Bay-Quartier zu tun.«

»Haben die beiden über den Neubau was gesagt? Dass sie deswegen hier sind?« Stella wollte sich an diese vage Hoffnung klammern, auch wenn sie wusste, dass es eher unwahrscheinlich war, dass es um das Flower-Bay-Quartier ging.

»Nein, ich habe sie ganz direkt danach gefragt«, machte Egon Scharff ebendiese Hoffnung auch sofort zunichte, »da haben sie so getan, als hätten sie noch nie von dem Quartier gehört. Aber das glaube ich denen im Leben nicht, der Neubau ist ja nicht zu übersehen.«

»Stimmt«, gab Stella ihm recht. Sie wollte alles tun, um den Lehrer in seinem Verdacht, das Paar sei wegen des Neubaus hier, zu bestärken. »Dazu noch das Riesenschild«, sie deutete auf die große Tafel, die vor Wochen direkt vor dem Gebäude aufgestellt worden war und die die baldige Vermietung neuer Wohnungen ankündigte. »Das kann einem wirklich nicht entgehen.«

Egon Scharff nickte grimmig. »Ich sage euch: Marius Marquardt, der plant etwas!«

»Was meinst du damit?«, wollte Hermann Wagner wissen.

»Das kann ich dir noch nicht genau sagen, mein Lieber. Aber dass es so ist, das habe ich im Gefühl.«

»Mal angenommen, es wäre so: wozu dann diese Leute im Auto?«

»Keine Ahnung«, erwiderte Egon Scharff und sah aus, als würde er angestrengt nachdenken. »Vielleicht zur Einschüchterung?«.

»Gar keine schlechte Idee«, stimmte Stella ihm zu, froh über jede Theorie, die von ihr und Paul wegführte.

»Aber wen soll denn ein im Auto sitzendes Pärchen einschüchtern?« Hermann Wagner war nicht überzeugt.

Mich, dachte Stella.

»Möglicherweise ist das erst der Anfang«, orakelte Egon. »Eine erste leise Drohung, ganz unauffällig.«

»Sie meinen wie Moskau-Inkasso?«, fragte Stella halbwegs im Scherz, obwohl ihr überhaupt nicht zum Scherzen zumute war. »Nach dem Motto: Ich weiß, wo du wohnst?«

»Genau so«, stimmte der Lehrer ihr zu. »Das könnte die erste Eskalationsstufe sein, bevor es nach und nach ernster wird.«

»Ich glaube, Du verrennst dich da in was, Egon. Marius Marquardt hat doch überhaupt keinen Grund, irgendwen in der Straße einschüchtern zu wollen. Er hat sein Bauvorhaben durchgesetzt, sogar gegen deinen erbitterten Widerstand. Demnächst ziehen hier die ersten Mieter ein, und damit ist es gut.«

»Das werden wir ja sehen, wie gut das ist!«, zischte der Lehrer. »Ihr werdet euch noch alle umgucken, das könnt ihr mir glauben!«

»Ich verstehe ja, dass du aufgebracht bist, aber …«, setzte Hermann Wagner an, unterbrach sich dann aber mitten im Satz und betrachtete den Lehrer mit nachdenklicher Miene.

»Was?«, blaffte Egon Scharff, um seinen Nachbarn zum Weitersprechen zu animieren.

»Gerade kommt mir ein Gedanke«, erwiderte der alte Mann. Er machte eine Pause, zwischen seinen Brauen bildete sich eine steile Grübelfalte. »Also, wenn überhaupt, dann hättest doch am ehesten *du* einen Grund, solche Methoden einzusetzen.«

»Ich?« Egon Scharff schnappte vor Empörung nach Luft.

»Ja«, der Rentner nickte, als würde er sich innerlich selbst beipflichten. »Das wäre eine plausible Erklärung. Schließlich bist du im Kampf gegen Marius Marquardt gescheitert, hast ihm sogar Anwälte auf den Hals gehetzt und verloren.«

»Das ist ja wohl eine absolute Frechheit!« Der Lehrer polterte so laut, dass es Stella in den Ohren dröhnte und sie damit rechnete, dass jeden Moment die gesamte Nachbarschaft draußen auf der Straße erscheinen würde. »Eine Verleumdung ist das!«

»Ich finde, wir sollten uns alle erst einmal wieder beruhigen«, mischte sie sich nun ein, damit die Situation nicht eskalierte.

»Wer hat denn Sie überhaupt nach Ihrer Meinung gefragt?«, fuhr Egon Scharff sie an.

»Halt Stella da bitte raus!«

»Stella, richtig. Mit *dir* ist sie ja schon per du, ihr versteht euch ja bestens!«

»Das tut hier rein gar nichts zu Sache.«

»Für einen kleinen Beamten wie mich ist sich die Dame wohl zu fein.« Egon Scharff redete sich nun richtig in Rage. »Außerdem, was heißt hier, ich soll sie heraushalten? *Sie* hat sich doch in Angelegenheiten eingemischt, die sie nichts angehen.«

»Wieso gehen sie die nichts an? Sie lebt ja schließlich auch hier.«

»Ja, nachdem sie sich ins gemachte Nest gesetzt hat, die *neue* Frau Johannsen!«

Stellas Knie wurden weich, sie wollte etwas sagen, sie *musste* etwas sagen – aber ihre Kehle war wie zugeschnürt.

»Was soll das denn nun heißen?«, ergriff an ihrer Stelle Hermann Wagner das Wort.

»Jetzt tu nicht so! Du weißt genau, was hier alle denken. Und du denkst es in Wahrheit doch auch: Dass sie zu ihrem Herrn Piloten in die Villa gezogen ist, nachdem sie seine erste Frau um die Ecke gebracht haben. Das weiß hier in der Straße schließlich jeder!«

»Vor allem weiß jeder, dass es ein Unfall war«, gab der Rentner zurück.

»Unfall oder nicht – sich ein neues Liebesnest im geerbten Haus der toten Exfrau einzurichten und so zu tun, als ob nichts wäre, das ist geschmacklos!«

Weg, Stella wollte einfach nur noch weg. So schnell und so weit wie möglich. Weglaufen und nichts mehr hören, kein einziges Wort mehr. Aber sie konnte sich keinen Millimeter bewegen, blieb auf der Stelle stehen wie zur Salzsäule erstarrt; blieb dort stehen zwischen diesen beiden Männern, die das in Worte fassten, was sie sich selbst schon so oft vorgeworfen hatte. Und von dem sie immer befürchtet hatte, dass alle es dachten. Jetzt wusste sie, dass es genau so war.

»Das ist doch vollkommener Unsinn, Egon«, nahm sie wie aus der Ferne die aufgebrachte Stimme Hermann Wagners wahr. Sie fühlte, wie er sie am Ellbogen berührte und sanft mit sich zog. »Nimm dir das nicht zu Herzen, Stella, das ist nur das Geschwafel eines einsamen und neidischen Mannes.«

»Von mir aus, glaub das nur. Aber ich nenne die Dinge wenigstens beim Namen und sage, wie sie sind. Alles andere ist Heuchelei!«

Stellas Körper begann unkontrolliert zu zittern. Ihr wurde schwindelig, und sie musste sich an Hermann Wagner festhalten, um nicht umzukippen.

»Hör endlich auf, Egon!«, befahl Stellas Nachbar. »Siehst du nicht, was du gerade anrichtest?« Und an Stella gewandt: »Komm, meine Liebe, ich bringe dich nach Hause.«

»Geht nur!«, rief Egon Scharff ihnen nach. »Wenn ihr die Wahrheit nicht ertragen könnt. Heuchler! Ihr seid allesamt Heuchler! Und damit ihr es wisst: Ich rufe jetzt die Polizei! Dann werden wir ja sehen, was es mit dem Paar im Auto auf sich hat.«

Obwohl Stella bei dem Wort »Polizei« zusammenzuckte, war sie zu keiner weiteren Reaktion in der Lage. Sie fühlte sich, als hätte man sie unter eisiges Wasser getaucht; ihren Kopf, ihre Arme, Hände, Beine und Füße. Und vor allem ihr Herz.

13

Erst nach dem dritten Klingeln schaffte sie es, ans Handy zu gehen. Hermann Wagner hatte sie umsorgt wie ein Krankenpfleger seinen Patienten, hatte sie unten im Wohnzimmer aufs Sofa gebettet und sie zugedeckt. Er hatte ihr sogar in der Küche noch einen Tee aufsetzen wollen, hatte in Ermangelung eines funktionierenden Wasserkochers dann aber lediglich ein Glas stilles Wasser auf dem Couchtisch neben ihr abgestellt und sich mit einem leisen »Ruh dich ein bisschen aus. Wenn etwas ist – ich bin ja gleich nebenan« zurückgezogen.

Über sein *Wenn etwas ist* hätte sie lachen mögen, hätte sie sich nicht so elend gefühlt. Sie war in sich zusammengebrochen wie ein einstürzendes Kartenhaus, gebaut aus rissigen Betonplatten statt aus Pappe.

»Hallo?«, meldete sie sich leise nuschelnd.

»Du klingst ja furchtbar!«

»Paul? Bist du das?«

»Ja, natürlich, wer sonst?«

»Paul!« Unvermittelt brach sie in Tränen aus.

»Stella, um Himmels willen, was ist denn jetzt schon wieder los?«

Jetzt schon wieder los. Sie schnappte erschrocken nach Luft, und statt zu antworten, legte sie abrupt auf und schaltete das Handy aus. Von jetzt auf gleich schlugen ihre Angst und ihre Verzweiflung in Zorn um. *Jetzt schon wieder los?!* So sah er das also. Paul nahm sie nicht ernst, er sprach mit ihr wie mit einem kleinen Kind, dem man sein Spielzeug weggenommen hatte.

Sie wollte aber, dass er sie ernst nahm; so ernst, dass er ihre Befürchtungen nicht abwiegelte; so ernst, dass er wirklich alle Hebel in Bewegung setzte, um bei ihr zu sein! Dass *er* sie zudeckte und ihr ein Glas Wasser hinstellte, nicht Hermann Wagner. Paul war schließlich ihr Ehemann, niemand sonst!

Stella stand vom Sofa auf, lief unruhig im Wohnzimmer hin und her. *Jetzt schon wieder los.* Dieser Satz ging ihr nicht mehr aus dem Kopf. Er verletzte sie. Er machte sie rasend. Ganz offenbar teilte Paul Ennos Auffassung, dass sie sich alles nur einbildete. Sich in etwas hineingesteigert hatte. Und anscheinend machte er sich auch keine Sorgen mehr bezüglich der Wahrheit über die Unfallnacht. Das hatte er ihr gegenüber vermutlich nur anders dargestellt, um sie zu beruhigen.

Dabei hätte *er* doch ein Problem, nicht sie, wenn ans Licht käme, wer damals wirklich gefahren war.

Stella trat ans Fenster, sah wie in den letzten Tagen so häufig hinaus auf die Straße.

Die Dämmerung war hereingebrochen, trotzdem erkannte sie sofort den Streifenwagen, der hinter dem Mercedes parkte. Zwei Polizisten unterhielten sich mit dem Mann und der Frau, die ihr Fahrzeug verlassen hatten. Ein paar Meter entfernt entdeckte Stella Egon Scharff, der das Geschehen beobachtete.

Ihr Herz fing an zu rasen. Angespannt starrte sie auf

die kleine Menschenansammlung und versuchte, anhand von Gesten den Verlauf des Gesprächs zu entschlüsseln. Sie fragte sich, was als Nächstes passieren würde. Würden die Beamten den Mann und die Frau gleich mitnehmen? Würde das Paar einfach wegfahren? Oder würden die Polizisten hier bei ihr an der Tür klingeln, um sie und Paul zu verhaften oder wenigstens zu vernehmen?

Nichts dergleichen geschah. Die zwei Uniformierten reichten dem Mann etwas, das zu klein war, um es aus der Ferne zu identifizieren, aber Stella ging davon aus, dass es sich um Führerschein und Fahrzeugpapiere handelte. Danach nickten die Beamten dem Paar zu und gingen zu ihrem Streifenwagen, während der Mann und die Frau wieder in den Mercedes stiegen. Sie schlossen die Türen hinter sich, danach blieben sie reglos im Inneren des Wagens sitzen, genau wie in den vergangenen Tagen.

Gleich darauf fuhren die Polizisten in den Wendehammer – und wurden dort von Egon Scharff gestoppt. Der Lehrer beugte sich hinunter zum Seitenfenster, wartete, dass es geöffnete wurde, und sprach mit dem Beamten am Steuer. Kurz darauf fuhr der Streifenwagen wieder an, mehr als drei oder vier Sätze konnten sie nicht miteinander gewechselt haben. Egon Scharff begab sich zurück zu seinem Haus; aber weder stapfte er dabei wütend-energisch, noch schlich er kraftlos-resigniert. Er ging einfach nach Hause und bot so keinerlei Anhaltspunkt für den Verlauf des kurzen Gesprächs.

Stella überlegte, was sie tun sollte. Gar nichts? Es einfach dabei bewenden lassen? Das konnte sie nicht, die Frage, worüber die Polizei mit dem Paar im Auto gesprochen hatte, würde ihr keine Ruhe lassen. Und so wog sie innerlich ab, was wichtiger war: ihr Stolz – oder die Chance, der Antwort wenigstens ein kleines Stückchen näher zu kommen.

Nur wenige Augenblicke später war sie in ihre Mokassins geschlüpft, hatte den Haustürschlüssel in die Hosentasche gesteckt und war auf dem Weg zur Villa des Lehrers. An seiner Tür drückte sie entschlossen auf den Klingelknopf, ehe sie es sich anders überlegen konnte. Er schien sie vom Fenster aus gesehen zu haben, denn zeitgleich mit ihrem Läuten wurde bereits geöffnet.

»Frau Johannsen«, begann er mit mürrischer Miene, »ich weiß wirklich nicht, was Sie …«

»Das kann ich Ihnen sagen«, schnitt sie ihm das Wort ab und wunderte sich selbst über die Festigkeit in ihrer Stimme. »Keine Sorge, ich möchte mit Ihnen nicht über das diskutieren, was Sie mir vorhin an den Kopf geworfen haben. Ich bin lediglich hier, weil ich wissen möchte, was die Polizei gesagt hat.«

»Aha.« Sehr, sehr langsam breitete sich ein Lächeln auf seinem Gesicht aus, und er lehnte sich seitlich gegen den Türrahmen. »Möchten Sie das?«

Stella nickte und nahm sich vor, sich nicht provozieren und aus der Ruhe bringen zu lassen. »Ja. Ich habe gesehen, wie die Beamten mit den Leuten im Auto gesprochen haben. Und dass Sie anschließend noch einmal den Streifenwagen angehalten haben.«

Sein Lächeln wurde ehrlicher, seine gesamte Haltung veränderte sich. »Respekt, Frau Johannsen. Ich hätte nicht gedacht, dass Sie den Mut aufbringen, dafür extra zu mir herüberzukommen. Aber leider haben meine Bemühungen nicht viel ergeben.«

»Nein? Aber Sie wissen doch jetzt sicher, wer die beiden im Auto sind?«, hakte Stella nach.

»Nun, die Beamten haben zwar die Personalien überprüft, aber die Namen wollten sie mir leider nicht verraten. Sie haben mir nur gesagt, dass mit den Papieren alles in Ordnung ist und das Auto vorschriftsmäßig zugelassen. Außerdem sei das Parken und Halten an öffentlichen Straßen grundsätzlich überall erlaubt ist und würde nur durch die Beachtung der Halt- und Parkregeln eingeschränkt. Wenn solche Regeln nicht vorlägen, sei auch Dauerparken ohne eine bestimmte Zeitgrenze zulässig.« Egon Scharff sagte es ohne jede Ironie.

»Aber was ist denn der Grund für das tagelange Parken?«

Er zuckte mit den Schultern. »Das entzieht sich leider ebenfalls meiner Kenntnis.«

»Haben Sie die Polizisten nicht danach gefragt?«

»Natürlich habe ich das. Darauf haben sie erwidert, dass das jeder halten dürfe, wie er lustig sei, so lange von ihm keine Gefahr ausginge und er niemanden behindern würde. Dann haben sie mir noch einen schönen Abend gewünscht, und das auf eine Art und Weise, die ziemlich deutlich sagte: Rufen Sie uns wegen so einer Lappalie nie wieder an.« Er räusperte sich. »Ja, so war das.«

»Das heißt, die dürfen da einfach stehen bleiben, solange sie wollen«, fasste Stella zusammen.

»Ja«, bestätigte Egon Scharff. »Noch.«

»Wie meinen Sie das?«

Er beugte sich ein Stückchen zu ihr vor. »Dass ich die zwei da drüben«, er deutete mit dem Kinn Richtung Mercedes, »ab sofort sehr genau im Auge behalten werde. Ich finde schon noch raus, was die wollen, glauben Sie mir das!«

Stella glaubte es ihm aufs Wort. »Denken Sie nicht, man könnte noch einmal mit denen reden? Vielleicht suchen sie sich ja ein anderes Plätzchen, wenn man sie freundlich darum bittet.«

»Das können Sie gern versuchen. Aber ich bin der festen Überzeugung, dass die nicht zufällig hier parken, sondern dass da mehr dahintersteckt.«

»Sie meinen Marius Marquardt, Moskau-Inkasso?«

»Das zum Beispiel«, antwortete er. »Oder etwas anderes. Wie gesagt, das kriege ich schon raus.« Er bedachte Stella mit einem Blick, der sie frösteln ließ. »In dieser Straße hat jeder ein Geheimnis. Jeder.«

»Ist«, sie brachte es nur krächzend hervor und musste sich räuspern, ehe sie neu ansetzte. »Ist das nicht etwas übertrieben? Das sind doch alles ganz normale Leute hier.«

»Natürlich«, stimmte er lächelnd zu. »Ganz normale Leute. So wie Sie und Ihr Mann.«

»Wie wir?«

»Das habe ich doch vorhin schon gesagt, Frau Johannsen. Auch, wenn ich mich für die Art und Weise bei Ihnen entschuldigen muss, da ist es im Eifer des Gefechts ein wenig mit mir durchgegangen. Das ändert aber nichts daran, dass es so ist. Alle, die hier tagein, tagaus nett und freundlich zu Ihnen und Ihrem Mann sind, denken in Wahrheit genau das: dass Sie die Leichenfledderer von Natalie Johannsen sind.«

»Leichenfledderer?«, wiederholte Stella entsetzt.

Egon Scharff lachte. »Das ist noch eine der netteren Bezeichnungen.«

»Aber, aber …«

»Ach, machen Sie sich nichts draus«, unterbrach er ihr Gestammel. »Was glauben Sie, halten die anderen von mir?

Oder wie reden sie über die Sanders mit ihrem verzogenen Jungen und der frühreifen Tochter? Dass deren Apotheke so gut wie pleite ist, ist auch so ein *Geheimnis*, über das hinter vorgehaltener Hand jeder lästert. Michael Sanders ist es in nur wenigen Jahren gelungen, das Familienunternehmen zu ruinieren, das schon sein Urgroßvater aufgebaut hatte.«

»Davon hatte ich keine Ahnung.«

»Dann wissen Sie es jetzt.«

Stella schwirrte der Kopf, was Egon Scharff ihr da alles erzählte, klang ganz und gar nicht nach der beschaulichen Blumenstraße.

»Oder nehmen wir Marius Marquardt«, setzte Scharff seine Aufzählung fort. »Dass ich nicht sonderlich gut auf diesen aufgeblasenen Gockel zu sprechen bin, ist ja bekannt. Aber auch alle anderen zerreißen sich das Maul über sein protziges Haus und seine Chloé.« Er sprach den Namen »Kloäää« aus. »War früher seine Sekretärin, der Klassiker. Über zwanzig Jahre jünger als er, für die hat er Frau und Kinder an die frische Luft gesetzt. Jetzt färbt er sich die Haare und rennt viermal die Woche ins Fitnessstudio. Peinlicher geht es ja wohl kaum.«

»Hm.« Sie nickte zustimmend, wenn auch nur widerstrebend. Eigentlich war ihr nicht danach, sich mit dem »Blockwart« zu verbrüdern.

»Na ja«, Egon Scharff war nun nicht mehr zu stoppen, »wenn Sie mich fragen, geht's Marquardts Ex und den Kindern heute viel besser als mit dem Idioten. Bei der Trennung hat er richtig bluten müssen, die hat ihn die Hälfte seines Vermögens gekostet. Aber so geht's halt, wenn man sich unbedingt was Junges leisten will.« Beim nächsten Satz senkte er die Stimme, er raunte ihn nahezu: »In letzter Zeit hat Marquardt es offenbar auf die kleine Lilly abgesehen. Hat sie im Auto mitgenommen, ist bei Schulschluss ganz *zufällig* gerade vorbeigefahren. Hab ich selbst schon dreimal beobachtet, ich hab gedacht, ich seh nicht richtig!«

»Aber das muss doch nichts weiter zu bedeuten haben.«

»Klar. Und im Himmel ist Jahrmarkt.«

»Das Mädchen ist siebzehn!«

Egon Scharff machte eine wegwerfende Handbewegung. »Ich sage ja auch nicht, dass da was läuft. Nur, dass sie ein hübsches junges Ding ist und er …« Den Satz ließ er bedeutungsschwanger in der Luft hängen.

»Ich kann mir das beim besten Willen nicht vorstellen!«

Scharff gab ein keckerndes Geräusch von sich. »Kommen Sie mal in mein Alter, dann können Sie sich alles Mögliche vorstellen. Sie waren doch selbst mal Lehrerin und wissen, wie die Jugendlichen von heute so drauf sind.«

»Na ja, ich war an einer Grundschule.«

»Ihr Glück!«, gab er zurück. »Mit der Pubertät drehen die heutzutage alle durch. Noch schlimmer sind nur die Eltern, die verhätscheln ihren Nachwuchs, setzen überhaupt keine Grenzen mehr und hängen sich da rein, als ginge es um ihr eigenes Leben. Sitzenbleiben, weil einer zu faul oder blöde ist? Gibt's doch heute gar nicht mehr, da hat man ja sofort einen Brief vom Anwalt auf dem Tisch.« Ihm entfuhr eine Art Grunzen, er war ganz offensichtlich dabei, sich in Rage zu reden. »Was meinen Sie, warum die Sanders überhaupt bei meinen Versammlungen aufgekreuzt sind und dabei die meiste Zeit ihre Klappe gehalten haben? Weil der Junge bis vor zwei Jahren auf meine Schule ging und Lilly nächstes Jahr bei mir eine Abiturprüfung schreibt. Die haben doch Schiss, dass ich den lieben Kleinen in die Quere komme, die

Sache an sich ist denen total egal. Im Gegenteil, kann denen nur recht sein, wenn mehr Leute herziehen, die dann schön in ihrer Apotheke kaufen. Vielleicht hilft's ja noch.« Den nächsten Satz spuckte er ihr regelrecht vor die Füße: »Hier ist doch einer verlogener als der andere.«

»Okay«, sagte Stella, »ich denke, das reicht mir fürs Erste.« Sie versuchte, ihre Gedanken zu ordnen, aber es gelang ihr nicht. Schnell verabschiedete sie sich von Egon Scharff und machte sich auf den Weg zurück nach Hause. Was sollte sie mit all den Informationen, mit denen ihr Nachbar sie überschüttet hatte, anfangen? Was *konnte* sie damit anfangen? Einerseits hatten sie die soeben gehörten Geschichten schockiert, vor allem Egon Scharffs Andeutung, Marius Marquardt könne hinter der siebzehnjährigen Lilly Sanders her sein – andererseits spürte sie fast so etwas wie Erleichterung, denn so war es tatsächlich nicht ausgeschlossen, dass die Mahnwache auf der anderen Straßenseite gar nicht ihr und Paul galt. Sie warf im Vorbeigehen einen flüchtigen Blick in Richtung Mercedes. Unbeweglich wie Wachsfiguren saßen der Mann und die Frau darin, die Innenbeleuchtung war ausgeschaltet.

Stella ging weiter, doch nur wenige Meter, bevor sie ihre Auffahrt erreicht hatte, sah sie, wie sich jemand an einem der Müllbehälter zu schaffen machte.

14

»He!«, schrie sie und preschte im selben Moment schon los. Es war wieder Leon Sanders, und dieses Mal hatte sie keine Angst, dieses Mal würde sie ihn zur Rede stellen.

Der Junge sah auf, erstarrte für den Bruchteil einer Sekunde wie ein Reh im Scheinwerferlicht, dann rannte er davon und stieß dabei die Tonne um. Stella setzte ihm nach, folgte ihm zur Hauptstraße und überquerte wie er im vollen Lauf zwei rote Ampeln. Obwohl ihr letzter Sprint Jahre zurückliegen musste, blieb sie ihm dicht auf den Fersen, ihre Schritte im selben Rhythmus wie die seinen.

»Bleib stehen!«, rief sie keuchend. »Halt an, Leon, stopp!«

Doch er rannte weiter, drehte sich nicht einmal zu ihr um, schien sämtliche Kräfte zu mobilisieren und wurde sogar noch schneller. Auch Stella holte aus sich heraus, was sie konnte, ignorierte das Brennen in ihrer Brust und das Stechen in der Seite, versuchte, sich einzig und allein darauf zu konzentrieren, den Jungen nicht aus den Augen zu verlieren.

Dann fiel sie mehr und mehr zurück, und als er rechts in eine Straße einbog, war er verschwunden, sobald sie kurz danach die Kurve erreicht hatte. Schwer atmend blieb sie stehen, beugte sich mit in die Hüfte gestemmten Händen nach vorn und rang nach Luft. Das Blut rauschte ihr in den

Ohren, die Bluse klebte ihr am Oberkörper, und ihre Knie schmerzten.

Nach einer Weile richtete sich wieder auf und ließ den Blick die Straße entlanggleiten, ohne ernsthaft damit zu rechnen, Leon Sanders noch irgendwo zu entdecken. Und im gleichen Moment fragte sie sich, weshalb sie ihm überhaupt wie eine Furie nachjagt war. Sie wusste doch, wo er wohnte. Ihre Nerven mussten wirklich komplett blankliegen, dass sie sich so impulsiv verhielt.

Andererseits: Auch *er* hatte sich irrational verhalten. Spätestens, als sie ihn beim Namen gerufen hatte, hätte er stehen bleiben können, denn da hätte ihm klar sein müssen, dass Stella ihn erkannt hatte. Denkbar natürlich, dass er sie nicht gehört hatte oder trotzdem einfach in Panik weitergerannt war. Wobei ihn vermutlich weniger die Sorge vor einer körperlichen Auseinandersetzung mit ihr als vielmehr die, enttarnt zu werden, davongetrieben hatte.

Während sie sich auf den Rückweg zur Blumenstraße machte, überlegte Stella, wie sie weiter vorgehen sollte. Bisher hatte sich keine ihrer Ängste bewahrheitet. Das Paar war von der Polizei befragt und als harmlos eingestuft worden, in der Nachbarschaft waren sich nicht alle so grün, wie sie taten, was sie und Paul aber nicht direkt betraf, sondern höchstens zu Gerede hinter ihrem Rücken führte. Das war zwar unangenehm, aber nicht bedrohlich. Was Leon Sanders anging, war Stella sicher, dass er einfach nur sein Handy gesucht hatte. Das würde jeder tun, dafür musste man keine geheimen Filme auf seinem Mobiltelefon horten. Natürlich hätte er auch bei ihr klingeln und danach fragen können – hätte sich dann aber als ihr nächtlicher Angreifer zu erkennen geben müssen.

Mit jedem Meter, den Stella sich ihrem Zuhause näherte, und je mehr sie darüber nachdachte, desto ruhiger wurde sie. Enno Borchers hatte – so wenig sympathisch er ihr auch war – vermutlich doch den Nagel auf den Kopf getroffen. Sie war Opfer einer Projektion geworden. Alles andere würde schlicht keinen Sinn ergeben. Wie auch immer Stella es drehte und wendete, es kam keine vernünftige Erklärung dabei heraus, nichts, das zusammenpasste: Denn wenn es jemanden gäbe, der schon damals oder auch erst seit kurzem die Wahrheit über den Unfall kannte und ihr und Paul damit schaden wollte, würde er es entweder zur Erpressung nutzen – oder sein Wissen der Polizei, der Staatsanwaltschaft oder welcher offiziellen Stelle auch immer mitteilen. Ja, das klingelnde Telefon, das hatte es gegeben. Aber ob das nun wirklich ein Grund war, gleich vom Schlimmsten auszugehen?

Als Stella auf Höhe der Blumenstraße angekommen war, schämte sie sich fast für ihr Verhalten der letzten Tage und Stunden. Hysterisch war sie gewesen, überspannt. Sobald sie zu Hause war, würde sie Paul anrufen und sich bei ihm entschuldigen. Dafür, dass sie ihn so verrückt gemacht hatte. Obwohl sie doch genau wusste, dass ihm in der Ferne die Hände gebunden waren und er nicht mir nichts, dir nichts, nach Hause kommen konnte, selbst wenn er es versuchte. Und sie würde sich dafür entschuldigen, dass sie einfach aufgelegt hatte, obwohl sein *Was ist denn jetzt schon wieder los?* bei näherer Betrachtung zumindest in Ansätzen nachvollziehbar war. Es hatte sie verletzt, das schon – aber musste man deshalb gleich bockig auflegen? Projektion, auch hier, sonst nichts. *Was ist denn jetzt schon wieder los?* Wie oft hatte sie diesen Satz von ihrer Mutter zu hören bekommen? Bei jeder Schürfwunde; bei jedem Liebeskummer; bei jedem Anflug von Weltschmerz während ihrer Teenagerzeit. Dicht gefolgt von einem *Reiß dich mal zusammen!*

Damals, da war etwas gerissen. Wieder und wieder, mitten durch ihr Herz war dieser Riss verlaufen. Nach einer Weile verkrustet, dann vernarbt, ehe er von Helga Brenner erneut aufgebrochen worden war. Noch einmal und noch einmal und noch einmal.

Aber das hatte nichts, rein gar nichts mit dem zu tun, was Paul zu ihr am Telefon gesagt hatte. Pure Übertragung. In ihrer reinsten Form, wie einem Lehrbuch für Psychologie entnommen. Dafür brauchte sie keinen Enno Borchers, der ihr das erläuterte, sie selbst war schließlich auch Pädagogin. Ihr Mann hatte nicht sie, Stella, getroffen. Er hatte ein altes, ein sehr altes Gefühl in ihr heraufbeschworen. Und nun war es für sie, Stella, an der Zeit, sich mal zusammenzureißen.

Als sie die Auffahrt erreichte, stellte sie in aller Ruhe die umgekippte Tonne wieder hin, die zum Glück am gestrigen Tag noch geleert worden war, so dass der Mauskadaver mitsamt allem anderen Müll verschwunden war. Sie klopfte sich klatschend die Hände aneinander ab, zog den Schlüssel aus ihrer Hosentasche und ging weiter. Erneut dachte sie an den Bewegungsmelder, um den sie sich noch immer nicht gekümmert hatte. Das würde sie gleich morgen früh nachholen.

Allerdings brauchte sie keine Außenbeleuchtung, um zu sehen, was jemand in Rot quer über die Haustür geschmiert hatte. Ein Fragezeichen prangte auf dem weißen Holz und wirkte selbst in der Dunkelheit wie eine grelle Anklage.

Stella fuhr innerlich zusammen, japste erschrocken auf. Stürzte zur Tür, fuhr mit den Fingerspitzen über das Zeichen und ertastete dabei die noch feuchte Farbe. Zerrieb die klebrige Flüssigkeit zwischen Daumen und Zeigefinger und roch daran. Einen Augenblick lang spielten die Sinne ihr einen Streich, sie meinte, den typisch metallischen Duft von Blut wahrzunehmen. Doch dann leckte sie kurzerhand mit der Zungenspitze zaghaft an ihrer Fingerkuppe und war froh über den beißenden Geschmack, auch wenn ihr davon fast schlecht wurde. Danach sah sie sich um, ob sie irgendwo einen Farbeimer oder eine Spraydose entdeckte, die der Täter vielleicht zurückgelassen hatte. Die Schmiererei war noch so frisch, denkbar, dass Stella ihn durch ihr Heimkommen überrascht hatte, so dass er – oder sie – ohne die Farbe abgehauen war. Aber sie konnte nichts finden, nirgends im unmittelbaren Umfeld war etwas zu entdecken.

Während sie mit zittriger Hand die Tür aufschloss und ohne Umwege in die Küche rannte, um ein nasses Tuch zu holen, mit dem sie das Schandmal entfernen konnte, versuchte sie, ihre Gedanken in so besonnene Bahnen wie möglich zu lenken. Dieses Fragezeichen hatte weder etwas mit Hysterie noch mit Projektion zu tun. Es war ein offener Angriff auf sie und Paul, ein unübersehbares Signal. Unübersehbar für alle in der Straße. So wie das Pärchen, das noch immer an derselben Stelle parkte. Sie konnte die zwei vom Küchenfenster aus sehen, wie sie da lauerten in ihrem verfluchten Auto, diese beiden Spinnen in ihrem Netz. Obwohl die Innenbeleuchtung noch immer ausgeschaltet war, meinte sie zu erkennen, dass der Mann zu ihr herüberstarrte. Ein Angriff auf sie und Paul? Eine Bedrohung für sie, die Johannsens? Nein, dieses Fragezeichen galt ihr allein, denn Paul war gar nicht da. Und hatte sich bisher nicht einmal die Mühe gemacht, sie ein weiteres Mal anzurufen.

Wütend stopfte Stella den schwarzen Gummistöpsel in den Abfluss des Spülbeckens, feuerte einen Lappen hinein, stellte den Hebel der Mischbatterie auf heiß und riss ihn nach oben. Sie gab einen Spritzer Spülmittel hinzu und trommelte abwartend mit den Fingern der rechten Hand auf der Arbeitsplatte herum. Ihr Blick fiel auf ihr Handy, das da noch lag, vor zwei Stunden ebenso wütend dort hingefeuert wie eben das Mikrofasertuch ins Becken. Aus, es war immer noch ausgestellt. Paul hatte sie gar nicht anrufen *können*. Und selbst wenn, hätte Stella es nicht gehört, sie hatte ihr Mobiltelefon ja nicht dabeigehabt, weder bei ihrem Gespräch mit Egon Scharff noch bei der Verfolgungsjagd, die sie sich mit Leon Sanders geliefert hatte.

Sofort griff sie danach und schaltete es ein. Kaum hatte sie ihre SIM eingetippt, vermeldeten mehrere Pieptöne nacheinander den Eingang von Nachrichten. Vier Anrufe von Paul in Abwesenheit, die ersten drei Mal hatte er ihr Nachrichten hinterlassen: »Stella, schalt dein Handy bitte wieder ein!«; »Bitte, Schatz, es tut mir leid!«; »Verdammt, Stella, ruf mich an! Ich mache mir Sorgen! Hab's sogar schon auf dem Festnetz versucht. Wenn du dich nicht bald meldest, rufe ich selbst die Polizei!!!«

Schon schaffte er es, ihr ein Lächeln aufs Gesicht zu zaubern, so einfach war das für Paul. Als sie allerdings seine Nummer wählte und wieder ohne auch nur ein einziges Klingeln die Mailbox ansprang, erstarb es auf der Stelle. Doch statt ihrem ersten Impuls zu folgen, gleich wieder aufzulegen, hinterließ Stella ihm ebenfalls eine Nachricht. Sagte ihm, dass ihr Handy nun wieder eingeschaltet sei und er sich dringend bei ihr melden sollte. Dass sie nun vorsichtshalber auch das Festnetztelefon einstöpseln würde, damit er sie in jedem Fall erreichen könne – was sie dann auch sogleich tat.

Zwei Minuten wartete sie noch ab, ob Paul es vielleicht direkt versuchen würde, dann steckte sie das Handy in die Hosentasche, fischte den Lappen aus dem heißen Wasser, lief zur Haustür, riss sie auf und begann, an dem Fragezeichen herumzuwischen. Den noch feuchten Teil der Farbe konnte sie entfernen, aber es war nur die oberste Schicht, das rote Symbol blieb trotzdem deutlich zu erkennen, auf ihrer bisher so reinweißen Eingangstür. Sie schrubbte weiter, verbissener, kräftiger. Es ging nicht ab, es ging einfach nicht ab, so sehr sie auch rieb.

Schrubben, reiben, zurück in die Küche, den Lappen erneut in das heiße Wasser tauchen, auswringen, noch einmal eintauchen, dann zur Tür, wieder schrubben und weiterreiben. Nichts, Stella konnte nichts bewirken, sie war vollkommen machtlos gegen dieses Teufelsmal. Unwillkürlich schoss ihr eine Zeile aus *Lady Macbeth* durch den Kopf, war plötzlich einfach da, ein Relikt aus lang zurückliegenden Zeiten, als sie selbst noch zur Schule gegangen war: »Here's the smell of the blood still; All the perfumes of Arabia will not sweeten this little hand.«

Nun liefen ihr Tränen übers Gesicht, rannen in wahren Sturzbächen über ihre Wangen. Und während sie weinte und schrubbte und gar nicht mehr aufhören konnte damit, war es ihr, als könne sie von der anderen Straßenseite ein leises Lachen vernehmen. Ein Lachen, das aus dem Auto kam. Unterlegt mit einem Lied, das sie nur allzu gut kannte. »Home« von Michael Bublé. Doch ähnlich wie Lady Macbeth, wie diese tragische Figur aus einem Shakespeare-Drama, war es ihr unmöglich zu sagen, ob das, was sie hörte, der Wirklichkeit entsprach. Oder ob sie sich alles nur einbildete.

Sie spürte ein Vibrieren in ihrer Hosentasche, dicht gefolgt von dem vertrauten melodischen Klingelton, den Stella einzig und allein Paul zugeordnet hatte.

Auf der Stelle ließ sie den Lappen fallen, zerrte mit fahrigen Fingern das Telefon hervor und nahm den Anruf an.

»Paul!«, schluchzte sie. »Paul!« Dann lief sie ins Haus und knallte die Tür hinter sich ins Schloss.

»Stella?«, fragte er und klang alarmiert. Kein »Was ist denn jetzt schon wieder los?«, nicht dieses Mal. »Schatz, ist etwas passiert?«

»Ja«, brachte sie stockend hervor, während sie sich im Wohnzimmer rückwärts aufs Sofa fallen ließ. Und dann erzählte sie ihm alles. Alles, was geschehen war, seitdem sie zum letzten Mal miteinander telefoniert hatte. Dass sie bei Enno Borchers gewesen war und lange mit ihm geredet hatte; dass sie auf dem Heimweg von einem Leichenwagen verfolgt worden war, der aber gar nicht zu ihr, sondern zu den Wagners gewollte hatte, um die verstorbene Marlies abzuholen; sie berichtete vom Streit zwischen dem Witwer und Egon Scharff auf offener Straße und darüber, was der Lehrer ihr über die Nachbarschaft erzählt hatte, wie sehr sie allesamt miteinander über Kreuz lagen; erzählte, wie sie Leon Sanders nachgerannt war und natürlich berichtete sie auch von dem roten Fragezeichen, das irgendjemand an ihre Haustür gemalt hatte, sowie von ihren ergebnislosen

Versuchen, die Schmiererei zu entfernen. Erschöpft schloss sie mit: »Wann kommst du nach Hause, Paul? Wann bist du endlich da?«

Ein kurzes Schweigen. Ein Seufzen. Und schließlich ein »Das ist alles nicht so einfach, Schatz.«

15

Stella meinte, sich verhört zu haben. Langsam, Silbe für Silbe, wiederholte sie Pauls Worte. »Das ist alles nicht so einfach?«

»Nein«, bestätigte er, »aber das weißt du doch.«

»Was hat die Crewplanung denn zu deinem Anliegen gesagt?«

»Gar nichts.«

»Wie? Gar nichts?« Sie setzte sich abrupt auf.

Er seufzte erneut. »Ich habe noch gar nicht gefragt«, gab er dann zu.

Sie war zu geschockt, um darauf etwas zu erwidern, schnappte nur fassungslos nach Luft, schloss danach den Mund und presste ihre Lippen fest aufeinander.

»Stella?«, fragte Paul schließlich in die Stille hinein. »Bist du noch dran?«

»Du hast es mir doch versprochen!«, flüsterte sie ins Handy.

»Ja, ich weiß. Aber …« Er ließ den Satz unvollendet in der Luft hängen.

»Was, aber?«

»Na ja …« Es war nicht zu überhören, wie er sich wand. »Ich wollte erst einmal abwarten, wie es dir geht, wenn du bei Enno warst. Wie sich die Dinge entwickeln, weißt du?«

»Wie sich die Dinge entwickeln?«, fuhr sie ihn an. »Dann siehst du ja jetzt, wie die Dinge sich entwickelt haben! Ich hocke mitten in einer Katastrophe und habe panische Angst, so haben sich die Dinge entwickelt!«

»Es tut mir wirklich leid, Schatz, aber das konnte ich ja nicht ahnen.«

»Nicht ahnen?« Jetzt schrie sie. »Du konntest es nicht *ahnen*?« Sie musste sich beherrschen, um nicht erneut aufzulegen, und zwang sich, zweimal tief ein- und wieder auszuatmen, damit sie halbwegs ruhig weitersprechen konnte. »Du hast es mir versprochen. Du hast mir versprochen, es auf jeden Fall zu versuchen. Da war keine Rede davon, dass du es erst tust, wenn mir etwas zustößt.«

»Übertreib bitte nicht, Stella.«

»Paul, ich habe Angst. Verstehst du das nicht?«

»Natürlich verstehe ich das«, erwiderte er. »Ich gebe dir absolut recht, dass das alles sehr beängstigend ist, und natürlich mache ich mir Sorgen. Aber ich hatte dich auch gebeten, Ruhe zu bewahren. Ich kann mich eben nicht sofort in den nächsten Flieger setzen und nach Hause jetten, so funktioniert das nicht.«

»Du hast es bisher ja nicht einmal versucht!«, schleuderte sie ihm entgegen. Wo steckst du überhaupt?«

»In Bangkok«, sagte er und fuhr dann fort: »Ich muss erst einmal darüber nachdenken, was genau ich der Crewplanung sage, weshalb ich meinen Dienst abbrechen muss.«

»Aber dafür gibt es doch unendlich viele Gründe!«, rief sie aus. »Ein Magen-Darm-Virus, ein familiärer Notfall … Du hast mir doch selbst mal erklärt, dass es im Zweifel schon reicht, wenn du sagst, dass du gerade ein so großes privates Problem hast, dass du dich überhaupt nicht aufs Fliegen konzentrieren kannst. Dass sie dich dann sofort freistellen *müssen*, weil das Risiko für die Airline viel zu groß ist, am Ende verantwortlich zu sein, wenn etwas passiert, weil sie dich zum Fliegen gezwungen hat. Unfit to fly, das hast du mir doch erklärt, so schwierig ist das nicht!«

»Ja, so ist es auch«, stimmte er ihr zu. Plötzlich klang er genervt, kalt. »Aber es geht ja nicht nur um mich allein. Wir sind ein Team, ein großer Apparat, bei dem ein Rädchen ins andere greift. Sobald einer ausfällt, müssen alle anderen rotieren. Ich bin in einer verantwortungsvollen Position und kann nicht einfach so alle hängenlassen. Das, was du da gerade vorschlägst, macht man als Pilot genau ein einziges Mal. Und zwar dann, wenn es überhaupt nicht mehr anders geht.«

»Dann geht es deiner Meinung nach also noch anders?« Stellas Stimme überschlug sich beinahe.

»Stella«, nun hörte Paul sich wieder freundlicher an. »Ich verstehe ja, dass du erregt bist ...«

»Ich bin nicht *erregt*, Paul! Ich habe ANGST!«

»Schatz, ich weiß.«

»Du weißt gar nichts! Nichts! Denn wenn du es wüsstest, wärst du schon auf dem Weg zu mir!« Ihre Stimme zitterte. »Aber gut, dann machen wir es wohl so, wie Enno Borchers es vorgeschlagen hat.«.

»Was meinst du damit?«

»Enno ist der Meinung, dass ich mich von der Last unserer Lüge befreien muss, die ich seit Jahren mit mir herumschleppe. Und dass wir deshalb allen die Wahrheit sagen sollen.«

»Enno weiß doch, dass das absolut unmöglich ist.«

»Seiner Meinung nach liegt die Sache mittlerweile so

viele Jahre zurück, dass dir rechtlich gar nichts mehr passieren kann, wenn du zugibst, dass du bei dem Unfall am Steuer saßt. Dass es also keinen Grund mehr gibt, nicht endlich zu erzählen, wie es wirklich war.«

»Na, der hat gut reden!« Paul hustete. »Ihn betrifft es schließlich nicht.«

»Richtig«, stimmte Stella ihm zu. »Aber er meinte auch, dass die Wahrheit uns frei machen würde. Dann wenn alle es wissen. Wenn ich nicht mehr für dich lügen muss.« Sie genoss das Gefühl der Überlegenheit, die Macht, die sie mit einem Mal über Paul hatte. In diesem Moment wollte sie, dass er wie sie die Angst spüren konnte. Dass er sie endlich nicht mehr damit allein ließ. Dass er endlich erkannte, wie ernst die Lage wirklich war.

Paul blieb stumm. Stella hörte ihn am anderen Ende der Leitung nur atmen. Sehr deutlich und sehr schwer atmen. Doch sie hatte alles gesagt, was sie zu sagen hatte, also schwiegen sie beide.

Eine Minute, zwei – es dauerte sehr lange, bis Paul die Sprache wiederfand.

»Es tut mir leid«, waren die ersten Worte, die er an sie richtete. Leise vorgebracht, traurig. »Ich war ein riesiger Idiot und werde mich sofort um einen Heimflug kümmern.«

Sie antwortete nicht darauf, wartete stattdessen, dass er weitersprach.

»Keine Ahnung, was mit mir los ist. Vermutlich kommt mir das so weit weg von zu Hause alles total irreal vor. Aber jetzt komme ich!«

Stella unterdrückte die Tränen, die ihr in die Augen steigen wollten. Tränen der Erleichterung. Und zugleich Tränen der Scham, dass sie den Menschen, den sie über alles liebte, mit voller Absicht in Angst versetzt hatte. Sie war kein Stück besser als ihre Mutter, deren größtes Vergnügen es gewesen war, auf genau diese Art und Weise andere Menschen zu quälen. Und auch, wenn Stella sich geschworen hatte, nie wie ihre Mutter zu werden, musste sie sich nun eingestehen, dass auch ihr Apfel nicht weiter vom Stamm fiel als der von anderen. *Verdorben*, so hätte Helga Brenner es genannt. *Du bist durch und durch verdorben.*

»Sobald wir aufgelegt haben, rufe ich die Crewplanung an«, unterbrach Paul ihre Gedanken. »Noch einmal vertröste ich dich nicht, das schwöre ich! Natürlich wird es trotzdem eine Weile dauern, ich bin schließlich nicht gerade um die Ecke. Aber spätestens Montagabend bin ich zu Hause und nehme dich ganz fest in den Arm, versprochen!«

»Das wäre so schön!« Nun kamen Stella doch die Tränen, sie konnte es nicht verhindern.

»Liebling, wein bitte nicht, es wird alles gut!«

»Meinst du?«, fragte sie mit erstickter Stimme, während sie aufstand, hinüber zu den Wohnzimmerfenstern ging und wieder einmal durch einen der Schlitze zwischen den Gardinen spähte. Natürlich stand das Auto noch da, sie hatte gar nichts anderes erwartet.

»Ganz sicher wird es das. Wir müssen jetzt nur einen kühlen Kopf bewahren und als Team arbeiten.«

Team. Dieses Team, es hörte sich so viel besser an als das, von dem Paul erst vor wenigen Minuten gesprochen hatte. »Okay.«

»Zuerst einmal musst du dich allerdings dringend um die Haustür kümmern«, wies er sie an.

»Das habe ich schon versucht, die Farbe geht nicht ab«, antwortete Stella.

»Dann müssen wir uns eben etwas anderes einfallen lassen. Das Paar da draußen im Auto könnte zu jedem wollen, das ist nichts, was die Nachbarn unbedingt mit uns in Verbindung bringen werden. Aber mit diesem Fragezeichen sieht die Sache schon anders aus, da werden die Leute wissen wollen, was es damit auf sich hat.«

»Ich würde es auch gern wissen. Denkst du, Leon Sanders hat das gemacht? Ich habe ihn ja schon wieder vor unserem Haus erwischt.«

»Nein, ich glaube nicht, dass er das war.«

»Woher willst du das wissen?«

»Denk doch mal logisch, Stella!«

»Wie bitte?«

»Sorry, das ist mir nur so rausgerutscht.«

»Schon gut.«

»Du hast mir gesagt, dass du nirgends einen Farbeimer oder eine Spraydose gefunden hast.«

»Stimmt, habe ich nicht.«

»Hättest du aber, wenn er es gewesen wäre. Du hast ihn doch überrascht und bist ihm dann nachgerannt. Hätte er das Fragezeichen gemalt, hättest du also entweder noch irgendwelche Farben gefunden – oder der Junge wäre mit einem Eimer in der Hand vor dir davongelaufen.«

Bei der Vorstellung musste Stella tatsächlich einmal kurz lachen.

»Nein, das war jemand anderes«, fuhr Paul fort. »Entweder die Leute aus dem Mercedes, ein wild gewordener Nachbar oder sonst wer.«

»Das mit dem wild gewordenen Nachbarn scheint mir gar nicht mehr so abwegig zu sein«, erwiderte Stella. »Bis vor drei Stunden hatte ich keine Ahnung, dass wir mitten in einer Mördergrube leben, darüber musste mich Egon Scharff erst einmal aufklären. Da unsere Nachbarn offenbar der Meinung sind, dass ich nicht dazugehöre und mich hier nur ins gemachte Nest gesetzt habe, hat natürlich vorher noch nie jemand mit mir darüber gesprochen.«

»Hör doch nicht auf das dumme Gewäsch von Leuten, die sonst nichts zu tun haben«, antwortete Paul genau so, wie sie es erwartet hatte. »Kann uns doch egal sein, wenn die sich gegenseitig die Köpfe einschlagen. Und was über uns so geredet wird, erst recht.«

»Kann es uns anscheinend nicht«, sagte sie.

»Doch«, widersprach er ihr. »Mich interessiert es kein Stück, was Krethi und Plethi von uns halten. Mir geht es ausschließlich darum, dass wir unsere Ruhe haben und unser Leben so führen können wie bisher. Ob es den Leuten in der Blumenstraße passt, wie oder wer wir sind, ist nicht meine Baustelle, das Problem sollen die mal schön unter sich klären.«

»Dann könnten wir aber doch tatsächlich allen die Wahrheit sagen und müssten uns nicht mehr die geringsten Sorgen über das Paar im Auto machen«, wandte Stella ein. »Wenn es dir egal ist, was die Leute sagen, und wenn Enno meint, dass der Unfall …«

»Enno!«, rief Paul barsch dazwischen. »Was hat der denn für eine Ahnung?«

»Immerhin ist er …«

»Ach! Der soll sich da raushalten. Enno kann doch überhaupt nicht beurteilen, welche Folgen das für mich in meiner Stellung haben könnte.«

»Aber ein Anwalt müsste uns doch sagen können, ob du

nach so vielen Jahren noch deine Pilotenlizenz verlieren würdest.«

»Stella!« Obwohl es nur zwei Silben waren, erkannte sie sofort, dass Paul seinen speziellen Tonfall angenommen hatte. Diesen Tonfall, wenn er kurz davor stand, zu explodieren, und wenn es für ihn nichts mehr zu diskutieren gab. »Welchen Floh auch immer Enno dir da ins Ohr gesetzt hat: Ich habe dir gesagt, dass das nicht in Frage kommt! Wir werden den Teufel tun und irgendwem gegenüber eine Beichte ablegen. Unsere Vergangenheit und unser Leben gehen niemanden etwas an. Niemanden, hörst du?«

»Ja.«

»Gut. Wir werden diese Sache hier gemeinsam durchstehen.«

»Natürlich!«, versicherte sie ihm und freute sich über dieses »gemeinsam«.

»Und jetzt müssen wir uns überlegen, was wir gegen diese Schmiererei an der Tür machen. Das Wichtigste ist, sie verschwindet so schnell wie möglich wieder, am besten noch heute Nacht.«

»Wie soll ich das denn schaffen?«

»Lass mich kurz nachdenken.«

Schweigend wartete Stella, während Paul überlegte. Die Energie, die sie zwischen sich spüren konnte, schien die Leitung zum Sirren zu bringen, und obwohl ihr Mann gerade viele tausend Kilometer entfernt war, konnte sie seine Anwesenheit fast körperlich spüren. Ja, sie würden es gemeinsam durchstehen. Wenn sie nur einander hatten, war alles gut, dann konnte ihnen niemand etwas anhaben. Paul schwieg noch immer, und sie dachte selbst angestrengt darüber nach, welche Möglichkeiten es gäbe. Ein Bettlaken darüberhängen? Die Tür aus den Angeln heben und zur Seite stellen? Nein, das wäre beides fast noch auffälliger als das Fragezeichen.

»Im Keller!«, kam es schließlich von Paul.

»Im Keller?«

»Da müsste noch ein kleiner Eimer mit weißer Wandfarbe stehen. Ich habe damals nach unserer Renovierung von jeder Farbe aus jedem Zimmer etwas aufgehoben. Damit man immer denselben Ton trifft, wenn mal was auszubessern ist. Du findest die Eimer irgendwo hinter dem Weinregal, zwischen den alten Möbeln, die wir nicht haben wollten.«

Antiquitäten, Paul sprach von drei oder vier kostbaren Antiquitäten, die in der Villa gestanden hatten und die er, nachdem Stella auf ihrem Verschwinden bestanden hatte, wenigstens hatte aufheben wollen, weil sie so wertvoll waren.

»Okay«, sagte Stella.

»Pinsel und Malerrollen liegen da auch noch irgendwo rum, du könntest dir die Sachen schnappen und die Tür übermalen.«

»Mit Wandfarbe?«

»Es geht ja nur darum, dass das Fragezeichen so schnell wie möglich verschwindet. Natürlich lassen wir die Tür dann wieder professionell aufarbeiten.«

»Ja, gut, das mache ich.«

»Eigentlich müsste es klappen«, gab Paul sich optimistisch.

»Und was ist mit dem Paar im Auto?«, wollte Stella wissen. »Die zwei machen mir immer größere Angst.«

»Darum kümmere ich mich gleich am Montagabend, wenn ich wieder zu Hause bin. Dann knöpfe ich mir die beiden vor. Und Leon Sanders natürlich auch, der Junge kann sich jetzt schon warm anziehen!«

»Gut«, sagte sie. Obwohl es nicht gut war, gar nichts war gut. Aber sie wollte sich jetzt stark zeigen. Sich als würdiger Teampartner erweisen. Für Paul, für sie beide. »Dann gehe ich im Keller nach der Farbe suchen.«

»Und ich organisiere meinen Rückflug.«

»Ich wünschte, du wärst schon hier!«

»Das wünschte ich auch, aber bald bin ich ja zu Hause.«

Sie verabschiedeten sich und legten auf. Sofort machte Stella sich auf den Weg in den Keller, fünf Minuten später kam sie mit einem Eimer weißer Farbe und einem dicken Malerpinsel zurück nach oben. Bevor sie die Haustür öffnete, schaltete sie das Flurlicht aus, damit niemand sie bei ihrer nächtlichen Streichaktion sehen konnte.

Sie fröstelte, als sie hinaustrat, obwohl es ein lauer Abend war. Trotz der Dunkelheit war das rote Fragezeichen auf der weißen Tür gut zu erkennen. Stella tauchte den Pinsel in die zähe Farbe und begann, mechanisch von oben nach unten zu streichen. Es funktionierte! Nach und nach verschwand das Zeichen unter ihren Pinselstrichen, in wenigen Minuten würde es für niemanden mehr zu sehen sein. Auch, wenn die Tür bei näherer Betrachtung wie zugekleistert wirken würde und Stella trotz großer Sorgfalt nicht verhindern konnte, dass ein paar Farbtropfen auf die Steinplatten fielen – man müsste sich schon auf wenige Meter nähern, um zu erkennen, dass hier gerade amateurhaft gemalert worden war. Jedenfalls hoffte Stella, dass es auch bei Tageslicht so sein würde.

Nachdem sie fertig war, fühlte sie sich besser. Wesentlich besser. Nicht nur, weil das Fragezeichen verschwunden war, sondern auch, weil sie endlich etwas hatte *tun* können. Weil sie aktiv geworden war, wenn auch nur im kleinen Rahmen.

Sie ging in die Küche und warf den Pinsel ins Spülbecken. Das Wasser war nicht mehr heiß, aber immer noch warm, und so löste sie mit beiden Händen die Farbe aus den Borsten. Die Brühe, in der sie zuvor den Lappen ausgewaschen hatte, nahm ein milchiges Rosa an. Mit einem Schlag war Stella wie in Trance, starrte gebannt auf das Wasser und konnte den Blick nicht mehr abwenden von ihren Händen, davon, wie sie umspült wurden. *Sie war so schön wie Milch und Blut.* Milch und Blut. Stella dachte an Milch und Blut. An ein Lied, an eine Melodie, an den Hauch einer Erinnerung. Abwesend begann sie zu summen. *Sie war so schön wie Milch und Blut.* Stella schloss die Augen, ließ sich fallen in diese Zeile. Ein Bild tauchte vor ihrem inneren Auge auf. Ein kleines Mädchen auf dem Schoß eines Mannes. Er sang und schaukelte die Kleine sanft auf seinen Knien, schaukelte sie sanft und strich ihr mit einer Hand durch das blonde Haar. Tränen, da waren schon wieder Tränen in ihren Augen, denn sie wusste urplötzlich, wer diese Besucher aus der Vergangenheit waren. Sie selbst – und der Mann, der sie verlassen hatte, der dorthin gegangen war, wo der Pfeffer wächst. Der sie, sein Mädchen, verraten hatte; der sie nicht beschützt hatte vor …

Das Klingeln des Festnetztelefons ließ Stella erschrocken zusammenzucken. Sie zog die Hände aus dem Wasser und stürzte mit tropfnassen Fingern zur Basisstation.

»Paul?«, rief sie in den Hörer, sobald sie abgenommen hatte.

Kurze Stille. Dann eine abgehackte weibliche Computerstimme, die eine SMS vorlas.

»Sie – haben – eine – neue – Nachricht. Nachricht – eins: Das – nützt – euch – gar – nichts. Soll – Paul – ruhig – kommen. Die – Wahrheit – muss – ans – Licht.«

16

SONNTAG, 24. JUNI

Zwölfmal. Ganze zwölf Mal hatte Stella die Nachricht abgehört. Zuvor hatte sie direkt versucht, Paul zu erreichen, der aber nicht an sein Handy gegangen war. Sogar bei Enno Borchers hatte sie in ihrer Verzweiflung angerufen, ihn allerdings zu dieser späten Stunde weder in der Praxis noch über seine Mobilfunknummer erreicht. Sie hatte gegen den Fluchtreflex, der in ihr wütete, ankämpfen müssen, weil sie unter keinen Umständen nachgeben wollte; weil sie bis zu Pauls Rückkehr unbedingt im Haus die Stellung halten, ihm zeigen wollte, dass auf sie Verlass war.

Nachdem sie eine Weile nervös und ratlos durchs Haus gewandert war, hatte sie schließlich angefangen, wie manisch der roboterhaften Frauenstimme zu lauschen in der Hoffnung, durch irgendein verräterisches Detail auf deren Identität schließen zu können. Dabei war ihr klar gewesen, dass die SMS nicht zwingend von einer Frau geschickt worden sein musste, sie war einfach nur von einem Computer übermittelt worden, aber irgendetwas hatte Stella eben unternehmen wollen. Sie hatte versucht, den Absender der Nachricht zu enttarnen, aber weder zeigte das Display ihres Telefons eine Handynummer noch irgendeinen Internetdienst an, und ihr technisches Wissen reichte bei weitem nicht aus, um beurteilen zu können, wie einfach oder schwierig es war, eine anonyme Nachricht zu verschicken.

Was Stella nun allerdings mit absoluter Bestimmtheit wusste: Sie wurde beobachtet. Belauscht. Wie sonst hätte jemand über Pauls Heimkehr Bescheid wissen können? Und so hatte sie angefangen, das Haus von oben bis unten zu durchsuchen. Nach Kameras oder Wanzen, ohne überhaupt zu wissen, wie Letztere aussahen; sie hatte hinter jeden Schrank und hinter jedes Regal geschaut, einen Blick in jeden Lampenschirm und jedes Paar Schuhe geworfen; sie hatte alle Teppiche angehoben und hinter jedes einzelne Bild geblickt. Als sie kurz davor war, sämtliche Lichtschalter, Steckdosen und Fußbodenleisten abzuschrauben, hatte sie aufgehört und sich erschöpft aufs Sofa sinken lassen. Denn ihr war der Aberwitz ihres Unterfangens bewusst geworden. Das Haus war viel zu groß, als dass sie ein gut verstecktes technisches Gadget hätte finden können, das unter Umständen nicht größer als ein Fingernagel war.

Während sie nun todmüde auf der Couch lag und gegen die ersten Sonnenstrahlen anblinzelte, kam ihr ein weiterer Gedanke: Was, wenn jemand ihr Handy ausspionierte? Sie hatte darüber gelesen, dass so etwas heutzutage relativ einfach war und dass man dafür kein Hacker sein musste. Jeder, der einen Moment lang Zugriff auf das Mobiltelefon eines anderen hatte, konnte dort eine verborgene App installieren, die dann sämtliche Gespräche aufzeichnete und an ein Internetpostfach schickte. Darüber konnte man sich die Telefonate dann bequem anhören. Stella nahm ihr Smartphone zur Hand und scrollte sich durch die Liste ihrer Apps, entdeckte dabei aber nichts, was sie nicht selbst heruntergeladen hatte oder was auf einen fremden Zugriff schließen ließ. Allerdings würde dieses Abhörprogramm ja verborgen im Hintergrund laufen, unbemerkt vom eigentlichen Handybesitzer. Möglich war es also dennoch, dass ihr Telefon »verwanzt« war.

Im Geiste ging sie die Liste der Menschen durch, die ihr Handy hätten nehmen können, ohne dass sie es bemerkt hätte. Die Liste war kurz: Paul. Und Renata.

Stella rieb sich mit beiden Händen übers Gesicht, massierte sich danach die Schläfen und unterdrückte ein Gähnen. Renata. Wieder die Haushälterin. Erneut führte ein Weg zu ihr. Konnte das ein Zufall sein? Nachdenklich musterte sie die Zimmerdecke, entdeckte dabei in einer Ecke ein paar Spinnenweben – und blieb schließlich mit dem Blick am Rauchmelder hängen.

Hektisch sprang sie auf. Die Rauchmelder! Laut Renata waren die am Donnerstag überprüft worden – aber war das die Wahrheit? Schon war Stella auf dem Weg zur Abstellkammer im Flur, riss die Tür auf und zerrte eine Leiter heraus. Bei dem Versuch, die lange Stiege in die Waagerechte zu hieven, damit sie durch die Tür zum Wohnzimmer passte, warf sie eine große Bodenvase um. Mit einem lauten Krachen ging das Glas zu Bruch, Stella ignorierte es, trug unbeirrt die Leiter weiter und stellte sie direkt unter dem Rauchmelder ab. Sie erklomm die Sprossen, drehte das weiße Plastikgehäuse ab und fand – nichts. Also klappte sie die Leiter wieder zusammen, marschierte mit ihr von Rauchmelder zu Rauchmelder, bis sie unter jedem Gehäuse nachgesehen hatte.

Auch diese Suche war ergebnislos geblieben. Frustriert

trug Stella die Leiter zurück zur Abstellkammer. Sie war wieder das hilflose Opfer, das nichts tun konnte. Allein mit ihrer furchtbaren Angst.

Noch einmal rief sie sowohl bei Paul als auch bei Enno an, bekam aber auch dieses Mal niemanden an die Strippe. Müde und erschöpft wankte sie die Treppe hoch ins Schlafzimmer und ließ sich dort aufs Bett fallen. Schlafen. Bei aller Anspannung wollte sie einfach nur noch schlafen. Sie wollte dem Grauen für ein paar Stunden entkommen oder mit ein bisschen Glück sogar erst bei Pauls Heimkehr wieder erwachen.

Dieses Mal war es die Türklingel, die Stella aus ihren Träumen riss. Ein Blick auf den Nachttischwecker zeigte ihr, dass es zwanzig Minuten nach elf am Vormittag war, und sie musste erst gar nicht auf die Datumsanzeige sehen, um zu wissen, dass es nicht Montag, sondern immer noch Sonntag war.

Sie erhob sich, strich mit beiden Händen über die zerknitterte Bluse, die sie noch vom Vortag trug. Kurz überlegte sie, sich schnell umzuziehen, da ertönte der Türgong zum zweiten Mal.

Auf dem Weg durch den Flur warf sie einen flüchtigen Blick in den großen Spiegel mit Goldrahmen. Ihr Gesicht war ähnlich zerknittert wie ihre Kleidung, ihre Haare waren zerzaust, aber es war ihr egal. Sie wollte durch den Spion nach draußen sehen, stellte allerdings fest, dass sie diesen bei ihren nächtlichen Malerarbeiten gleich mit überpinselt hatte. Also drückte sie die Klinke und öffnete, ohne zu wissen, wer auf ihrer Türschwelle stand.

Sie war überrascht, als sie in der hübschen Rothaarigen

Chloé Marquardt erkannte. Die junge Frau des Architekten trug einen eleganten grauen Jumpsuit mit hohen Hacken, sie war perfekt geschminkt und bot damit den gegenteiligen Anblick von Stella. Die Miene der jungen Frau war überaus sorgenvoll.

»Guten Morgen, Frau Johannsen! Entschuldigen Sie bitte die Störung, aber ich wollte nur mal nachfragen, was bei Ihnen los ist.«

»Los?« Sofort spürte Stella einen Knoten in der Magengegend, bemühte sich allerdings, möglichst gelassen zu wirken. Das Streichen der Tür war ihr offenbar doch misslungen und hatte schon am nächsten Tag eine Nachbarin auf den Plan gerufen. »Was soll denn bei mir los sein?«

»Haben Sie das hier noch nicht gesehen?«, fragte Chloé Marquardt, trat einen Schritt zur Seite und gab so den Blick auf die Straße frei.

Entsetzt schlug sich Stella mit der Hand vor den Mund und unterdrückte einen Aufschrei. *Das nützt euch gar nichts*, hörte sie die abgehackte Computerstimme in ihrem Kopf flüstern. Denn auf den Steinplatten der Auffahrt, auf dem Bürgersteig und sogar auf dem Straßenabschnitt, der vor ihrer Villa lag, hatte jemand mit roter Farbe Dutzende unübersehbare Fragezeichen gemalt.

»Habe ich mir schon gedacht, dass Sie das noch gar nicht entdeckt haben«, kommentierte die junge Frau Stellas entsetzte Geste. »Mein Mann meinte, ich soll mal zu Ihnen rübergehen und fragen, ob alles in Ordnung ist.«

»Doch, doch«, krächzte Stella und hoffte, dass sie nicht allzusehr stotterte, »ich weiß von den Fragezeichen, hatte sie nur bis gerade eben schon wieder vollkommen vergessen.«

»Sie wissen bereits davon?«, fragte Chloé Marquardt erstaunt nach. »Können Sie mir dann auch sagen, wer das gemacht hat? Und warum?«

Denk nach, ratterte es durch Stellas Kopf. *Denk nach*, verdammt! *Sonst hast du gleich die gesamte Blumenstraße vor der Tür stehen, und dann …* Wer wusste, was dann geschah? Vielleicht war es genau das, was das Paar im Mercedes gemeint hatte, als es vom richtigen Zeitpunkt gesprochen hatte. Vielleicht war er ja gekommen, dieser richtige Zeitpunkt, und das hier war der Anfang vom Ende.

»Frau Johannsen?«

»Kinder«, platzte Stella heraus. »Das waren Kinder!«

»Was denn für Kinder? Hier gibt es doch gar keine …«

»Meine Nichten waren zu Besuch«, behauptete sie. Chloé Marquardt konnte ja nicht wissen, dass sie Einzelkind war. Es hatte also auch Vorteile, nicht dazuzugehören. Die anderen wussten nichts über einen, man konnte sich einfach neu erfinden und über sich selbst behaupten, was auch immer man wollte. *Du hältst dich auch für die Königin von Saba!* Ein weiterer beliebter Satz ihrer Mutter, immer dann vorgebracht, wenn Stella ihr für ihren Geschmack zu aufmüpfig wurde. Nun denn, vielleicht war sie ja die Königin von Saba. Und die hatte eben zwei Nichten. »Die haben das gemalt.«

»Ihre Nichten haben Ihre Einfahrt, den Bürgersteig und auch die Straße mit Fragezeichen überzogen?« Chloé Marquardt tippte mit der Spitze ihres hochhackigen Schuhs auf eines der Symbole. »Mit richtiger Farbe statt mit Kreide?«

»Jaha, das tut mir wirklich leid«, erwiderte Stella etwas atemlos. »Ich habe auch schon mit den beiden geschimpft, aber sie haben bei uns im Keller ein paar Farbreste gefunden und sich nichts dabei gedacht.« Sie versuchte, möglichst beschämt dreinzublicken. »Wissen Sie, die sind erst vier – Zwillinge –, und es war ihnen überhaupt nicht klar, was sie da anstellen.« Sie zuckte hilflos mit den Schultern. »Sie wissen ja, wie Kinder sind.«

»Hm«, gab ihre Nachbarin nur unbestimmt zurück. Vermutlich hatte sie keine Ahnung, wie Kinder waren. »Gestern Abend waren diese Fragezeichen aber noch nicht da«, hakte sie weiter nach. »Wir sind erst um zehn nach Hause gekommen, da haben wir nichts davon gesehen.«

»Ja …« Stella stockte, ihr brach der Schweiß aus. »Das … war heute Morgen ganz früh. Die Kids waren schon um halb fünf wach, konnten einfach nicht mehr schlafen. Keine Ahnung, warum. Der Sommer, die Aufregung, ohne ihre Eltern bei Tante Stella zu übernachten …«, sie hüstelte. »Jedenfalls … also«, nun räusperte sie sich. »Ich muss zugeben, dass das meine Schuld ist und absolut auf meine Kappe geht. Um diese Uhrzeit war ich einfach noch zu müde, um mit den beiden zu spielen. Da habe ich sie vor den Fernseher gesetzt und ihnen einen Kinderfilm eingeschaltet.« Nun warf sie Chloé Marquardt einen um Vergebung bittenden Blick zu. »Ich habe gedacht, das würde sie eine Weile beschäftigen. Aber leider hat das nicht funktioniert. Als ich eine Stunde später nach unten kam, war schon die ganze Straße bemalt. Die Mädchen haben ›Die drei Fragezeichen‹ gesehen, das hat sie wohl inspiriert.«

Innerlich gratulierte sich Stella zu diesem genialen Schachzug. Die drei Fragezeichen, was für ein großartiger Einfall! Chloé Marquardt hatte bestimmt keinen blassen Schimmer davon, dass das noch nichts für Vierjährige war.

»Okay, das erklärt es natürlich.« Die junge Frau lachte, Stella hatte also mit ihrer Vermutung richtig gelegen.

»Ja, leider«, gab sie erleichtert zurück.

»Ob sich das wohl je wieder entfernen lässt?«

»Da bin ich mir ganz sicher«, behauptete Stella mit einem energischen Nicken. »Mein Mann kommt morgen nach Hause, er wird sich dann sofort darum kümmern.« Sie setzte ihr verbindlichstes Lächeln auf. »Aber es ist absolut reizend, dass Sie sich solche Sorgen um mich machen und sogar vorbeigekommen sind. Herzlichen Dank dafür!«

»Keine Ursache«, erwiderte Chloé Marquardt.

»Tja, also …« Stella machte Anstalten, die Tür wieder zu schließen.

»Ihr Nichten, sagen Sie also?«, fragte ihre Nachbarin noch einmal.

»Ja. Es tut mir wirklich leid.«

»Gut.« Sie zögerte einen Moment. »Dann sind wir beruhigt. Wissen Sie, heute um zwölf beginnen die ersten Besichtigungen, da haben mein Mann und ich beim Anblick dieser Schmierereien natürlich einen riesigen Schrecken gekriegt.« Chloé Marquardt warf Stella einen vielsagenden Blick zu. »Umso erleichterter bin ich, dass es eine so harmlose Erklärung dafür gibt. Wir wollen doch nicht, dass die Leute am Ende denken, dass in der Straße ein Verrückter sein Unwesen treibt.«

Nein, dachte Stella. *Das wollen wir ganz sicher nicht.* »Wie läuft es denn?«, heuchelte sie Interesse, weil sie dachte, mit dieser interessierten Nachfrage größtmögliche Normalität vorzutäuschen. »Ist die Nachfrage gut?«

»Sensationell!« Chloé Marquardt nickte. »Die Leute rennen uns die Bude ein, allein heute erwarten wir zwanzig Interessenten, und es wird die ganze nächste Woche so weitergehen. Eine der Wohnungen haben wir sogar schon vorab ohne Besichtigungstermin vermietet. Und das, obwohl sie noch gar nicht ganz fertig ist. Irgendein Banker hat Marius bekniet, dass er sie unbedingt haben will, und versprochen, sich dann auch selbst um die letzten Ausbauarbeiten zu kümmern.«

»Der Markt scheint ja sehr angespannt zu sein.«

»Absolut. Wir kommen mit unserem Objekt genau zum richtigen Zeitpunkt, in der Stadt herrscht große Wohnungsnot.«

»Sieht ganz danach aus.« Stella verkniff sich die Bemerkung, dass sie und ihr Mann mit ihrem exklusiven und überteuerten Quartier nicht gerade auf die Klientel abzielten, die *wirklich* in Not war. Ihr stand nicht der Sinn nach einer Diskussion über Gentrifizierung, sie war einfach nur froh, von den Fragezeichen auf der Straße abgelenkt zu haben. »Dann drücke ich Ihnen mal die Daumen, dass alles gut läuft.«

»Vielen Dank, Frau Johannsen!« Sie lächelte, dann hob sie eine Hand zum Abschiedsgruß, drehte sich um und ging die Straße hinunter Richtung Wendehammer.

Stella schloss die Tür und lehnte sich mit der Stirn gegen das kühle Holz. Einen kurzen Moment verharrte sie so, dann ging sie ins Wohnzimmer und sah vom Fenster aus Chloé Marquardt nach. Kaum war die junge Frau in ihrem heimischen Betonklotz verschwunden, lief Stella zurück in den Flur und von dort aus nach draußen auf die Straße. Sie konnte nicht länger auf Paul warten, so viel Zeit hatten sie nicht mehr. Sie musste etwas tun. Jetzt auf der Stelle.

17

Stella marschierte direkt auf den parkenden Mercedes zu. Egal, wie laut ihr Herz pochte, egal, wie nervös sie war, egal, wie sehr ihre Hände schwitzten, egal, dass sie in zerknitterten Klamotten steckte und darin nicht unbedingt einen souveränen Eindruck machte. Das war jetzt alles nebensächlich; sie würde sich nicht mehr abbringen lassen von dem, was sie schon längst hätte tun sollen.

Sie näherte sich dem Fahrzeug von hinten, klopfte mit den Knöcheln der rechten Hand energisch gegen das Fenster der Fahrerseite und freute sich, dass sowohl der Mann als auch die Frau sichtlich zusammenzuckten. Die beiden hatten sie nicht kommen sehen, sie hatten nicht mit ihr gerechnet. Aber das würde sich nun ändern.

»Ja, bitte?« Beim Anblick des Mannes, der sie auffordernd musterte, blieb ihr eine Sekunde lang die Luft weg. Unter seinem Jackett blitzte eine Schulterklappe hervor, hier direkt am Auto stehend erkannte sie, dass er ein Pilotenhemd trug.

»Äh«, entfuhr es Stella, sie geriet ins Stocken. »Entschuldigen Sie bitte«, stotterte sie schnell hinterher, obwohl sie das Gespräch so nicht hatte beginnen wollen. Sie hatte sich nicht entschuldigen, hatte nicht höflich um irgendetwas bitten wollen. Nein, sie hatte sich vorgenommen, den beiden einfach nur klipp und klar zu sagen, dass sie verschwinden sollten.

»Was können wir denn für Sie tun?« Nun meldete sich die Frau auf dem Beifahrersitz zu Wort. Ihre Stimme klang warm und freundlich, einladend geradezu. Genau wie das Lächeln, das sie Stella zuwarf, als sie sich zu ihr herüberbeugte und aus dem Fenster spähte. Blond, die Frau war blond, und sie hatte ihre Haare so hochgesteckt, wie Stella sie früher oft getragen hatte. Ihre praktische, aber dennoch elegante »Schulfrisur«, bei der sie weder mit Strähnen im Gesicht zu kämpfen hatte noch darüber nachdenken musste, ob noch alles saß. Ein zeitloser Klassiker, der – wie ihre Mutter in einem ihrer seltenen guten Momente einmal festgestellt hatte – an die Frauen aus alten Hitchcock-Filmen erinnerte, an Tippi Hedren in »Die Vögel« oder Kim Novak in »Vertigo«.

Dass die Frau ein blaues Kleid trug, hatte Stella bereits gesehen, als das Paar bei der Ankunft des Leichenwagens und für das Gespräch mit den Polizisten den Wagen verlassen hatte. Allerdings hatte sie aus der Ferne nicht wahrgenommen, dass es sich um ein Wickelkleid handelte. Eines in der Art, wie sie es selbst einmal besessen hatte. Hätte sie nicht ganz sicher gewusst, dass sie das Kleid, das sie in der verhängnisvollen Unfallnacht getragen hatte – dieses blutbesudelte und zerrissene Stück Stoff – mit eigenen Händen zerschnitten und in den Mülleimer geworfen hatte, hätte sie es für dasselbe gehalten.

»Können wir Ihnen behilflich sein?«, fragte der Mann noch einmal und runzelte die Stirn.

»Ja«, erwiderte Stella knapp, immer noch um Fassung ringend. »Ich möchte wissen, was Sie hier wollen.«

Der Fahrer lachte auf und wandte sich seiner Begleitung zu. »Schatz, schon wieder jemand, der das wissen will«, sagte er. Dann wandte er sich erneut an Stella. »Warum fragen uns das alle? Wir machen doch gar nichts.«

»Finden Sie es normal, dass Sie hier seit Tagen parken und Ihr Auto nicht verlassen?«

Die Frau zuckte gleichmütig mit den Schultern. »Was ist schon normal?« Ihr Mann nickte zustimmend.

»Hören Sie, das geht so nicht!« Endlich wich Stellas Verunsicherung einer gesunden Portion Wut, sie spürte, wie sie an Kraft gewann und straffte die Schultern. »Sie können nicht einfach so in der Straße herumstehen.«

»Warum denn nicht?«, wollte der Mann wissen.

»Weil es die Leute stört.«

»Welche Leute?«, kam es von der Frau.

»Na, uns alle hier, die ganze Nachbarschaft.«

»Was genau stört Sie daran?« Die Art und Weise, wie die Frau sie ansah, machte Stella noch wütender. So nett und arglos lächelnd, als könne sie kein Wässerchen trüben. Kein Wässerchen, mit dieser Tippi-Hedren-Frisur und in diesem blauen Wickelkleid.

»Okay«, zischte Stella und beugte sich nun so weit vor, dass sie fast ins Innere des Wagens ragte. »Dann sage ich es mal so: Verschwindet, und zwar sofort!« Sie richtete sich wieder auf und verschränkte die Arme vor der Brust.

»Wie bitte?« Die Frau sah so glaubhaft entsetzt aus, dass man es ihr glatt abkaufen könnte. Doch sie würde Stella nicht zum Narren halten. Nein, sie würde sich nicht auf das Spielchen der beiden einlassen.

»Ihr werdet mit eurer Aktion hier nichts erreichen«, erklärte sie. »Da könnt ihr hier so lange rumstehen, wie ihr wollt, und das gesamte Viertel mit Fragezeichen beschmieren. Das alles wird euch rein gar nichts bringen, das könnt ihr mir glauben!«

»Ich verstehe nicht, wovon Sie reden«, sagte der Mann und drehte sich zu seiner Frau. »Verstehst du, was sie meint, Schatz?«

»Nein«, erwiderte seine Begleitung. »Nicht ein einziges Wort.«

Stella unterdrückte den Impuls, mit der Faust aufs Autodach zu schlagen. »Ich weiß ganz genau, was ihr hier wollt!«, stieß sie atemlos hervor.

»Was genau wollen wir denn? Klären Sie uns auf!« Der Mann am Steuer klang amüsiert.

»Das hättet ihr wohl gern! Aber den Gefallen tue ich euch nicht, ihr müsst schon von selbst drauf kommen.«

»Ach, wie schade«, nun wurde er ironisch. »Wir hätten das wirklich gern gewusst.« Und erneut zu seiner Begleiterin: »Schade, dass sie es uns nicht sagt, oder, Schatz?«

»Ja, das ist es.« Die Frau nickte.

»Gut.« Stella musste all ihre Kraft aufwenden, um nicht die Nerven zu verlieren und das Paar anzubrüllen. Aber die Reaktion der beiden, dass sie sich sogar über sie lustig machten, zeigte ihr eines ganz deutlich: Sie würden nicht wegfahren, egal, ob Stella sie nun beschimpfte oder gar bedrohte. »Kann ich denn gar nichts tun, um Sie zum Wegfahren zu bewegen?«, änderte Stella deshalb die Taktik und schlug einen bittenden Tonfall an. Sie betrachtete den Mann und die Frau eingehend in der Hoffnung, in ihren Mienen so etwas wie Mitleid zu entdecken. Doch obwohl die beiden sie anlächelten, war ansonsten keine weitere Regung auszumachen. Nur dieses gleichbleibend starre Lächeln, wie eingeübt und so fratzenhaft, dass Stella ein Schauer über den Rücken lief.

»Wie wir Ihren Nachbarn schon gesagt haben: Wir werden hier verschwinden, wenn es Zeit dafür ist«, erwiderte der Mann.

»Und wann … wann ist es Zeit?«

»Kann ich helfen?« Ehe einer der beiden eine Antwort geben konnte, tauchte Michael Sanders hinter Stella auf, stellte sich direkt neben sie und warf einen interessierten Blick ins Auto.

»Nein«, erwiderte der Mann, »es ist alles bestens.«

Der Apotheker wandte sich an Stella. »Bei Ihnen auch alles in Ordnung, Frau Johannsen?«

Stella nickte steif, brachte kein Wort mehr hervor. Aufkeimende Panik schnürte ihr die Kehle zu. Was, wenn Michael Sanders nur ein paar Sekunden früher hinter ihr gestanden hätte? Wenn er mitbekommen hätte, wie sehr ihr daran gelegen war, dass das Paar im Auto wegfuhr? Wäre er hellhörig geworden? Die Fragezeichen vor ihrer Tür konnten auch ihm nicht entgangen sein.

»Was wollen Sie denn eigentlich hier?«, stellte er jetzt die gleiche Frage wie zuvor Stella. »Sie parken ja schon eine ganze Weile vor meinem Haus.«

Prompt fingen der Mann und die Frau an zu lachen, es schüttelte sie regelrecht in ihren Sitzen.

»Was ist daran so lustig?«, wollte Michael Sanders wissen.

»Gar nichts«, brachte der Mann prustend hervor. »Bis auf, dass hier alle die gleiche Frage stellen.« Er verzog den Mund zu einem spöttischen Grinsen. »Was wollen Sie hier in unserer Straße? Was wollen Sie hier in unserer Straße?«, äffte er die Anwohner nach und kicherte dabei. Dann wurde er von jetzt auf gleich wieder ernst, musterte Stella und ihren Nachbarn eingehend und mit zusammengekniffenen Augen. »Gar nichts wollen wir hier«, sagte er barsch. »Jedenfalls nichts, was Sie etwas anginge. Abgesehen davon ist das hier öffentlicher Grund, die Straße gehört Ihnen nicht, also müssen Sie Ihre Nase auch nicht in unsere Angelegenheiten stecken. Und nun entschuldigen Sie meine Frau und mich bitte, wir haben zu tun.«

Bevor der Apotheker oder Stella noch etwas erwidern konnten, drückte er auf den Knopf für den automatischen Fensterheber und ließ die Scheibe surrend nach oben fahren. Mit einem leisen Klacken schloss sie mit dem Türholm ab.

»Der hat sie ja wohl nicht mehr alle!«, knurrte Michael Sanders und klopfte wütend gegen die Scheibe. Die Leute im Auto regten sich nicht, starrten beide stur nach vorn, der Mann hatte beide Hände aufs Steuer gelegt. »Hallo!«, rief der Apotheker und klopfte weiter, »machen Sie bitte das Fenster auf!« Keine Reaktion. Irritiert sah er Stella an. »Was soll das denn?«

»Ich weiß es nicht«, antwortete sie. Sie spürte, wie ihr das Herz gegen die Rippen pochte und ihr der Schweiß in dünnen Rinnsalen über den Rücken lief.

»Worüber haben Sie sich mit den Leuten unterhalten?

»Ich habe sie das Gleiche gefragt wie Sie: Was sie hier wollen.«

»Haben sie Ihnen eine Antwort gegeben?«

»Sie haben mir nur erklärt, dass sie auf etwas warten. Aber auf was genau, das haben sie nicht verraten. Das haben sie gestern aber auch schon zu Egon Scharff und Hermann Wagner gesagt.« Sie entfernte sich langsam vom Auto in der Hoffnung, Michael Sanders würde ihr folgen, was er schließlich auch tat.

»Ach? Der Scharff und Hermann haben auch schon mit denen gesprochen?«. Gemeinsam mit Stella überquerte er die Straße.

»Ja«, bestätigte sie, »Egon Scharff hat gestern Abend sogar die Polizei gerufen.«

»Die Polizei war hier?« Er blieb abrupt stehen. »Das habe ich überhaupt nicht mitbekommen!«

»Die sind hier auch nicht mit Blaulicht vorgefahren, ging alles sehr friedlich vonstatten.«

»Wundert mich trotzdem, dass mir das niemand erzählt hat. Über so etwas spricht man doch unter Nachbarn.«

Hier, dachte Stella. *Hier tut man das.* Wenn sie sich an ihre alte Wohnung erinnerte – da hätte es auf der Straße vermutlich sogar eine Schießerei geben können, ohne dass jemand Notiz davon genommen hätte. Außerdem dachte sie an das verfahrene Beziehungsgeflecht in der Blumenstraße, von dem Egon Scharff ihr berichtet hatte. Was ein vollkommen neues Licht auf die Nachbarschaft und darauf, worüber man miteinander so sprach, warf. Ob Michael Sanders wusste, wie der Lehrer in Wahrheit über ihn dachte?

»Sie sind jetzt nicht gerade der beste Freund von Herrn Scharff, oder?«, warf sie einen Testballon ab.

»Wer sagt das?«

»Niemand, ich dachte nur …«

»Hat er was über mich gesagt?«, wollte er wissen. »Dass wir Streit haben?«

»Nein, nein«, versicherte Stella. »Im Gegenteil, er hat

sogar erzählt, dass er mit Ihnen über den Tod von Marlies Wagner gesprochen hat.«

»*Gesprochen* ist gut!«, gab Michael Sanders zurück. »Er hat mich angerufen und wollte unbedingt wissen, was bei den Wagners los ist.« Er schüttelte sich. »Mit einer derartigen Sensationsgier, das war schon widerlich.«

»Warum dachte er, dass er von Ihnen etwas darüber erfahren kann?«, wollte Stella wissen.

»Ich war freitagfrüh bei den Wagners, nachdem Hermann mich alarmiert hatte. Leider konnte ich für die arme Frau nichts mehr tun. Ich habe noch gewartet, bis der Rettungswagen kam, dann bin ich wieder zurück nach Hause gegangen. Ich musste ja die Apotheke öffnen. Auf dem Weg ist mir Egon Scharff begegnet. Ehrlich gesagt, glaube ich, dass er mich abgefangen hat. Die Ankunft des Rettungswagens wird ihm ja auch nicht entgangen sein, wahrscheinlich hat er schon die ganze Zeit am Fenster gelauert und ist nach draußen gestürzt, sobald er mich gesehen hat.«

»Kann sein«, sagte Stella und war sich ziemlich sicher, dass es genau so gewesen war. Es passte einfach viel zu gut zu dem miesepetrigen Lehrer, alle Geschehnisse in der Straße akribisch zu verfolgen, möglicherweise sogar Protokoll darüber zu führen, welcher Nachbar was wann tat.

»Jedenfalls hat er mich da schon gelöchert und wollte wissen, was passiert ist. Ich hatte aber keine Lust, ihm brühwarm zu erzählen, dass Marlies tot ist.« Beinahe unmerklich schüttelte er den Kopf. »Ich hab ihm zugetraut, dass er sonst sofort zu Hermann rennt und bei ihm klingelt, so was bringt der glatt fertig. Also hab ich ihn abgewimmelt und nur gesagt, dass der Notarzt sich um Marlies kümmert, weil es ihr nicht so gut geht.« Er seufzte. »Gestern, als der

Leichenwagen kam, gab es dann keinen Grund mehr, es ihm nicht zu sagen.«

»Und im Gegenzug hätten Sie erwartet, dass Egon Scharff Ihnen von seinem Anruf bei der Polizei berichtet.«

»Was heißt ›erwartet‹?« Er hob die Hände in einer unschlüssigen Geste und ließ sie dann wieder sinken. »Nein, ›erwartet‹ wäre zu viel gesagt. Aber als er mich Freitagmorgen abgefangen hat, haben wir auch schon kurz über den Mercedes gesprochen, der ihm bereits aufgefallen war und mir noch nicht.« Er drehte sich noch einmal zu dem Wagen um, Stella folgte seinem Blick. Nach wie vor rührten sich der Mann und die Frau im Inneren nicht. »Egon Scharff ist ja nun mal die größte Klatschbase in der Straße und belästigt einen mit jedem Mist«, fuhr Michael Sanders fort und sah Stella wieder an. »Ich meine, allein der Aufstand, den er wegen des Neubaus geprobt hat! Diese bescheuerten Versammlungen in seinem Kegelclub, zu denen wir alle immer antanzen mussten – da hätte ich gedacht, dass er sich auch mal rührt, wenn er *wirklich* was zu erzählen hat.«

Stella horchte auf. »Dann haben Sie nichts gegen das Flower-Bay-Quartier?«

Er zuckte mit den Schultern. »Ehrlich gesagt, ist es mir total egal.«

»Warum sind Sie und Ihre Frau dann trotzdem im Vereinsheim erschienen und haben sich sein Gezeter angehört?«

»Ach, na ja, wissen Sie … Nachbarschaft und so.« In seinen Augen flackerte es, nur ganz kurz zwar, aber Stella bemerkte es sofort. Also schien der Lehrer mit seiner Vermutung, die Sanders würden sich nur um ihrer Kinder willen auf seine Seite schlagen, tatsächlich richtig zu liegen.

»Mich interessiert aber natürlich trotzdem brennend, was die Polizei gesagt hat«, kam der Apotheker auf das eigentliche Thema zurück.

»Nicht viel. Die Beamten haben mit den Leuten im Mercedes gesprochen und sind dann wieder abgezogen. Egon Scharff haben sie gesagt, dass alles in Ordnung ist und die beiden hier so lange parken dürfen, wie sie wollen.«

»Die Polizei, dein Freund und Helfer.«

»Na ja, wenn sie rechtlich nichts ausrichten können – was sollen sie da tun?«

»Keine Ahnung.« Sein Blick wanderte noch einmal Richtung Mercedes. »Jedenfalls gefällt mir das nicht.« Er betrachte das Auto nachdenklich. »Irgendwie ist das ein bisschen unheimlich.«

»Ja«, stimmte sie ihm zu. »Das ist es.«

»Genau wie diese Dinger da.« Jetzt zeigte er an Stella vorbei auf die Fragezeichen.

»Das waren leider meine Nichten«, sagte sie eilig, froh darüber, sich diese Erklärung schon für Chloé Marquardt zurechtgelegt zu haben. »Sie haben im Keller Farbreste gefunden und sich damit ausgetobt.«

Der Apotheker lächelte sie an. »Tja, Kinder.«

»So ist es.« Sie erwiderte sein Lächeln, tauschte mit ihm den verständnisvollen Blick von Erziehungsberechtigtem zu Erziehungsberechtigtem aus.

»Soll ich Ihnen helfen?«

»Wobei?«

»Dabei, die Sauerei zu entfernen«, erklärte er.

»Das ist nicht nötig«, wehrte sie ab. »Mein Mann kommt morgen Abend zurück und kann sich darum kümmern, ich will Ihnen nicht Ihre kostbare Zeit stehlen.«

»Das ist gar kein Problem! Heute ist Sonntag, und ich habe nichts weiter vor. Bestimmt finde ich bei mir im Lager noch etwas zur Farblösung.«

»Wirklich nett von Ihnen, aber ich kriege das schon hin.« Sie fragte sich, weshalb der Apotheker so darauf beharrte, ihr zu helfen. Aber vielleicht sah sie ja auch gerade hinterm Busch einen Räuber.

»Frau Johannsen, Ihr Mann ist doch sowieso so selten zu Hause, wollen Sie da wirklich die wenige Zeit, die Sie mit ihm haben, damit verbringen, den Asphalt zu schrubben? Ist wirklich kein Problem, ich mache das gern!«

»Ich habe nein gesagt!« Sie brachte es wesentlich heftiger vor als gewollt, aber sie fühlte sich von Michael Sanders in die Enge getrieben wie ein gejagtes Tier.

»Tut mir leid«, er hob entschuldigend beide Hände, »ich wollte nicht …«

»Nein, *mir* tut es leid. Da sind Sie so nett zu mir, und ich blaffe Sie an.«

»Nein, nein, Sie haben schon recht. Ich habe leider die Angewohnheit, es mit meiner Hilfsbereitschaft manchmal zu übertreiben.«

»So habe ich das gar nicht gemeint«, widersprach sie, obwohl sie es genau so empfunden hatte. »Ich habe nur selbst gerade keine Lust, die Straße zu putzen.« Sie gähnte demonstrativ. »Heute Nacht habe ich ziemlich schlecht geschlafen, ich werde mich gleich noch ein wenig hinlegen.«

»Wenn Sie mögen, kann ich auch allein …«, setzte Michael Sanders an, unterbrach sich aber sofort, als er Stellas indignierten Blick auffing. Daraufhin lachte er. »Scheint so, als sei ich unverbesserlich.«

»Scheint so«, stimmte sie ihm zu.

»Dann schlafen Sie sich mal eine Runde aus. Und falls Sie es sich noch anders überlegen, wissen Sie ja, wo Sie mich finden.«

»Geht klar, vielen Dank!«

Er nickte ihr zu, drehte sich um und machte sich auf den Weg zurück auf seine Straßenseite. Auf Höhe des Mercedes hielt er noch einmal an und zögerte, und Stella dachte schon, dass er erneut an die Scheibe klopfen würde. Doch dann schüttelte er nur den Kopf, ging zu seinem Haus und war wenige Augenblicke später darin verschwunden.

Eine Weile blieb Stella noch unschlüssig auf dem Bürgersteig stehen und fragte sich, was sie nun tun sollte. An Schlaf war auf keinen Fall zu denken, dafür war sie viel zu aufgewühlt und durcheinander. In ihrem Kopf ging es drunter und drüber, es fiel ihr schwer, auch nur einen einzigen klaren Gedanken zu fassen. Bis auf den, dass nun eindeutig erwiesen war, dass das Pärchen im Mercedes tatsächlich wegen ihr und Paul hier parkte, die zwei hatten sich ja sogar wie in der Nacht des Unfalls kostümiert. Aber warum? Was wollten sie von ihr?

Die Wahrheit muss ans Licht. Wenn Stella also davon ausging, dass die Telefonnachricht ebenfalls von dem Paar stammte – und davon ging sie jetzt todsicher aus – lag es natürlich auf der Hand: die Wahrheit eben. Aber dann hätten der Mann und die Frau auch genau das zu Stella sagen können. Dass sie die Wahrheit wissen wollten über das, was damals geschehen war. Was allerdings voraussetzte, dass sie wussten, dass Paul und sie über den Unfall nicht die Wahrheit erzählt hatten. Das wiederum führte Stellas Gedanken zurück zu dem Film und der Frage, wer ihn gedreht hatte.

Und weshalb der- oder diejenige nicht schon viel früher etwas unternommen hatte.

Ihre Gedanken drehten sich so schnell im Kreis, dass ihr schwindelig zu werden drohte. Sie presste beide Handballen fest gegen ihre Schläfen, schloss die Augen und atmete langsam tief ein und aus, um wieder klar denken zu können.

Ein lautes Motorengeräusch ließ sie hochschrecken. Sie riss die Augen auf. Ein silberner BWM-Geländewagen kam mit derart überhöhter Geschwindigkeit in die Straße gebrettert, dass es auf dem Kopfsteinpflaster nur so rumpelte. Das Fahrzeug wurde sofort langsamer, rollte in den Wendehammer und hielt direkt in der Kurve vor dem Neubau an. Die Vordertüren flogen auf, ein Mann und eine Frau stiegen aus und gingen zielstrebig auf das Gebäude zu. Sie hatten ihr Ziel noch nicht erreicht, als auch schon Chloé und Marius Marquardt aus ihrem Haus kamen und auf die beiden zueilten. Chloé noch immer in ihrem schicken Jumpsuit, ihr Mann im dunklen Anzug mit weißem Hemd. Stella beobachtete die vier beim Händeschütteln – damit war der Schautag des Flower-Bay-Quartiers wohl offiziell eröffnet.

Keine Minute später kam auch schon das nächste Auto in die Blumenstraße geschossen, wieder ein Geländewagen, dieses Mal ein Mercedes. Dicht gefolgt von einem Mini Cooper. Beide Autos parkten ebenfalls im Wendehammer, dem einen entstieg eine Familie mit zwei kleinen Kindern, dem Mini eine einzelne Frau.

Erst als Chloé Marquardt Stella vom Wendehammer aus zuwinkte, wurde ihr bewusst, dass sie gerade auf offener Straße stand und die Ankömmlinge anstarrte. Also winkte sie schnell zurück, wandte sich dann ab und ging zu ihrer Villa. Wenn sie gerade auch keine Ahnung hatte, wie sie ihre wirren Grübeleien in den Griff bekommen sollte – ihr Körper schrie nach einer ausgiebigen Dusche. Besser noch nach einem Bad, vielleicht würde es ihr in der Wanne gelingen, ein bisschen zu entspannen und ihre Gedanken zu ordnen. Mehr als das konnte sie im Moment ohnehin nicht tun. Das – und auf Pauls Rückkehr warten.

Als sie sich zehn Minuten später ins warme Nass gleiten ließ, seufzte sie auf. Jeder einzelne Muskel schmerzte, als wäre sie einen Marathon gelaufen, die Anspannung reichte ihr bis ins letzte Glied. Sie lehnte den Kopf gegen das Silikonkissen am Badewannenrand, schloss die Augen und versuchte, wenigstens ein paar Minuten lang zu entspannen und an nichts zu denken. Sich treiben zu lassen im warmen Wasser, den Lavendelduft des Badeöls einzuatmen, dieses Gefühl der Schwerelosigkeit zu genießen und sich einfach wegzuträumen …

»Sind Sie verrückt geworden?!«

Stella fuhr in der Wanne hoch, ein Wasserschwall platschte über den Rand und ergoss sich auf den gekachelten Fußboden. Im ersten Moment wusste sie nicht, wo sie sich befand, brauchte ein paar Sekunden, um zu realisieren, dass sie bei ihrem Bad eingenickt war. Ihr war kalt, sie musste ziemlich lange gedöst haben.

»Halt!«, hörte sie die Stimme, die sie geweckt hatte, erneut brüllen. »Stopp! Hören Sie sofort auf damit! Ich sagte halt! Sofort!« Das Geschrei kam von draußen, drang durch das gekippte Fenster des Badezimmers zur ihr herein.

Sie erhob sich, nahm ein großes Handtuch aus dem Regal zu ihrer Linken und schlang es sich um den nassen Körper. Vorsichtig darauf bedacht, in der Pfütze auf dem Boden nicht auszurutschen, stieg sie aus der Wanne und tippelte in kleinen Schritten zum Fenster. Der untere Teil war mit Milchglasfolie bezogen, so dass sie sich auf die Zehenspitzen stellen musste, um einen Blick nach draußen zu erhaschen.

Als sie sah, was auf der Straße los war, traute sie ihren Augen kaum.

18

»Aufhören, sofort aufhören!« Wie ein aufgebrachtes HB-Männchen tobte Marius Marquardt durch den Wendehammer, rannte zwischen zwei gelben Abschleppwagen hin und her, von denen der eine den BWM-Geländewagen, der andere den Mini Cooper auf der Rampe hatte. Zwei weitere Abschleppfahrzeuge warteten mit laufendem Motor in der Blumenstraße, die mittlerweile links und rechts komplett zugeparkt war. Nun schlug der Architekt wie von Sinnen gegen die Fahrertür des Abschleppers, der den BWM mitnehmen wollte. »Lassen Sie den Wagen sofort wieder runter. Sofort!«, brüllte er, während seine Frau hinter ihm stand und einigermaßen hilflos gestikulierte.

Neben dem erregten Marius Marquardt wimmelte es in dem Chaos nur so von Menschen, von denen der eine oder andere sich ebenfalls lautstark zu Wort meldete, was in Stella die Vermutung aufkommen ließ, dass es sich um die jeweiligen Autobesitzer handelte.

Und hinten links, sehr zufrieden vor seinem Haus stehend, entdeckte Stella Egon Scharff. Man musste kein Genie sein, um zu erahnen, wer für die großangelegte Abschleppaktion verantwortlich war. Auch die anderen Nachbarn – Michael Sanders mitsamt Frau und Kindern sowie Hermann Wagner – standen draußen auf dem Bürgersteig.

Nach einer kurzen Weile schüttelte der Witwer den Kopf, drehte sich um und schlurfte zurück in seine Villa. Es war offensichtlich, dass ihn der Tumult auf der Straße nicht weiter interessierte.

Stellas Blick wanderte zu dem Mercedes. Vom Fenster aus konnte sie nicht erkennen, ob der Mann und die Frau gerade darin saßen, jedenfalls standen sie nicht neben ihrem Fahrzeug. Was hätte sie dafür getan, wenn eines der Abschleppfahrzeuge auch den Mercedes an den Haken gehängt und weggezerrt hätte. Aber wie die Polizei ja schon festgestellt hatte, stand der Wagen an seinem Platz vollkommen legal. Im Gegensatz zu den Autos, die von ihren Besitzern im Wendehammer abgestellt worden waren und denen Egon Scharff nun zu Leibe rückte.

Stella ging ins Schlafzimmer, schlüpfte eilig in Jeans und T-Shirt, hüpfte die Treppenstufen nach unten, zog ihre Mokassins an und lief nach draußen. Von der anderen Straßenseite aus winkte ihr Michael Sanders zu. Sie zögerte kurz, doch dann beschloss sie, hinüberzugehen.

Sie hatte die vier noch nicht ganz erreicht, als sie sah, wie Leon Sanders etwas zu seiner Mutter sagte und sich dann mit schnellen Schritten Richtung Hauptstraße entfernte. Stella wusste nicht recht, ob sie darüber froh oder enttäuscht sein sollte. Einerseits hätte sie gern die Reaktion des Jungen erlebt, wenn sie ihm direkt gegenüberstand, andererseits legte sie keinen großen Wert auf eine Auseinandersetzung unter Zeugen.

»Was ist denn hier los?«, fragte sie den Apotheker, als sie sich zu der kleinen Gruppe gesellte.

»Das sehen Sie doch. Egon Scharff lässt die Autos abschleppen, die im Wendehammer geparkt haben.« Stella versuchte anhand seiner Miene zu entschlüsseln, ob er die Aktion guthieß oder nicht, aber Sanders wirkte vollkommen neutral.

»Ich finde das unmöglich!«, schaltete sich seine Frau ein und gab damit deutlich zu erkennen, auf wessen Seite sie stand. Lilly sagte gar nichts, sondern beobachtete die Szene nur stumm und knabberte dabei an ihren Fingernägeln. Mit ihren dünnen, staksigen Beinen, die aus einem kurzen geblümten Sommerkleid hervorragten, erinnerte die Tochter der Sanders an ein Fohlen. Ihr Gesicht war komplett ungeschminkt, die dunklen Haare hatte sie hinten zu einem braven Bauernzopf geflochten. Sie wirkte jünger, als sie war, fast kindlich, und Stella konnte sich beim besten Willen nicht vorstellen, dass an dem Verdacht des Lehrers auch nur das Geringste dran war. Allerdings, sollte das Mädchen eines Tages nach seiner Mutter kommen, könnte sich da noch einiges verwachsen. Nina Sanders war eine große, schlanke und überaus attraktive Frau, die ihre graumelierten Haare selbstbewusst kurz trug. »Das hat er doch nur gemacht, um dem Marquardt zu schaden«, sagte sie nun.

»Na ja«, erwiderte ihr Mann, »in der Sackkasse ist nun mal absolutes Halteverbot, da hat der alte Scharff schon recht.«

»Ach was! Er weiß doch, dass die Leute nicht lange bleiben und sich nur die Wohnungen ansehen wollen. Das ist reine Schikane!«

»Schatz.« Eine einzige Silbe nur – eine Silbe, in der alles mitschwang, was es über das Verhältnis zwischen den beiden zu wissen gab. Stella zuckte unmerklich zusammen, weil es sie so sehr an Paul erinnerte, wenn er diesen ganz bestimmten Tonfall an den Tag legte. »Genau das ist der

Punkt, das ist doch klar. Natürlich ist es böse Absicht. Auf Marquardt und seine Mietinteressenten hat Egon Scharff es ja gerade abgesehen.«

»Sprich bitte nicht mit mir, als sei ich minderbemittelt!«

»Das tue ich doch gar nicht.«

»Ich geh mal ein bisschen näher ran«, sagte Stella und ließ die zwei stehen, denn sie war nicht erpicht darauf, irgendwelche Sticheleien zwischen den Sanders zu bezeugen.

»Ich komme mit«, sagte der Apotheker und folgte ihr, während seine Frau und seine Tochter zurückblieben.

Sie näherten sich der Gruppe von Menschen, die wild miteinander diskutierten, und blieben einige Meter entfernt auf dem Bürgersteig stehen. Obwohl Stella der flüchtige Gedanke kam, dass sie damit ebenfalls zu Gaffern, zu Zoobesuchern wurden, erlag sie derselben anziehenden und gleichzeitig abstoßenden Faszination, die ein schwerer Autobahnunfall bei Vorüberfahrenden ausübte, die das Tempo drosselten, um mehr sehen zu können.

Der Fahrer des einen Abschleppwagens hatte den Mini mittlerweile wieder von der Rampe rollen lassen und war zurück in sein Führerhaus gestiegen, der andere redete auf Marius Marquardt sowie den Mann, dem der BMW gehörte, ein.

»Ist mir egal, wie Sie das finden«, hörte Stella den Fahrer sagen. Er war ein grobschlächtiger Kerl mit Stiernacken, der mit nacktem Oberkörper in einer Latzhose steckte und nicht so aussah, als würde man es auf eine körperliche Auseinandersetzung mit ihm anlegen wollen. »Wenn ich den Wagen wieder hinstellen soll, bekomme ich zweihundertfünfzig Euro, sonst nehme ich ihn mit.« Dann nickte er dem Mann zu, der den Mini am Haken gehabt hatte. »Und mein

Kollege hier auch. Die anderen beiden Jungs«, nun deutete er auf die zwei Abschlepper, die noch immer mit laufendem Motor in der Straße standen, »gehören nicht zu uns, das müssen Sie dann mit denen klären.«

»Das ist rechtswidrig«, ereiferte sich Marius Marquardt. Sein Kopf war rot, er zerrte am Knoten seiner Krawatte herum. »Es war ja nicht mal die Polizei da!«

»Wir können die Bullen gern rufen. Dann gibt's allerdings noch ein Ordnungsgeld obendrauf.«

»Mir reicht das jetzt!«, schaltete sich nun der Eigentümer des Geländewagens ein. »Ich möchte sofort mein Auto haben!«

»Wie gesagt«, gab der Fahrer ungerührt zurück. »Zweihundertfünfzig Euro.«

»Das ist eine Unverschämtheit!«, brüllte der BMW-Besitzer, »ich …«

»Okay«, ging Marius Marquardt dazwischen, »so kommen wir ja hier nicht weiter.« Er wandte sich an seine Frau. »Chloé? Bist du so nett und holst fünfhundert Euro aus dem Haus?«

»Liebling, willst du wirklich …«

»Bist du bitte so nett?«

Ohne ein weiteres Wort marschierte sie Richtung Betonklotz, Stella starrte ihr irritiert nach. Was war nur los mit den Frauen in der Blumenstraße, setzte sich keine von ihnen ihrem Mann gegenüber zur Wehr? Zuvor war es Stella noch nie aufgefallen, aber gerade fühlte sie sich, als wäre sie mitten in »Die Frauen von Stepford« gelandet. Ein wenig bitter dachte sie an Paul. Und musste sich eingestehen, dass ihre Beziehung über die Jahre wohl auch in eine Schieflage geraten war. Oder hatte sie sich da selbst hineinmanövriert?

»Was soll das, du Arschloch?« Stellas Aufmerksamkeit kehrte zurück zum Geschehen. Denn nun hatte Marius Marquardt den feixenden Egon Scharff entdeckt und stürzte auf den Lehrer zu. »Das war doch deine Idee, du hast den Abschleppdienst gerufen!«

»Marius!« Bevor der Architekt Egon Scharff erreicht hatte, kam Chloé Marquardt zurückgerannt und schrie ihren Mann an. Der stoppte mitten im Lauf, warf dem Lehrer noch einen verächtlichen Blick zu, dann drehte er sich um und ging zu seiner Frau, die schwer atmend neben dem Besitzer des Geländewagens stand und ziemlich ängstlich aussah.

Sie überreichte ihrem Mann ein paar Euroscheine und redete gleichzeitig leise auf den BMW-Fahrer ein, der alles andere als amüsiert wirkte. Marius Marquardt zählte die Scheine ab, ging zuerst zu dem Mann, der wieder im Führerhaus seines Fahrzeugs saß und reichte ihm das Geld nach oben, danach wandte er sich an den Stiernacken und drückte ihm den anderen Teil der Scheine in die Hand. Der Mann nickte zufrieden, stieg provozierend langsam in seinen Abschleppwagen und warf den Motor an. Kurz darauf erklang das summende Geräusch einer Seilwinde, und der BMW rollte langsam von der gekippten Rampe herunter. Gleichzeitig setzten sich die beiden Abschleppfahrzeuge, die in der Straße auf ihren Einsatz gewartet hatten, in Bewegung und fuhren rückwärts aus der Sackgasse hinaus. Vermutlich war den Fahrern klargeworden, dass hier nichts mehr zu holen war, so dass sie unverrichteter Dinge abzogen.

»Ich werde mich trotzdem bei Ihrem Vorgesetzten beschweren«, rief Marius Marquardt dem Stiernacken zu, während der sein Fahrzeug aus dem Wendehammer rangierte.

»Tun Sie das!«, brüllte der zurück. Er lachte und drückte auf die Hupe, die ohrenbetäubend laut durch die Straße dröhnte. Mit tuckerndem Dieselmotor fuhr er an Stella und Michael Sanders vorbei, dicht gefolgt von seinem Kollegen. Und nicht nur die Sattelschlepper fuhren davon, auch ein Großteil der Menschen, die soeben noch wie Zuschauer eines Ringkampfs um die Streithähne herumgestanden hatten, eilte zu seinen Autos und machte sich daran, den Ort des Geschehens zu verlassen. Allen voran der BMW-Besitzer mit seiner Frau, obwohl Marius Marquardt wortreich versuchte, ihn und die anderen zurückzuhalten.

»Es ist doch alles geklärt«, stammelte er. »Beruhigen Sie sich bitte, wir können die Besichtigung jetzt fortsetzen. Bitte entschuldigen Sie diesen kleinen Zwischenfall!«

»Tut mir leid«, sagte der Mann mit dem Geländewagen und öffnete seine Fahrertür. »Mir reicht das hier für heute.«

»Ich bitte Sie! Übernächste Woche ist die Tiefgarage fertig, so etwas wird sich garantiert nicht wiederholen.«

»Aber die Nachbarn bleiben.« Der Mann nickte mit dem Kinn in Richtung Egon Scharff, der mittlerweile mit dem Rücken gegen seine Hauswand lehnte, »auf so etwas legen wir keinen Wert, wir suchen was Ruhiges und Nettes.« Einen Moment später hatten er und seine Frau ihren Wagen bestiegen und brausten davon. Nur ein paar wenige Leute blieben zurück, die von einer konfusen Chloé Marquardt mit einem »Lassen Sie uns wieder hineingehen« zurück in den Neubau geführt wurden.

»Was glotzt ihr eigentlich so blöd?« Kaum war die Frau

des Architekten mit den verbliebenen Interessenten im Haus verschwunden, waren es Stella und Michael Sanders, die die Aufmerksamkeit von Marius Marquardt auf sich zogen. Und seinen Zorn. Langsam, fast schleichend kam er ein paar Schritte auf sie zu, sofort wurde Stella von einem Fluchtreflex ergriffen, und ohne groß darüber nachzudenken, schob sie ihre Hand in die des Apothekers. Sie war trocken und warm, Michael Sanders' Finger schlossen sich fest um ihre und drückten sie. »Habt ihr sonst nichts zu tun?« Marquardts Stimme zitterte vor Wut. »Das hat euch gerade wohl großen Spaß gemacht, oder? Endlich mal was los in der Blumenstraße!«

Bevor einer von ihnen etwas erwidern konnte, erklang ein fröhliches Lachen. Egon Scharff. Unvermittelt machte Marius Marquardt auf dem Absatz kehrt. Dieses Mal schoss er regelrecht auf den Lehrer zu, und ehe dieser es sich versah, hatte der Architekt ihn schon am Kragen gepackt und presste ihn gegen die Wand.

»Du!«, krakeelte Marquardt, er schien absolut außer sich. »Du Querulant, du verdammter, ich werd's dir zeigen!« Er ballte die rechte Hand zur Faust, holte aus und schlug dem Lehrer so fest ins Gesicht, dass ein deutliches Knacken zu hören war. Egon Scharff schrie auf, im selben Moment spritzte schon das Blut, in einem Sturzbach sprudelte es aus der Nase, tropfte auf sein Hemd und bildete dort große, dunkle Flecken.

Sofort ließ Michael Sanders Stellas Hand los, die daraufhin ins Taumeln geriet. Sie senkte den Kopf, heftete den Blick konzentriert zu Boden, denn sie konnte den Anblick des roten Schwalls, den der Lehrer gurgelnd ausspuckte, nicht ertragen. Sie vernahm das klatschende Geräusch von

Schuhen auf Asphalt, der Apotheker rannte zu den beiden Männern hinüber.

»Sofort aufhören!«, brüllte er. »Seid ihr denn übergeschnappt? Marius, lass ihn los!« Kampfgeräusche drangen an Stellas Ohr, aber sie war immer noch unfähig, aufzusehen. Stattdessen drehte sie sich langsam, sehr langsam um und ging, einzig und allein auf ihre Füße starrend, hinüber auf die andere Straßenseite und zurück zu ihrem Haus.

»Michael!«, erklang die schrille Stimme von Nina Sanders. Stella konnte hören, dass sie ebenfalls zum Haus des Lehrers lief. Sie hielt sich beide Ohren zu, setzte ihren Weg unbeirrt fort. Das hier hatte nichts mit ihr zu tun, rein gar nichts, es ging sie nichts an, sie gehörte nicht zu den Leuten in der Blumenstraße, war und blieb ein Außenseiter, der sich aus allem heraushielt.

Aus den Augenwinkeln sah sie, dass Lilly Sanders noch immer regungslos und nägelkauend vor der Villa ihrer Eltern stand, während sie ängstlich in Richtung des Lehrerhauses starrte. Stella fragte sich trotz ihrer soeben für sich selbst festgelegten Außenseiterrolle, ob sie nicht verpflichtet wäre, zu ihr zu gehen, sie zu beruhigen und gemeinsam mit ihr zu warten, bis der handfeste Streit beigelegt wäre. Doch noch während sie sich das fragte, tauchte eine weitere Gestalt in ihrem Blickfeld auf.

Eine Frau mit langen dunklen Haaren kam von der Hauptstraße her in die Sackgasse spaziert, lief langsam auf der anderen Straßenseite den Bürgersteig entlang und hinter Lilly Sanders vorbei. Stella blieb stehen, hob nun doch den Kopf ein Stückchen an und beobachtete sie verstohlen. Die Frau bewegte sich seltsam, schlingerte ein wenig von rechts nach links. Als wäre sie … betrunken.

Schon bevor die Frau auf Höhe des parkenden Mercedes war, wusste Stella, was als Nächstes passieren würde. Nicht nur, weil die Fremde taumelte; nicht nur, weil sie eine Jeans und ein schulterfreies Top trug – genau wie Natalie Johannsen in der Unfallnacht. Sondern auch, weil es der nächste logische Schritt in der Abfolge des Psychoterrors war, dem man sie offenbar seit Tagen ganz gezielt aussetzen wollte.

Tatsächlich öffnete die Frau die hintere Tür des Mercedes, setzte sich auf die Rückbank, zog die Tür wieder zu und war im nächsten Moment verschwunden, abgetaucht. Sie musste sich hingelegt haben.

19

MONTAG, 25. JUNI

Die Zeiger der Uhr bewegten sich quälend langsam vorwärts, krochen im Schneckentempo über das Ziffernblatt. Mit Paulchen im Arm hatte Stella sich auf dem Sofa im Wohnzimmer zusammengerollt, froh wie nie zuvor in ihrem Leben, dass der Kater bereits maunzend um ihre Beine geschlichen war, sobald sie die Haustür aufgeschlossen hatte. So lag sie hier seit Stunden, zu nichts weiter fähig, als auf die große Standuhr im Flur, die sie von ihrem Platz aus sehen konnte, zu starren. Es war erst ein Uhr nachts, der Montagabend noch Lichtjahre entfernt.

Nach ihrer Rückkehr hatte sie, allerdings ohne große Hoffnung auf Erfolg, noch einmal versucht, Paul oder Enno zu erreichen, hatte aber tatsächlich wieder keinen der beiden ans Telefon bekommen. Danach hatte sie zusammen mit dem Kater ihr Lager aufgeschlagen und sich alle Mühe gegeben, sich einzureden, dass die Tatsache, dass bei ihrem Mann wieder nur die Mailbox anging, ein gutes Zeichen war. Denn es bedeutete, dass er in einem Flugzeug saß und auf dem Heimweg war.

Zweimal hatte es am frühen Abend noch an der Haustür geklingelt, aber sie hatte nicht geöffnet und sich auch sonst nicht gerührt. Und das würde sie auch nicht mehr tun, nicht, bevor Paul wieder bei ihr war und ihr zur Seite stand. Nicht, bevor er dafür sorgte, dass alles wieder gut wurde. Sie vermutete ohnehin, dass es Michael Sanders oder ein anderer Nachbar gewesen war, der ihr vom Ausgang der Schlägerei hatte berichten wollen. Oder wer auch immer, es war Stella egal. Sollten sich die da draußen doch die Köpfe einschlagen, ihr war *alles* egal, wenn nur Paul bald wieder bei ihr wäre.

Sie wälzte sich von einer Seite auf die andere, hielt Paulchen dabei fest umklammert. Der Kater hatte in den vergangenen Stunden bereits mehrfach den Versuch unternommen, sich von ihr zu befreien und von der Couch zu springen. Aber Stella konnte ihn einfach nicht loslassen, sie musste sich an ihn klammern. Ohne ihren Mann war er der einzige Halt, der ihr im Moment blieb.

»Alles gut«, flüsterte sie ihm zu, »es ist alles, alles gut. Schsch, hab keine Angst, mein kleiner Liebling. Alles ist gut, Mami ist da und passt auf dich auf.« Leise begann sie, Kinderlieder zu summen, wollte sich selbst und Paulchen mit *Brüderlein, komm tanz mit mir* und *Im Märzen der Bauer* beruhigen, wollte sich so von ihren sich überschlagenden Gedanken ablenken. Es gelang ihr aber nicht, und sobald sie die Augen schloss, vermengten sich die Bilder in ihrem Kopf zu einer albtraumhaften Melange. Egon Scharff, das Blut, das ihm schwallartig aus der Nase schoss – es vermischte sich mit dem zerfetzten Stumpf von Natalies Bein, mit all dem Rot, das pumpend aus ihrer Arterie sprudelte; mit ihren weit aufgerissenen Augen, wie sie Stella leblos angestarrt hatten. Die toten Augen, sie veränderten sich, verschwammen, wurden dann wieder klar; wurden zu den

Augen der Frau im Mercedes, zu einer boshaft grinsenden Fratze. Zähne, die Frau bleckte ihre langen, spitzen Zähne, kaute, malmte; spuckte aus, spuckte Stella den aufgebissenen Kopf einer Maus mitten ins Gesicht.

Erschrocken presste sie Paulchen noch fester an sich, miauend stieß er sich mit beiden Pfoten ab und hieb mit einer Tatze nach ihr, erwischte sie am Unterarm und hinterließ dort einen tiefen Kratzer in der Haut. Sie schnappte vor Schmerz nach Luft, lockerte reflexhaft den Griff, und schon war der Kater entwischt, flitzte knurrend und mit aufgesträubtem Fell davon.

»Paulchen!«, rief sie ihm leise hinterher. Doch natürlich kam das Tier nicht zurück. Vielleicht würde ihr Kater nie mehr zurückkommen, nie wieder, vielleicht hatte Stella ihn in ihrer Panik erdrückt; in dieser Angst, die sie selbst zu zerquetschen drohte.

Sie sah erneut auf die Uhr. Zehn nach eins, es war zum Verrücktwerden. Wenn sie wenigstens schlafen könnte, nur ein kleines bisschen. Aber ihre Furcht war zu groß; die Furcht, jemand könnte ins Haus eindringen und sie im Schlaf überwältigen, die Leute aus dem Auto könnten ihr einfach so etwas antun, während sie selig schlummernd auf dem Sofa lag. Sie lauschte auf jedes noch so leise Knacken im Haus, auf jedes Geräusch von der Straße, auf den kleinsten Luftzug, der draußen Blätter von den Bäumen fegte, ihre Nerven waren zum Zerreißen gespannt.

Jetzt warf sie sich auf den Rücken, blickte an die Decke mit dem noch immer abgeschraubten Rauchmelder. Wenn sie nur wüsste, auf welche Weise sie beobachtet wurde, wenn sie es nur wüsste. Wäre es nicht doch am besten, sie würde ein paar Sachen packen, sich Paulchen schnappen –

vorausgesetzt, sie konnte ihn noch einmal einfangen –, und einfach abhauen? Sich in ihr kleines Auto setzen und zusehen, dass sie so weit wie möglich weg kam von hier? Alles in ihr schrie danach, genau das zu tun. Aber ihr Verstand wusste, dass es keinen Ort gab, an dem sie sich vor der Wahrheit würde verstecken können. Jedenfalls keinen Ort für sie und Paul. Und ohne ihn leben zu müssen, das wäre schlimmer, als sich allen Konsequenzen der Vergangenheit zu stellen.

Was wäre, wenn? Wo wäre sie, wenn ihr Paul nicht begegnet wäre? Wer wäre sie? Stella Brenner, die Grundschullehrerin, die von allen Kindern geliebt wurde? Zu der die Schüler kamen, wenn sie Kummer und Sorgen hatten? Die sie ins Vertrauen zogen, wenn sie sich mit einem Klassenkameraden gestritten hatten oder es zu Hause irgendwo hakte? Ja, so wäre es vermutlich noch heute, sie, Stella, von allen geliebt. Außer von der Direktorin, der war sie manchmal ein Dorn im Auge gewesen. Sie sei »zu distanzlos«, die Schüler seien »schließlich nicht ihre Kinder« und sie solle vor allem absehen von »körperlichen Zärtlichkeiten«. Aber das hatte Stella nicht weiter interessiert, sie hatte mit ihren Mäusen gekuschelt und sie geknuddelt, wann immer sie spürte, dass sie es brauchten. Denn wenn es eines gab, das sie mit absoluter Sicherheit wusste: Es war nicht möglich, einem Kind zu viel Zuneigung, zu viel Liebe und Aufmerksamkeit zu schenken. Und sie hatte davon jede Menge zu geben gehabt, jede Menge, bis zu diesem Sonntagnachmittag im Flughafensupermarkt. Ihr Glück mit Paul, sie hatte dafür teuer bezahlt, weiß Gott, das hatte sie. Doch es schien noch immer nicht zu reichen, sie sollte noch mehr bluten oder vielleicht sogar alles verlieren.

Abrupt setzte sie sich auf. Sie glaubte, etwas gehört zu haben. Ein Schaben, ein Kratzen. Angestrengt horchte sie in die Dunkelheit hinein, so konzentriert, dass es in ihrem Kopf leise zu piepen begann, wie das Hintergrundfiepen eines Tinnitus. Da, da war es wieder, jetzt ziemlich laut und deutlich. Das Schaben, es schien aus dem oberen Stockwerk zu kommen. So lautlos wie möglich erhob sie sich, tappte auf nackten Füßen nach draußen in den Flur, hielt dort atemlos inne und lauschte erneut. Nun blieb es still, minutenlang. Einzig der hohe Pfeifton in ihrem Kopf wurde lauter. Lauter und lauter wurde er, je länger sie dort regungslos stand und die Luft anhielt; wandelte sich schließlich in ein Kreischen auf unerträglicher Frequenz. Höllenlärm, mit einem Mal wusste sie, was dieses Wort bedeutete, denn genau das war es, was diese Stille für sie war. Ein stummer Lärm direkt aus der Hölle.

Sie schüttelte unwillig den Kopf, schüttelte Arme und Beine aus, danach ihren ganzen Körper, wollte ihn abwerfen, diesen verdammten Druck. Viertel nach eins. Sie würde diese Nacht nicht durchstehen, das würde sie nicht; die Angst würde sie immer fester im Griff haben, würde sie Dinge tun lassen, die sie nicht tun wollte. Vielleicht würde sie in die Küche gehen, sich ein Messer schnappen, ein großes und scharfes. Und dann nach draußen zu den Leuten im Mercedes stürzen, sich wie zuvor von hinten nähern, sich anschleichen, zuerst die Beifahrertür aufreißen, dann …

Nein, das würde sie nicht. Sie durfte sich von dieser Angst nicht beherrschen lassen. Nur diese eine Nacht musste sie noch hinter sich bringen, nur diese eine. Nun ging Stella tatsächlich nach unten in die Küche, aber nicht um ein Messer zu holen, sondern um sich zu betäuben. Sie nahm eine Flasche Merlot aus dem Weinregal neben dem Kühlschrank, holte den Korkenzieher aus der Besteckschublade und öffnete die Flasche. Dann füllte sie ein großes und bauchiges Glas fast bis zum Rand, führte es an die Lippen und nahm nacheinander drei so große Schlucke, dass sie schaudernd von einer Gänsehaut überzogen wurde und sie sich fast ins Spülbecken übergeben musste. Schwer atmend machte sie eine Pause, kniff die Augen zusammen und sammelte sich für die nächste Etappe. Sie musste dieses Zeug in sich hineinkriegen, irgendwie, musste sich ablenken, damit sie nicht den Verstand verlor. Und wenn jemand ins Haus einbrechen und ihr etwas antun wollte, dann würde sie es wenigstens nicht mehr bei klarem Verstand mitbekommen.

Erneut setzte sie an, eins, zwei, drei. Keuchte, würgte, behielt den Wein zuerst einen Moment im Mund, ehe sie ihn mit aller Gewalt durch ihre Kehle nach unten drückte und ihr bei der Kraft, die es sie kostete, den Alkohol überhaupt im Magen zu behalten, der Schweiß ausbrach. Noch zweimal schlucken, dann war das Glas leer, doch sie füllte es sofort ein weiteres Mal. Schon konnte sie die beruhigende, die beglückende Wärme spüren, wie sie ihr durch die Glieder kroch, bemerkte die ersten Nebelschwaden, die ihren Geist umhüllten. Auf nüchternen Magen trat die Wirkung des Weins umso schneller ein.

Auch das zweite Glas kippte Stella widerwillig in sich hinein, dann noch ein halbes, danach konnte sie nicht mehr. Sie stützte sich mit beiden Händen auf der Arbeitsplatte ab, ließ den Kopf hängen und wartete darauf, dass er schwerer und schwerer wurde. Ihr war übel, alles drehte sich – aber die Angst, sie wurde schwächer und schwächer.

Als die große Standuhr im Flur halb zwei verkündete,

schleppte sie sich matt zum Sofa zurück, setzte sich hin und ließ sich dann einfach zur Seite kippen. Sie war zu erschöpft, um nach der Decke zu greifen, die auf einer der Lehnen lag. Stattdessen rollte sie sich wie ein Embryo zusammen und hoffte, dass sie sich nicht würde übergeben müssen. Zweimal musste noch gegen ein Würgen ankämpfen, dann war das Schicksal gnädig mit ihr und entführte sie in traumlose Dunkelheit.

Die Haustür klappte, sofort schoss Stella pfeilgerade hoch. Es fühlte sich an, als würde ihr Hirn bei dieser schnellen Bewegung gegen die Schädeldecke geschleudert, und am liebsten wäre sie auf der Stelle wieder zurück aufs Sofa gesunken. Doch sie hatte nur einen Gedanken: Jemand war im Haus! Ihr Körper reagierte wie ferngesteuert: Sie stürzte sich mit einem Satz über die hohe Rückenlehne der Couch und kauerte sich dort auf allen vieren auf den Boden. Ihr Kopf dröhnte, doch die Angst überdeckte den Schmerz.

Jetzt wurde die Tür leise ins Schloss gedrückt, kurz darauf vernahm Stella Schritte im Flur. Hektisch sah sie sich um, suchte nach einer Waffe, mit der sie sich verteidigen konnte, wurde aber nicht fündig, so dass sie sich noch kleiner machte und eng gegen das Sofa drückte. Sie spürte warme Sonnenstrahlen auf dem Rücken, die Nacht war vorüber. Und doch fing sie für Stella gerade erst an.

20

Die Schritte näherten sich, tapp, tapp, tapp, erklangen in der Küche, Herrenschuhe auf den Marmorplatten. Stella presste die Augen fest zusammen, wie ein Kind, das glaubte, nicht gesehen zu werden, wenn es selbst auch nichts sah. Ihr Atem ging flach, vor panischer Anspannung ballte sie die Hände zu Fäusten, bis sich die Nägel tief und schmerzhaft ins eigene Fleisch drückten.

»Hier ist es. Die vordere linke Platte.«

Die Stimme der Haushälterin.

»Alles klar, ich seh mir das mal an.« Etwas Schweres wurde rumpelnd auf dem Boden abgestellt.

»Möchten Sie einen Kaffee trinken?

»Nein, danke, ich hatte gerade erst einen.«

Stella wollte nicht kichern. Aber es gelang ihr nicht, es zu unterdrücken. Noch immer hinter dem Sofa kauernd, brach sie in regelrechtes Gegacker aus. Nur Sekunden zuvor hatte sie gedacht, dass man ihr nach dem Leben trachtete – und jetzt waren es nur die Haushälterin und der Techniker vom Kundendienst, den Renata für Montagfrüh angekündigt hatte. Stella hatte es komplett vergessen. Sie hatte Renata anrufen wollen, um den Termin abzusagen. Was sie allerdings nicht getan hatte – und nur deshalb standen die beiden nun in ihrer Küche.

»Frau Johannsen?« Renata Graubert tauchte rechts vom Sofa auf und musterte Stella irritiert. »Was machen Sie denn da unten? Geht es Ihnen nicht gut?«

»Doch, alles bestens«, gab Stella zurück und rappelte sich mühsam hoch. »Ich habe nur nach Paulchen gesucht«, erklärte sie, während sie an ihrer Kleidung zupfte.

»Den habe ich gerade vor dem Haus der Sanders gesehen.« Die Haushälterin wirkte noch immer vollkommen perplex.

»Ach, da kann ich ja lange suchen!«, gab Stella gleichmütig zurück. Sie fragte sich, ob sie so eine schlimme Fahne hatte, dass man sie sogar auf Entfernung riechen konnte, beschloss aber im selben Augenblick, dass es ihr egal war.

»Was ist denn überhaupt draußen passiert?«, wollte Renata wissen.

»Sie meinen die Fragezeichen?«

»Genau die.«

»Ich hatte am Wochenende Kinder zu Besuch, die haben das gemalt.«

»Kinder?«

»Ja, Kinder.«

»Was denn für Kinder?«

»Haben Sie ein Problem damit?« Mittlerweile war Stella wieder ernst geworden. Sie hatte es nicht vergessen. Hatte sie in der ersten Überraschung auch lachen müssen – mit Renata stimmte etwas nicht, davon war sie noch immer überzeugt.

»Das Kochfeld funktioniert einwandfrei«, rief der Techniker von der Küche aus, als wollte er Stellas Misstrauen untermauern.

»Wirklich?«, fragte die Haushälterin verwundert nach und ging zu ihm hinüber. Stella folgte ihr.

»Ja, sehen Sie.« Der Mann stellte alle vier Platten an, die sofort rot wurden und sich erwärmten.

»Komisch«, sagte Renata.

»Ja«, stimmte Stella ihr zu. »Das ist komisch.«

»Dann werd ich mal wieder abdüsen«, sagte der Handwerker und schnappte sich seinen Werkzeugkoffer, der ungeöffnet auf dem Boden stand. »Ich stelle Ihnen nur meine Anfahrt in Rechnung.«

»In Ordnung«, antwortete Stella. »Vielen Dank, dass Sie so schnell gekommen sind. Auch, wenn es gar nicht nötig war.«

Zwei Minuten später war sie mit Renata Graubert allein.

»Tja.« Die Haushälterin räusperte sich, knetete ihre Hände. Unsicher. War sie unsicher? »Liegt heute etwas Besonderes an? Oder einfach alles wie immer?«

»Warum haben Sie den Herd überhaupt eingeschaltet?«

»Was?«

»Ich möchte wissen, weshalb Sie den Herd am Donnerstag eingeschaltet haben. Wollten Sie etwas kochen?«

»Was ist denn das für eine Frage?«

»Eine ganz normale. Also, warum?« Stella betrachtete Renata abwartend. Herausfordernd. Auf eine verräterische Regung lauernd.

»Was weiß ich, warum ich den eingeschaltet habe.« Die Stimme der Haushälterin klang gepresst. Nervös. Fahrig. »Aus irgendwelchen Gründen hab ich es halt getan, und da ist die vordere linke Platte eben nicht angesprungen.«

»Jetzt geht sie aber wieder.«

»Vielleicht ein Wackelkontakt? Oder ich habe etwas falsch gemacht?«

»Was kann man denn groß falsch machen, wenn man einen Schalter nach rechts dreht?«

»Worauf wollen Sie eigentlich hinaus?« Renata verschränkte beide Arme vor der Brust, das Kinn kämpferisch vorgereckt.

»Auf gar nichts. Ich stelle nur fest, dass der Herd, von dem Sie behauptet haben, er sei kaputt, auf wundersame Weise wieder funktioniert. Und dass Sie mir immer noch nicht gesagt haben, warum Sie ihn überhaupt eingeschaltet haben.«

»Ich habe die Ceranfelder gereinigt, das geht am besten, wenn sie etwas warm sind.«

»Ach, jetzt fällt Ihnen das wieder ein?«

»Tut mir leid, aber ich habe nicht damit gerechnet, hier wegen eines Haushaltsgeräts ins Kreuzverhör genommen zu werden. Es war mir schlicht entfallen.« Sie schnaubte. »Ich verstehe sowieso nicht, was das gerade soll.«

»Nein? Das wissen Sie nicht?« Stella machte einen kleinen Schritt auf sie zu. Auch, wenn sie nicht größer war als ihre Angestellte, wich diese dennoch vor ihr zurück.

»Tut mir leid, Frau Johannsen, Sie reden ein bisschen …« Ihre Augen verengten sich. »Haben Sie etwas getrunken?« Ihr Blick wanderte zu der Rotweinflasche, die Stella am gestrigen Abend auf der Arbeitsplatte neben der Spüle hatte stehen lassen und die noch zu gut einem Drittel gefüllt war.

»Ich stelle hier die Fragen!«

»Wie reden Sie denn mit mir?«

»Welche Firma hat die Rauchmelder überprüft?«, fragte Stella, ohne auf die Haushälterin einzugehen. »Geben Sie mir bitte die Adresse und die Telefonnummer.«

»Der örtliche Schornsteinfeger war hier und hat das gemacht, das habe ich Ihnen schon am Donnerstag gesagt.«

»Und der hat keine Telefonnummer?«

»Doch, sicher.«

»Die hätte ich dann gern.«

»In Ordnung.« Renata drehte sich um, zog eine Schublade neben der Spülmaschine auf, in der Gebrauchsanweisungen und andere Papiere lagen. Einen Moment lang suchte sie in den Unterlagen herum, Stella konnte sehen, dass ihr dabei die Hände zitterten. »Hier, bitte«, sagte sie schließlich und reichte ihr einen Zettel mit einer handschriftlichen Notiz. »Das ist Herr Kunert, den können Sie gern anrufen.«

Stella schnappte sich das Blatt. »Das mache ich.«

»Kann ich dann jetzt mit meiner Arbeit beginnen?«

»Nein.« Renata zog überrascht die Brauen in die Höhe. »Ich habe noch ein paar Fragen an Sie. Wann waren Sie zuletzt an meinem Auto?«

»An Ihrem Auto? Ich war noch nie an Ihrem Auto und wüsste auch nicht, was ich da verloren hätte.«

»Gut.« Die Antwort überraschte Stella nicht, sie hatte nicht ernsthaft damit gerechnet, dass Renata zugeben würde, den Lautstärkeregler des Radios verstellt zu haben. »Dann möchte ich noch wissen, was mit der Außenbeleuchtung am Haus ist.«

»Was soll mit der sein?«

»Sie springt abends nicht mehr an.«

»Dann wird wohl entweder die Birne hinüber sein oder der Bewegungsmelder.«

»Finden Sie das nicht seltsam?«

»Seltsam?« Die Haushälterin schüttelte den Kopf. »Was

soll denn an einer durchgebrannten Birne oder einem defekten Bewegungsmelder seltsam sein? Dinge gehen nun mal kaputt.«

»Ein bisschen viele Dinge auf einmal.«

»Der Herd funktioniert ja wieder.« Ein zaghaftes Lächeln stahl sich auf Renatas Gesicht, zaghaft und dennoch irgendwie triumphierend.

»Dafür geht der Wasserkocher nicht mehr.«

»Davon weiß ich nichts.«

»Ich aber.«

»Frau Johannsen«, nun stemmte die Haushälterin beide Hände in die Hüfte, »mir ist vollkommen schleierhaft, was genau Sie von mir wollen. Aber wenn Sie mir irgendetwas unterstellen möchten, sagen Sie es mir doch einfach ganz direkt ins Gesicht, statt mir hier irgendwelche wirren Fragen zu stellen.«

»Was sollte ich Ihnen denn unterstellen wollen?«, gab Stella sich arglos.

»Genau das möchte ich ja von Ihnen wissen!«

Stella überlegte einen Moment. Dann hatte sie eine Idee. »Kommen Sie mit«, forderte sie die Haushälterin auf. »Sehen wir uns mal die Außenbeleuchtung an.« Schon marschierte sie in den Flur, öffnete die Abstellkammer und griff nach der Leiter.

»Ich kann auch gern allein nachsehen, was da los ist und die Birne im Zweifel auswechseln«, schlug Renata vor, die ihr weisungsgemäß gefolgt war und nun direkt hinter ihr stand.

»Nein, ich möchte da lieber selbst mal einen Blick drauf werfen.«

»Wie Sie meinen.«

Renata Graubert ging zur Haustür, öffnete sie und hielt sie weit auf, Stella trug die Leiter hindurch und stellte sie auf Höhe der am Mauerwerk montierten Außenlampe auf. Sie erklomm die oberste Sprosse und versuchte dabei, nicht auf ihre hämmernden Kopfschmerzen zu achten. Dann machte sie sich an der Abdeckung zu schaffen und musste ein bisschen daran wackeln, ehe sie sich entfernen ließ. Renata Graubert beobachtete sie von unten, hatte die Arme nun wieder vor der Brust verschränkt.

Nach einem letzten Ruck hielt Stella das durchsichtige Stück Plastik schließlich in Händen. Sie starrte auf eine leere Fassung.

»Da ist ja gar keine Birne drin!«, rief die Haushälterin erstaunt aus.

»Nein.« Stella stieg von der Leiter herunter, klappte sie allerdings nicht wieder zusammen, sondern baute sich stattdessen direkt vor Renata auf. »Ich möchte, dass Sie gehen. Auf der Stelle.«

»Ich soll gehen?«

Sie nickte. »Ja.«

»Verstehe ich das richtig? Sie schicken mich nach Hause?«

»Es ist mir egal, wohin. Hier will ich Sie jedenfalls nicht mehr sehen. Und geben Sie mir bitte meinen Haustürschlüssel.«

Renata starrte sie fassungslos an. »Das meinen Sie gerade nicht ernst!«

»Und ob ich das ernst meine.«

»Soll das heißen, Sie entlassen mich?«

»Genau das heißt es.«

»Aber warum denn?«, wollte sie entgeistert wissen. »Weil da oben keine Birne drin ist?«

»Auch. Und weil hier einige sehr eigenartige Dinge vor sich gehen.«

»Was denn für eigenartige Dinge? Und warum sollte ich etwas damit zu tun haben?«

»Das weiß ich nicht«, gab Stella zu, »und vielleicht tue ich Ihnen auch Unrecht. Aber für einige Vorkommnisse habe ich keine andere Erklärung, als dass Sie dahinterstecken.«

»Ich? Warum sollte *ich* denn …«

»Das interessiert mich nicht«, würgte Stella sie ab. »Ich will Sie ab sofort nicht mehr in meinem Haus haben.«

Renatas Miene schlug ins Feindselige um. »In *Ihrem* Haus? Mit Verlaub, Frau Johannsen«, sie betonte Stellas Nachnamen auf eine Art und Weise, die keinen Zweifel daran ließ, dass auch sie Stella in Gedanken nur als »die zweite« betitelte, »das Haus gehört Paul und nicht Ihnen.«

»Das soll nicht Ihr Problem sein.«

»Außerdem können Sie mich gar nicht entlassen«, sprach sie unbeirrt weiter. »Ich wurde von Paul und Natalie Johannsen eingestellt – eine Kündigung von Ihnen nehme ich nicht an.«

»Was wollen Sie dagegen tun?«

»Das kann ich Ihnen sagen: Ich rufe Paul an!«

Stella lachte auf. »Tun Sie das, viel Glück dabei! Falls Sie ihn erwischen, grüßen Sie ihn schön von mir.«

»Frau Johannsen«, nun nahm ihre Stimme einen versöhnlicheren Tonfall an. »Sie haben getrunken, das merke ich doch. Aber was auch immer es ist, das Sie so in Rage versetzt hat, lassen Sie es bitte nicht an mir aus. Wir können doch über alles in Ruhe reden.« Vorsichtig streckte sie eine Hand nach Stella aus, wollte sie ihr reichen. »Kommen Sie, gehen wir wieder rein, und Sie erzählen mir, was passiert ist.«

»Ich will nicht mit Ihnen reden!«, fuhr Stella sie an, schlug nach ihrer Hand und verfehlte sie nur knapp. »Sie sollen gehen, und zwar gleich! Und den Schlüssel lassen Sie hier.«

»Frau Joh …«

»HAUEN SIE ENDLICH AB!« Stellas Schrei hallte durch die gesamte Straße.

»Ist ja schon gut!« Renata Graubert erhob die Hände und hielt sie schützend vor sich, als würde sie befürchten, tatsächlich gleich geschlagen zu werden. »Ich gehe.«

»Gut.« Stella vernahm das Geräusch eines sich öffnenden Fensters, sie fuhr herum, aus einer Dachluke im Haus der Sanders ragte Leon Sanders' Kopf hervor. Kurz begegneten sich ihre Blicke, dann wandte sie sich wieder der Haushälterin zu. »Sie bekommen noch Ihr Gehalt für die nächsten drei Monate überwiesen«, erklärte sie. »Vielleicht sogar für ein halbes Jahr, ich kläre das mit Paul.«

»Wie großzügig von Ihnen«, gab Renata zynisch zurück.

»Also?« Stella hielt ihr die flache Hand entgegen. »Den Schlüssel, bitte.«

»Der ist in meiner Handtasche. Und die ist im Haus, die brauche ich sowieso noch.«

»Warten Sie hier.« Stella stapfte an ihr vorbei in die Villa und drückte die Tür hinter sich ins Schloss. In der Küche fand sie die Handtasche, öffnete sie und suchte zunächst nach dem Schlüssel. Er hing an einem großen Bund, das in einem Seitenfach steckte. Mit fahrigen Fingern versucht sie, ihn von dem Eisenring zu lösen, doch er entglitt ihr wieder und wieder, sie bekam in nicht richtig zu fassen.

Es klingelte, danach klopfte es an der Tür. »Wühlen Sie nicht in meinen Sachen herum!«, rief Renata von draußen.

Stella antwortete nicht, sondern machte sich weiter an dem Schlüsselbund zu schaffen. Ihre Hände waren so verschwitzt, dass sie abrutschte und sich dabei das spitze Endstück des Rings in den rechten Daumen bohrte. Ein kleiner Blutstropfen quoll hervor, und Stella wurde erneut schwindelig.

»Wenn Sie mir nicht sofort meine Tasche geben, rufe ich die Polizei!«

»Eine Sekunde!«, schrie Stella zurück. Dieser vermaledeite Schlüssel, er musste doch abgehen. Während es weiter gegen die Tür klopfte, gelang es ihr endlich, ihn auf den Ring zu schieben und Stück für Stück herunterzudrehen. Klirrend ließ sie ihn auf die Arbeitsplatte fallen, dann griff sie sich Renatas Tasche und eilte damit in den Flur. Bevor sie die Tür öffnete, legte sie die Kette vor. Renatas Klopfen war in ein Wummern übergegangen, und Stella traute der älteren Frau durchaus zu, dass sie sich in ihrer Wut gegen die Tür warf, sobald sie sich auch nur ein Stückchen öffnete.

»Hier!« Sie hielt die Tasche durch den Spalt nach draußen.

»Danke!« Mit einem Ruck wurde sie ihr aus der Hand gerissen. Gleich darauf konnte sie hören, wie Renata Graubert davonstapfte und dabei vor sich hin schimpfte.

Erleichtert schloss Stella die Tür. Die Auseinandersetzung mit der Haushälterin hatte sie erschöpft, aber sie war froh, die Frau entlassen zu haben und wieder in Besitz des Schlüssels zu sein. Sie hatte schon immer gespürt, nein, *gewusst*, dass Renata sie nicht ausstehen konnte. Die fehlende

Glühbirne war ein sicherer Beweis dafür, dass Stella es sich nicht nur eingebildet hatte, dass hier etwas vor sich ging, und sie war fest davon überzeugt, dass Renata an den beängstigenden Vorgängen beteiligt war. Aber vollkommen gleichgültig, ob sie in der Villa oder am Auto absichtlich etwas manipuliert hatte oder nicht – Stella wäre doch verrückt, in ihrem eigenen Haus den Feind zu dulden. Sie war kein Kind mehr, war nicht mehr schutzlos ausgeliefert, sondern hatte die Macht, sich vom Hass eines anderen Menschen zu befreien.

Noch einmal wählte sie die Festnetz- und Mobilnummer von Enno Borchers. Um diese Uhrzeit an einem Wochentag hoffte sie, ihn erreichen zu können. Doch Fehlanzeige, und bei Paul versuchte sie es erst gar nicht mehr. Er würde sich mit Sicherheit bei ihr melden, sobald er Gelegenheit dazu hatte.

Stella ging nach oben ins Bad, nahm aus dem Spiegelschrank die Schachtel Aspirin, die sie hier verwahrte, und schluckte zwei Tabletten. Danach zog sie sich aus und nahm eine ausgiebige Dusche, massierte ihre Schläfen in dem Versuch, die heftigen Kopfschmerzen so noch schneller loszuwerden. Es half tatsächlich ein wenig, und als sie eine halbe Stunde später einen knielangen beigefarbenen Rock und eine dunkelrote Bluse angezogen hatte, fühlte sie sich bereits besser.

In der Küche goss sie sich ein großes Glas Mineralwasser ein und trank es in mehreren großen Zügen aus, während sie mit der anderen Hand nach der Rotweinflasche griff und deren restlichen Inhalt ins Spülbecken kippte. Allein von den aufsteigenden Alkoholdünsten wurde ihr übel, schnell ließ sie klares Wasser aus dem Hahn hinterherlaufen. Danach stopfte sie die leere Flasche in den Mülleimer, nahm den Beutel heraus und ging damit in die Halle, um die Relikte ihrer Unvernunft draußen zu entsorgen.

Sie zuckte zusammen, als sie die Haustür öffnete und unvermittelt mit Michael Sanders zusammenstieß.

21

Stella ließ den Müllbeutel fallen, klirrend ging die Flasche darin zu Bruch.

Sofort bückte sich Michael Sanders danach und hob den Beutel auf. »Tut mir leid, wenn ich Sie erschreckt habe!«, sagte er. »Ich wollte gerade bei Ihnen klingeln.« Etwas ungelenk hielt er Stella die Mülltüte hin, die sie aber nicht entgegennahm, so dass er sie weiterhin festhielt und baumeln ließ.

»Was gibt es denn?«

»Verzeihen Sie bitte vielmals, dass ich Sie schon wieder belästige, aber ich würde gern kurz mit Ihnen reden, wenn das möglich ist.«

»Und worüber?«

»Das … Also, können wir das wohl drinnen besprechen?«

»Hat es etwas mit gestern zu tun?«

»Nein«, antwortete er, dann allerdings schüttelte er den Kopf, als würde er sich selbst widersprechen und fügte ein »doch, irgendwie auch«, hinzu.

Einen Moment zögerte Stella, dann nahm sie ihm den Müllbeutel aus der Hand. »Ich werfe nur noch schnell das hier weg.«

Als sie wenige Minuten später im Wohnzimmer saßen – Michael Sanders auf dem Sofa, Stella ihm gegenüber in einem Sessel –, knetete der Apotheker unaufhörlich seine Hände, so dass Stella sich fragte, was ihn so nervös machte.

»Was ist denn mit der Apotheke?«, begann sie mit einer harmlosen Frage. »Ist die heute geschlossen?«

»Meine Frau macht das gerade allein«, erklärte Michael Sanders.

»Ja, natürlich.« Sie sah ihn abwartend an, aber er schwieg beharrlich. »Also?«, forderte sie ihn schließlich auf, »was kann ich für Sie tun?«

»Sie können sich vermutlich schon denken, weshalb ich hier bin.«

»Tut mir leid, aber ich habe nicht die geringste Ahnung«, behauptete sie, obwohl sie natürlich sofort an Michael Sanders' Sohn dachte.

»Es geht um Leon«, erwiderte der Apotheker nun auch prompt. »Der Junge hat wohl Mist gebaut.«

»Inwiefern?« Stella würde nicht von sich aus auf ihre nächtlichen Begegnungen mit Leon zu sprechen kommen. Nein, sie wollte zuerst hören, was genau sein Vater wusste.

»Er hat mir erzählt, dass Sie neulich nachts einen kleinen Zusammenstoß hatten.« Der Apotheker wand sich sichtlich. »Dabei hat er sein Handy verloren, und ich möchte Sie bitten, es mir zurückzugeben.«

»Warum denken Sie, dass ich es habe?«

»Weil er es überall gesucht hat«, erklärte Michael Sanders. »Und er ist ganz sicher, dass er es bei den Mülltonnen auf Ihrer Auffahrt verloren hat.«

»Ach? Und er denkt, ich hätte es gefunden und dann einfach eingesteckt?«

Nun zuckte Sanders mit den Schultern.

»Aber wenn es so ist – warum kommt Ihr Sohn dann nicht selbst zu mir und fragt danach?«

Michael Sanders seufzte. »Na ja, es ist ihm unangenehm, er traut sich nicht.«

»Es ist ihm aber nicht unangenehm, nachts vor meinem Haus herumzulungern?« Stella spürte, wie sich die feinen Härchen auf ihren Oberarmen aufstellten. Sie konnte nicht sagen, woher dieses Gefühl kam. Ein Gefühl, das eher an Gewissheit grenzte: Hier ging es gerade um mehr als Leon Sanders' verlorenes Mobiltelefon, um wesentlich mehr. »Was hat er hier überhaupt gewollt? Warum beobachtet er mich?«

»Er hat Sie nicht beobachtet«, behauptete der Apotheker.

»Das können Sie sonst wem erzählen!«

»Doch wirklich!«, insistierte er. »Leon wollte nur herausfinden, warum diese seltsamen Leute direkt vor unserer Tür parken. Und von Ihrer Straßenseite hatte er eben eine bessere Sicht darauf.«

»Sie meinen das Paar im Mercedes?«, fragte Stella nach, obwohl sie natürlich genau wusste, von wem Michael Sanders sprach. Gleichzeitig betete sie innerlich, dass Leon und sein Vater das Pärchen nicht schon längst mir ihr und Paul in Zusammenhang gebracht hatten.

»Ja, genau das. Er hat die beiden beobachtet und sie mit seinem Handy gefilmt, das hatte rein gar nichts mit Ihnen zu tun.«

»Warum ist er dann weggerannt?«, fragte sie und war erleichtert, dass Michael die Frau, die gestern Mittag zu den beiden ins Auto gestiegen war, nicht erwähnte. Außer ihr hatte sie also vermutlich niemand bemerkt.

»Das war doch nur, weil er sich erschrocken hat. Er ist

ohne nachzudenken einfach weggerannt«, stellte Stellas Nachbar fest, »das war mehr aus einem Reflex heraus.«

»Beim zweiten Mal hat er auch nicht nachgedacht?«

»Mein Gott«, rief er nun aus, »der Junge ist zwanzig!«

»Also erwachsen.«

»Laut Gesetz schon«, stimmte er ihr zu. »Aber in Wahrheit ist man in dem Alter noch ein halbes Kind, das wissen Sie so gut wie ich.«

»Hm.« Stella dachte nach. Michael Sanders wusste etwas. Etwas, das er ihr nicht sagen wollte. Es ging also schon wieder um das Paar. Um Leons Handy. Und um den Film von damals? »Macht Ihr Sohn das schon länger?«

»Was meinen Sie?«

»Heimlich seine Umgebung filmen.«

Michael Sanders sah sie verständnislos an. »Ich glaube nicht, wieso?«

»Hat er Ihnen …«, sie geriet ins Stocken. Jetzt war äußerste Vorsicht geboten, denn sie hatte ja keine Ahnung, was ihr Gegenüber wusste und was nicht. Sollte sie es trotzdem wagen und einen Schuss ins Blaue abgebeben? Oder wäre es klüger, Leons Vater das Telefon auszuhändigen und sonst nichts weiter zu tun, als auf Paul zu warten? Sie entschied sich dagegen, ihr Instinkt sagte ihr, dass sie sehr kurz davor stand, ein wenig Licht in dieses wirre Dunkel zu bringen. »Wissen Sie etwas über eine Aufnahme, die Ihr Sohn vor einigen Jahren gemacht hat?«

»Vor einigen Jahren?«

»Das muss in etwa zu der Zeit gewesen sein, als Natalie Johannsen gestorben ist.«

»Davon weiß ich nichts.« Die Antwort kam für Stellas Geschmack um einiges zu schnell.

»Lassen Sie es mich anders formulieren«, tastete sie sich weiter vor. »Von den Leuten im Mercedes mal ganz abgesehen – mir kommt hier einiges in der Nachbarschaft seltsam vor.«

»Das können Sie wohl sagen!« Nun wirkte er etwas selbstsicherer. »Allein was hier gestern früh passiert ist …« Er schüttelte ungläubig den Kopf. »Wenn ich mich nicht eingemischt hätte, ich glaube, Marius Marquardt hätte den alten Scharff umgebracht.«

»Wie ist die Sache überhaupt ausgegangen?«, fragte sie, weil ihre Neugier nun doch zu groß war.

»Einigermaßen glimpflich. Egon Scharff hat eine angebrochene Nase, Marius Marquardt eine Strafanzeige am Hals.«

»Eine Strafanzeige?«

»Klar.« Nun grinste er. »Was denken Sie? So eine großartige Chance, Marquardt eine reinzuwürgen, lässt sich unser lieber Herr Lehrer doch nicht entgehen! Er ist natürlich direkt in die Notaufnahme der Uniklinik gefahren, um seine Verletzungen dokumentieren zu lassen, danach hat er auf der nächsten Polizeiwache Anzeige erstattet.« Michael Sanders zuckte mit den Schultern. »Kann ich ihm nicht mal verdenken. Wobei die Sache mit den Abschleppwagen auch eine Riesensauerei war, da hat meine Frau schon recht.«

»Und wie geht es da nun weiter?«

»Was fragen Sie mich da? Ich bin Apotheker und kein Anwalt.« Nun verschwand sein Lächeln. »Wollen wir nur hoffen, dass die ganze Angelegenheit nicht vor Gericht endet und wir da alle als Zeugen antanzen müssen.«

»Als Zeugen?«

»Na ja, wir haben schließlich gesehen, wie der Streit angefangen hat, und dass Marius Marquardt derjenige war, der zuerst auf den Scharff losgegangen ist. Denkbar, dass man unsere Aussage braucht.«

»Auf gar keinen Fall werde ich da irgendetwas aussagen«, erwiderte Stella. »Ich habe mit der ganzen Angelegenheit ja nun am allerwenigsten zu tun, die sollen mich da bloß raushalten!«

»Hören Sie zu«, sagte Michael Sanders und wurde leiser, »ich habe auch nur wenig Lust, meine Zeit mit so einem Unsinn zu verschwenden. Aber es ist ja auch gar nicht gesagt, dass es so weit überhaupt kommt. Ich habe da mal eine … Also eine Sache erlebt, die war so ähnlich. Da haben letztlich nur die Anwälte und ein Richter miteinander gesprochen, und das Verfahren wurde gegen die Zahlung von Schmerzensgeld eingestellt.«

»Lassen Sie mich raten? Dabei ging es um Leon.«

Michael Sanders senkte den Blick, betrachtete seine Hände, die nun ruhig in seinem Schoß lagen. »Er ist manchmal ein bisschen schwierig.« Dann sah er sie wieder an. »Aber eigentlich ist er ein guter Junge.«

»Sicher«, gab sie zurück, weil ihr dazu nichts weiter einfiel.

»Deshalb möchte ich ja auch sein Handy zurückhaben. Er soll nicht noch mehr Ärger bekommen, als er ohnehin schon hat.«

»Weshalb sollte er Ärger bekommen?«

»Ach, wissen Sie, es ist nicht seins«, erklärte der Apotheker. »Er hat sich das Telefon von einem Freund geliehen, und der will es natürlich zurückhaben.«

»Tut mir leid«, sagte Stella und zuckte mit den Schultern. »Ich habe es wirklich nicht.«

»Das ist sehr ärgerlich.« Einen Moment lang betrachtete er sie noch nachdenklich, als würde er in ihrer Miene nach irgendeinem Hinweis dafür suchen, dass sie nicht die Wahrheit sagte. Dann aber lächelte er und stand auf. »In jedem Fall vielen Dank, dass Sie sich die Zeit genommen haben.«

»Keine Ursache.« Stella erhob sich ebenfalls und begleitete ihn zur Haustür.

»Und dabei brauchen Sie wirklich keine Hilfe?«, fragte er, als sie draußen standen, und deutete noch einmal auf die roten Fragezeichen.

Stella schüttelte den Kopf. »Nein, wirklich nicht. Gehen Sie lieber zu Ihrer Frau, damit sie nicht allein mit den Kunden fertig werden muss.«

Michael Sanders lachte leise. »Nun, sooo viele Kunden sind es ja leider nicht.« Sein Blick wanderte hinüber in Richtung Wendehammer, zum Flower-Bay-Quartier. Und von dort die Straße zurück bis zu dem Mercedes. »Die Leute sind echt seltsam«, sagte er.

»Sind sie. Allerdings schätze ich mittlerweile, dass es einen ganz harmlosen Grund dafür gibt, dass sie hier dauerparken«, behauptete Stella.

»Ja, vermutlich.« Er reichte ihr die Hand, sie verabschiedeten sich. »Tun Sie mir den Gefallen und melden sich, falls Sie das Telefon doch noch finden?«

»Natürlich, das mache ich.«

Zehn Minuten später saß Stella in ihrem Mini und startete den Motor. Ihre teure Birkin Bag, die Paul ihr einmal aus Los Angeles mitgebracht hatte, lag auf dem Beifahrersitz – und darin steckte Leon Sanders' Mobiltelefon. Beziehungsweise das eines Freundes, wie sein Vater behauptet hatte, was sie aber nicht eine Minute lang geglaubt hatte. Was Stella aber so gut wie sicher zu wissen glaubte, war, dass sie auf diesem Handy Antworten auf all ihre Fragen finden würde – und deshalb musste sie umgehend wissen, was sich darauf befand.

Während sie aus der Auffahrt zurücksetzte, warf sie über den Seitenspiegel einen Blick auf den Mercedes. Das Paar saß noch immer regungslos darin, ob die zweite Frau noch auf der Rückbank lag, konnte Stella nicht erkennen. Sie wendete ihr Auto, atmete einmal tief durch und trat dann energisch aufs Gaspedal. Sie war froh, etwas zu tun zu haben. Etwas, das sie mit viel Glück und aus Gründen, von denen sie im Moment noch keine Ahnung hatte, von den Menschen, die sie belauerten, befreien würde. Sie betete, dass es so sein würde.

22

»Tut mir wirklich leid. Aber wenn Sie die Codesperre für Ihr Handy vergessen haben, kann ich Ihnen da auch nicht weiterhelfen.« Der junge blonde Mann hinterm Tresen des Mobilfunkshops sah sie bedauernd an. Er mochte nicht viel älter sein als Leon Sanders, trotzdem stützte er sich selbstbewusst mit den Händen links und rechts auf dem Counter ab, als würde er damit sagen wollen: »Das ist *mein* Laden.«

»Es muss doch einen Weg geben, diese Sperre zu umgehen.«

»Nope. Dafür sind die Dinger ja da, damit Unbefugte nicht auf das Telefon zugreifen können.«

»Ich bin aber nicht unbefugt, es ist ja *mein* Handy!«, gab Stella zurück.

»Tja.« Er hob bedauernd die Hände, bevor er sich wieder abstützte. »Da kann ich nichts machen. Selbst, wenn es Ihres ist …«

»Das *ist* es!« Sie musste sich beherrschen, nicht mit dem Fuß aufzustampfen. Das hier hatte sie sich einfacher vorgestellt. Wesentlich einfacher. Sie hatte absichtlich nicht eine Filiale eines der großen Mobilfunkanbieter aufgesucht, sondern einen etwas gammelig wirkenden Shop in einer Seitenstraße des Bahnhofsviertels, in der Hoffnung, hier würde man es nicht so genau nehmen. Oder sich überhaupt auch nur die Mühe machen, nachzufragen. »Sie müssen doch irgendwas tun können!«

»Wie gesagt, geht leider nicht.« Der junge Mann beugte sich ein Stückchen vor und kam ihr dadurch so nah, dass sie jede einzelne Sommersprosse auf seiner Nase zählen konnte. »Ehrlich gesagt, kann ich mir auch kaum vorstellen, dass Sie einen simplen vierstelligen Code vergessen haben.«

»Habe ich scheinbar doch.«

»Das ist dann wirklich Pech«, er lehnte sich wieder zurück und betrachtete sie amüsiert. »Der einzige Rat, den ich Ihnen da geben kann, ist, dass Sie mal ganz scharf nachdenken.«

»Ich muss aber unbedingt an meine Filmaufnahmen ran!« Ihr war zum Heulen zumute. Es konnte doch nicht sein, dass es keine Möglichkeit gab, dieses verfluchte Handy zu knacken! Nicht mal in einer windschiefen Bruchbude im Rotlichtmilieu!

Der Mann hinterm Tresen seufzte. »Geben Sie mal her, das Teil.« Eilig kramte Stella in ihrer Handtasche herum und reichte es ihm. »Okay, vielleicht haben wir Glück«, sagte er nach einem kurzen Blick darauf, »ist immerhin ein Android und kein iPhone.«

»Ist das gut?«

»Möglich. In Androids kann man SD-Karten einschieben, in ein iPhone nicht«, erklärte er. Dann sah er sie fragend an. »Also, haben Sie?«

»Habe ich was?«

Er seufzte. »Vergessen Sie's, ich guck einfach selbst nach.« Er betrachtete das Handy der Seite. »Ja, da ist eine«, stellte er fest. »Die hol ich mal raus.«

»Super!«

»Sagen Sie, sind Sie wirklich sicher, dass es Ihnen gehört?«, fragte der Verkäufer nach. »Wenn Sie nicht einmal wissen, dass in dem Ding eine Speicherkarte steckt, meine ich.«

»Natürlich gehört das Telefon mir!«, erwiderte Stella und hoffte, dass ihre Stimme dabei einigermaßen fest und selbstsicher klang. »Wissen Sie, mein Mann kümmert sich um alles Technische und hat mir auch das Handy eingerichtet.« Sie versuchte zu schmunzeln. »Ich habe von solchen Dingen nicht so viel Ahnung.«

»Kann man nicht sagen, nein.« Der Jüngling grinste. »Dann brauche ich vermutlich auch erst gar nicht danach zu fragen, ob die Karte verschlüsselt ist.«

»Sorry!« Sie lächelte ihn unbeholfen an.

»Dann wollen wir mal sehen.« Er nahm eine Büroklammer zur Hand, bog sie auf und drückte mit dem spitzen Ende in das Gehäuse. »Na also«, rief er einen Augenblick später und hielt Stella mit triumphierendem Gesichtsausdruck ein kleines schwarzes Plastikviereck unter die Nase. »Da haben wir sie schon, die Speicherkarte!«

»Und darauf sind auch meine Filme?« Sie quiekte beinahe vor freudiger Erwartung.

»Kommt darauf an, ob Sie Ihre Aufnahmen dort oder direkt in Ihrem Handy gespeichert haben.«

»Na ja, Sie wissen ja, mein Mann ...«

»Schon klar«, sagte er und seine Miene schlug ins Spöttische um. Vermutlich hielt er sie für irgendeine Tussi, die sich alles von ihrem Mann abnehmen ließ. »Mal sehen«, murmelte er, während er das Kärtchen in einen kleinen Kasten steckte, von dem aus ein Kabel zu dem Monitor auf seinem Verkaufstresen verlief.

»Sehen Sie was?«, wollte Stella wissen.

»Einen Moment bitte, so schnell geht das nicht.« Er fixierte den Bildschirm, mit der rechten Hand bediente er eine Maus, die er schabend hin und her schob. Das Geräusch allein reichte aus, um bei Stella auf Anhieb wieder eine Gänsehaut hervorzurufen. Mit beiden Händen strich sie sich über die nackten Oberarme, während sie mit angehaltenem Atem beobachtete, was der Verkäufer gerade tat. Und dann, endlose Minuten später, trat ein Strahlen auf sein Gesicht. »Bingo, Lady, Sie haben Glück! Alles da.« Er drehte den Monitor in ihre Richtung, und während sie die letzte Aufnahme aus der Straße sah, die sie schon vom Handy kannte, musste sie einen lauten Jubelschrei unterdrücken.

Am liebsten hätte sie ihn darum gebeten, ihr gleich hier im Laden sämtliche Filme vorzuspielen, aber nachdem sie nicht die geringste Ahnung hatte, was die anderen Aufnahmen von Leon Sanders zeigen würden, hielt sie ihre Ungeduld in Zaum. »Können Sie mir das mitgegeben?«, fragte sie stattdessen. »Damit ich es zu Hause auf meinem Computer ansehen kann?«

»Sie haben wohl kein Kartenlesegerät, in …«, er unterbrach sich kopfschüttelnd. »Nein, haben Sie natürlich nicht. Ich kann Ihnen das auf einen USB-Stick ziehen, damit können Sie …«

»USB-Stick kenne ich«, war es jetzt an ihr, ihm ins Wort zu fallen. »Und ich weiß auch, wie und wo ich ihn zu Hause ins Notebook stecken muss.«

»Dann ist ja noch nicht alle Hoffnung verloren.« Einen Moment lang grinsten sie sich an, beinahe verschwörerisch, und es war das erste Mal seit Donnerstag, dass Stella für einen kurzen Augenblick nicht mehr diesen entsetzlichen Druck auf ihrer Brust spürte. »Kostet aber ein bisschen was«, setzte ihr Gegenüber dem befreienden Gefühl prompt ein Ende.

»Wie viel?«

»Für Sie? Fünfzig Euro.«

»In Ordnung«, willigte Stella ohne zu zögern ein und nahm ihr Portemonnaie aus der Handtasche. Es war ihr egal, ob der Betrag gerechtfertigt war oder ob der Verkäufer mit Blick auf ihre Markenkleidung oder ihre Birkin Bag den Preis spontan etwas angehoben hatte. Hauptsache, sie bekam diese Aufnahmen! »Sie löschen das doch hinterher alles, oder?«, wollte sie noch wissen, während der Mann einen neuen USB-Stick hervorholte und aus der Verpackung befreite.

»Keine Sorge.« Er zwinkerte ihr zu. »Ich habe in meinem Leben genug private Amateurpornos gesehen, so was muss ich nicht mehr auf meiner Festplatte haben.«

Stella unterdrückte den Impuls, ihm empört zu widersprechen. Was der junge Mann von ihr dachte, war gerade absolut egal. Den Laden hier würde sie vermutlich ohnehin nie wieder betreten.

Als sie kurz darauf das Geschäft verließ und zu ihrem Auto lief, kamen ihr ihre Schritte nahezu schwebend vor. Sie war stolz auf sich, dass es ihr gelungen war, an die Filme zu kommen. Sie hatte den USB-Stick in ihrer Handtasche sicher in einem Seitenfach mit Reißverschluss verstaut, die SD-Karte hatte der Mann auf ihre Bitte hin wieder in Leon Sanders' Handy eingelegt. Ob sie das Telefon nun doch noch zurückgeben würde, wusste Stella noch nicht. Es kam ganz darauf an, was die Videos des Jungen zutage förderten. Ein Gedanke, der in Stella Angst und Mut zugleich heraufbeschwor.

Auf dem Heimweg fuhr sie etwas schneller als erlaubt, und als sie in die Sackgasse einbog, holperte der Mini ähnlich laut über das Kopfsteinpflaster wie am Sonntagvormittag der große BMW. Neben dem Mercedes zählte Stella fünf andere fremde Autos, die dieses Mal allerdings sämtlich brav am Seitenstreifen und nicht im Wendehammer parkten. Nach der gestrigen Eskalation schien Marius Marquardt weitere Mietinteressenten vorgewarnt zu haben.

Das schien auch nötig zu sein, denn tatsächlich war der Blockwart sich nicht zu schade dafür gewesen, sich einen Campingstuhl zu holen, auf dem er jetzt mit Blick auf die Straße vor seinem Haus hockte. *Ja*, dachte sie böse und belustigt zugleich, *Mama und er hätten sich vermutlich gut verstanden. Sie hätten gemeinsam ihrem Umfeld das Leben schwergemacht und ihr Gift versprüht.* Selbst aus der Ferne war der weiße Verband, den er mitten auf der Nase trug, nicht zu übersehen. Es hätte sie nicht gewundert, wenn Egon Scharff mit ein bisschen Mull selbst nachgeholfen hatte, um seine Blessur etwas dramatischer zu gestalten. Noch eine Gemeinsamkeit, die er mit Helga Brenner hatte. Während Stellas Mutter von anderen – allen voran von ihrer Tochter – stets erwartet hatte, dass sie sich nicht so anstellen und zusammenreißen sollten; während sie anderen meist unterstellt hatte, sie würden nur simulieren, während sie sich ihnen gegenüber hart und unerbittlich gezeigt hatte, hatte sie selbst mehr als einmal an der Schwelle zum Tode gestanden. Ein verstauchter Finger war bei Helga Brenner zum Bruch avanciert, ein einfacher Schnupfen zu einer schweren Grippe. Und nie, nicht ein einziges Mal, hatte

Stella es erlebt, dass ihre Mutter simple Kopfschmerzen gehabt hätte. Nein, Helga Brenner litt unter grauenhafter Migräne und musste häufig bei absoluter Ruhe im abgedunkelten Schlafzimmer liegen, während ihre Tochter nur auf Zehenspitzen durch die Wohnung schleichen durfte.

Stella löste den Sicherheitsgurt, zog den Autoschlüssel ab und griff nach ihrer Tasche. In diesem Augenblick klingelte ihr Handy, und sie brauchte eine Weile, bis sie es aus den Tiefen ihrer Tasche hervorgekramt hatte. »Enno Borchers« zeigte das Display an, allerdings klingelte es da schon nicht mehr. Stella warf das Telefon zurück in die Tasche, stieg aus, schlug die Tür des Mini krachend ins Schloss und stolperte auf dem Weg zum Haus einmal fast über ihre eigenen Füße, so eilig hatte sie es. Kaum in der Villa, krachte als Nächstes die Haustür hinter ihr zu, dann rannte Stella die Treppe nach oben in den ersten Stock, wo Paul sich ein kleines Arbeitszimmer eingerichtete hatte. Manchmal nutzte auch sie sein Notebook, wenn sie etwas ausdrucken oder im Internet nachsehen wollte. Oder aber, um sich online eine Pizza zu bestellen.

Sie legte ihre Tasche auf Pauls Schreibtisch ab, nahm auf dem Stuhl davor Platz und klappte den Laptop auf. Ein leises Rattern erklang und zeigte an, dass der Computer aus seinem Ruhezustand erweckt wurde. Eine Minute später erschien der blaue Startbildschirm, im gleichen Moment klingelte Stellas Handy noch einmal. Während sie mit einer Hand den Stick aus der Seitentasche zog, griff sie mit der anderen wieder nach dem Telefon. Dieses Mal war es die Mobilbox, die bimmelte und vibrierte, doch sie drückte den Klingelton weg und legte das Handy zur Seite. Jetzt gerade waren die Filme wichtiger als der Rückruf des Psychologen.

Ihr erster Versuch, den Stick an der linken Seite des Notebooks in den dafür passenden Schlitz zu schieben, scheiterte, weil sie ihn falsch herum hielt. Sie drehte ihn um, und er ließ sich problemlos in den Slot stecken. Erneut gab der Computer ein leises Rattern von sich, und auf dem Bildschirm öffnete sich ein internes Fenster. In einer Reihe untereinander erschienen kleine Filmvorschauen, etwa fünfzehn oder zwanzig Stück. Mit unruhiger Hand griff Stella nach der Maus und klickte die vorletzte Aufnahme an. Sie stoppte sie, sobald ihr klar wurde, dass sie dieses Video ebenfalls schon auf Leons Handy gesehen hatte; es zeigte eine ganze Zeit lang lediglich das reglose Paar und wirkte auf den ersten Blick wie ein Standbild. Jedenfalls bis zu dem Moment, als der Mann aus dem Wagen stieg, um nach einem Stopp des Videos mit einer Brötchentüte und einer Trinkflasche zurückzukehren

Stella wählte den nächsten Film aus. Dieses Mal hatte sich die Perspektive verändert. Leon hatte hier nicht von Pauls und ihrer Einfahrt aus gefilmt, sondern schien sich irgendwo auf der anderen Straßenseite und damit vor seinem Elternhaus zu befinden. Und auch, wenn die Aufnahme ziemlich dunkel und unscharf war, konnte Stella dennoch deutlich Michael Sanders erkennen, der an dem Mercedes vorbeiging, ohne von dem Fahrzeug weiter Notiz zu nehmen. Dann überquerte er die Straße und lief geradewegs hinüber zur Villa von Hermann und Marlies Wagner. Ob die Tür bei den Wagners offen stand, war in der Aufnahme nicht auszumachen. Im Inneren des Hauses brannte auch kein Licht, in dem sich eine Silhouette hätte abzeichnen können. Doch als die Aufnahme nur wenige Momente, nachdem Leons Vater aus dem Sichtfeld verschwunden war, zu wackeln begann und leise Schritte zu hören waren, wurde Stella klar, dass der Junge ihm nun filmend folgte. Und dass er sich dann, so schloss sie anhand des neuen Blickwinkels, in ihre und Pauls Einfahrt kauerte, von der aus er das Haus der Wagners genau im Visier hatte. Jetzt konnte sie erkennen, dass die Tür geschlossen war – und von Michael Sanders fehlte jede Spur.

Ratlos lehnte sie sich auf dem Stuhl zurück und überkreuzte die Arme im Nacken. Was hatte das nun wieder zu bedeuten? Sie setzte sich gerade auf und klickte das nächste Video an, vielleicht würde sie das Puzzle so Stück für Stück zusammensetzen können.

Beim vierten Video hatte Leon von weiter oben, aus der Vogelperspektive gefilmt. Gut möglich, dass er an der Dachluke stand, hinter der sie ihn gestern Morgen gesehen hatte. Das Licht war etwas besser, heller; es war also früher am Abend oder kurz nach Sonnenaufgang.

Und wieder war Michael Sanders Hauptdarsteller der kurzen Filmsequenz, jetzt allerdings war er beim Verlassen der Wagner'schen Villa zu sehen. Die Kamera kippte ein wenig zur Seite, die rechte Hälfte des Bildes wurde dunkel, trotzdem verfolgte der Sucher weiterhin den Weg des Apothekers, als hätte man einen Spot auf ihn gerichtet. Von rechts tauchte eine verschwommene Hand direkt vor dem Objektiv auf, schob das, was auch immer das Bild zur Hälfte verdeckte, ein Stückchen zur Seite und sorgte so für bessere Sicht. Das musste Leon Sanders sein. Der Junge hatte sich vermutlich hinter einem Vorhang oder einem Rollo am Fenster verborgen, um von seinem Vater nicht entdeckt zu werden.

Michael Sanders kam näher und erreichte schließlich den

Bürgersteig vor seinem eigenen Haus; nun wurde die Kamera aus dem Fenster gehalten und filmte direkt von oben, wie Leons Vater die Eingangstür öffnete und dann im Inneren seines Anwesens verschwand. Damit war auch dieses Video zu Ende.

Auch auf den anderen Aufnahmen war im Wesentlichen immer das Gleiche zu sehen: Michael Sanders. Entweder, wie er hinüber zu Hermann und Marlies Wagner ging – oder wie er deren Haus wieder verließ. Mal war es dunkler, mal etwas heller, mal wurde von der Sander'schen Villa aus gefilmt, mal hatte der Junge seinen Posten bei den Mülltonnen auf Pauls und ihrer Auffahrt bezogen.

Was sollte das? Was, um Himmels willen, sollten diese Videos? Was hatte Leon damit bezwecken wollen? Warum unterhielt Michael Sanders eine so innige Beziehung zu den Wagners? Was hatte die ganze Sache mit ihr selbst und Paul zu tun? Und vor allem: Was mit dem Paar im Mercedes?

Stella starrte ratlos auf den Bildschirm, versuchte, die Videos in einen logischen Zusammenhang zu bringen. Doch in ihrem Kopf herrschte absolutes Chaos. Die Tischplatte fing an zu summen, gefolgt von einem Klingeln, und sie brauchte einen Moment, ehe sie begriff, dass es erneut die Mobilbox war, die sich auf ihrem Handy meldete. Jetzt ging sie dran. Ihr wurde eine neue Nachricht angekündigt, danach erklang die Stimme von Enno Borchers.

»Hi, Stella, Enno hier! Sorry, dass ich dich erst jetzt zurückrufe, aber hier war echt die Hölle los. Leider erreiche ich dich nun gerade nicht, also versuch du es doch wieder bei mir.« Er machte eine kurze Pause. »Ach ja, Paul hat sich bei mir gemeldet und mir gesagt, dass er sich auf der Heimreise befindet. Dann scheint ja alles wieder ganz okay zu sein, das freut mich für euch! Wie gesagt, ruf einfach noch einmal durch!«

Stella legte auf und warf das Telefon zurück in ihre Tasche. Schön, dass Paul immerhin die Zeit gefunden hatte, Enno darüber zu unterrichten, dass er bereits unterwegs war. Während sie sich nach ihm die Finger blutig gewählt hatte. Aber sie wollte auch nicht ungerecht werden. Paul war noch nie jemand gewesen, der sich meldete, wenn es nichts zu sagen gab. Und dass er die Rückreise antreten wollte, wusste sie bereits. Da hätte er sie nur noch einmal angerufen, wenn sich an dieser Aussage etwas geändert hatte, von daher war seine Unerreichbarkeit nach wie vor ein gutes Zeichen. Er war auf dem Weg zu ihr.

Stella wandte sich wieder den Filmen zu, begann noch einmal ganz vorn, klickte sich vom ersten bis zum letzten. Dann noch einmal. Und ein drittes Mal. Als sie schon versucht war, den Deckel des Notebooks ähnlich laut zuzudonnern wie zuvor Auto- und Wohnungstür, weil sie einfach nicht weiterkam, stutzte sie. Von den verschiedenen Perspektiven der Aufnahmen abgesehen, hatte sich zwischen den einzelnen Videos noch etwas verändert. Und jetzt wusste sie auch, was, und es war so eindeutig, dass sie sich fragte, weshalb es ihr erst so spät aufgefallen war: Der Wagen mit dem parkenden Pärchen war nur auf den drei letzten Filmen zu sehen. Beim viertletzten, bei dem Leon seinen Vater von der Dachluke aus beobachtet haben musste, war der Platz, auf dem nun schon seit Donnerstagmorgen der Mercedes stand, leer.

23

Mit einer Hand massierte Stella ihren Nacken, der vor Anspannung schmerzte, während ihre andere auf der Maus lag und zwischen dem dritten und dem vierten Video mehrmals hin- und herklickte.

Sie hatte sich nicht getäuscht. Bei der Szene, in der Michael Sanders zum Haus der Wagners hinüberging, passierte er den Mercedes. Die Innenbeleuchtung des Wagens war zu der Zeit nicht eingeschaltet, so dass ihm die zwei Insassen kaum ins Auge gefallen sein dürften. Als man Leons Vater in der nächsten Aufnahme von der Dachluke aus bei Tagesanbruch zurückkommen und wieder in sein Haus gehen sah, war der Wagen verschwunden.

Wie konnte das sein? War das Paar zwischendurch einmal weggefahren, dann zurückgekommen und hatte erneut an derselben Stelle geparkt?

Hin und her, sie klickte hin und her. Dann schlug sie unvermittelt mit der Faust so fest auf die Tischplatte, dass sie unter dem Hieb erzitterte. Wie hatte sie nur so dämlich sein können? Sie betrachtete die Videos doch in umgekehrter Reihenfolge! Und das bedeutete, dass die Sequenz, die Michael Sanders zum ersten Mal bei der Rückkehr aus der Villa der Wagners zeigte, zeitlich gesehen *vor* der Szene lag, in der er an dem Mercedes vorbei zu Hermann und Marlies hinüberging. Sie hatte also nicht gesehen, wie er abends zu den Wagners ging und morgens wieder nach Hause kam, es war genau anders herum.

Erneut klickte sie sich durch alle Filme und sah sich in ihrer Vermutung bestätigt. Auf keinem der älteren Videos war der Mercedes zu finden, wieder und wieder sah man einzig und allein Michael Sanders über die leere Blumenstraße gehen.

Stella hielt den Mauszeiger auf die letzte Videoaufnahme: Am 22. Juni um 2.16 Uhr hatte der Junge von seinem Versteck bei den Mülltonnen aus mit dem Filmen begonnen, hatte die Handykamera mehrmals die Blumenstraße entlanggeschwenkt und dabei auch das Pärchen eingefangen. Kurz darauf war er von Stella aufgeschreckt worden. Das nächste Video, in dem der Mann einmal kurz den Wagen verlassen hatte: 22. Juni, 1.08 Uhr. Der dritte Film, den Leon Sanders erst von der anderen Straßenseite aus gedreht hatte, bevor er seinem Vater leise gefolgt war: 22. Juni, 0.53 Uhr. Auch hier im Bild: der Mercedes. Stellas Herz pochte schneller, als sie die Informationen zu Video Nummer vier öffnete. 21. Juni, 4.53 Uhr. Kein parkendes Auto, kein Pärchen in der Straße. Nur ein Michael Sanders, der die Villa der Wagners verlässt und nach Hause geht. Heimlich. Natürlich heimlich. Allerdings beobachtet von seinem eigenen Sohn.

Die Bestätigung ihrer These war eigentlich nicht mehr nötig, dennoch überprüfte Stella auch noch die anderen Aufnahmen. Sie reichten zurück bis zum 10. Juni, zeigten Michael Sanders immer wieder auf dem Weg zwischen seinem eigenen Haus und dem der alten Leute.

Nun klappte Stella das Notebook zu, allerdings nicht

schwungvoll, sondern sachte. Der Apotheker hatte ihr gesagt, er sei erst am Freitagmorgen gegen acht Uhr nach einem Anruf von Hermann Wagner zu ihm und seiner zu diesem Zeitpunkt bereits toten Frau hinübergeeilt, hatte aber leider nichts mehr ausrichten können. Das war also gelogen. Tatsächlich war er bereits seit 0.53 Uhr bei dem Rentnerpaar gewesen. So, wie er die beiden in mehreren Nächten zuvor auch schon aufgesucht hatte. Weshalb hatten sowohl der Apotheker als auch Hermann Wagner das verschwiegen?

In Stella keimte ein Verdacht, der zu ungeheuerlich war, um ihn überhaupt aufkommen zu lassen. Aber trotzdem. Sie zog den Laptop vom Ladekabel ab und stand auf. Sie würde denjenigen fragen, von dem sie am ehesten eine ehrliche Antwort erwartete. Und das waren weder Michael Sanders noch dessen Sohn.

Egon Scharff winkte Stella mit erhobenem Arm zu, als sie, das Notebook hochkant in ihrer Tasche steckend, zum Haus ihres Nachbarn Hermann Wagner eilte. Sie machte sich nicht die Mühe, seinen Gruß zu erwidern. Allein wie er da auf seinem Campingstuhl hockte und die Straße belauerte – es widerte sie an. Der Lehrer konnte von Glück reden, dass ihr Weg sie nicht an ihm vorbeiführte. Gut möglich, dass sie ihm sonst so richtig die Meinung gesagt hätte.

Sie klingelte, kurz darauf öffnete der Witwer die Tür und begrüßte sie ein wenig erstaunt.

»Frau Johannsen … Ich meine, Stella! Du hast mich ja noch nie besucht!«

»Hallo, Hermann«, sagte sie, wobei sie nicht umhin konnte, sofort an Sonntagmorgen zu denken. Da hatte sie ihn zwar auch nicht direkt »besucht«, war aber zum ersten Mal in seinem Haus gewesen, um ihm beim Abtransport seiner toten Frau beizustehen. »Wie geht es dir?«

»Nicht so gut«, antwortete er.

»Nein, natürlich nicht.« Dabei sah der alte Mann immerhin etwas besser aus als in den vergangenen Tagen, sein Gesicht war nicht mehr ganz so grau und eingefallen. »Ich möchte dir gern etwas zeigen«, kam Stella ohne Umschweife zur Sache.

»Dann komm doch einfach rein«, sagte er, trat einen Schritt zurück und bedeutete ihr, ihm zu folgen. Er führte sie ins Wohnzimmer, bot ihr einen Stuhl an dem großen Esstisch an, blieb allerdings selbst stehen, nachdem sie sich gesetzt hatte. »Möchtest du etwas trinken? Einen Tee vielleicht? Oder ein Wasser?«

»Nein, danke«, sie schüttelte den Kopf. Das hier wollte sie lieber schnell hinter sich bringen. Denn auch wenn sie den alten Mann bisher kaum gekannt hatte – sie mochte ihn. Und es fiel ihr schwer, ihm gleich die Frage zu stellen, die sie ihm stellen musste. »Kannst du dich bitte zu mir setzen?«, fordert sie ihn auf und klopfte mit einer Hand auf die Sitzfläche des Stuhls neben sich.

»Sicher.« Er nahm Platz. »Was möchtest du mir denn zeigen? Das klingt ja sehr geheimnisvoll.«

»Das hier«, sagte sie knapp. Dann nahm sie den Laptop aus ihrer Tasche, stellte ihn auf den Tisch, klappte ihn auf und drehte ihn so zu ihrem Nachbarn, dass er gute Sicht auf den Bildschirm hatte. Sie ließ ihre Finger über das Touchpad wandern und startete das erste Video.

Schweigend betrachtete der Witwer den kurzen Film, der lediglich einen Schwenk über die Blumenstraße zeigte.

Als er zu Ende war, sah er Stella fragend an, sagte aber kein Wort.

»Es geht noch weiter«, erklärte sie und legte ihre Finger erneut auf das Touchpad. Doch ehe sie die nächste Aufnahme starten konnte, hatte Hermann Wagner plötzlich nach ihrer Hand gegriffen und hielt sie fest. Die Berührung des alten Mannes war weich und warm, überhaupt nicht unangenehm.

»Wir müssen uns das nicht anschauen«, sagte er leise. »Ich weiß, was noch kommt.« Mit seinen wässerigen blauen Augen sah er sie traurig an.

»Ja?«, fragte sie.

Er nickte. »Du hast das Handy des Jungen gefunden, richtig?«

Nun war es an ihr zu nicken.

»Das habe ich mir schon gedacht.«

»Kannst du mir bitte sagen, was das alles zu bedeuten hat?«

Hermann Wagner seufzte und stand auf. »Warte einen Moment.«

Mit langsamen, schweren Schritten schlurfte er aus dem Wohnzimmer Richtung Flur, und kurz befürchtete Stella, dass der Witwer nun einfach abhauen oder eine Dummheit machen würde – aber dann hörte sie ihn telefonieren.

»Ich bin's, Hermann«, sagte er. »Könnt ihr bitte zu mir kommen? … Ja, beide … Stella Johannsen ist bei mir … Sie hat die Aufnahmen entdeckt … Das weiß ich nicht, aber ich glaube schon, dass … Also, kommt einfach sofort …«

Nun spürte Stella doch Beklemmung in sich aufsteigen, denn ihr war klar, wer in den nächsten Minuten auftauchen würde: Michael Sanders und sein Sohn Leon. War es wirklich eine schlaue Idee von ihr gewesen, allein ins Haus des Witwers zu gehen und ihn mit ihrer Entdeckung zu konfrontieren? Hermann mochte harmlos sein, aber was war mit den anderen beiden? Würden sie ihr etwas antun? Gut, Egon Scharff hatte sie eben in die Villa gehen sehen, das war schon einmal gut. Andererseits: Was würde der Lehrer noch ausrichten können, wenn ihr etwas zustieß? Außer vielleicht später eine Zeugenaussage abgeben, die ihr dann allerdings auch nichts mehr nützen würde.

Leise schob sie ihren Stuhl zurück, um aufzustehen, vielleicht war es noch möglich, von hier zu verschwinden. Die Villa der Wagners war baugleich zur ihrer und Pauls, sie konnte durch die Terrassentür in den Garten und dann auf die Straße fliehen. Sie beugte sich vor, klappte das Notebook zu und wollte es wieder in ihre Tasche stecken – in diesem Moment spürte sie die Hände des alten Mannes auf ihren Schultern.

24

»Bleib sitzen«, sagte der alte Mann und drückte Stella mit sanfter Gewalt zurück auf den Stuhl.

»Oh, okay.« Ihre Stimme klang gepresst, erneut spürte sie ein panisches Flattern in der Brust.

»Es tut mir leid, dass du das gefunden hast«, sagte er, setzte sich wieder neben sie, stützte sein Kinn auf einer Hand ab und betrachtete sie ernst. »Davon sollte nie jemand etwas erfahren.«

»Ich«, krächzte sie. »Ich … Also, vielleicht gehe ich besser wieder. Eigentlich geht mich das hier ja gar nichts an, und es war nicht richtig von mir, überhaupt mit diesen Filmen zu dir zu kommen.«

Er musterte sie eingehend, runzelte die ohnehin schon faltige Stirn. »Du wolltest doch aber wissen, was das alles zu bedeuten hat.«

»Ja, schon«, antwortete sie hektisch, »aber gerade denke ich, dass ich mich wirklich nicht in anderer Leute Angelegenheiten einmischen darf.« Sie machte Anstalten, wieder aufzustehen, wurde aber von Hermann zurückgehalten, indem er ihr eine Hand auf den Unterarm legte. Es fühlte sich an wie ein Stromschlag, augenblicklich bildete sich ein dicker Kloß in Stellas Hals. »Bitte«, brachte sie mühsam hervor, »lass mich einfach gehen.«

Die Miene des alten Mannes wandelte sich in offene Bestürzung. »Du hast doch nicht etwa Angst vor mir, oder?«

Sie schüttelte zaghaft den Kopf, doch es schien ihn nur wenig zu überzeugen, denn nun wurde aus seiner Berührung eine feste Umklammerung.

»Nein!« Sein Tonfall war eindringlich, aber nicht bedrohlich. »Stella, du brauchst keine Angst zu haben!« Wie zum Beweis lockerte er seinen Griff, strich ihr stattdessen einmal fast zärtlich über den Arm, ehe er seine Hand wieder fortnahm. »Im Gegenteil«, sagte er leise. »Ich bin es, der Angst haben sollte.«

Dazu sagte sie nichts mehr, die gesamte Situation machte Stella sprachlos. Eine Weile saßen sie nur so da, bis die Stimme von Michael Sanders im Flur erklang.

»Wo seid ihr?«

»Im Wohnzimmer!«, rief Hermann Wagner zurück. Nur Sekunden später erschienen der Apotheker und sein Sohn in der Tür.

»Was ist los?«, wollte Michael schwer atmend und aufgeregt wissen. Er setzte sich gehetzt zu ihnen an den Tisch, während Leon mit gesenktem Kopf und stumm mitten im Raum verharrte, beide Arme wie ein reuiger Büßer hinter dem Rücken verschränkt.

»Wie schon gesagt«, erwiderte der Witwer, »Stella hat die Filme gesehen. Also müssen wir es ihr wohl erklären.«

Leons Vater richtete seinen Blick auf sie, feine Schweißperlen glitzerten auf seiner Stirn. »Dann haben Sie das Handy also doch gefunden?« Ein Vorwurf schwang in seinen Worten mit.

»Erst vorhin, nachdem Sie bei mir waren«, behauptete sie, um nicht in Erklärungsnot zu geraten, weshalb sie es seit

Donnerstagnacht behalten hatte. »Da habe ich noch einmal überall gesucht, es lag in einem Gebüsch.«

»Ach, und statt es einfach zurückzugeben, haben Sie erst einmal darauf herumspioniert?«, fuhr er sie an. »Wie kommen Sie überhaupt dazu, sich anzusehen, was auf einem fremden Telefon ist?«

»Michael!«, ging Hermann Wagner dazwischen. »Darum geht es doch gerade nicht!«

»Natürlich geht es darum! Ich möchte wissen, warum …« Michael Sanders hielt inne, fuhr sich mit einer Hand übers Gesicht und danach durch die verschwitzten Haare. Sein Atem ging immer noch unregelmäßig, er und sein Sohn mussten hierher gerannt sein. »Ach, ist ja auch egal«, stieß er plötzlich bellend hervor, um sich im nächsten Moment zu seinem Sohn umzudrehen. »Setz dich endlich hin!«, herrschte er ihn an.

Schweigend folgte der Junge den Anweisungen seines Vaters, zog sich einen Stuhl heran und nahm ebenfalls Platz, sah dabei aber immer noch nicht auf, sondern fixierte die Tischplatte, als gäbe es in der Holzmaserung ein Geheimnis zu entschlüsseln.

»Sie möchten also wissen, was es mit diesen Filmen auf sich hat«, fragte Michael Sanders in einem wesentlich ruhigeren Tonfall.

»Na ja.« Sie wand sich. »Ich habe Hermann eben schon gesagt, dass es mich ja genau genommen nichts angeht. Nur …«

»Nur, was?«

Sie straffte sich innerlich. »Sie haben mir heute Morgen gesagt, dass Leon nur das Paar in seinem Wagen aufgenommen hat. Und das ist entspricht ja nicht ganz der Wahrheit.«

»Eine Information, die Sie sich illegal verschafft haben.«

»Illegal?« Stella lachte und hoffte, dass es nicht allzu verängstigt klang. »Jetzt muss ich Sie aber bitten! Ihr Sohn lungert zweimal vor meinem Haus herum, greift mich beim ersten Mal sogar an – da hatte ich wohl jedes Recht, mir anzusehen, was auf der Speicherkarte seines Handys ist.« Sie gab sich Mühe, das, was ihr der Mann im Mobilfunkladen erklärt hatte, richtig zusammenzukriegen. »Ich habe sie in das Lesegerät von Pauls Notebook gesteckt und war eben sehr überrascht, was Leon alles gefilmt hat.«

»In Ordnung.« Der Apotheker ballte eine Hand zur Faust und umschloss sie mit der anderen, ließ die Fingerknöchel knacken. »Und was schließen Sie jetzt daraus?«

Stellas Blick wanderte zwischen den dreien hin und her, war unsicher, was sie sagen sollte. Dann aber atmete sie einmal tief durch und sah Michael Sanders ganz direkt an. »Haben Sie Marlies Wagner umgebracht?« Sie stellte die Frage gerade heraus, unprätentiös. Es gab keinen Grund, um den heißen Brei herumzureden.

»Nein«, sagte Hermann Wagner, ehe Michael Sanders etwas erwidern konnte. »Hat er nicht.«

Stella sah den Witwer überrascht an. »Ich habe aber genau nachverfolgen können, wann Leon welches Video gedreht hat – und daraus geht eindeutig hervor, dass sein Vater in der Nacht von Donnerstag auf Freitag bereits um kurz vor eins bei dir hier im Haus war. Dass er also nicht erst, wie du erzählt hast, am Morgen gekommen ist, als du schon den Rettungswagen gerufen hattest.«

»Das stimmt ja auch«, bestätigte der alte Mann. »Trotzdem hat er Marlies nicht umgebracht.«

»Aber …«

»Es ist alles meine Schuld!« Leon hatte den Kopf gehoben und sah trotzig in die Runde, sein Gesicht war feuerrot, und wie bei seinem Vater glänzte auch ihm der Schweiß auf der Stirn.

»Nein, ist es nicht.« Michael Sanders warf seinem Sohn einen Blick zu, der sehr deutlich als ein »Halt den Mund!« zu interpretieren war.

»Doch«, widersprach der Junge. »Hätte ich dich nicht belauert, wäre jetzt alles anders.«

»Gar nichts wäre anders«, meldete sich erneut der Witwer zu Wort. »Marlies wäre immer noch tot.«

»Aber die da«, Leon nickte in Richtung Stella, »würde nicht hier hocken und blöde Fragen stellen.«

»Leon!«, fuhr Michael seinen Sohn an. »Ein bisschen mehr Respekt, wenn ich bitten darf!«

Der Junge schluckte, senkte erneut den Blick und murmelte den Tisch an: »Es tut mir so leid, Papa, aber ich wusste das alles doch nicht.«

»Schon gut«, wurde er von seinem Vater beruhigt. »Mach dir keine Vorwürfe.«

»Mach ich aber!« Leon sah wieder hoch, und ein Glitzern in seinen Augen verriet, dass er kurz davor war zu weinen. »Bestimmt kommst du jetzt ins Gefängnis. Ihr verliert die Apotheke und das Haus, und alles nur, weil ich so ein Arschloch war.«

Hermann Wagner zuckte bei diesem Kraftausdruck zusammen, dann aber lächelte er Leon an. »Dein Vater hat recht. Es gibt keinen Grund, dass du dir Vorwürfe machst.« Dann wandte er sich wieder Stella zu, die noch nicht ganz verstand, worum es hier eigentlich ging. »Ich möchte dir gern alles erklären, einverstanden?«

»Okay.«

»Meine Frau war sehr krank, das weißt du, oder?«

»Ja, ich weiß.«

»Es ging ihr von Jahr zu Jahr schlechter, am Ende konnte sie nicht einmal mehr allein laufen.« Seine ohnehin schon durch das hohe Alter wässerig gewordenen Augen füllten sich nun ebenfalls mit Tränen. »Es war ihr unmöglich, ihr Leben noch so zu führen, wie sie es liebte. Gemeinsame Reisen. Ausgedehnte Fahrradtouren und Wanderungen, mit Freunden treffen und etwas unternehmen, Konzert- und Theaterbesuche – eben all das, woran man in unserem Alter Freude hat. Sie konnte es nicht mehr.« Seine Miene wurde bitter. »Zum Schluss war nicht einmal mehr ein kleiner Spaziergang möglich, Marlies war rund um die Uhr ans Haus gefesselt und auf meine Hilfe angewiesen. Hin und wieder habe ich sie dazu überreden können, dass ich sie in ihren Rollstuhl setzen und mit nach draußen nehmen durfte, aber das wurde für sie auch immer beschwerlicher, und sie wollte es irgendwann einfach nicht mehr.« In der Erinnerung daran schüttelte er unmerklich er den Kopf. »Anfangs schauten manchmal noch Bekannte vorbei. Sie haben es gut gemeint, wollten mit ihr plaudern, sie aufheitern, mit ihr eine Runde Karten spielen. Doch Marlies fiel nach jedem dieser Besuche in ein noch tieferes Loch. ›Es ist, als würden sie an mein Grab kommen‹, genau so hat sie das mal zu mir gesagt.« Einen Moment schwieg der alte Mann, hing einfach nur seinen Gedanken nach und schien in Erinnerungen zu schwelgen. »Marlies wusste, dass es keine Chance auf Besserung gab«, erzählte er weiter. »Im Gegenteil, ihr war klar, dass es noch schlimmer werden würde. Dass sie über kurz oder lang nicht einmal mehr dazu in der

Lage wäre, selbständig zu essen. Dass ich …«, er stockte, »dass ich sie eines Tages wickeln müsste wie ein Baby. Und dass es nicht unwahrscheinlich war, dass sie am Ende qualvoll ersticken würde. Nein«, er schüttelte den Kopf, »das war kein Leben für sie. Sie sah darin keinerlei Wert, empfand nicht mehr die geringste Freude.«

Stella nickte langsam, verstehend; denn so, wie Hermann Wagner es schilderte, klang es grauenvoll. Unmenschlich. Unwürdig.

»Seit Monaten hat sie mich angefleht, ihr dabei zu helfen, ihrem Leiden ein Ende zu setzen, weil sie selbst es nicht mehr konnte. Ich sollte ihr ein Kissen aufs Gesicht drücken, ihr die Pulsadern aufschneiden, sie erhängen …« Stella erschauderte bei seiner Aufzählung. »Aber dazu war ich weder in der Lage noch bereit. Ich war nicht bereit, sie gehen zu lassen. Erst recht nicht, wenn es von meiner Hand geschehen sollte. Wir haben tagelang, nächtelang diskutiert. Ich habe versucht, sie davon zu überzeugen, dass es nicht schlimm wäre, wenn ich sie füttern oder wickeln müsste. Dass es mir nichts ausmachen würde, weil ich sie mehr liebte als mein Leben. Davon wollte sie aber nichts hören, Marlies war eine stolze Frau.«

Noch einmal nickte Stella. Die Vorstellung, eines Tages in einen solchen Zustand zu geraten, war schrecklich. Vollkommen abhängig von einem anderen Menschen. Hilflos und dennoch bei klarem Verstand den eigenen körperlichen Verfall miterleben zu müssen, das war der Inbegriff der Hölle. Stella schämte sich. Wie sehr litt sie selbst an den lächerlichen Folgen ihres vernarbten Gesichts? Was war das im Vergleich zu dem, was Marlies Wagner bevorgestanden hätte?

»Vor einem halben Jahr habe ich Michael ins Vertrauen gezogen«, sprach der Witwer weiter. »Und er hat angeboten, sich mit Marlies zu unterhalten.«

»Ich kenne die beiden schon seit meiner Geburt«, warf der Apotheker ein. »Bin ja hier aufgewachsen, und die zwei waren immer für mich da.«

»Wir hatten keine eigenen Kinder«, fügte der Witwer hinzu. »Da haben wir uns gern um Michael gekümmert, wenn seine Eltern in der Apotheke arbeiten mussten.«

»Bei Wagners gab's immer Schokolade oder ein Stück Kuchen«, berichtete Leons Vater und bedachte den alten Mann mit einem zärtlichen, liebevollen Blick. »Marlies hat mir Geschichten vorgelesen, alle zusammen haben wir ›Mensch ärgere dich nicht‹ gespielt. Und wenn ich mal eine Klassenarbeit verhauen hatte und mich deshalb nicht nach Hause traute, ist Hermann einfach mitgekommen und hat mit meinen Eltern geredet.« Er langte quer über den Tisch, ergriff die Hand des Witwers und drückte sie. »Als Hermann mir erzählt hat, dass Marlies nicht mehr leben möchte, war ich natürlich sofort bereit, mit ihr zu reden und zu sehen, ob ich helfen kann.«

»Sie haben viel geredet, sehr viel«, übernahm Hermann Wagner wieder das Wort. »Schließlich hat meine Frau Michael davon überzeugen können, dass sie es wirklich will. Dass sie tatsächlich ihrem Leben ein Ende setzen möchte.«

»Das war für uns alle nicht leicht.« Leons Vater zog seinen Arm wieder zurück und verschränkte die Hände miteinander. »Letztlich haben wir aber gemeinsam beschlossen, dass es so das Beste ist.« Er räusperte sich. »Also habe ich angefangen, Medikamentenrückläufer zu sammeln.«

»Rückläufer?«, fragte Stella nach.

»Manche Kunden wissen nicht, wohin mit ihren abgelaufenen Arzneien«, erklärte Michael. »Oder sie haben einen Todesfall in der Familie und wollen die Medikamente, die sie nun nicht mehr brauchen, loswerden. Heutzutage darf man das zwar alles im Hausmüll entsorgen, aber viele geben trotzdem lieber alles in einer Apotheke ab. Da sind öfter auch starke Tabletten und Tropfen dabei, Opioide, Benzodiazepine und andere Schmerz- oder Beruhigungsmittel.«

»Die haben Sie also gesammelt.«

»Genau. Über die Medikamente, die unters Betäubungsmittelgesetz fallen und die ich ganz regulär in meiner Apotheke verkaufe, muss ich sehr streng Buch führen, da muss ich alle Ein- und Ausgänge dokumentieren. Rückläufer hingegen kann niemand nachvollziehen, also war das die perfekte Möglichkeit, entsprechende Mittel beiseitezulegen.«

»Verstehe.« Stella war überrascht, wie simpel das klang. So simpel – und dennoch so raffiniert.

»Anfang des Monats hat Michael uns dann gesagt, dass er alles hätte, was er brauchte, um Marlies ein schmerzfreies Einschlafen zu ermöglichen«, sprach der Witwer weiter und schluckte schwer. »Ein Einschlafen für immer.« Mit einer Hand wischte er sich über die müden und traurigen Augen. »Vor zwei Wochen haben wir angefangen, Abschied zu nehmen. Michael kam häufig sehr spät abends zu uns rüber und blieb über Stunden.« Er lächelte gequält. »Marlies konnte ja ohnehin kaum noch schlafen, und ich auch nicht. Also haben wir geredet und geredet. Haben gemeinsam die Vergangenheit noch einmal Revue passieren lassen, haben zusammen gelacht und geweint. Bis dann am letzten Donnerstag …« Seine Stimme erstarb.

»Am Donnerstag«, fuhr der Apotheker fort, »hat Marlies

uns gesagt, dass sie nun bereit sei, zu gehen.« Er machte eine Pause, um sich danach zu korrigieren: »Nein, sie hat uns aufgefordert, dass wir es jetzt unbedingt machen sollen.«

»Morgens, direkt nach dem Aufwachen, hat sie zu mir gesagt: ›Hermann, heute ist Sommersonnenwende, der längste Tag des Jahres. Heute Nacht möchte ich bitte sterben.‹« Seine Stimme klang brüchig bei diesen Worten, und nun rannen ihm dicke Tränen über die Wangen. »Ich habe also Michael angerufen und ihm Bescheid gegeben.«

»Dann haben Sie Marlies die Medikamente gebracht, die Sie für sie gesammelt haben?«, wollte Stella von Michael Sanders wissen.

»Ja«, bestätigte er. »Ich habe etwas für sie zusammengestellt und ihr erklärt, dass sie damit zuerst sanft in eine Bewusstlosigkeit gleiten und danach irgendwann die Atmung aussetzen würde. Ein Sterben ohne Schmerzen, so, wie sie es wollte.«

»Wir haben uns zu ihr ans Bett gesetzt und ein letztes Mal lange mit ihr gesprochen«, sagte der Witwer. »Bis ich dann gehört habe, dass draußen eine Frau schreit, da bin ich rausgelaufen.«

»Und hast mich vor meinem Angreifer gerettet«, vollendete Stella den Satz. Sie hatte die Szene so plastisch vor Augen, als würde sie sich gerade erst ereignen. Wie Leon auf ihr gekniet und sie bei den Oberarmen gepackt, wie er ihr eine Ohrfeige versetzt hatte. Jetzt hockte er wie ein Häufchen Elend ihr gegenüber und hielt den Kopf dabei so tief gesenkt, dass seine Nase fast die Tischplatte berührte.

»Vor Leon, ja«, bestätigte der alte Mann, als hätte er Stellas Gedanken erraten. Der Kopf des Jungen sank noch ein

Stückchen tiefer, er zog ihn zwischen den Schultern ein. »Allerdings habe ich da noch nicht gewusst, dass es Michaels Sohn war.«

»Ich zu dem Zeitpunkt auch nicht«, log sie. Sie musste aufpassen, sich nicht zu widersprechen und bei ihren bisherigen Aussagen zu bleiben. Hätte sie hier und jetzt gestanden, dass auch sie schon Donnerstagnacht gewusst hatte, wer ihr Angreifer gewesen war, hätte sie ihr Schweigen darüber erklären müssen. Und auch die Tatsache, dass sich sein Handy bereits seit Tagen in ihrem Besitz befand, durfte nicht herauskommen, wenn sie nicht wollte, dass man auch ihr unterstellte, etwas zu verbergen zu haben. Sie fühlte sich, als würde sie auf Eiern laufen, in permanenter Sorge, eines davon könnte durch einen falschen Schritt zerbrechen. *Wer lügt, braucht ein gutes Gedächtnis.* Das allerdings hatte Stella, ein sehr gutes. Die schmerzhaften Schläge mit dem Kleiderbügel, die sie in ihrer Kindheit nach jeder noch so kleinen Schwindelei zu spüren bekommen hatte – sie waren nicht umsonst gewesen, hatten sie zu einer exzellenten Lügnerin gemacht.

»Du kannst dir sicher vorstellen, wie aufgewühlt ich war«, sprach Hermann Wagner weiter. »Dieser wichtige, ja beinahe heilige Moment, und dann …« Er ließ den Satz in der Luft hängen.

»Ja, das ergibt Sinn«, sagte Stella. Und meinte damit eigentlich, dass sich die Puzzleteile nun langsam zusammenfügten. Hermann Wagner, wie ausgemergelt er gewirkt hatte, als er angelaufen gekommen war, in was für einem erbärmlichen Zustand er sich befunden hatte. Jetzt begriff sie es: Er war gerade dabei gewesen, sich für immer von seiner Frau zu verabschieden.

»Als ich zurück bei Marlies und Michael war, wollte ich meine Frau davon überzeugen, dass wir die ganze Sache abbrechen sollten«, setzte der Witwer seinen Bericht fort. »Der Vorfall mit dem Angreifer hat mich aus dem Konzept gebracht. Und außerdem hattest du Michael am Fenster gesehen.«

»Der Schatten im Erdgeschoss!« Erst jetzt wurde Stella klar, was sie schon früher hätte bemerken müssen: Als Hermann Wagner ihr gesagt hatte, dass seine Frau mittlerweile komplett bettlägerig war, hatte sie nicht mehr an die Gestalt gedacht, deren Silhouette sie zuvor hinter den zugezogenen Vorhängen ausgemacht hatte. Natürlich war das das nicht Marlies, sondern der Apotheker gewesen.

»Ja«, bestätigte Michael, »da haben Sie mich gesehen. Ich wollte ja auch wissen, was da draußen los ist.«

»Jedenfalls haben wir zu zweit auf Marlies eingeredet, es in einer anderen Nacht zu beenden.« Wieder fuhr der Witwer sich mit den Händen über die Augen, um die Tränen fortzuwischen. »Dabei ging es mir weniger darum, dass ich Angst hatte, wir könnten auffliegen – ich habe mich an die Hoffnung geklammert, mein Lieschen wenigstens noch ein paar Tage länger bei mir haben zu können. Oder auch nur ein paar Stunden.« Seine Unterlippe zitterte, als er weitersprach. »Aber sie hat darauf bestanden, hat uns angefleht, sie jetzt nicht im Stich zu lassen. Also hat Michael ihr die Medikamente gegeben. Wir haben an ihrem Bett gesessen, haben ihr die Hände gehalten und zugesehen, wie sie eingeschlafen ist und nach einer Weile auch nicht mehr geatmet hat.« Ein zaghaftes, kaum wahrnehmbares Lächeln stahl sich auf sein Gesicht. »Sie sah so friedlich dabei aus. Glücklich. Wie früher, so hatte ich sie schon lange nicht mehr gesehen.« Das Lächeln erstarb, und er schluchzte auf. »Trotzdem habe ich mich in diesem Moment wie ein Mörder gefühlt!«

Während Hermann Wagner nun sein Gesicht in beiden Händen vergrub und bei der Erinnerung an den Tod seiner Frau haltlos weinte wie ein kleines Kind, konnte Stella nur an einen einzigen Satz denken: *Wie sehr musst du mich lieben, dass du so etwas für mich tust?*

25

Es dauerte eine halbe Ewigkeit, ehe wieder jemand etwas sagte. Zu viert saßen sie einfach nur um Hermann Wagners Esstisch herum, jeder Einzelne war verstummt über das, was hier gerade laut ausgesprochen worden war.

»Das ist also die Wahrheit. Das ist es, was wir getan haben«, brach Michael Sanders schließlich das Schweigen. »Ich blieb noch bei Hermann, bis der Rettungswagen kam. Der Notarzt attestierte ein Herz-Kreislauf-Versagen und stellte den Totenschein aus, damit war Marlies' Wunsch vollendet.«

»Niemand hat Verdacht geschöpft?«, hakte Stella nach, weil sie sich kaum vorstellen konnte, dass es so einfach war, einen Arzt zu täuschen.

»Bei einer 76-jährigen Frau mit einer derart schweren Vorerkrankung?«, erwiderte der Apotheker. »Nein«, er schüttelte den Kopf, »da macht niemand mehr große Untersuchungen oder stellt Nachforschungen an. Im Gegenteil. Jeder ist froh, wenn er so einen Fall schnell und unkompliziert abhaken kann.« Hermann Wagner gab einen japsenden Laut von sich.

»Oh, tut mir leid, Hermann, so wollte ich das nicht sagen!« Michael Sanders wirkte ehrlich bestürzt.

»Nein, nein, ist schon gut, du hast ja recht! Und genau so

sollte es doch auch sein, so haben wir es geplant.« Der Witwer nickte bekräftigend.

»Was aber hatte Leon mit der ganzen Sache zu tun? Warum hat er seinen Vater überhaupt gefilmt?«, meldete sich Stella nun zu Wort, um noch einmal auf die Videos zu sprechen zu kommen. Innerlich war sie hin und her gerissen, weil sie unsicher war, worauf sie hoffen sollte: Dass der Junge sie, Paul und Natalie vor sechs Jahren ebenfalls gefilmt hatte. Oder dass jemand anderes dahintersteckte. Einerseits wünschte sie sich ein Ende der quälenden Ungewissheit, wünschte sich zu erfahren, wer für das damalige Video, für die Drohanrufe und die Schmierereien auf der Straße verantwortlich war. Andererseits hatte sie genau davor Angst. Denn wenn es Leon war und er ihnen gleich sagen würde, dass er beweisen konnte, dass Paul sich in der Unfallnacht ans Steuer gesetzt hatte, dann würde sie nicht länger vorgeben können, selbst gefahren zu sein. Dann wieder kam ihr der Gedanke, dass das vielleicht gar nicht so schlecht wäre. Dann würde jeder von ihnen ein Geheimnis des anderen kennen, sie hätten sich sozusagen gegenseitig in der Hand. *Quid pro quo.*

»Gar nichts«, beantwortete Michael Sanders nun Stellas Frage, »mein Sohn hat rein gar nichts damit zu tun. Er hat nicht gewusst, was wir vorhaben. Genauso wenig wie meine Frau. Das war eine Sache zwischen Hermann, Marlies und mir.«

»Allerdings habe ich durch meine Blödheit dafür gesorgt, dass es rauskommt.« Endlich machte auch der Junge wieder seinen Mund auf. Sein Gesicht war blass geworden, sein rechter Fuß wippte nervös auf und ab. »Ich habe meinen Vater beschattet. Totaler Kinderkram, ich weiß, aber ich wollte …« Er machte eine Pause, dann setzte er neu an. »Mir war aufgefallen, dass Papa nachts hin und wieder das Haus verlässt und lange fortbleibt. Da wollte ich einfach wissen, wo er hingeht und was er macht.« Kurz senkte er den Blick, seine Stimme wurde leiser. »Wir hatten oft Zoff, weil ich ja meine Ausbildung abgebrochen habe. Er hat mir ständig vorgeworfen, ich würde mein Leben vergeigen und sollte endlich mal erwachsen werden und mir überlegen, was ich machen will, statt einfach nur zu Hause rumzuhängen.« Als er wieder aufsah, wirkte er ein wenig selbstsicherer. »Ich war total genervt und sauer. Aber wahrscheinlich eher sauer auf mich selbst als auf ihn.« Leon zuckte mit den Schultern. »Jedenfalls habe ich zuerst gedacht, mein Vater hätte eine Affäre oder so. Meine Eltern schlafen schon ewig in getrennten Zimmern …«

»Das ist ein Detail, das Frau Johannsen mit Sicherheit nicht interessiert«, ging der Apotheker eilig dazwischen, während er gleichzeitig rot anlief.

»Okay, sorry!«, sagte Leon. »Also, als ich gemerkt habe, dass Papa nachts oft verschwindet, habe ich beschlossen, ihm zu folgen und ihn zu filmen. Damit hätte ich etwas in der Hand, mit dem ich ihn … Ach, das war einfach scheiße von mir!«

»Hast du das schon öfter gemacht?«, wollte Stella wissen. »Heimlich Leute gefilmt?«

»Nein«, der Junge sah sie erschrocken an, fast ein wenig empört. »Ich bin doch kein perverser Spanner oder so was! Das war das erste Mal. Und ich hab's ja auch nur gemacht, weil ich sauer auf meinen Vater war und dachte, ich würde ihn bei etwas ertappen.«

Stella glaubte ihm und mit einer anderen Antwort hatte

sie eigentlich auch nicht mehr gerechnet. Das Video aus der Unfallnacht war also nicht von Leon.

»Als ich gesehen habe, dass er immer nur zu den Wagners ging, war mir klar, dass er keine Affäre hatte«, sprach Leon jetzt weiter. »Neugierig war ich natürlich trotzdem. Ich wollte herausfinden, warum er das tut. Mir kam das alles echt merkwürdig vor.«

Nun übernahm Michael Sanders wieder das Wort. »Am Freitag, nachdem ich Leon erzählt habe, dass Marlies in der vergangenen Nacht gestorben ist, war er total verstört«, erzählte er, während seine Gesichtsfarbe langsam wieder einen normalen Ton annahm. »Ich war überrascht, dass ihn ihr Tod dermaßen aufwühlt. Er kannte sie zwar, hatte aber weder zu Hermann noch zu ihr ein so inniges Verhältnis wie ich. Als er schließlich gegen Abend zu mir kam, mir die Sache mit den Videos gestand und mir sagte, dass er sein Handy vor Ihrem Haus verloren hat … Tja«, er klatschte sich mit beiden Händen auf die Oberschenkel, »da war Holland natürlich in Not, wie man so schön sagt.«

»Das kann ich mir vorstellen«, erwiderte Stella.

»Deshalb wollte ich das Handy unbedingt zurückholen«, setzte Leon den Bericht seines Vaters fort. »Ich war total panisch und habe es überall gesucht, aber da hatten Sie es wohl schon.«

»Ja«, bestätigte Stella, korrigierte sich dann aber schnell. »Das heißt, nein, es hat nur irgendwo bei uns vor dem Haus gelegen. Gefunden habe ich es ja erst vorhin im Gebüsch.«

Drei Augenpaare hefteten sich auf sie, musterten sie misstrauisch. Sie hatte einen Fehler gemacht, verdammt!

Hatte sich verplappert und damit zugegeben, schon seit Donnerstagnacht in Besitz des Telefons zu sein. Das Eis, es wurde dünn.

»Haben Sie mich denn nicht erkannt?«, hakte der Junge nach. Stella fühlte sich auf noch dünneres Eis geschubst.

»Nicht in der ersten Nacht, nein.«

»Aber beim zweiten Mal.« Er fragte nicht, er stellte es fest. »Da sind Sie mir ja noch nachgelaufen und haben nach mir gerufen.«

»Natürlich bin ich dir nachgelaufen!« Sie gab sich empörter, als sie war. »Ich meine, da war mir klar, dass du es auch beim ersten Mal gewesen sein musstest. Und immerhin hast du mich Donnerstagnacht geschlagen!«

»Geschlagen?«, entfuhr es dem Apotheker, und er starrte seinen Sohn entsetzt an. *Den* Teil hatte Leon ihm also verschwiegen.

»Nur eine Ohrfeige, im Reflex«, verteidigte der Junge sich sofort.

»Du hast auf mir gekniet, mich an beiden Oberarmen gepackt und mich angeschnauzt, dass ich mein Maul halten soll! Das war doch kein Reflex!«, herrschte Stella ihn an, froh darüber, dass sich nun sämtliche Aufmerksamkeit wieder auf Leon richtete.

Allerdings hatte sie sich verkalkuliert. »Sie haben Leon nicht erkannt, obwohl er auf Ihnen gekniet hat?«, wollte Michael Sanders mit gerunzelter Stirn wissen. »Da müssen Sie ihm doch direkt ins Gesicht gesehen haben!«

»Es war dunkel, er trug eine Kapuze, und ich hatte Todesangst«, rechtfertigte Stella sich.

»Okay.« Der Apotheker nickte, doch seine Stirn blieb gerunzelt. »Trotzdem frage ich mich, warum Sie nicht sofort zu uns gekommen sind, nachdem Sie meinen Sohn ein zweites Mal vor Ihrem Haus erwischt haben.«

Sie beschloss, in die Offensive zu gehen. »Bin jetzt etwa *ich* auf der Anklagebank? Ich habe rein gar nichts verbrochen, und auf einmal fühlt es sich so an, als müsste ich mich verteidigen!«

»Gar nichts musst du, Stella«, sagte Hermann Wagner.

»Doch, das muss sie!«, widersprach Michael Sanders heftig. »Ich möchte wissen, warum meine Frau und ich nicht von Ihnen darauf angesprochen worden sind. Als Sie von Leons Musik genervt waren, hatten wir ja auch sofort Paul auf der Matte stehen – und jetzt, obwohl mein Sohn Sie sogar geschlagen haben soll, machen Sie gar nichts? Das finde ich ziemlich eigenartig.« Leon sah Stella ebenfalls fragend an. »Oder schicken Sie für Beschwerden grundsätzlich immer Ihren Mann vor?«, fügte der Apotheker provokant hinzu.

»Ich bin eben keine Petze!«, entfuhr es Stella. *Petze.* Seit ihren Zeiten als Lehrerin hatte sie dieses Wort nicht mehr gehört oder benutzt, aber jetzt war es ihr urplötzlich wieder in den Sinn gekommen.

»Petze?« Prompt zog Leons Vater verwundert die Augenbrauen in die Höhe.

»Ich meine damit, dass ich nichts davon halte, einen jungen Menschen anzuschwärzen. Leon ist alt genug, damit wir das unter uns klären.«

»Was Sie aber bisher nicht getan haben.« Michael Sanders ließ nicht locker.

»Da sind Sie mir heute früh wohl zuvorgekommen«, gab Stella zurück. »Sie hätten ja auch einfach Leon zu mir schicken können, damit er nach seinem Handy fragt.«

»Sie verstehen mittlerweile, warum ich das nicht getan habe, denke ich.«

»Sicher verstehe ich das. Weil Sie Angst hatten, dass Ihr Sohn es noch mehr verbockt als ohnehin schon.«

»Falsch«, gab Michael Sanders zurück und sah sie zornig an, »weil ich ihn beschützen wollte!«

»Leon beschützen?«, nun war es an Stella aufzulachen. »Vor mir? Nein, lieber Herr Sanders, es ging Ihnen wohl vielmehr darum, Ihre eigene Haut zu retten und zu verhindern, dass jemand herausfindet, was Sie getan haben.«

»Da kennen Sie mich aber schlecht.« Mit einem Schlag wurde der Apotheker sehr ruhig und ernst. »Denn selbstverständlich werde ich die volle Verantwortung für den Tod von Marlies übernehmen und mich selbst bei der Polizei anzeigen.«

»Das machst du nicht!«, ging Hermann Wagner nun dazwischen. »Es kommt überhaupt nicht in Frage, dass du bestraft wirst, weil du uns geholfen hast. Ich werde das tun.«

»Und wie willst du der Polizei erklären, wie du an die nötigen Medikamente gekommen bist?«

»Das lass mal meine Sorge sein«, entgegnete der Witwer.

»Nein, Hermann. Ohne mich würde Marlies jetzt noch leben, und dazu stehe ich.«

»Ohne dich würde sie vor allem immer noch leiden. Und sie wäre einen grauenhaften Tod gestorben.«

»Trotzdem«, beharrte der Apotheker. »Sie ist durch Medikamente gestorben, die ich ihr gegeben habe. Ich habe Gott gespielt, und das war nicht richtig. So etwas darf niemand tun, egal, aus welchem Grund.« Er schüttelte den Kopf, dann wandte er sich an Stella. »Vielleicht ist es sogar gut, dass Sie die Filme entdeckt haben und ich so gezwungen bin, meine Tat zu gestehen.« Ein spöttisches Lächeln stahl sich auf sein Gesicht. »Wie heißt es so schön? Die Wahrheit macht frei.«

»Wie kommen Sie auf die Idee, dass Sie irgendetwas gestehen müssen?«, fragte Stella. »Von mir wird jedenfalls niemand etwas erfahren.«

Alle drei Männer sahen sie perplex an.

»Nein?«, wollte Leon Sanders wissen. »Sie gehen damit nicht zur Polizei?«

»Auf gar keinen Fall«, bestätigte Stella. »Ich kann absolut nachvollziehen, warum Sie Marlies geholfen haben. Und ich finde, dass es richtig war.«

Während Michael Sanders und der Witwer sie noch immer fassungslos anstarrten, begann Leon Sanders zu strahlen. »Das ist wirklich toll von Ihnen, Frau Johannsen! Vielen Dank dafür!«

Nun stieß auch Hermann Wagner einen erleichterten Seufzer aus. »Ja, Stella«, sagte er. »Es wäre nicht richtig, Michael für den Tod meiner Frau zur Verantwortung zu ziehen.«

»Genau so sehe ich das auch«, bekräftigte sie lächelnd und fühlte sich dabei eigenartig leicht. Ihr Versprechen, mit der Geschichte nicht zur Polizei zu gehen, hatte auch von ihren Schultern eine Last genommen. Sie konnte etwas Gutes tun, konnte eine Wiedergutmachung leisten für alle Fehler der Vergangenheit. Oder wenigstens für ein paar. Und sie sah sich in ihrer Überzeugung bestätigt, dass Recht und richtig nicht immer dasselbe waren.

Erneut verfielen sie eine Zeitlang in Schweigen, ehe Stella sich räusperte. »Und das Paar in dem Mercedes?«, wollte sie wissen. »Haben die zwei etwas von der Sache mitbekommen und sind deshalb hier?«

»Zuerst habe ich das befürchtet, ja«, erwiderte der Apotheker. »Das Auto steht ja direkt vor unserem Haus, und anfangs dachte ich, die wären uns irgendwie auf die Schliche gekommen. Mittlerweile schließe ich das allerdings aus, die beiden sind aus einem anderen Grund hier.«

»Fragt sich nur, aus welchem«, warf Hermann Wagner ein.

»Ich tippe auf das neue Quartier«, meldete sich Leon zu Wort. »Wenn ihr mich fragt, hat der alte Scharff die beauftragt, um den Marquardt ein bisschen nervös zu machen.«

»Kann sein«, pflichtete Stella ihm bei. Aber sie glaubte nicht daran, denn auch dieser Gedanke würde letztlich wohl nur in eine Sackgasse führen. Eine Sackgasse, an deren Ende vermutlich das Unausweichliche stehen würde.

26

»Na? Kleine Konferenz bei Hermann gehabt? Worum ging's denn?« Stella zuckte erschrocken zusammen und fuhr herum, als Egon Scharffs Stimme direkt hinter ihr erklang, kaum, dass sie die Wagner'sche Villa verlassen hatte. Aus der Nähe machte sein Gesicht tatsächlich einen derart lädierten Eindruck, dass der große Mullverband vielleicht doch gerechtfertigt war. Unter beiden Augen war die Haut geschwollen und hatte sich dunkelviolett verfärbt.

»Sie haben mir nicht allen Ernstes aufgelauert, oder?«

»Aufgelauert?« Der Lehrer lächelte süffisant. »Ganz sicher nicht, da habe ich Besseres zu tun. Ich wollte mir nur ein bisschen die Beine vertreten und bin deshalb die Straße rauf und runter gelaufen.«

»Klar«, erwiderte sie. »Geht ja auch ganz schön auf die Knochen, wenn man den ganzen Tag auf einem unbequemen Campingstuhl hockt und die Nachbarn tyrannisiert.«

»Aber Frau Johannsen, jetzt muss ich Sie wirklich bitten!« Er wiegte den Kopf hin und her und betrachtete sie amüsiert. »Ich habe nur vor meinem Haus gesessen und die Sonne genossen.«

»Natürlich haben Sie das.« Stella gab sich keine Mühe, den Zynismus in ihrem Tonfall zu unterdrücken.

»Außerdem«, fügte Egon Scharff hinzu, ohne darauf einzugehen, »was heißt hier ›Nachbarn‹? Im Moment sehe ich in unserer Straße nur lauter fremde Menschen kommen und gehen, die mit ihren Autos alles zuparken.« Er richtete seinen Blick aufs Haus der Sanders. »Und zwei Leute, die aus unerfindlichen Gründen seit fünf Tagen da drüben in einem Mercedes sitzen, die sehe ich auch.« Er beugte sich ein Stück zu ihr vor. »Mag sein, dass das hier keinen interessiert und das alles in Ordnung finden. Ich für meinen Teil habe Ihnen ja bereits gesagt, dass ich ab sofort alles ganz genau im Auge behalten werde.«

»Dann noch viel Spaß dabei!«, gab Stella zurück und wandte sich zum Gehen.

»Was war das denn nun für eine Versammlung bei Hermann?«, hakte der Lehrer noch einmal nach und hielt sie am Arm fest.

»Finger weg!«, herrschte Stella ihn an und riss sich von ihm los.

»Oh, Verzeihung!« In einer entschuldigenden Geste hob er die Hände, grinste sie dabei aber weiter an. »Muss ja was ganz Geheimes sein, wenn Sie gleich dermaßen heftig reagieren.«

»Genau«, erwiderte sie so ruhig es ging. »Wir haben darüber diskutiert, wie wir es schaffen, Sie möglichst elegant und ganz schnell loszuwerden. Es will nämlich niemand einen übergriffigen Kotzbrocken in der Nachbarschaft haben, der seine Nase in alles hineinsteckt.«

»Sieh an, sieh an!« Sein Grinsen wurde breiter. »Eben noch die Ehebrecherin und Erbschleicherin mit der zerschlagenen Visage – jetzt schon mit allen ganz dicke.«

Obwohl sie innerlich bebte, gelang es Stella, die Contenance zu wahren. »Passen Sie auf, was Sie sagen«, zischte sie. »Sonst könnte es Ihnen noch leidtun.«

»Soll das eine Drohung sein?«

»Nein. Eine Tatsache.«

»Dann sage ich Ihnen jetzt auch mal was«, gab Egon Scharff zurück und kam ihr noch ein Stückchen näher. Er hatte ekelhaften Mundgeruch. Stella hielt die Luft an und machte einen Schritt rückwärts. »An Ihrer Stelle wäre ich ebenfalls vorsichtig mit dem, was ich sage, und würde hier ganz kleine Brötchen backen.«

»Tut mir leid, aber es interessiert mich nicht im Geringsten, was Sie an meiner Stelle tun würden.«

»Dann ist es ja gut.« Zwei oder drei Sekunden lang starrten sich beide mit offener Feindseligkeit an, dann drehte Stella sich wieder um und ging mit großen Schritten nach Hause.

Sie wollte nicht darüber nachdenken, was der Lehrer zu ihr gesagt hatte, wollte es als leere Worthülsen abschütteln. Aber es gelang ihr nicht. *An Ihrer Stelle wäre ich ebenfalls vorsichtig mit dem, was ich sage.*

»Paul?« Sie wusste, dass es sinnlos war, nach ihrem Mann zu rufen – trotzdem tat sie es, sobald sie die Villa betreten hatte. »Bist du schon da?«

Keine Antwort, natürlich nicht. Stattdessen nur das leise Klacken des Pendels in der Wanduhr. Die Zeiger standen auf Viertel nach sieben, und Stella fragte sich, um wie viel Uhr sie mit Paul rechnen könnte. Er hatte gesagt, er wäre am Abend zu Hause, aber das konnte alles bedeuten.

Sie ging hoch in den ersten Stock, nahm das Notebook aus ihrer Tasche, legte es zurück auf Pauls Schreibtisch und blieb dann einen Moment lang unschlüssig im Arbeitszimmer stehen. Ihre Gedanken wanderten zurück zu Hermann Wagner und dem Geständnis, das er und Michael vor ihr abgelegt hatten. Sie hatte nicht gelogen, sie konnte die beiden Männer tatsächlich verstehen. Obwohl sie natürlich auch nicht zur Polizei gehen würde, wenn sie anderer Ansicht wäre, wenn sie die Sterbehilfe für falsch halten würde. Selbst wenn die zwei ihr gestanden hätten, die alte und kranke Frau gegen ihren Willen ins Jenseits befördert zu haben, würde sie nichts tun. Schließlich war ihr bewusst, dass sie selbst in einem fragilen Glashaus saß, das jeden Augenblick einstürzen konnte.

Gedankenverloren nahm Stella auf dem Bürostuhl Platz und klappte den Laptop noch einmal auf. Während er hochfuhr, überlegte sie, ob sie Paul von ihren neuen Erkenntnissen erzählen sollte, wenn er später nach Hause kam. Sie vertraute ihm voll und ganz, und trotzdem hatte sie das unbestimmte Gefühl, dass sie die Umstände vom Tod der Nachbarin lieber für sich behalten sollte. Was würde er mit diesem Wissen auch anfangen können? Mit ihnen beiden hatte dieses Ereignis nicht das Geringste zu tun. Es würde Paul möglicherweise nur unnötig belasten, vielleicht würde er Schwierigkeiten haben, damit umzugehen; Schwierigkeiten, Hermann Wagner und Michael Sanders weiterhin unvoreingenommen zu begegnen. So lange sie noch hier in der Blumenstraße lebten, war es demnach besser, Paul nicht einzuweihen. Irgendwann später, wenn hoffentlich alles vorüber war; wenn sie im besten Fall woanders wohnten, dann würde sie es ihm sagen.

Noch einmal sah Stella sich sämtliche Filme an, die Leon in den vergangenen zwei Wochen gedreht hatte. Es blieb dabei: Die Frage, was das Pärchen im Mercedes hier wollte, war damit nicht zu beantworten. Also schob sie die Aufnahmen in den Papierkorb, den sie danach sofort löschte. Wenn Leon mit den Videos auf seinem Handy dasselbe tat – wovon sie ausging – gab es keinen Beweis mehr dafür, dass Michael Sanders in der Nacht von Marlies' Tod in deren Haus gewesen war. Und so war es auch am besten.

Sie starrte auf den blau schimmernden Bildschirm vor sich und überlegte, wie sie die Zeit bis zu Pauls Rückkehr verbringen sollte. Hunger hatte sie keinen, nach Wein stand ihr nach dem gestrigen Abend auch nicht der Sinn, auf ein Buch oder einen Film würde sie sich nicht konzentrieren können. Schließlich nahm sie ihre Handtasche, die neben ihr auf dem Boden stand, holte ihr Mobiltelefon heraus und wählte resigniert Pauls Nummer. Noch bevor seine Stimme auf der Mailbox das »lo« von »Hallo« hatte aussprechen können, legte sie bereits auf und warf das Handy zurück in ihre Tasche. Stöhnend streckte sie sich auf dem Stuhl, ließ den Kopf kreisen, so dass es in ihrem Nacken knackte.

In diesem Moment vernahm sie neben dem Knacken ein Geräusch, das aus dem Erdgeschoss kommen musste. In null Komma nichts war Stella von ihrem Stuhl aufgesprungen und flog die Treppe hinunter. Das war Paul, mit Sicherheit, er musste es sein!

Doch in der Halle war alles leer, niemand hatte die Villa betreten. Nicht einmal Paulchen hatte sich durch die Katzenklappe hineingeschlichen und tapste nun durch den Flur. Allerdings stach Stella ein Blatt Papier ins Auge, das vor der Tür auf dem Boden lag. Jemand musste es durch den Briefkastenschlitz geschoben haben. Sie bückte sich, hob es auf und drehte es um. Große Druckbuchstaben, erneut in kreischendem Rot:

DIE WAHRHEIT MUSS ANS LICHT!

Sofort riss Stella die Haustür auf und stürzte nach draußen. Wenn sie sich beeilte, konnte sie denjenigen, der das Blatt durch den Schlitz gesteckt hatte, vielleicht noch erwischen. Auf dem Bürgersteig sah sie sich nach links und rechts um, aber es war niemand zu sehen. Auch die Autos der Mietinteressenten waren mittlerweile alle verschwunden, einzig der Mercedes parkte noch immer auf seinem angestammten Platz. Ansonsten: Kein Mensch, nirgends, sogar Egon Scharffs Campingstuhl stand einsam und verlassen auf seiner Auffahrt.

Mit schnellen Schritten eilte Stella die Blumenstraße entlang bis zum Wendehammer, spähte dabei hektisch nach allen Seiten. Am Neubau schlug sie sich durch die Rhododendronbüsche bis zur Rückseite, die Kratzer, die einige der Äste auf ihren Armen hinterließen, spürte sie kaum. Dort angekommen, nahm sie den schmalen gepflasterten Pfad, der zur nächsten Straße führte, weil ihr dieser Fluchtweg als der logischste erschien. Doch auch hier Fehlanzeige. Nur in einigen Metern Entfernung war ein junges Paar mit Kinderwagen unterwegs, und das schied wohl aus. Vielleicht war sie auch schlicht in die falsche Richtung gerannt, der Täter konnte genauso gut den Weg zur Hauptstraße eingeschlagen haben. Oder er lungerte versteckt hinter einer der Villen herum und wartete darauf, dass die Luft wieder rein war.

Für den Rückweg quetschte Stella sich an der anderen

Seite des Quartiers noch einmal durch dichtes Gebüsch und kassierte dabei weitere Kratzer. Als sie wieder die Vorderseite des Mehrfamilienhauses erreicht hatte, lief sie die Rampe zur Tiefgarage hinunter, musste aber hinter einer Linkskurve der Abfahrt feststellen, dass der Weg vor einem heruntergelassenen Rolltor endete. Sie ging wieder hoch zum Haupteingang des Gebäudes und rüttelte an den Griffen der großen gläsernen Doppeltür. Verschlossen, da bewegte sich nichts. Links und rechts vom Eingang war jeweils eine Stahlplatte mit Klingelschildern in die Wand eingelassen, aber natürlich klemmte hinter keiner der durchsichtigen Plastikhalterungen ein Name, das Haus stand ja noch komplett leer.

Stella trat ein paar Schritte vom Eingang zurück und betrachtete das Gebäude, das still und erhaben vor ihr lag. Nun fielen ihr wieder die dunklen Jalousien ins Auge, die hinter den Fenstern der rechten Erdgeschosswohnung hingen. Von hier aus hatte man einen perfekten Blick über die gesamte Straße, hatte sämtliche Nachbarhäuser im Visier. Die Lamellen waren geschlossen, es fiel auch kein Licht durch sie hindurch, aber trotzdem ging Stella noch einmal zu den Klingelschildern und drückte rechts auf den untersten Knopf. Sie vernahm ein schrilles Läuten, das aus der Erdgeschosswohnung zu stammen schien. Allerdings regte sich nichts, auch nicht, nachdem Stella zwei weitere Male die Klingel betätigt hatte. Kein Knacken der Gegensprechanlage, keine Stimme, die fragte, wer da vor dem Haus stand, kein brummender Türsummer.

Sie wandte sich vom Eingang ab. Was hätte ihr Klingeln auch bringen sollen. Denn selbst wenn ihr jemand geöffnet hätte – was hätte sie ihm oder ihr sagen sollen? »Hallo, Sie kennen mich zwar nicht, aber haben Sie vielleicht vor ein paar Minuten jemanden die Straße entlangrennen sehen, den Sie ebenfalls nicht kennen?« Bei der Vorstellung musste sie kichern. Es war ein hilfloses Kichern, ein Kichern, das ihrer Angst und Nervosität geschuldet war, über das sie keine Kontrolle hatte.

Lachst du jetzt etwa?, hörte sie ihre Mutter kreischen. *Du kleines Luder, du wagst es auch noch, mich so blöde anzulachen. Das werd ich dir schon austreiben, mein Fräulein, jetzt kannst du was erleben!*

Die Straße – tatsächlich hatte man von dort, wo Stella sich befand, einen perfekten Überblick über die gesamte Sackgasse. Etwa von hier aus mussten sie damals beobachtet und gefilmt worden sein. Vor sechs Jahren war das Grundstück, auf dem mittlerweile der Neubau stand, eine unberührte Grünfläche mit Bäumen und jeder Menge Gestrüpp gewesen. Das perfekte Versteck.

Stella machte ein paar vorsichtige Schritte nach hinten, bis sie gegen die Hauswand stieß, hielt sich beide Hände vors Gesicht und formte mit Daumen- und Zeigefingern ein kleines Fenster, durch das sie wie bei einem Objektiv hindurchsah. Sie nahm den Mercedes ins Visier, konnte zwar die Gesichter der Insassen nicht erkennen, aber immerhin, dass am Steuer der Mann saß und auf dem Beifahrersitz die Frau. Paul, sie und Natalie waren auf dem Film besser zu sehen gewesen, sie erinnerte sich noch deutlich daran, dass man sie alle auf dem Video zweifelsfrei hätte identifizieren können. Aber das war mit einem guten Teleobjektiv aus dieser Distanz bestimmt kein Problem. Wer hatte damals hier gestanden und sie gefilmt? Und warum? Sie schloss die Augen und versuchte, sich auf diese eine Frage zu konzentrieren. Was würde einen Sinn ergeben? Natalies damaliger Freund, von dem sie sich getrennt hatte, um zu Paul zurückzukehren? Denkbar. Sie ärgerte sich, dass sie nicht einmal seinen Namen kannte. Paul hatte ihn ihr nie gesagt, aber sie hatte ihn auch nie danach gefragt. Sie hatte keine Ahnung, ob ihr Mann überhaupt wusste, für wen Natalie ihn damals verlassen hatte. Sie kniff die Lider fest zusammen und forschte in den Tiefen ihres Gedächtnisses, ob nicht doch irgendwann und irgendwo ein Name gefallen war, konnte sich aber beim besten Willen an nichts erinnern.

In jedem Fall war er ein potentieller Kandidat. Vielleicht war er Natalie in der Nacht gefolgt, hatte sie aufhalten wollen. Hatte sich versteckt und darauf gewartet, dass sie die Villa wieder verließ. Dann hätte er sehen können, wie sie alle drei zu Pauls Auto gegangen waren, und hätte sie dabei natürlich auch filmen können.

Aber hätte er das wirklich getan? Oder wäre er nicht eher aus seinem Versteck gekommen, bevor Paul die betrunkene Natalie auf die Rückbank legen konnte? Und selbst wenn er alles aufgenommen hatte. War es da schlüssig, dass er Paul anonym den Film hatte zukommen lassen, um sich danach nie wieder zu melden? Stella bezweifelte es stark. Nein, so würde man sich in dieser Situation nicht verhalten. Eher würde man sein Wissen sofort dazu nutzen, den verhassten Nebenbuhler ans Messer zu liefern. Noch dazu, wenn man den Beweis dafür hatte, dass der andere für den Tod der geliebten Frau verantwortlich war. Diese Möglichkeit schied also mit ziemlich hoher Wahrscheinlichkeit aus.

Auf Natalies Eltern und ihren Bruder traf dasselbe zu. Hätte einer von ihnen die Aufnahme gemacht – was an sich schon unwahrscheinlich war –, hätte er sofort nach Natalies Tod die Chance ergriffen, den verhassten Schwiegersohn und Schwager fertigzumachen. Mit Sicherheit hätte Natalies Familie nicht in aller Seelenruhe dabei zugesehen, wie Paul das Erbe einstrich, seine Karriere fortsetzte und dann auch noch seine vermeintliche Affäre heiratete, wenn sie etwas gegen ihn in der Hand gehabt hätte. Die Familie also auch nicht. Wer blieb dann noch? Wer? Vom Grübeln wurde Stella ganz schwindelig. Seufzend und mit noch immer geschlossenen Lidern lehnte sie sich gegen die Wand. Sie atmete tief durch und zuckte im gleichen Moment zusammen, als sie jemanden schreien hörte: »Was soll das denn werden, wenn's fertig ist?«

27

Stella riss die Augen auf, Marius Marquardt kam im Stechschritt auf sie zugeschossen und war nur noch wenige Meter von ihr entfernt.

»Gar nichts«, versicherte sie eilig, löste sich von der Wand und streckte beide Arme in einer Abwehrhaltung nach vorn. Das Gesicht des Architekten war wutverzerrt, und Stella befürchtete, er würde ihr nun ebenfalls eine Tracht Prügel verpassen.

»Nichts?« Nun stand er direkt vor ihr, so dicht, dass sie die Hitze seiner Wut fast körperlich spüren konnte.

»Nein, ich, äh … Ich wollte nur etwas ausprobieren.«

»Ausprobieren?«

»Ja, ich … ich …«

»Seid ihr langsam eigentlich alle verrückt geworden?«, herrschte ihr Nachbar sie an. Er schrie so laut, dass sie versucht war, sich die Ohren zuzuhalten. »Runter von meinem Grundstück, und zwar sofort!«

In geduckter Haltung flüchtete Stella sich an ihm vorbei zum Bürgersteig. »Lasst uns endlich in Ruhe!«, brüllte er ihr hinterher. »Ich werde eine einstweilige Verfügung erwirken, dass sich keiner von euch mehr mir, meiner Frau oder unserem Besitz nähern darf!«

Stella drehte sich nicht mehr nach ihm um, sondern ging

so langsam und aufrecht wie möglich nach Hause. Am liebsten wäre sie gerannt, hätte den tobenden Architekten so schnell wie möglich hinter sich gelassen. Aber sie hatte aus den Augenwinkeln wahrgenommen, wie sich bei Egon Scharff die Haustür geöffnet und der Lehrer seinen Kopf durch einen Spalt nach draußen geschoben hatte. Dem würde sie garantiert keine Show liefern!

Als sie endlich die Haustür hinter sich schließen konnte, zitterte sie dennoch so stark, dass sie nicht in der Lage war, das Blatt Papier, das sie vorhin einfach auf den Boden hatte fallen lassen, wieder aufzuheben. Sie zwang sich, innerlich bis zehn zu zählen, tatsächlich wurde sie dadurch etwas ruhiger. Dann bückte sie sich, nahm das Blatt, zerknüllte es und beförderte es in den Mülleimer in der Küche. Dann atmete sie tief durch und nahm sich fest vor, sich nicht länger in Angst und Schrecken versetzen zu lassen, von nichts und von niemandem. Aus einem der oberen Hängeschränke holte sie ein Glas, füllte es mit Leitungswasser und ging damit wieder nach oben in Pauls Büro, wo sie sich wie zuvor vor das aufgeklappte Notebook setzte. Sie dachte nach. Leons Videos. Sie hatte nach Anhaltspunkten gesucht, die ihr einen Hinweis auf das Paar im Auto liefern könnten. Was, wenn das schon der richtige Ansatz gewesen war. Wenn sie nur nicht in dem richtigen Film danach gesucht hatte. Per Mausklick öffnete Stella ein Fenster und ließ sich sämtliche Dateien anzeigen, die auf Pauls Notebook gespeichert waren. Ob er die Aufnahme von damals hier irgendwo abgelegt hatte, wusste sie nicht, aber es war einen Versuch wert. Es war nicht ausgeschlossen, dass ihr heute, mit einigen Jahren Abstand, bei einem erneuten Betrachten des Videos etwas Hilfreiches auffallen würde.

Da sie keine Ahnung hatte, unter welchem Namen sie die Aufnahme suchen sollte, markierte Stella sämtliche Dateien und ließ sie nach Erstellungsdatum sortieren, dafür immerhin reichten ihre Computerkenntnisse gerade noch aus. Sie scrollte von oben nach unten, ließ ihren Blick von der zuletzt erstellten Datei – Pauls aktueller Dienstplan, den er immer von der Crewplanung zugemailt bekam und der nun unten am Kühlschrank pinnte – über zahlreiche Dokumente aus den vergangenen Jahren hinweggleiten und wurde immer unruhiger, je näher sie dem angepeilten Zieldatum kam: dem 21. Juni vor sechs Jahren. Wenn überhaupt, dann würde sie den Film dort finden.

Als sie schließlich das gesuchte Datum erreichte, zog sich ihr Magen vor Enttäuschung zusammen. Da war nichts, am 21. Juni fand sich überhaupt kein Dokument, kein einziges, von einem Video ganz zu schweigen. Frustriert ließ sie sich gegen die Rückenlehne fallen. Wie hatte sie auch annehmen können, dass Paul diesen für ihn brandgefährlichen Beweis auf seinem Notebook gespeichert hatte? Viel eher war doch anzunehmen, dass er damit ähnlich verfahren war, wie sie selbst mit den Videos von Leon Sanders: in den Papierkorb damit und dann für immer löschen.

Trotzdem ließ Stella den Mauszeiger zurück nach oben wandern und scannte die Dokumente aus den ersten Wochen nach dem 21. Juni. Ihr war klar, dass sie sich an einen Strohhalm klammerte, zumal ja nicht gesagt war, dass der Film ihr weiterhelfen würde, selbst wenn sie ihn fände. Aber sie wollte etwas tun und nicht nur herumsitzen und auf Paul warten. Die digitale Uhr am Bildschirmrand stand auf 20.53 Uhr. Sie konnte also immerhin hoffen, dass es nicht mehr allzu lange dauern würde, bis er zurück war.

Ein PDF-Dokument vom 12. Juli des Unfalljahres zog Stellas Aufmerksamkeit auf sich. Genauer gesagt der Name der Datei, an der sie zuvor, auf ihrem Weg zum 21. Juni, nur achtlos vorbeigescrollt war.

»Re-Nr. 83664« stand da.

Und dahinter: »Scharff ./. Marquardt«

Scharff gegen Marquardt? Weshalb hatte Paul so etwas auf seinem Rechner? Stella klickte darauf und öffnete die Datei.

Es handelte sich um die Rechnung einer Anwaltskanzlei namens »Bohnemann & Krug«, die an Paul adressiert war. Stella überflog das Schreiben.

Betreff: Re-Nr. 83664, Scharff ./. Marquardt
Sehr geehrter Herr Johannsen,
wie mit unserem Mandanten Herrn Egon Scharff besprochen, erlauben wir uns, Ihnen für unsere anwaltliche Tätigkeit in der Sache »Scharff ./. Marquardt« im Zeitraum von … folgendes Honorar in Rechnung … und bitten um Liquidation unter Angabe der Rechnungsnummer bis zum …

Darunter wurden verschiedene Daten und Arbeitsstunden aufgelistet, die insgesamt zu einem stolzen Honorar von 11 305 Euro führten.

Über 11 000 Euro! In Rechnung gestellt an Paul Johannsen, im Auftrag von Egon Scharff. Was war das? Was, zum Teufel, war das?

Stella schloss das PDF, scrollte sich weiter von Datei zu Datei und entdeckte dabei zwei weitere Rechnungen der Kanzlei Bohnemann & Krug. Beide wieder an Paul gerichtet, beide enthielten auch hier im Betreff »Scharff./. Marquardt«. In der einen wurde ein Betrag von 6545 Euro gefordert, in der anderen ein Honorar von 3570 Euro.

In Stellas Kopf ging es drunter und drüber. Paul hatte also Egon Scharffs Anwaltsrechnungen bezahlt, die durch dessen Streit mit Marius Marquardt entstanden waren. Das hatte er ihr gegenüber nie erwähnt, nicht mit einer Silbe. Und es gab nur einen möglichen Grund, der ihr einfiel, warum ihr Mann diese Kosten für den Lehrer hätte übernehmen sollen. Doch allein der Gedanke sprengte ihre Vorstellungskraft, das konnte doch überhaupt nicht sein!

Sie bückte sich zu ihrer Tasche, kramte darin nach ihrem Handy und wählte mit zitternden Fingern Pauls Nummer, nur um wieder einmal auf seiner Mobilbox zu landen. Als Nächstes versuchte sie es bei Enno Borchers, sowohl in der Praxis als auch mobil. Beinahe hätte sie vor Schreck aufgelegt, als der Therapeut ihren Anruf auf dem Handy tatsächlich entgegennahm.

»Stella, hallo!«, begrüßte er sie freudig. »Ich warte ja schon die ganze Zeit auf deinen Rückruf. Paul ist vermutlich inzwischen da, oder?«

»Nein, ist er nicht«, erwiderte sie.

»Dann wird er sicher bald kommen.«

»Keine Ahnung«, sagte sie, »aber deshalb rufe ich dich nicht an.«

»Worum geht es denn?«

»Das kommt darauf an.«

»Wie meinst du das? Worauf kommt es an?«

»Darauf, wann ich dich oder Paul erwische. Hier passiert gerade ständig etwas Neues, ich weiß gar nicht mehr, womit ich anfangen soll!« Stella hörte selbst, wie bitter sie klang.

»Tut mir leid«, erwiderte Enno, »ich war das ganze Wochenende unterwegs und habe dich vorhin ja auch nicht ans Telefon bekommen. Aber was ist denn los?«

»Was los ist? Das kann ich dir sagen. Ich bekomme Drohanrufe, jemand hat mit roter Farbe riesige Fragezeichen direkt vor unser Haus auf die Straße gepinselt, die Nachbarn prügeln sich, und das Paar im Auto hat mittlerweile von einer Frau Gesellschaft bekommen, die genau wie Natalie vor sechs Jahren auf der Rückbank liegt. Das ist los!«

»Stella, bitte beruhige dich, sonst kann ich dir nicht folgen. Erzähl mir einfach alles von Anfang …«

Aber Stella wollte sich nicht beruhigen. »Und gerade habe ich drei ziemlich hohe Rechnungen einer Anwaltskanzlei gefunden, die Paul für unseren Nachbarn Egon Scharff beglichen hat.«

»Was denn für Rechnungen? Jetzt verstehe ich gar nichts mehr.«

»Da sind wir schon zu zweit. Ich verstehe nämlich auch nichts mehr. Außer, dass mein Mann mir offenbar ein paar wichtige Details verschwiegen hat.«

»Könntest du mir das genauer erklären?«

In knappen Worten erläuterte Stella ihm den erbitterten und über Jahre andauernden Streit zwischen Egon Scharff und Marius Marquardt wegen des Flower-Bay-Quartiers. Paul hatte die Sache Enno gegenüber zwar mal erwähnt, allerdings nicht, wie sehr die Fronten verhärtet waren und dass der Lehrer dem Architekten sogar seine Anwälte auf den Hals gehetzt hatte. »Du wirst verstehen«, endete sie schließlich, »dass ich sehr verwundert bin, festzustellen, dass Paul sich zumindest finanziell an Egon Scharffs Kampf gegen Marius Marquardt beteiligt hat.«

»Das wundert mich auch«, gab der Therapeut zu.

»Er hat dir das nie erzählt?«, hakte Stella nach.

»Nein, hat er nicht.«

»Dann gibst du mir doch wohl recht, dass hier etwas nicht stimmt.«

»Nicht unbedingt«, widersprach Enno Borchers. »Es kann für die ganze Angelegenheit auch einen guten Grund geben.«

»Und welcher sollte das sein?«

»Dafür bin ich mit der Sache nicht vertraut genug. Trotzdem muss es nicht heißen, dass Paul dir absichtlich etwas verschwiegen hat. Vielleicht fand er es einfach nicht so wichtig?«

»Nicht so wichtig?«, rief Stella empört aus. »Ich habe hier Rechnungen von insgesamt mehr als 20 000 Euro gefunden – das nennst du ›nicht so wichtig‹?«

»Ist ja schließlich sein Geld.«

»Danke, dass du mich noch einmal daran erinnerst. Genau das wollte ich hören!«

»So habe ich es nicht gemeint.«

»Doch«, fuhr sie ihn an. »Genau so hast du es gemeint. Genau so meint ihr es alle!«

»Wen meinst du mit ›ihr alle‹? Also, ich … Stella …«

»Ich habe keine Lust mehr auf Heimlichkeiten und Lügengeschichten«, schrie sie in den Hörer. »Ich habe keine Lust mehr, mich bedroht zu fühlen und Angst zu haben! Und ich habe keine Lust mehr, hier rumzusitzen und auf Paul zu warten, der es nicht einmal für nötig hält, mich wenigstens per SMS über die Zeit seiner Ankunft zu informieren!« Sie schnappte nach Luft, hatte das Gefühl, jeden Moment zu kollabieren, so sehr hatte die Rage von ihr Besitz ergriffen.

»Es ist doch wohl eindeutig, dass Paul diese Rechnungen bezahlt hat, weil Egon Scharff etwas gegen ihn in der Hand hat!«

»Was soll er denn gegen ihn in der Hand haben?«

»Na, rate mal!«

Der Psychologe schwieg einen kurzen Moment. »Du denkst, dass euer Nachbar euch damals gefilmt hat?«, fragte er dann.

»Genau das denke ich.«

»Das hätte Paul uns doch gesagt! Ich meine …« Enno geriet ins Stottern. »Ich meine, warum hätte er dich und mich jahrelang in dem Glauben lassen sollen, er hätte keine Ahnung, wer ihm den USB-Stick in den Briefkasten geworfen hat, wenn er es doch wusste?«

»Ich habe nicht die geringste Ahnung«, gab sie nun etwas ruhiger zurück. »Ich weiß allerdings, dass ich es herausfinden werde.«

»Ja«, stimmte Enno ihr zu, »es wird sicher das Beste sein, du konfrontierst Paul ganz direkt damit.«

»Paul? So lange kann ich nicht mehr warten, ich möchte jetzt sofort eine Antwort. Ich gehe zu Egon Scharff und frage ihn danach.«

»Hältst du das für eine gute Idee?«

»Eine bessere habe ich nicht.«

»Und was, wenn er dich angreift?«

»Warum sollte er das tun?«

»Na ja, wenn du mit deiner Vermutung richtig liegst, reden wir immerhin von Erpressung.«

»Ich würde es eher einen Handel nennen.« Einen Kuhhandel, den Paul hinter ihrem Rücken abgeschlossen hatte. Vor Wut hätte sie am liebsten etwas kaputtgeschlagen. Wie konnte er ihr das antun? Wie oft hatten sie gemeinsam darüber gegrübelt, wer ihm den Film hatte zukommen lassen? Wie sehr hatte Stella sich um Paul gesorgt, weil ihn das vermeintliche Rätselraten über den Urheber des Videos an den Rand der Verzweiflung gebracht hatte? War das alles nur vorgetäuscht gewesen? Alles? Dann war er ein guter Schauspieler, ein verdammt guter.

»Wie auch immer«, unterbrach Enno ihre Gedanken. »Auf gar keinen Fall gehst du da allein rüber. Ich bin in zwanzig Minuten bei dir und komme mit.«

»Wirklich?« Zum ersten Mal in all denen Jahren empfand sie für den Therapeuten so etwas wie Dankbarkeit.

»Natürlich«, erwiderte er. »Ich fahre sofort los.«

Sie legten auf, und Stella machte sich daran, das Notebook an den Drucker anzuschließen, damit sie Egon Scharff die Rechnungen in Papierform unter die Nase halten konnte. Während sie dabei zusah, wie die Blätter unter leisem Surren nacheinander aus dem Gerät geschoben wurden, überlegte sie, ob sie mit ihrem Verdacht wirklich richtig lag oder ob es doch denkbar war, dass es für Pauls Großzügigkeit einen anderen Grund gab. Denkbar war es natürlich schon, aber ihr Instinkt sagte ihr, dass es um den Film ging. Es passte alles einfach viel zu gut zusammen: Egon Scharff, der seine Mitmenschen permanent belauerte und ihnen jede noch so kleine Verfehlung aufzeigte. Der den Neubau mit aller Gewalt hatte verhindern wollen und dafür sogar teure Anwälte engagiert hatte, die er sich aus eigenen Mitteln nie im Leben hätte leisten können. Und nicht zuletzt diese Andeutung, die er ihr gegenüber erst vorhin gemacht hatte: *An Ihrer Stelle wäre ich ebenfalls vorsichtig mit dem, was ich sage.*

Doch, genauso musste es sein. Egon Scharff hatte sie damals gesehen und das Video gemacht. Dieses Video – ein Gedanke, den sie verhindern wollte, aber nicht konnte –, das ihr letztlich nach dem Unfall Paul zurückgebracht hatte.

28

Egon Scharff wirkte erschöpft und zugleich konsterniert, als er Stella und Enno Borchers eine halbe Stunde später die Haustür öffnete. Er trug Jogginghose und ein schlabberiges, von Flecken übersätes T-Shirt, die fettigen Haare standen ihm wild vom Kopf ab, in seine linke Wange hatte sich eine tiefe Liegefalte eingegraben, und die Ringe unter seinen Augen schienen noch dunkler geworden zu sein. Dennoch reckte er nach der ersten Überraschung selbstbewusst das Kinn vor.

»Frau Johannsen, Sie schon wieder!«

»Guten Abend, Herr Scharff«, sagte sie und zwang sich, ihm die rechte Hand zu reichen, die er auch ergriff. Seine Finger waren unangenehm feucht und warm. So schnell es die Höflichkeit erlaubte, ließ sie die Hand des Lehrers los.

Er neigte den Kopf ein wenig zur Seite und setzte wieder sein süffisantes Lächeln auf. »Sie kommen also freiwillig zum, wie sagten Sie vorhin so schön? Ach ja, zum Kotzbrocken!« Er sah an sich hinunter. »Verzeihen Sie bitte meinen Aufzug, aber mit solch hohem Besuch habe ich zu dieser späten Stunde nicht gerechnet. Ich war schon im Bett.«

»Tut mir leid, Sie geweckt zu haben«, entschuldigte sie sich.

»Von Schlafen habe ich nichts gesagt«, erwiderte er und zwinkerte ihr zu, was Stella noch widerlicher fand als seinen Händedruck.

»Wir müssen dringend mit Ihnen reden«, schaltete sich Enno Borchers ein.

»Wir?«, fragte der Lehrer. »Wollen Sie mir nicht zuerst einmal erklären, wer Sie überhaupt sind? Frau Johannsens Aufpasser?«

»Enno Borchers«, erklärte er und streckte ihm auch eine Hand entgegen. »Ich bin Psychologe und ein Freund der Familie«, fügte er hinzu, während sie sich begrüßten. Ihm war anzusehen, dass ihm die Berührung mit Egon Scharff ebenfalls unangenehm war, und wie Stella löste er sich recht schnell aus dem Händedruck.

»Psychologe?«, wollte der Lehrer mit hochgezogenen Augenbrauen wissen. »So was brauche ich nicht.« Er gab ein keckerndes Lachen von sich. »Da sollten Sie lieber mal zum Marquardt rübergehen und mit ihm über das Thema Aggressionsbewältigung sprechen. Schließlich hat der mich«, er deutete mit dem Zeigefinger nacheinander auf beide Augen und dann auf seine Nase, »so zugerichtet.«

»Es geht um etwas vollkommen anderes«, sagte Stella.

»Dann lassen Sie mal hören!«

»Können wir bitte reinkommen? Wir möchten das nur ungern hier draußen mit Ihnen besprechen.«

Egon Scharff überlegte einen kurzen Moment, dann aber zuckte er mit den Schultern, ließ die Haustür weit nach innen aufschwingen und machte eine einladende Geste. »Klar, ich hab nichts zu verbergen.«

Stella und Enno folgten dem Lehrer durch den Flur, der im Gegensatz zu dem der Hermanns recht vollgestopft war.

An drei von vier Wänden standen hohe Regale, die bis auf den letzten Platz mit Büchern gefüllt waren, der Lehrer hatte sie teilweise kreuz und quer übereinandergestellt, dazwischen lugten Papierstapel und Aktenordner hervor. Auf einem kleinen Sideboard zur Linken türmte sich ein Haufen aus Tageszeitungen, obenauf lag das Mobilteil eines Telefons, eine Pinnwand darüber war mit Hunderten von Zetteln zugepflastert. Stella warf einen flüchtigen Blick auf die drei Paar Herrenschuhe, die achtlos hingepfeffert mitten im Raum herumlagen, ließ ihren Blick über einen alten und zerschlissenen Lehnsessel wandern und wunderte sich über den Staubsauger, der direkt danebenstand.

»Sie müssen entschuldigen«, erklärte Egon Scharff, während er sie in sein ebenfalls aus allen Nähten platzendes Wohnzimmer führte und ihnen dort bedeutete, sich auf ein nicht weniger zerschlissenes Sofa mit wildem Blumenmuster zu setzen. »Meine Haushälterin ist seit zwanzig Jahren krank.«

»Oh«, entfuhr es Stella verwirrt. Sie nahm neben Enno Platz und stellte dabei fest, dass die Couch zwar alt, aber durchaus bequem war.

»Das war ein Scherz«, teilte der Lehrer ihr grinsend mit. »Sieht es hier so aus, als hätte ich eine Haushälterin?«

»Ähm.« Unsicher sah sie sich um. Der Raum war tatsächlich ziemlich chaotisch, wirkte aber trotzdem auf gewisse Art und Weise gemütlich. »Ich finde es hier gemütlich«, sagte sie deshalb, auch, um das Gespräch mit Egon Scharff auf einen versöhnlicheren Weg zu bringen.

»Vielen Dank«, erwiderte er, zog sich ein Pendant zum Sessel im Flur heran und ließ sich darauf plumpsen. »Für mich ist es okay, ich brauche es nicht so schickimicki. Mal abgesehen davon, fehlt mir dazu auch das nötige Kleingeld, die Villa ist im Unterhalt teuer genug.«

Das schien für Enno Borchers das Stichwort zu sein. Ohne sich auch nur per Blickkontakt mit Stella darüber zu verständigen, ob es okay für sie war, wenn er das Wort ergriff, legte er los: »Da Sie gerade von Geld sprechen, Herr Scharff: Stella und ich möchten gern wissen, weshalb Paul Johannsen für Sie vor ein paar Jahren drei sehr hohe Anwaltsrechnungen übernommen hat.«

»Wie bitte?« Erneut reckte er sein Kinn nach vorn und kniff die Augen angriffslustig zusammen.

»Ja«, schaltete Stella sich ein, holte die drei Ausdrucke aus ihrer Tasche und reichte sie dem Lehrer. »Das hier habe ich zu Hause auf unserem Computer gefunden, und es wirft doch ein paar Fragen auf.«

»So?« Egon Scharff betrachtete die Rechnungen, dann lehnte er sich in einer gelassenen Geste in seinem Sessel zurück. »Tut es das?«

»In der Tat«, sagte sie. »Schließlich geht es dabei um eine Summe von mehr als zwanzigtausend Euro.«

»Vielleicht wollte Ihr Mann einfach nur nett sein?«, erwiderte er und wirkte noch immer wie die Ruhe selbst. Stella hingegen spürte, wie die Anspannung sie zu lähmen drohte. Was sollte dieses Katz-und-Maus-Spiel?

»Das glauben Sie doch wohl selbst nicht«, kam es von Enno Borchers.

»Was ich glaube und was nicht, lassen Sie mal meine Sorge sein«, blaffte Egon Scharff ihn an. Dann lächelte er wieder gelassen. »Natürlich wäre es auch denkbar, dass Ihr Mann, Frau Johannsen, mit dem Neubau ebenfalls nicht einverstanden war, sich aber nicht offen mit Marius Marquardt anlegen wollte und diesen Part deshalb mir überlassen hat.«

»Paul ist nicht der Typ, der sich hinter einem anderen versteckt«, entfuhr es Stella wütend.

Ohne jeden ersichtlichen Grund brach Egon Scharff in schallendes Gelächter aus. Dabei schlug er sich mit beiden Händen auf die Knie, sein Oberkörper wiegte vor und wieder zurück. »Der war gut, Frau Johannsen!«, prustete er. »Echt gut!«

»Ich wüsste nicht, was daran so lustig ist«, zischte Stella.

»Alles!«, stieß der Lehrer japsend hervor. Dann räusperte er sich, wischte sich mit einer Hand die Lachtränen aus den Augenwinkeln und lehnte sich wieder zurück. »Ich kann Ihnen aber gern erklären, was daran so komisch ist«, sprach er weiter. »Nämlich, dass Ihr Mann genau das seit vielen Jahren tut. Er versteckt sich. Und zwar hinter Ihnen, Frau Johannsen Nummer zwei.«

»Was meinen Sie damit?«, fragte Stella, ihre Finger krallten sich ins weiche Polster des Sofas.

»Ach, hören Sie doch auf!«, rief ihr Gegenüber aus. »Das wissen Sie doch ganz genau. Hier, das hier«, er wedelte mit den Ausdrucken vor Stellas Nase herum, »damit haben Sie mich überführt. Also touché, Ihnen ist doch längst klar, was das zu bedeuten hat. Warum fragen Sie mich also überhaupt so scheinheilig danach?«

»Weil wir es gern von Ihnen hören und erklärt bekommen würden«, meldete sich Enno Borchers wieder zu Wort.

»Von mir aus.« Der Lehrer legte die Rechnungen so auf den Couchtisch, dass die Schrift zu Stella und Enno zeigte. »Sie haben schon ganz recht. Paul hat das für mich bezahlt, weil er keine andere Wahl hatte.« Erneut verengten sich seine Augen zu Schlitzen. »Weil ich nämlich damals gesehen habe, dass nicht Sie, Frau Johannsen, das Auto gefahren haben, sondern Ihr Mann. Und ich habe es nicht nur gesehen, ich habe es auch gefilmt.«

»Dann war der USB-Stick in Pauls Briefkasten von Ihnen?«, wollte Stella wissen.

»Natürlich war er das!« Er gab noch ein kurzes Lachen von sich. »Anfangs war mir gar nicht klar, was ich da aufgenommen hatte. Aber als es später in der Nachbarschaft hieß, nicht Ihr Mann habe den schweren Autounfall verursacht, sondern Sie. Tja«, er hielt beide Hände wie ein Geistlicher beim Empfang des göttlichen Segens in die Höhe und ließ sie danach zurück in seinen Schoß plumpsen, »da habe ich schnell begriffen, worum es geht und dass Sie ihn decken. Immerhin habe ich damals auch Ihre Diskussion auf der Straße mitbekommen. Wie Sie ihm gesagt haben, dass er nicht mehr fahren kann, weil er zu viel getrunken hat, er davon aber nichts wissen wollte.« Nun schnaubte er verächtlich. »Kein Wunder, dass Sie gemeinsam verschwiegen haben, auf wessen Konto der Tod von Natalie Johannsen in Wahrheit geht, das hätte ihn ganz schön in Schwierigkeiten gebracht. Also habe ich Paul den Film zukommen lassen und ihn ein paar Tage später gefragt, was ihm mein Schweigen wert ist.«

»So war das also«, gab Stella tonlos von sich, entsetzt darüber, dass sie mit ihrer Vermutung tatsächlich richtig gelegen hatte.

Egon Scharff nickte. »Ja, so war das. Verstehen Sie mich nicht falsch, ich habe mich bei der ganzen Sache nicht wohl gefühlt, sah aber keinen anderen Ausweg, um mich gegen Marius Marquardts Pläne zur Wehr zu setzen. Außerdem empfand und empfinde ich es als durchaus gerecht, dass Ihr Mann für das, was er getan hatte, zumindest ein klein wenig zahlen musste. Wenn Sie mich fragen, habe ich ihm damit sogar dazu verholfen, eine gute Tat zu tun, denn immerhin ging es darum, den Frieden in unserer Straße zu wahren.« Seine Miene schlug ins Zornige um. »Leider hat es letztlich nichts genutzt, ich habe den Bau nicht verhindern können.«

Stella war zu erschüttert, um darauf etwas zu erwidern. Wie verdreht ging es im Kopf des Lehrers zu, wenn er seine hinterhältige Erpressung als Mittel zur »guten Tat« verstand?

»Warum waren Sie denn überhaupt damals in der Nacht unterwegs und hatten eine Kamera dabei?«, wollte Enno wissen.

»Da ging es natürlich auch um das Quartier«, erklärte der Lehrer. »Ich habe mich direkt bei Sonnenaufgang, als ich schon ein bisschen Licht hatte, auf dem Grundstück umgesehen. Passiert ja hin und wieder, dass ein Bauvorhaben gestoppt wird, weil da seltene Tiere und Insekten leben, die unter Artenschutz stehen. Was weiß ich, Kammmolche, Wachtelkönige, Juchtenkäfer … Ich hatte die Hoffnung, irgendetwas zu finden, mit dem ich den Marquardt aufhalten könnte. Und sei es meinetwegen auch nur, dass er heimlich und ohne Baugenehmigung schon den ersten Spatenstich getätigt hatte.« Nachdenklich wiegte er den Kopf hin und her. »Aber da war nichts. Keine ausgehobenen Löcher, keine seltenen Tiere.« Er schmunzelte. »Wobei ich zugeben muss, dass ich kein großer Biologe bin. Ich habe mich zwar vorher im Internet etwas schlau gemacht und mir Bilder angeschaut, kann aber nicht mit Sicherheit behaupten, dass ich einen Juchtenkäfer überhaupt erkennen würde, selbst, wenn er mich in den Hintern beißt.«

Enno Borchers lachte auf, Stella brachte ihn mit einem ungehaltenen Seitenblick zum Schweigen.

»Jedenfalls«, fuhr Egon Scharff fort, »bin ich damals gerade durch die Büsche gerobbt, als ich Sie, Ihren Mann und seine frühere Frau auf der Straße gehört habe. Und weil ich neugierig war, habe ich mich hinter einem Baum versteckt und die Kamera auf Sie gehalten.«

»Und mit dem Video dann meinen Mann erpresst«, vollendete Stella seinen Bericht.

»Schuldig im Sinne der Anklage. Aber das habe ich ja schon zugegeben.«

»Ich begreife nur nicht, warum Paul mir das nicht erzählt hat«, sagte sie mehr zu sich selbst als zu den anderen.

»Weil wir das so vereinbart hatten«, antwortete Egon Scharff. »Sie wissen doch: je weniger Mitwisser, desto kleiner das Risiko. Und weder Ihr Mann noch ich haben großen Wert darauf gelegt, dass die Sache rauskommt.«

»Verstehe«, sagte sie. Obwohl sie es noch immer nicht verstand, absolut nicht! Sie und Paul, sie waren doch *partner in crime*! Alles, was geschehen war, hatten sie miteinander durchgestanden, hatten sich gegenseitig Halt gegeben, hatten sich gestützt in den vielen schweren Wochen und Monaten nach dem Unfall – und jetzt musste sie erfahren, dass Paul mit Egon Scharff gemeinsame Sache gemacht hatte? Hinter ihrem Rücken? Natürlich war Pauls Schweigen nicht gegen sie gerichtet gewesen – aber sie empfand es dennoch als Verrat.

Und es ging nicht nur um diese eine Lüge, dass Paul keine Ahnung gehabt hatte, wer ihm den Film hatte zukommen lassen. Es ging auch darum, dass er ihr gegenüber immer betont hatte, er wolle sich um des nachbarschaftlichen Friedens willen weder auf die Seite des Lehrers noch auf die des Architekten schlagen, das wäre ihm die Sache nicht wert. Trotzdem hatte er Stella aber gebeten, an den Versammlungen ihres Nachbarn teilzunehmen, um wenigstens ein Mindestmaß an Interesse zu bekunden.

Welch ein Hohn! In Wahrheit war Paul der Hauptgeldgeber für Egon Scharffs Kreuzzug gegen Marius Marquardt gewesen. Nein, Stella verstand wirklich gar nichts mehr, nichts! Bis auf eines: Es war kein Wunder, dass ihr Mann auf Leon Sanders' nächtlichen Besuch nicht sonderlich aufgeregt reagiert hatte – im Gegensatz zu ihr wusste er ja schon seit Jahren über den tatsächlichen Urheber des Videos Bescheid. Weshalb also hätte er sich da sofort in den nächsten Flieger Richtung Heimat setzen sollen? Dafür hatte es aus seiner Sicht keinen Grund gegeben, deshalb hatte er sie zu Enno Borchers geschickt, damit sein bester Freund sie ein wenig in Schach halten könnte. Verrat. Verrat. *Verrat!!!*

»Nehmen Sie es sich nicht so zu Herzen«, sagte Egon Scharff, als könnte er ihre Gedanken lesen. »Ihr Mann hat es mit Sicherheit nicht böse gemeint, sondern wollte nur …«

»Was?«, blaffte sie ihn an. Der Letzte, von dem Stella sich in diesem Moment trösten lassen wollte, war der Blockwart.

»Nichts für ungut«, ruderte er sofort zurück. »Bei Ihnen und Ihrem Gatten mische ich mich lieber nicht mehr an.«

»Das haben Sie ja auch schon zur Genüge getan«, kommentierte Enno Borchers. »Wie sind Sie nur auf so eine Idee gekommen? Ist Ihnen nicht klar, dass Sie damit eine schwerwiegende Straftat begangen haben?«

»Sie erzählen das doch niemandem, oder?«, wollte der Lehrer wissen und musterte sie besorgt.

»Dass Sie Schweigegeld von Paul genommen haben?«, stellte Stella die Gegenfrage.

Egon Scharff sagte nichts, sondern senkte nur den Blick.

»Nein, das werde ich nicht tun. Ich möchte einfach nur, dass wir unsere Ruhe haben«, sagte sie.

»Das wird sicher das Beste sein«, erwiderte ihr Nachbar und wirkte erleichtert. »Schließlich haben wir uns gegenseitig in der Hand«, sprach er weiter und machte schlagartig wieder einen selbstbewussteren Eindruck. »Ihr Mann und ich, wir haben beide eine Straftat begangen. Es würde keinem von uns nützen, wenn die Angelegenheit nach so vielen Jahren noch ans Licht kommt.«

Angelegenheit. Was für ein wunderbar harmloses Wort für etwas, das Stella fast um den Verstand gebracht hatte!

»Das stimmt.« Enno Borchers räusperte sich.

»Aber Sie selbst haben sich nicht an Ihre Verschwiegenheitsvereinbarung mit Paul gehalten«, schleuderte Stella dem Lehrer entgegen.

»Doch, sicher habe ich das!«, insistierte er. »Kein Mensch hat je etwas von mir erfahren.«

»Dann stellt sich mir die Frage, was mit dem Pärchen da draußen im Mercedes ist. Ich werde das Gefühl nicht los, dass die zwei da sitzen, weil sie etwas über den Unfall wissen.«

»Der Gedanke kam mir auch schon«, gab Egon Scharff zu. »Ist ja ziemlich eigenartig: Ein Mercedes, das Datum, ein Mann und eine Frau, die das Auto so gut wie nie verlassen … Aber ich habe nicht die geringste Ahnung, was es damit auf sich hat.«

»Sie haben mit den Leuten nichts zu tun?«, hakte Stella nach.

»Nein, das schwöre ich! Vielleicht ist das einfach nur ein verrückter Zufall.«

»Okay, nehmen wir das mal an«, sagte sie und dachte einen kurzen Moment lang nach. »Aber ich habe in den vergangenen Tagen auch Drohanrufe und -botschaften erhalten.«

»Damit habe ich nichts zu schaffen, das schwöre ich«, wehrte er polternd ab.

»Und was ist mit den Fragezeichen, die jemand erst an unsere Haustür und dann auf die Straße gemalt hat?«

»Auch da kann ich Ihnen nicht weiterhelfen.« Er beugte sich zu Stella und Enno vor. »Hören Sie, ich habe Ihnen alles gesagt, was ich weiß. Ich habe damals dieses Video aufgenommen und es zu meinem Vorteil genutzt. Aber das war es dann schon, mehr habe ich mit dieser Sache nicht zu tun. Wenn Sie denken, dass das Auto in der Straße parkt, weil man Ihnen etwas will – dann sollten Sie lieber darüber nachdenken, wem Ihr Mann alles von dem Unfall erzählt haben könnte. Oder wer sonst noch darüber Bescheid wissen könnte. Ich bin es jedenfalls nicht.« Wie um seinen Worten Nachdruck zu verleihen, verschränkte er die Arme vor der Brust und presste mürrisch die Lippen zusammen.

»Gut«, sagte Enno, erhob sich und reichte Stella eine Hand, um ihr aufzuhelfen. »Darüber werden wir nachdenken. Vielen Dank für Ihre Zeit!«

Ohne sich noch einmal nach dem Lehrer umzudrehen, der verdattert ob ihres plötzlichen Abgangs in seinem Sessel sitzen blieb, verließen sie gemeinsam das Haus.

Draußen vor der Tür wollte Stella Enno fragen, ob er

Egon Scharff seine Geschichte tatsächlich abkaufte; ob er ihm glaubte, dass er mit den Vorkommnissen bis auf das Video rein gar nichts zu tun hatte. Doch beim Anblick der Straße blieben ihr die Worte im Hals stecken.

Denn da war nichts mehr, nichts.

Der parkende Mercedes war verschwunden.

29

MONTAG, 25. JUNI – DIENSTAG, 26. JUNI

Das Paar im Auto hatte seine Parkposition verlassen und sich in Luft aufgelöst. Stella traute ihren Augen nicht. Es war, als hätten der Mann und die Frau dort nie gestanden, als wären sie nur ein Hirngespinst gewesen. Alles war vollkommen friedlich, ein idyllischer Sommerabend in einer kleinen Sackgasse mit Kopfsteinpflaster.

Stella wollte es erst nicht so recht glauben, und so wartete sie zusammen mit Enno noch eine Stunde lang auf die Rückkehr des Mercedes, aber der Wagen tauchte nicht wieder auf. Enno gelang es schließlich, sie davon zu überzeugen, dass sie vermutlich nichts mehr zu befürchten hatte, und Stella gab ihm nach kurzem Zögern recht. Es war vorbei, aus welchen Gründen auch immer. Sie verabschiedeten sich, und Stella ging ins Haus.

Dort versuchte sie wieder einmal erfolglos, Paul auf dem Handy zu erreichen. Doch dieses Mal ärgerte sie sich nur über ihn, konnte aber ansonsten Ruhe bewahren und sich nach einer kurzen, aber erfolglosen Suche nach dem Kater aufs Sofa im Wohnzimmer werfen und den Fernseher einschalten.

Mittlerweile war es fast halb zwölf. Stella war hundemüde und fühlte sich nach den Strapazen der vergangenen Tage wie gerädert. Trotzdem wollte sie nicht ins Bett gehen, sondern Paul unbedingt noch persönlich in Empfang nehmen. Sie wusste, dass es manchmal keinen freien Standby-Sitzplatz für ein Crewmitglied gab, so dass es länger dauern konnte, bis sich ein passender Flug fand. In diesem Fall hätte sie sich natürlich gefreut, wenn Paul sich mal bei ihr gemeldet hätte, falls er auf irgendeinem Flughafen festsaß. Nein, genau genommen hätte sie es erwartet. Dieses Hühnchen würde sie noch mit ihm rupfen.

Und natürlich würde sie ihn auch nicht ungeschoren davonkommen lassen, dass er sie belogen und genau gewusst hatte, von wem das Video der Unfallnacht stammte. Mehr noch als nach einem klärenden Gespräch mit ihm sehnte sie sich allerdings danach, einfach nur in den Arm genommen zu werden und von ihm zu hören, dass nun alles wieder gut war.

Im Fernsehprogramm lief nichts Interessantes, also wechselte Stella zu Netflix, um sich mit irgendeiner US-Serie abzulenken. Doch es gelang ihr nicht, sich auf das Geschehen auf dem Bildschirm zu konzentrieren, ihre Gedanken wanderten permanent ab. Sie gab sich jede erdenkliche Mühe, Ennos Beteuerungen, dass nun bestimmt alles wieder in Ordnung war, Glauben zu schenken – doch ein bohrender Zweifel blieb.

Und er wurde größer, dehnte sich mit jeder Sekunde weiter aus, wandelte sich schließlich in erschreckende Gewissheit. Denn die Leute im Auto waren ja tatsächlich da gewesen. Sie hatten sich ähnlich zurechtgemacht wie sie und Paul vor sechs Jahren, und dann hatte sich auch noch eine Art Double von Natalie auf die Rückbank des Mercedes gelegt.

Nur ein verrückter Zufall, wie Egon Scharff gesagt hatte? Nein, das war schlicht nicht möglich, vollkommen ausgeschlossen. Außerdem waren da die SMS-Botschaft und der Zettel im Hausflur. Und die Fragezeichen an der Tür und in der Straße hatte Stella sich ebenfalls nicht eingebildet, auf Bürgersteig und Kopfsteinpflaster prangten sie noch immer in Signalrot.

Sie schnappte sich die Fernbedienung und schaltete den Apparat aus. Sie wünschte, Enno hätte mit ihr gemeinsam auf Paul gewartet. Allein in der Villa kroch die Anspannung erneut in ihr hoch. Jemand hatte sich große Mühe gegeben, sie in Angst und Schrecken zu versetzen – um dann mir nichts, dir nichts wieder damit aufzuhören? Das war absurd, und Stella fragte sich, wie sie auch nur für den Bruchteil einer Sekunde hatte annehmen können, dass mit dem Verschwinden des Paares alles vorbei war. *Da war wohl der Wunsch der Vater des Gedankens*, so hätte ihre Mutter diese kindliche Hoffnung abgetan. Und sie hätte damit vollkommen recht gehabt. Nur ein frommer Wunsch, nichts weiter.

Schlagartig war da ein anderer Gedanke: Es war nicht vorbei. Es fing gerade erst an.

Stella sprang vom Sofa auf und rannte in die Küche, schnappte sich das Festnetztelefon vom Tresen und suchte im Adressbuch nach der eingespeicherten Nummer von Pauls Fluggesellschaft. Sie fand sie und drückte auf Wählen, nach dem dritten Klingeln meldete sich eine automatische Ansage. Natürlich ging dort niemand ran, es handelte sich um die normale Büronummer der Airline, und da arbeitete nachts keiner mehr.

Stella überlegte kurz, dann wählte sie die Nummer der Auskunft und ließ sich mit der offiziellen Servicehotline der

Fluggesellschaft verbinden. Auch hier lief nur ein Band mit der Info, man riefe außerhalb der Geschäftszeiten an, diese seien von montags bis freitags von 8.30 bis 22.00 Uhr sowie samstags, sonntags und feiertags von 9.30 bis 19.00 Uhr.

Weshalb hatte sie keine Nummer für den Notfall, unter der rund um die Uhr jemand zu erreichen war? Warum hatte sie Paul nie darum gebeten? Weil es bisher nie notwendig gewesen war, beantwortete sie sich selbst ihre stumme Frage.

Leider kannte sie auch keinen von Pauls Kollegen, den sie nach einer Möglichkeit, ihn zu erreichen, hätte fragen können. Sie hatte sich stets geweigert, ihren Mann zu irgendwelchen Firmenfesten wie der jährlichen Weihnachtsfeier oder zu anderen Treffen mit Leuten seiner Airline zu begleiten. Wie hätte sie das auch tun können? Mit diesem Gesicht! Allein die Vorstellung der irritierten Blicke, die sie an der Seite von Paul mit Sicherheit getroffen hätten, hatte sie nicht ertragen können. *Was denn*, das *ist seine Frau? Warum hat er denn* so eine *geheiratet?* Nein, das hatte sie sich nicht antun wollen, mit Sicherheit nicht.

Ihr kam eine neue Idee. Sie ging zum Kühlschrank, riss Pauls Einsatzplan herunter und suchte die Tabelle nach einer Notrufnummer der Crewplanung ab. Buchstaben und Zahlen tanzten vor ihren Augen, Abkürzungen von Flughäfen, LAX, ORD, BOM, Abflug- und Ankunftszeiten, Hinweise wie »Off«, »Ortstag« oder »Standby«. Sie hätte das Blatt am liebsten wütend zerknüllt, als sie nur eine einzige Rufnummer darauf fand, und zwar die Handynummer ihres Mannes, unter der das Dispositionsteam ihn erreichen konnte. Die brachte ihr reichlich wenig, schließlich hatte sie es dort ja schon zigmal versucht. Trotzdem wählte sie sein

Handy ein weiteres Mal an, drückte verzweifelt auf den Tasten des Telefons herum. Vielleicht war das Schicksal ja dieses Mal gnädig mit ihr.

Doch das war es nicht, wieder die Mailbox, also legte sie auf.

In ihre Ratlosigkeit versuchte sie es noch einmal bei Enno.

»Stella, warum bist du denn schon wieder so aufgewühlt?«, wollte er wissen, nachdem sie ihm erklärt hatte, dass Paul immer noch nicht zu Hause war. »Ist das Paar im Auto denn wieder da?«

Sie ging zum Küchenfenster und spähte hinaus in die Dunkelheit. »Nein.«

»Gab es noch irgendwelche Nachrichten oder ist sonst etwas Ungewöhnliches passiert?«

»Nein«, musste sie auch auf diese Frage erwidern.

»Dann schlage ich vor, du legst dich hin und schläfst ein bisschen. Wenn du aufwachst, ist Paul sicher zu Hause.«

»Ich glaube nicht, dass ich schlafen kann.«

»Du musst doch total erschöpft sein.«

»Bin ich auch. Aber meine Angst ist größer als meine Müdigkeit.«

»Und wenn du einfach den Fernseher einschaltest und dich damit etwas ablenkst?«

»Habe ich schon versucht. Ich bekomme das Gedankenkarussell in meinem Kopf einfach nicht gestoppt. Es ist wie ein Horrorfilm, der immer weiterläuft, selbst wenn ich die Augen schließe.«

Er seufzte. »Dann weiß ich gerade leider auch nicht, wie ich dir helfen kann. Hast du Baldrian oder so etwas im Haus?«

»Nein, nur Rotwein. Und mir wird allein bei dem Gedanken daran, etwas zu trinken, schon schlecht.«

»Hör zu«, sagte er. »Paul wird bald kommen, ich bin ganz sicher. Und dann werdet ihr gemeinsam alle Schreckensgespenster verjagen.«

»Aber was ist mit den Anrufen? Mit dem Zettel? Mit den gemalten Fragezeichen? Enno, dafür muss es doch einen Grund geben! Das, was hier passiert, ist einfach nicht normal! Was ist nur los?«

»Ich bin mir sicher, dass sich alles klären wird«, sagte er in beruhigendem Tonfall. Sie konnte ihn gähnen hören, es war bereits weit nach Mitternacht. »Und wenn Paul morgen früh noch nicht zurück ist, komme ich vor meinem ersten Patienten noch einmal bei dir vorbei, in Ordnung?«

»Gut, ja, mach das«, brachte sie hervor und musste schlucken. Musste das »Kannst du nicht bitte jetzt gleich kommen?« herunterschlucken, das ihr eigentlich auf der Zunge lag.

»Okay, dann ruf mich morgen ab sieben Uhr an, ich lege das Handy auf meinen Nachttisch.«

»Danke.«

»Dafür musst du dich nicht bedanken.«

Nachdem sie aufgelegt hatten, wanderte Stella rastlos im Haus hin und her. Ging von unten nach oben und wieder zurück, versuchte zwischendurch, Paulchen mit Miez-Miez-Lauten anzulocken, aber der Kater blieb verschwunden. Noch einmal probierte sie es mit ein bisschen Fernsehen, stellte das Gerät nach fünf Minuten aber wieder aus.

Schließlich ging sie erneut in die obere Etage, machte sich bettfertig, schloss die Schlafzimmertür von innen ab, rüttelte einmal prüfend daran und legte danach ihr Handy auf den kleinen Beistelltisch mit der Leselampe. Sie versicherte sich noch einmal, dass es eingeschaltet war und Empfang hatte, für den Fall, dass Paul sich doch noch bei ihr melden würde. Dann kuschelte sie sich unter die Decke und nahm den Roman zur Hand, in den sie seit Tagen keinen Blick mehr geworfen hatte. Vielleicht würde das Buch ihr dabei helfen, zur Ruhe zu kommen und ihren galoppierenden Puls etwas herunterzufahren. Langweilig genug war es.

Die Uhr des Radioweckers zeigte kurz vor acht, als Stella wieder erwachte. Ihr Nacken schmerzte, sie war halb sitzend eingeschlafen, ihre Lektüre lag noch aufgeschlagen auf ihrem Schoß. Einen Moment lang war sie verwirrt, weil sie auf Anhieb nicht wusste, ob es morgens oder abends war. Dann aber warf sie schon die Bettdecke zur Seite, eine Sekunde später war sie an der Tür und schloss sie auf.

»Paul?«, rief sie und stolperte in den Flur.

Keine Antwort, stattdessen nahm sie eine Bewegung in Paulchens Korb wahr, immerhin der Kater hatte also wieder nach Hause gefunden.

Doch kaum, dass sie den Korb erreicht hatte, blieb ihr fast das Herz stehen.

Kein Paulchen im Korb.

Auf dem Kissen, auf dem normalerweise Stellas Kater schlummerte, thronte eine Winkekatze.

Eine goldene Manekineko, wie Paul sie ihr vor drei Jahren aus Hongkong mitgebracht hatte, und die sie irgendwann – wie sie hoffte, von ihrem Mann unbemerkt – im Hausmüll entsorgt hatte. Da stand sie nun wieder. Stella konnte nicht sagen, ob es dieselbe von damals war oder eine andere, aber das war in diesem Moment auch egal.

Ihre Befürchtung hatte sich bestätigt. Das hier war nicht das Ende, sondern erst der Anfang.

Denn an der linken Pfote der Katze, die mechanisch vor- und zurückwippte, klebte ein Post-it.

Mit einem »Bye-bye« in knallroten Druckbuchstaben.

30

Stella stürzte sofort zurück ins Schlafzimmer und verbarrikadierte sich darin. Sie wählte Pauls Nummer – wie zuvor ohne Ergebnis – und dann Ennos, der ihr versprach, sofort ins Auto zu springen und zu ihr zu kommen. Danach saß Stella mucksmäuschenstill, aber mit laut hämmerndem Herzschlag auf dem Bett und lauschte atemlos in die Stille hinein.

Jemand war im Haus oder war es zumindest gewesen. Hatte, während sie vor Erschöpfung eingeschlafen war, die Katze mitsamt Botschaft in Paulchens Korb platziert, war nur wenige Meter von ihr entfernt gewesen. Allein bei dem Gedanken brach ihr der Schweiß aus, bei dem Gedanken, dass jemand zu ihrem Haus, zu ihrer vermeintlich sicheren Festung, freien Zugang hatte. Renata Graubert den Schlüssel abzunehmen war absolut lachhaft gewesen. Denn wer auch immer hinter all dem steckte – von einer verschlossenen Haustür ließ er oder sie sich nicht abhalten.

Nachdem sie sich wieder einigermaßen beruhigt hatte, nahm Stella ihr Handy und wählte die Nummer von Pauls Fluggesellschaft, innerlich flehend, dort endlich jemanden an die Strippe zu bekommen. Nach dem dritten Klingeln meldete sich ein Mann namens Frank Habermann.

»Guten Tag, Herr Habermann«, sagte sie, »Stella Johannsen hier, ich bin die Frau von Paul Johannsen, der bei Ihnen …«

»Ich weiß«, fiel ihr der Mann ins Wort, klang dabei trotzdem sehr freundlich, »Paul fliegt bei der Cargo.«

»Exakt«, stimmte Stella ihm zu, erleichtert über diesen reibungslosen Gesprächsbeginn.

»Was kann ich für Sie tun?«

»Können Sie mir vielleicht sagen, wo mein Mann gerade ist?«

»Sie meinen, ob er Dienst hat?«, fragte Frank Habermann zurück und sprach dann ohne Pause weiter. »Tut mir leid, da kann ich Ihnen nicht helfen, das unterliegt dem Datenschutz.«

»Nein, darum geht es nicht«, erwiderte Stella und umklammerte angespannt ihr Handy. »Also, ich kenne Pauls Einsatzplan, er hängt bei uns am Kühlschrank in der Küche.« Noch während sie es sagte, kam sie sich dämlich vor – als ob es den Crewplaner interessierte, wo im Haus sie Pauls Plan aufhängten!

»Dann müssen Sie ja nur einen Blick darauf werfen«, kam es, immer noch sehr freundlich, zurück.

»Das ist leider genau das Problem.« Sie wählte ihre nächsten Worte mit größtmöglichem Bedacht. »Paul musste seinen Dienst aus privaten Gründen abbrechen, und er wollte so schnell es geht nach Hause kommen. Seit über zwei Tagen kann ich ihn nicht mehr erreichen, und eigentlich müsste er längst hier sein.«

»Hm.« Frank Habermann schwieg, allerdings vernahm Stella im Hintergrund das leise Klackern einer Tastatur.

»Deshalb stimmt der Plan, den ich hier habe, natürlich nicht mehr«, fuhr sie mit ihrer Erklärung fort. »Mein Mann könnte gerade sonst wo stecken. Als ich Samstagabend zuletzt mit ihm telefoniert habe, war er in Bangkok.«

»In Bangkok?«

»Ja.«

»Am Samstagabend, sagen Sie?«

»Richtig«, bestätigte sie ein weiteres Mal. »Nach deutscher Zeit war das zwischen zehn und elf Uhr. Paul hat gesagt, dass er sofort bei der Crewplanung anrufen und darum bitten will, seinen Dienst abzubrechen.«

»Okay«, erwiderte Frank Habermann. Stella spürte, wie ihr die Hitze ins Gesicht stieg, so aufgeregt war sie. Sie betete, dass der Mann am anderen Ende der Leitung ihr gleich verraten würde, wo Paul sich in diesem Moment aufhielt. »Es tut mir wirklich leid«, machte er ihre Hoffnungen zunichte, »ich kann Ihnen nicht sagen, wo er ist.«

»Können Sie es nicht oder wollen Sie es nicht?«

»Beides.«

»Was soll das denn heißen?«, fuhr sie ihn an, um sich sofort zu entschuldigen. »Tut mir leid, ich bin etwas durch den Wind«, sagte sie, »ich wollte Sie nicht anschnauzen.«

»Kein Problem.«

»Es ist nur so, dass ich Paul wirklich sehr dringend erreichen muss und schon ganz verrückt bin, weil er nicht an sein Handy geht.«

»Das verstehe ich. Nur leider haben wir eben unsere Vorschriften, und ich kann ja nicht einmal überprüfen, ob Sie wirklich Paul Johannsens Frau sind.«

»Ich könnte Ihnen …«, setzte sie an, doch da sprach der Crewplaner schon weiter.

»Aber selbst, wenn Sie es tatsächlich sind, darf ich es Ihnen nicht sagen.«

»Warum denn nicht?«

»Das habe ich Ihnen bereits erklärt, diese Informationen unterliegen dem Datenschutz.«

»Und was, wenn ich mit einer schweren Verletzung im Krankenhaus läge?«, warf sie ein. »Wenn es hier um Leben und Tod ginge oder ich ein Baby bekäme?«

»Auch dann nicht«, antwortete Frank Habermann und schmunzelte dabei hörbar.

»Was ist denn das für ein Scheißsystem?«, flippte Stella nun doch noch einmal aus. Der Umstand, dass ihre Verzweiflung den Mann offenbar amüsierte, ließ sie aus der Haut fahren.

»Ein System, das unsere Mitarbeiter schützt«, gab der Crewplaner ruhig und gelassen zurück. »Das wird auch bei anderen Firmen so sein. Man kann nicht einfach irgendwo anrufen und seinem Partner nachspionieren.«

»Nachspionieren?« Stella japste auf. »Haben Sie gerade *nachspionieren* gesagt?«

»Jetzt hängen Sie sich bitte nicht an diesem einen Wort auf. Alles was ich Ihnen sagen kann, ist, dass ich diese Information nicht weitergeben darf.«

»Bitte!«, versuchte sie es nun in flehendem Tonfall. »Bitte helfen Sie mir, es ist wirklich wichtig!« Sie schluckte den Kloß in ihrem Hals herunter und blinzelte gegen die aufsteigenden Tränen an.

Einen Moment lang hörte sie Frank Habermann nur atmen. »Sehen Sie sich noch einmal den Dienstplan Ihres Mannes an«, sagte er schließlich etwas leiser als noch zuvor. »Das ist der einzige Rat, den ich Ihnen geben kann.«

»Der stimmt doch aber nicht mehr, das habe ich Ihnen ja schon gesagt!«

»Haben Sie denn die aktuellste Version?«

»Was meinen Sie?«

»Na ja, die Pläne müssen permanent auf den neuesten Stand gebracht werden, weil es häufig Änderungen gibt. Ich weiß natürlich nicht, von wann der Plan ist, der bei Ihnen am Kühlschrank hängt, das könnten Sie mal nachsehen.«

»Okay«, erwiderte Stella und fragte sich, was das bringen sollte, denn sie wusste ja, dass diese Version auf gar keinen Fall mehr stimmen konnte.

»Er müsste vom 19. Juni sein, hier bei mir steht, dass er um 15.53 Uhr aktualisiert wurde«, fügte Frank Habermann hinzu. »Wenn Sie den haben, ist es der aktuellste.«

»Wohl kaum«, antwortete sie. »Mein Mann hat ja am Samstagabend um eine Änderung gebeten, und das war der 23. Juni.«

»Das sollten Sie noch einmal überprüfen. Mehr kann ich Ihnen dazu wirklich nicht sagen.«

»Aber wenn …«

»Hören Sie«, fiel er Stella ins Wort. »Ich möchte nicht in Teufels Küche kommen. Sehen Sie sich einfach den Dienstplan an, mehr sage ich dazu nicht.«

»In Ordnung, das tue ich.« Sie verabschiedeten sich, Stella legte auf und blieb verwirrt auf ihrem Bett sitzen. Was sollte sie von diesem Telefonat halten? Es war eindeutig, dass Frank Habermann ihr durch die Blume etwas hatte mitteilen wollen, allerdings begriff sie nicht, was. Der aktuellste Plan war also laut dem Crewplaner vom 19. Juni, da war Paul schon seit dem frühen Morgen unterwegs gewesen. Aber was war mit seinem Versprechen vom Samstagabend, seinen Dienst sofort zu unterbrechen? Davon müsste die Airline doch längst unterrichtet sein. Jedenfalls dann, wenn Paul sich wie angekündigt tatsächlich auf die Heimreise begeben hatte.

Ein mulmiges Gefühl überkam sie. Hatte Paul sie belogen? Hatte er sich in Wahrheit gar nicht krankgemeldet? Enno hatte er ja auch angerufen und ihm seine baldige Rückkehr angekündigt. Hatte er das einfach nur behauptet? Und wenn ja – warum?

Sie stand auf, ging zur Schlafzimmertür, legte ihr Ohr dagegen und lauschte. Draußen war nichts zu hören. Ob sie sich in den Flur wagen konnte? Bis hinunter in die Küche würde sie auf keinen Fall gehen. Nicht, so lange Enno nicht bei ihr war. Es war immerhin gut möglich, dass sich noch jemand im Haus befand. Überhaupt wäre es das Beste, auf seine Ankunft zu warten, es konnte sich nur noch um ein paar Minuten handeln. Andererseits brannte es Stella unter den Nägeln herauszufinden, was der Crewplaner mit seiner Bemerkung gemeint hatte, und vom Schlafzimmer bis zu Pauls Büro waren es nur ein paar Meter. Dort könnte sie auf seinem Notebook den letzten Plan öffnen, sie hatte ihn unter den Dateien bei ihrer Suche nach dem Video ja schon entdeckt.

So vorsichtig und leise wie möglich drehte Stella den Schlüssel nach rechts, gab sich Mühe, nicht das kleinste Geräusch zu verursachen. Dann drückte sie sachte die Klinke herunter, schob die Tür einen Spalt auf und linste hindurch. Der Flur lag verlassen vor ihr, nur die Winkekatze saß noch immer in Paulchens Korb und ließ ihre rechte Tatze vor- und zurückschwingen. Kurz blitzte in Stellas Kopf die Frage auf, wo ihr Kater eigentlich steckte. Doch sie schob den Gedanken beiseite, darum würde sie sich später kümmern.

Sie öffnete die Tür so weit, dass sie sich hindurchquetschen konnte, eilte dann auf Zehenspitzen zu Pauls Büro, schlüpfte hinein und schloss direkt hinter sich wieder ab, drehte den Schlüssel zweimal um. Vor Erleichterung atmete sie tief durch und lehnte sich für einen Moment mit geschlossenen Augen gegen die Tür. Dann setzte sie sich an Pauls Schreibtisch und vor den Laptop. Wenige Mausklicks später hatte sie die gesuchte Datei gefunden und öffnete sie.

In der oberen rechten Ecke des Dokuments war ein »Stand: 05.06., 11.23 Uhr« vermerkt. Sie überflog die Daten und Orte, sie schienen mit denen auf dem Blatt am Kühlschrank übereinzustimmen, das war also der Plan, den Stella kannte. Wie zuvor hatte sie die Dateien nach Datum sortiert, und nach dem 5. Juni hatte Paul nichts mehr auf seinem Notebook gespeichert. Wenn es allerdings einen aktuelleren Plan gäbe, müsste sie ihn in Pauls E-Mail-Postfach finden können.

Entschlossen öffnete sie Outlook, um nachzusehen. Noch nie hatte sie in den Mails ihres Mannes herumgestöbert, und sie hatte fast ein schlechtes Gewissen, als sie nun seinen Posteingang auf Nachrichten seiner Airline absuchte. Aber nur fast, vor allem, als sie bereits nach wenigen Sekunden zwar keine Mail vom 23. Juni, dafür aber eine vom Nachmittag des 19. Juni entdeckt hatte. Paul hatte sie um 16.11 Uhr erhalten, da war er laut seinem alten Plan längst in der Luft gewesen. Im Betreff war »Änderung Einsatzplan Nr. 12.1.2.« zu lesen. Mit zittrigen Händen klickte Stella die Mail an und lud das angehängte PDF-Dokument herunter. Während es sich auf dem Bildschirm aufbaute, wusste sie nicht, was sie hoffen sollte. Sie kämpfte gegen das Unbehagen an, das von ihr Besitz ergreifen wollte; das

Unbehagen darüber, dass Paul ihr nicht die Wahrheit gesagt hatte.

Schon ein erster Blick auf den Bildschirm reichte aus, um ihr genau das zu bestätigen. Paul hatte sie belogen, und das nicht erst seit Samstagabend. Nein, er hatte vor genau einer Woche frühmorgens das Haus verlassen, um einen angeblich sehr langen Dienst anzutreten – und hatte sich nur Stunden später flugunfähig gemeldet. Genau dieses Wort war in seinem Einsatzplan zu lesen: *unfit.* Beginnend mit dem 19. Juni und bis hin zum Ende des gesamten Monats.

Unfit to fly, an jedem einzelnen Tag.

31

Stella lehnte sich auf dem Stuhl zurück und biss sich auf die Unterlippe, so fest, dass sie auf der Zunge Blut schmeckte. Sie konnte nicht glauben, was sie gerade entdeckt hatte. Paul war weder in Auckland noch in Bangkok, noch sonst wo gewesen – er war überhaupt nicht abgeflogen! Langsam, aber sicher dämmerte ihr, weshalb sie ihren Mann nie hatte erreichen können, weshalb sein Handy in den vergangenen Tagen ständig ausgeschaltet gewesen war und sie immer nur mit ihm hatte sprechen können, wenn er sich bei ihr gemeldet hatte. Das Klingeln! Es gab einen anderen Freizeichenton, wenn Paul im Ausland war, das Tuten in der Leitung unterschied sich von dem in Deutschland. Warum war ihr das nicht aufgefallen, warum hatte sie keinerlei Verdacht geschöpft, dass bei jedem ihrer Anrufe immer sofort die Mailbox angesprungen war?

Weil sie nicht den geringsten Anlass gehabt hatte, Paul zu misstrauen, und auch jetzt noch konnte sie sich nicht vorstellen, dass ihr Mann sie so hintergehen würde. Dafür musste es eine Erklärung geben, eine vollkommen simple und nachvollziehbare Erklärung. Sie lachte bitter, denn die einzige Erklärung, die ihr spontan dazu einfiel, war die denkbar abgeschmackteste und billigste: Ihr Mann hatte eine Affäre. Hatte eine kleine Freundin, für die er sich ein paar Tage freigeschaufelt hatte. Während seine Frau nahezu hysterisch darauf wartete, dass er nach Hause zurückkehrte, vergnügte er sich womöglich gerade mit ihr in irgendeinem Hotel, genoss das Dolce Vita und schlürfte mit ihr Cocktails im Jacuzzi. Bilder überfluteten sie, Momentaufnahmen von nackter Haut und zerwühlten Laken, sie sah sich küssende Münder und sich gegenseitig streichelnde Hände.

Stella ballte die Hände zu Fäusten, schlug mit der rechten heftig auf die Tischplatte und stieß ein unwilliges Ächzen aus. Das konnte nicht sein, das war unmöglich. Nie würde Paul ihr so etwas antun, niemals im Leben, das war nicht sein Stil, war es nie gewesen und würde es nie sein.

Oder doch? Was, wenn er nur wie alle anderen war, wie die Marius Marquardts dieser Welt? Wenn er sich nach sechs Jahren Beziehung ein wenig Abwechslung gönnen wollte? Abwechslung von einer Ehe, in der der Sex nach so langer Zeit etwas seltener stattfand und dann auch weniger leidenschaftlich, weniger wild war? Konnte das sein? Konnte das tatsächlich sein? Stella dachte an ihre Mutter und daran, wie verächtlich sie immer über Männer gesprochen hatte. Dass auf sie kein Verlass sei, einfach kein Verlass, und dass sie das Weite suchen würden, sobald es ihnen zu unbequem wurde. So, wie Stellas Vater es getan hatte. War Paul, ihr über alles geliebter Mann, auch nur so ein Dreckskerl? Verlogen, verschlagen, triebgesteuert? Sie glaubte es nicht, wollte es nicht glauben.

Und überhaupt, war es Zufall, dass Paul sie belog und sich gleichzeitig die Ereignisse in der Blumenstraße überschlugen, das Paar im Auto auftauchte? Nein, es musste alles irgendwie zusammenhängen.

Das Klingeln an der Haustür ließ sie zusammenzucken,

sie sprang vom Schreibtischstuhl auf, lief zum Fenster, öffnete es und sah hinaus. Unten vor dem Eingang stand Enno Borchers. Stella rief nach ihm, und er schaute zu ihr herauf.

»Machst du mir auf?«

»Ich werf dir den Schlüssel runter«, antwortete sie, froh darüber, dass ihre Handtasche mitsamt dem Schlüsselbund noch in Pauls Büro lag, so dass sie nicht allein nach unten gehen musste.

»Alles klar, ich seh mich dann zuerst mal im Erdgeschoss um.«

Sie konnte hören, wie Enno die Tür aufschloss, dann folgten leise Schritte, die sich von Zimmer zu Zimmer bewegten. Kurz darauf ging die schwere Tür zum Keller. Als sie danach kein weiteres Geräusch mehr vernahm, vermutete sie, dass Enno die drei großen Räume im Souterrain absuchte. Sie konnte nicht umhin, ihm Respekt zu zollen, sie selbst hätte sich nicht getraut, nachzusehen, ob sich jemand im Haus versteckt hielt. Viel zu groß wäre ihre Angst vor einem möglichen Angriff gewesen, und sie hoffte inständig, dass Enno bei seinem Rundgang niemanden aufspüren würde.

Wenige Minuten später ging die Tür erneut, dann erklang ein leises Knarren auf der Treppe, die nach oben führte. Stellas innere Anspannung ließ ein wenig nach, bisher hatte Enno also noch niemanden entdeckt. Sie hörte ihn im Bad und danach im Schlafzimmer, schließlich wurde die Klinke der Bürotür langsam von außen heruntergedrückt. Sofort öffnete sie und ließ ihn herein, schloss jedoch hinter ihm wieder ab.

»Scheint niemand im Haus zu sein«, sagte er. Stella starrte auf das lange Küchenmesser in seiner rechten Hand, automatisch wich sie ein Stück zurück. Er bemerkte es und lächelte sie entschuldigend an. »Irgendwie musste ich mich ja bewaffnen, für den Fall der Fälle.«

»Ja«, sie nickte, konnte aber den Blick nicht von der glänzenden Klinge abwenden. Was, wenn Enno auf jemanden gestoßen wäre? Sie wollte lieber nicht darüber nachdenken. Auch nicht darüber, dass sie gerade allein mit einem Mann war, der eine lebensgefährliche Waffe in der Hand hielt und dem sie bisher nicht die allergrößten Sympathien entgegengebracht hatte. Woher auch immer dieser Gedanke kam, er machte ihr Angst. Es fühlte sich an, als würde man an der Kante eines steilen Abgrunds stehen. Und obwohl man auf gar keinen Fall springen möchte, ist man unsicher, ob man es nicht trotzdem tut. »Kannst du das Messer bitte weglegen?«, bat sie ihn.

»Natürlich.« Er legte das Messer auf dem Schreibtisch ab, dann musterte er sie besorgt. »Geht es dir gut? Hast du jemanden gesehen?«

»Ich bin froh, dass du jetzt da bist«, antwortete sie. »Aber gesehen habe ich niemanden.«

»Wer weiß davon, dass Paul dir eine Winkekatze geschenkt hat?« Als sie ihn vor einer halben Stunde angerufen und panisch von ihrer Entdeckung im Körbchen des Katers berichtete hatte, hatte sie ihm auch erzählt, dass es sich um genau so eine Manekineko handelte, wie Paul sie ihr einmal mitgebracht hatte.

»Keine Ahnung«, erwiderte sie. »Paul und ich natürlich. Und Frau Graubert, die Haushälterin. Aber sonst?« Sie überlegte angestrengt. »Es ist ja schon ein paar Jahre her, und ich kann dir nicht sagen, ob sie mal einem Besucher oder einen Handwerker aufgefallen ist. Bevor ich sie heimlich entsorgt habe, hat sie eine Zeitlang auf dem Sideboard im Wohnzimmer gestanden. Möglich auch, dass Paul es jemandem erzählt hat, vor allem, nachdem sie eines Tages verschwunden war. Auch wenn er mich nie danach gefragt hat – vielleicht hat er es doch bemerkt, und es hat ihn verletzt.«

»Auf jeden Fall muss es einen Grund dafür geben, weshalb jemand genau so eine Winkekatze ausgewählt hat.«

»Da ist etwas, was ich herausgefunden habe«, sagte sie.

»Was denn?«

»Sieh dir das hier mal an!« Sie deutete auf das aufgeklappte Notebook. Enno nahm davor Platz, und sie schilderte ihm in knappen Worten, wie sie auf Pauls geänderten Dienstplan gestoßen war.

»Er ist letzte Woche überhaupt nicht abgeflogen?«, hakte Enno nach, während er sich auf dem Bürostuhl zu ihr umdrehte. Stella hatte sich auf das kleine rote Schlafsofa neben dem Schreibtisch gesetzt, die Arme miteinander verschränkt, die Beine übereinandergeschlagen, und wippte nervös mit einem Fuß.

»Sieht nicht so aus, nein.«

»Das verstehe ich nicht!«

»Da sind wir schon zu zweit.«

Enno runzelte die Stirn. »Die ganze Sache wird immer eigenartiger«, sagte er dann. »Das passt so gar nicht zu Paul.«

»Ich habe mich gefragt, ob er vielleicht eine Affäre hat.«

»Paul? Auf keinen Fall! Das hätte er mir erzählt.« Diese Bemerkung versetzte Stella einen Stich, obwohl sie darüber eigentlich hätte froh sein müssen. »Nein, Stella, irgendwas stimmt da nicht.«

»Na, das liegt wohl auf der Hand!«, gab sie wesentlich spöttischer zurück als beabsichtigt. »Du hast mir ja bisher nicht glauben wollen.«

Enno überging ihren kleinen Angriff. »Es tut mir leid, aber ich habe gedacht, dass du Gespenster siehst.« Er zuckte mit den Schultern. »Da habe ich mich anscheinend geirrt. Fällt dir denn gar kein Grund ein, weshalb Paul seinen Dienstplan geändert hat, ohne dir Bescheid zu sagen?«

»Leider nein. Bis auf die Sache mit der Geliebten, aber du sagst ja selbst, dass du so was für ausgeschlossen hältst.«

Eine Weile hingen sie beide ihren Gedanken nach.

»Trotzdem, Stella«, sagte Enno schließlich und betrachtete sie ernst. »Du musst irgendetwas wissen!«

»Was soll ich denn wissen?«

»Keine Ahnung. Etwas, von dem dir vielleicht gar nicht klar ist, dass es eine Bedeutung hat.«

»Wie soll es mir dann einfallen?«

»Das weiß ich auch nicht.« Er seufzte und drehte sich dabei auf dem Bürostuhl hin und her. »Okay«, sprach er weiter. »Gehen wir mal davon aus, Paul hat dir absichtlich verheimlicht, dass er seinen Einsatzplan hat ändern lassen.«

»Davon können wir wohl ganz sicher ausgehen.«

»Dann haben wir noch das parkende Pärchen, die Botschaften und die Winkekatze«, fuhr er fort. »Die Sache mit dem Video von damals hat sich ja erledigt.«

»Tja.« Sie sah ihn ratlos an. »Ich fürchte, darüber kann ich noch ewig nachgrübeln, ohne zu einer Lösung zu gelangen. Es ist alles total verworren.«

»Hm.« Der Therapeut legte erneut die Stirn in Falten. »Wenn wir mal annehmen, dass außer Egon Scharff noch jemand darüber Bescheid weiß, dass Paul damals am Steuer gesessen hat und nicht du – dann müssen wir uns die Frage stellen, was derjenige mit seinen Aktionen bezwecken will.«

»Auch darauf habe ich keine Antwort. Genau so wenig, wie ich weiß, wo Paul stecken könnte.«

»Denkst du«, setzte Enno an, unterbrach sich dann aber.

»Was soll ich denken?«

»Hältst du es für möglich, dass er sich abgesetzt hat? Dass er herausgefunden hat, dass jemand die Wahrheit kennt, und deshalb beschlossen hat, das Weite zu suchen?«

Seine Worte trafen Stella wie ein Faustschlag, ihr wurde flau im Magen. Spontan hätte sie darauf am liebsten ein energisches »Nein!« erwidert – aber wie konnte sie da sicher sein? Überhaupt nicht, musste sie sich eingestehen. Wie groß war Pauls Angst immer gewesen, dass die ganze Sache eines Tages auffliegen könnte? Auch jetzt noch, nach so vielen Jahren. »Ich kann es mir zwar nicht vorstellen«, sagte sie zögerlich, »aber es könnte eine mögliche Erklärung sein. Wenn jemand Kontakt zu Paul aufgenommen und ihm gesagt hat, dass er Bescheid weiß, dann ist es denkbar …« Sie schüttelte den Kopf, bevor sie den Satz zu Ende gesprochen hatte. »Nein, das passt doch alles nicht zusammen! Wozu dann dieser ganze Aufwand?«

»Keine Ahnung«, sagte Enno. »Für mich steht nur eines fest: Paul weiß mehr, als er dir oder mir gesagt hat. Er verheimlicht uns etwas.« Mit diesen Worten beugte er sich zu dem Rollcontainer unter dem Schreibtisch, zog die oberste Schublade auf und spähte hinein. »Ich finde, wir sehen uns mal ein bisschen bei ihm um.«

»Wir können doch nicht Pauls Sachen durchwühlen!«

»Hast du im Moment eine bessere Idee?«

»Nein. Aber wir machen es trotzdem nicht, das ist falsch!«

»Und dir einen alten Dienstplan unterzujubeln und dich anzulügen ist richtig?«

»Er wird seine Gründe dafür gehabt haben.«

»Mit Sicherheit.« Ein energischer Ausdruck trat auf Ennos Gesicht. »Und genau diese Gründe werden wir jetzt herausfinden. Schließlich geht es auch um meinen besten Freund, und ich will wissen, wo er ist!« Damit zog er die Lade ganz auf.

Eine Weile sah Stella hilflos dabei zu, wie Enno einen Stapel Papier nach dem anderen aus dem Container hervorholte, ihn durchblätterte, wieder zurücklegte und sich die nächsten Unterlagen schnappte. Ihr war alles andere als wohl dabei, aber schließlich erhob sie sich vom Sofa, ging hinüber zu einem schmalen Regal, in dem sich neben ein paar Büchern noch mehrere Stehsammler befanden, in denen ihr Mann ebenfalls Papiere aufbewahrte. Sie stieß auf alte Reiseunterlagen, auf Lernmaterialien aus seiner Pilotenausbildung, Versicherungsverträge, Abrechnungen der Krankenkasse, Gebrauchsanweisungen und weitere Dokumente, die ihr keinen verdächtigen Eindruck machten. Auch Enno schien nichts Auffälliges gefunden zu haben. Nachdem er die letzte Schublade des Containers zugeschoben hatte, sah er sie frustriert an.

»Hier ist nichts«, stellte er fest.

»Ich habe auch nichts entdeckt, allerdings wissen wir ja nicht einmal, wonach wir suchen.«

»Trotzdem, ich bin mir ganz sicher, dass wir etwas finden werden.« Er wandte sich Pauls Notebook zu. »Lass uns alle seine Mails checken.«

»Gut«, stimmte Stella zu. Mittlerweile waren ihre Skrupel verschwunden. Das, was Pauls Freund und sie hier taten, war genau genommen nichts anderes als Notwehr. Oder wenigstens so etwas in der Art. Sie beugte sich von hinten über Ennos Schulter und sah ihm dabei zu, wie er durch den Posteingang ihres Mannes scrollte.

Auch hier nichts, was sein Verschwinden erklären würde. Abgesehen von dem aktualisierten Dienstplan, fanden sich nur ältere Pläne und ein paar betriebsinterne Mitteilungen seiner Airline, Bestellbestätigungen diverser Onlinehändler sowie einige Spam-Mails, die Paul noch nicht gelöscht hatte. Stella war erleichtert und beunruhigt zugleich. Zum einen, weil sie *nichts* finden konnten – zum anderen genau deshalb. Sie warf einen Blick auf die digitale Uhr am oberen Bildschirmrand, mittlerweile war es fast elf Uhr, und von Paul fehlte noch immer jede Spur. Sie wünschte sich sehnlichst, dass er jeden Moment unten im Flur die Haustür aufschließen würde. Mit einer plausiblen Erklärung für alles. Aber sie wusste, dass die Wahrscheinlichkeit, dass das passieren würde, gegen null ging.

»Okay«, sagte Enno, nachdem sie das gesamte letzte Jahr gecheckt hatten, »dann werfen wir mal einen Blick darauf, was er sonst noch so auf dem Notebook hat.« Zielsicher klickte er den Ordner »Paul« an, der mitten auf dem Desktop lag und sich in »Job« und »privat« unterteilte.

»Zuerst Job oder privat?«, wollte er wissen.

»Privat«, sagte Stella und krallte beide Hände in die Rückenlehne des Bürostuhls. Vor Jahren, kurz nach ihrer Heirat mit Paul, hatte sie schon mal so hier gesessen. Zwar vor einem anderen Notebook, einem Vorgängermodell – aber die Ordner »Job« und »privat« hatte es auch da schon gegeben. Sie hatte das Verzeichnis nicht geöffnet, damals nicht, obwohl sie zu gern gewusst hätte, was genau Paul unter

»privat« abgelegt hatte. Zu der Zeit hatten sie trotz ihrer Eheschließung noch häufig Zweifel geplagt, ob Paul sie wirklich liebte und es ehrlich mit ihr meinte. Oder ob sie nicht doch vielmehr eine Gemeinschaft waren, die aus Verzweiflung, aus gemeinsamer Schuld entstanden war. Paul war monatelang so gut wie jede Nacht, die sie miteinander verbrachten, aus dem Schlaf hochgeschreckt, und sie hatte sich gefragt, ob es nur die Angst vor Entdeckung war, die ihm das Leben so schwermachte.

»Natalie«, unterbrach Enno Borchers ihre Gedanken. »Da ist ein Ordner mit dem Namen Natalie.«

Sie folgte seinem Zeigefinger. »Ja«, sagte sie, ihre Stimme krächzte und sie musste sich räuspern. »Warum auch nicht? Sie war ja schließlich seine Frau.« Sie war überrascht. Überrascht, dass Paul auf seinem Notebook Andenken an Natalie hortete. In all den Jahren hatten sie nie über seine erste Ehe gesprochen, hatten gemeinsam einen Neustart unternommen und die Vergangenheit ausradiert. Paul hatte alles, was mit Natalie zu tun gehabt hatte, aus dem Haus geschafft, von den paar Antiquitäten im Keller abgesehen. Stella war immer davon ausgegangen, dass er es nicht nur ihr zuliebe getan hatte, sondern auch, weil er selbst sich von der Last der Erinnerung hatte befreien wollen. Doch jetzt betrachtete sie diesen Ordner, der das Gegenteil bewies, und ein unangenehmes Kribbeln breitete sich in ihrem Körper aus.

»Soll ich den öffnen?«, fragte Enno. »Ich werde einfach den Verdacht nicht los, dass alles, was hier passiert, mit dem Unfall und Natalies Tod zu tun hat.«

Stella nickte, sie war der gleichen Überzeugung. Egal, wie schmerzhaft es auch sein würde, sich anzusehen, was sich in diesem Verzeichnis befand – sie würde sich dem stellen müssen.

Der Ordner enthielt hauptsächlich Fotos, die entweder nur Natalie oder sie zusammen mit Paul zeigten, vereinzelt waren sie auch mit ein paar Freunden zu sehen. So jung, so blutjung sahen sie auf den Fotos aus, noch halbe Kinder, alle beide. Paul zwar schon so attraktiv wie heute, aber sein Blick … Seine Augen hatten sich seitdem verändert, waren, so kam es Stella jedenfalls vor, eine Nuance dunkler geworden. Vielleicht ein bisschen trauriger. Daneben Natalie, diese dunkelhaarige und strahlende Schönheit. Mit langen schwarzen Haaren und katzengrünen Augen. Schön, ja, das war sie, anders konnte man es nicht sagen. In der Nacht, als sie betrunken im Haus aufgetaucht war, hatte Stella überhaupt nicht registriert, wie unfassbar gut sie aussah. Aber da war Pauls erste Frau natürlich auch ziemlich derangiert gewesen, und später hatte Stella es vermieden, sich jemals ein Foto ihrer Vorgängerin anzusehen oder sich überhaupt mit dem Leben zu befassen, das Paul vor ihrem Kennenlernen geführt hatte. Wozu hätte sie sich das antun sollen?

Und tatsächlich war sie ja immer der festen Überzeugung gewesen, dass auch Paul an der Vergangenheit keinerlei Interesse mehr hatte, dass er sie komplett ausblenden und vergessen wollte. Jedenfalls hatte sie das gedacht, bis ihr Mann ihr vor ein paar Monaten überraschend mitgeteilt hatte, dass er an der Konfirmation seiner Nichte Laura teilnehmen würde. Und nun auch noch dieser Ordner hier, diese Ansammlung von Relikten aus seinem früheren Leben. Es schmerzte, schmerzte höllisch; mehr noch als die Schnitte, die Stella bei dem Unfall davongetragen hatte.

Sie hielt es kaum aus, weiter hinzuschauen, während

Enno ein Bild nach dem nächsten öffnete. Ertrug es nicht, dieses optische Traumpaar vor Augen zu haben, diese glücklich lächelnden Gesichter. Hatten sie und Paul jemals gemeinsam so in eine Kamera geschaut? Nein, natürlich nicht, seit dem Unfall ließ Stella sich nur noch fotografieren, wenn es nicht zu vermeiden war, etwa für den Personalausweis oder den Führerschein.

Zweite Wahl, ging es ihr durch den Kopf, *du bist nur die zweite Wahl.*

Doch ehe sie sich tiefer in eine gedankliche Todesspirale drehen konnte, öffnete Enno ein Bild, das Natalie und Paul als Brautpaar zeigte. Sie in einem bodenlangen weißen Kleid, er in dunkelgrauem Anzug mit Weste, glücklich lachend vor dem Portal einer Kirche. Umringt von ihren Familien, an Pauls Vater und seine Mutter konnte Stella sich nach den wenigen flüchtigen Begegnungen, die sie mit ihnen gehabt hatte, noch erinnern.

Doch seine Eltern waren es nicht, die Stellas Aufmerksamkeit auf sich zogen und sie dazu brachten, erschrocken die Luft anzuhalten. Vielmehr waren es zwei Leute, die auf der rechten Seite schräg hinter Natalie standen. Ein Mann und eine Frau. Das Paar aus dem Auto in der Blumenstraße.

32

»Da! Die beiden da!« Stella deutete aufgeregt auf das Paar hinter Natalie auf dem Foto. »Das sind die zwei aus dem Mercedes!«

Enno drehte sich zu ihr um und sah sie perplex an. »Bist du sicher?«

»Ja, absolut. Die Frau hat zwar hier auf dem Foto dunklere Haare, aber ich erkenne die beiden eindeutig wieder, ohne jeden Zweifel.«

»Das sind Natalies Bruder Lukas und seine Frau Saskia.«

»Also doch«, sagte Stella und starrte auf das Bild.

»Also doch?«

Sie nickte langsam. »Ja, das ergibt Sinn«, und sprach dabei mehr zu sich selbst als zu ihm. »Als ich überlegt habe, wer überhaupt in Frage kommt, Paul und mich so zu tyrannisieren, oder wer uns gefilmt haben könnte, kamen mir Natalies Eltern und ihr Bruder natürlich auch in den Sinn, schließlich hassen sie uns. Allerdings habe ich die Idee gleich wieder verworfen, weil sie mit Sicherheit schon damals etwas gegen Paul unternommen hätten, wenn sie Bescheid gewusst hätten.« Sie ging zurück zum Sofa, setzte sich und schlug die Beine übereinander. »Ich habe nie jemanden aus Natalies Familie kennengelernt, also wusste ich bisher nicht, wie sie aussehen.«

»Und ich war nicht am Wagen, als sie hier geparkt haben. Sonst hätte ich dir natürlich gesagt, wer die beiden sind«, fügte Enno hinzu. »Schließlich kenne ich sie seit Jahren.«

»Du warst damals sicher auch auf der Hochzeit. Warst du nicht sogar Pauls Trauzeuge?«

»Ja«, antwortete er. »Ich habe, ehrlich gesagt, sogar dieses Foto gemacht, deshalb bin ich auch nicht darauf zu sehen.«

»Und hast du noch Kontakt zu Lukas und Saskia?«

»Nein, schon lange nicht mehr.« Er machte eine wegwerfende Handbewegung. »Nach dem Unfall hat man mich quasi in Sippenhaft genommen, weil ich zu Paul gehalten habe. Aber das war für mich selbstverständlich! Ich mochte Natalie – aber Paul ist mein Freund.«

»Okay«, sagte Stella, beugte sich vor, stützte sich mit einem Ellbogen auf dem Oberschenkel ab und bettete das Kinn in der Hand. »Damit wissen wir jetzt, wer die Leute im Auto sind.«

»Dann haben Lukas und seine Frau irgendwann auch herausgefunden, dass nicht du gefahren bist, sondern Paul?

»Glaube ich nicht«, widersprach Stella.

»Nein?«

»Ich denke, sie ahnen vielleicht, dass die ganze Sache etwas anders war, als wir sie dargestellt haben, wissen aber nichts Genaues. Und selbst, wenn sie es mit Sicherheit wüssten, hätten sie überhaupt keine Beweise dafür. Wäre es anders, hätten sie sich bestimmt direkt an die Polizei gewandt. So aber«, sie hielt einen Moment inne, um ihre Gedanken zu ordnen, »so aber spricht es eher dafür, dass sie versucht haben, Paul und mich mit ihren Psychospielchen aus der Reserve zu locken.«

»Warum sind sie dann gestern unverrichteter Dinge wieder abgezogen? Ihr Ziel haben sie ja noch nicht erreicht.«

»Das ist mir auch ein Rätsel.« Mit den Fingerspitzen massierte sich Stella die Schläfen, als könnte sie ihren Kopf so zu schnellerem Denken bewegen. »Kann sein«, sagte sie schließlich, »dass sie einfach aufgegeben haben. War ihnen vielleicht zu viel Trubel hier in der Straße, oder es hat ihnen schon gereicht, mir Angst zu machen.«

»Hm«, kam es von Enno, »und was ist dann mit Paul? Und was sollen die Winkekatze und das ›Bye-bye‹«? Er sah sie zweifelnd an. »Ich glaube eher …«, fuhr er fort, »ich glaube eher, sie zünden die nächste Stufe.«

»Die nächste Stufe?«

»Stella«, sagte er und musterte sie mit ernster Miene. »Ich teile deine Meinung, dass Paul unter gar keinen Umständen einfach abgehauen ist, das hätte er nie getan. Also bleibt nur eine andere Möglichkeit.«

»Die da wäre?«

»Ich fürchte, dass sie ihn haben.«

»Dass sie ihn haben?«, wiederholte Stella langsam und verstand nicht, was Enno damit meinte.

»Ich spreche von Lukas und Saskia«, erklärte er. »Meiner Meinung nach haben sie Paul in ihrer Gewalt.«

»Unsinn!«, widersprach sie heftig. »Das ist doch totaler Quatsch! Ich kann mir zwar vorstellen, dass die beiden uns Angst einjagen wollten – aber du redest hier gerade von Kidnapping, das ist ein völlig anderes Kaliber.«

»Findest du denn nicht, dass es passen würde? Was, wenn Lukas und Saskia Paul auf dem Weg zur Arbeit abgefangen und ihn unter Druck gesetzt haben, damit er sich vom Dienst abmeldet? Dann haben sie versucht, die Wahrheit aus ihm herauszubekommen, und als er nicht reden wollte, haben sie beschlossen, dass sie sich dich vorknöpfen.«

Stella ließ sich Ennos Idee durch den Kopf gehen. Und musste zugeben, dass es vom Ablauf her Sinn ergeben würde. Andererseits aber auch nicht. »Das wäre eine Theorie«, sagte sie, »aber wo war Paul in der Zeit, in der sie hier geparkt haben?«

Enno zuckte mit den Schultern. »Vielleicht haben sie ihn irgendwo weggesperrt, was weiß ich.«

Sie schüttelte sich bei der Vorstellung. Paul, eingeschlossen in einem Keller oder, noch schlimmer, gefesselt und geknebelt, an eine Heizung gekettet, Bilder, wie Stella sie nur aus Filmen kannte. »Dann müssen wir ihm helfen!«, rief sie aus.

»Ja«, stimmte Enno zu, stand auf und ging zur Tür.

»Wo willst du denn hin?«

»Zu Lukas und Saskia. Ich weiß ja, wo sie wohnen.«

Eine halbe Stunde später erreichten sie ein Haus, das eher die Bezeichnung »Palast« verdient hätte. Ein weißes Herrenhaus aus der Jahrhundertwende mit großer Freitreppe und einem von Säulen gesäumten Portal sowie mehreren Nebengebäuden. Auf der Fahrt hierher hatte Stella sich mit jedem Kilometer, den sie hinter sich gebracht hatten, unwohler gefühlt. Ihr war die Strecke durchaus vertraut, sie hätte sie nie vergessen: Enno war mit ihr exakt denselben Weg gefahren wie sie mit Paul und Natalie vor sechs Jahren, sie hatten sogar die Unfallstelle passiert. Jemand hatte sie mit einem hölzernen Kreuz markiert, und obwohl Enno einfach so daran vorbeigefahren war, war Stella sicher, dass der Name »Natalie« darauf stand.

»Hier wohnen Natalies Eltern?«, fragte sie, als Enno nun langsam auf das Herrenhaus zufuhr.

»Ja«, bestätigte er. »Lukas lebt mit seiner Familie in einem der Nebengebäude.« Er zeigte auf ein Haus, das immer noch doppelt so groß war wie Pauls und ihre Villa.

»Ist das eine gute Idee, wenn wir hier einfach so aufkreuzen?«, wollte Stella wissen. »Ich meine, wie auf dem Präsentierteller, dass sie gleich mitkriegen, dass wir da sind?«

Enno lachte auf. »Stella! Wenn es so ist, wie ich annehme, haben die dich und Paul doch ohnehin in der Hand. Kein Grund mehr für Katz- und Mausspielchen, wir müssen herausfinden, was sie wollen.«

»Okay.«

Enno hielt direkt vor dem Gebäude, auf das er gezeigt hatte, an. Sie stiegen aus und gingen zur Haustür, rechts davon war eine bronzene Namensplatte mit Klingel montiert, »Sievers« stand in geschwungenen Lettern darauf. Enno betätigte den Knopf, im Haus erklang ein melodischer Gong. Es regte sich nichts, also drückte Stella noch einmal auf die Klingel. Es blieb still im Haus, kein Fußgetrappel, nichts.

»Niemand da«, sagte Stella. »Aber das überrascht mich auch nicht.«

»Lass uns zum Haupthaus gehen«, schlug Enno vor. »Vielleicht sind Natalies Eltern ja zu Hause.«

»Und wenn wir doch auf der falschen Spur sind?« Alles in Stella sträubte sich dagegen, zum Herrenhaus zu gehen und dort womöglich auf Natalies Eltern zu treffen. Sie hatte diese Leute nie kennengerlernt und legte auch jetzt keinen großen Wert darauf; darauf, in Gesichter zu blicken, in denen deutlich der Vorwurf zu lesen war, dass sie ihre Tochter getötet hatte.

»Komm«, sagte Enno und streckte ihr eine Hand entgegen, »wir müssen doch irgendwas tun!«

Sie nahm seine Hand, folgte ihm wie ein Lamm, das zur Schlachtbank geführt wurde. Die Kieselsteine des Weges knirschten unter ihren Füßen, mit jedem Meter, den sie sich dem Haupthaus näherten, fühlte sie sich unwohler. Sie wollte da nicht hin. Sie wollte – da – nicht – hin! Sie wollte sich zu Hause in ihrem Bett verkriechen und darauf warten, dass alles vorbei war.

Das Geräusch eines aufheulenden Motors ließ sie aufschrecken, Enno drückte ihre Hand so fest, dass es schmerzte. Ein Mercedes Cabriolet fuhr direkt am Anfang der Auffahrt des Anwesens mit schlingernden Reifen Richtung Landstraße. Jetzt war es ein Oldtimer, das gleiche Modell wie damals. Am Steuer Lukas, auf dem Sitz daneben Saskia, und auf der Rückbank – Paul.

»Da sind sie!«, schrie Enno, machte auf dem Absatz kehrt und rannte zurück zu seinem Volvo. Er hielt Stellas Hand noch immer fest umklammert, sie stolperte hinter ihm her als wäre sie nur ein Stofftier, das er durch die Gegend schleifte. »Die holen wir ein!«

Schwer atmend ließen sich beide in ihre Sitze fallen, Enno drehte den Zündschlüssel und brauchte drei Anläufe, um das Auto zu starten. Zeitgleich mit dem Anspringen des Motors piepte Stellas Handy, das in der Handtasche zu ihren Füßen lag. Sie bückte sich und kramte es hervor, während Enno bereits in halsbrecherischem Tempo über die Auffahrt Richtung Straße raste.

33

»Stopp!«, schrie Stella, als sie die Nachricht gelesen hatte. Enno trat so abrupt auf die Bremse, dass sie nach vorn geschleudert wurde, der Sicherheitsgurt schnitt ihr schmerzhaft ins Fleisch.

»Was ist?«

»Du hattest recht, Paul ist nicht freiwillig bei ihnen.« Sie hielt ihm das Telefon hin. »Lies!«

Komm allein. Sonst ist er tot.

»Du triffst sie auf gar keinen Fall allein!« Enno sah Stella entschlossen an.

»Doch«, widersprach sie, riss die Autotür auf, sprang heraus und war eine Sekunde später an der Fahrerseite. »Du musst hier auf mich warten«, sagte sie, nachdem sie auch seine Tür geöffnet hatte, »wir dürfen jetzt keinen Fehler machen.«

»Stella, das ist eine Falle!«

»Ist mir egal. Ich muss ihn retten, verstehst du? Ich muss!«

»Aber …«

»Nichts, aber! Ich fahre allein zur Unfallstelle. Ich bin mir sicher, dass sie dort auf mich warten.«

»Stella …«

»Bitte, Enno, steig aus. Willst du schuld sein, wenn sie Paul etwas antun?«

»Nein«, erwiderte er. »Aber ich fahre dich hin und warte dann irgendwo versteckt. Du bist viel zu durcheinander, um dich jetzt hinters Steuer zu setzen.«

»Enno ...«

»Entweder so, oder ich rufe gleich die Polizei.« Seine Miene ließ keinen Widerspruch zu.

»Gut«, willigte sie ein und lief zurück zur Beifahrerseite. »Aber du bringst mich nur hin und bleibst außer Sichtweite«, sagte sie, während sie wieder einstieg. Kaum hatte sie die Tür geschlossen, trat Enno aufs Gaspedal und raste los.

Wenige Minuten später erreichten sie den Ort, an den Stella niemals hatte zurückkehren wollen. Enno ließ sie direkt vor der Rechtskurve, die ihnen damals zum Verhängnis geworden war, aussteigen, die letzten Meter stolperte sie mehr als dass sie rannte. Sie sah sich um, konnte aber niemanden entdecken, das Feld lag leer vor ihr; dieses Feld, auf dem sich damals Pauls und ihr eigenes Schicksal entschieden hatte.

Sie näherte sich dem weißen Holzkreuz, auf dem tatsächlich Natalies Name stand. Mit der Inschrift »In Liebe«. Noch einmal sah sie sich nach allen Seiten um, aber sie war allein. Ihr wurde flau im Magen, war sie auf der falschen Fährte? Schon wollte sie umkehren und zurück zu Enno laufen, als ein lautes Hupen erklang. Es kam aus Richtung des kleinen Waldstücks am Ende des Ackers, und als Stella erneut lospreschte, entdeckte sie auch die frischen Fahrspuren, die vom Kreuz aus quer über das Feld führten. Das Hupen ertönte noch einmal, wenige Augenblicke später hatte

Stella die Bäume erreicht. Da war er. Der Mercedes, ein schwarzes 450er SL Cabriolet. Der Oldtimer, auf den Paul so stolz gewesen war, dass er niemand anderen ans Steuer gelassen hatte.

Auch jetzt saß Paul am Lenkrad, und als sie näher kam, erkannte Stella, dass seine Hände daran festgebunden waren. Lukas und Saskia waren ausgestiegen, hatten sich gegen den Wagen gelehnt, Pauls früherer Schwager zündete sich gerade eine Zigarette an und lächelte dabei.

»Paul!«, schrie Stella und rannte auf das Auto zu. Ihr Mann drehte sich hilfesuchend zu ihr um, zerrte an den Fesseln, doch sie saßen zu fest. Bevor sie ihn erreichen konnte, versperrte Lukas ihr den Weg und streckte ihr die erhobene Hand entgegen. »Stopp, keinen Schritt weiter!« Keuchend blieb sie stehen. »Schön, dass du es einrichten konntest«, fuhr Lukas fort, immer noch das falsche Lächeln auf dem Gesicht.

»Was wollt ihr?«, zischte Stella. »Warum das alles?«

»Es geht um die Wahrheit«, antwortete Saskia. »Nicht mehr und nicht weniger. Wir wollen einfach nur wissen, was damals wirklich passiert ist.«

»Das habe ich euch doch schon gesagt!«, rief Paul und versuchte weiter vergebens, sich zu befreien. »Es tut mir so leid, Schatz, die beiden haben mich gezwungen, aber ich habe ihnen schon alles gesagt, alles!«

»Da bin ich mir nicht so sicher«, erwiderte Lukas und schnippte seine Zigarette weg. Erst jetzt bemerkte Stella die beigefarbene Kiste, die ein paar Meter vom Auto entfernt stand. Entsetzt starrte sie darauf – Paulchens Transportbox! Lukas folgte ihrem Blick. »Ach so, ja, wir haben den Kater«, erklärte er. »Um es dir ein bisschen leichter zu machen.«

»Was … wie …?«, stotterte Stella.

»Die Sache ist ganz einfach«, fiel Saskia ihr ins Wort. »Wir haben die Box mit Benzin übergossen. Deine Antwort wird darüber entscheiden, was als Nächstes passiert.«

»Ihr seid ja verrückt!«, stieß Stella hervor. »Ich verstehe noch immer nicht, was ihr von uns wollt!«

»Das ist doch nicht so schwer«, sagte Lukas ruhig und zündete sich eine neue Zigarette an. »Die Wahrheit.« Er hielt sein Sturmfeuerzeug in die Höhe, die Flamme loderte im Wind. »Was am frühen Morgen des 21. Juni vor sechs Jahren wirklich passiert ist. Wer meine Schwester auf dem Gewissen hat.«

»Paul!«, schrie Stella. »Paul ist gefahren, nicht ich!«

»Diese Version kennen wir schon, die hat dein Mann uns schon erzählt. Aber das können wir so recht nicht glauben.« Mit diesen Worten ließ Lukas das Feuerzeug direkt neben die Transportbox fallen, mit einem zischenden Geräusch fing sie sofort an zu brennen.

»Nein!«, brüllte Stella. Sie wollte auf die Box zustürzen, irgendetwas tun, um das wehrlose Tier darin zu retten. Aber kaum war sie näher an den Korb herangetreten, spürte sie die sengende Hitze und wich wieder zurück. »Hört auf«, schrie sie vollkommen verzweifelt. »Tut doch was, ihr könnt Paulchen doch nicht bei lebendigem Leib verbrennen!« Sie begann zu weinen, wollte etwas tun, irgendetwas, und konnte doch nur hilflos mitansehen, wie die Flammen vor sich hin züngelten. Lukas und Saskia standen reglos da, so, wie sie an den Tagen davor in der Blumenstraße im Auto gesessen hatten. Ohne sich zu rühren, ohne eine Miene zu verziehen.

»Wir wollen nur die Wahrheit, Stella«, sagte Saskia schließlich noch einmal. Auch sie klang so ruhig wie zuvor

Lukas, beinahe emotionslos. »Sag uns die Wahrheit, und das hier hat sofort ein Ende.«

Stella war auf dem Boden in sich zusammengesunken, sie schluchzte, konnte nicht fassen, was gerade passierte.

»Hört auf«, schrie sie immer wieder, »hört endlich auf.«

Minuten, die Stella wie eine Ewigkeit vorkamen, vergingen. Als die beiden noch immer keine Anstalten machten, die Flammen zu löschen, flüsterte sie schließlich: »Ich saß am Steuer. Ich bin damals gefahren. Wir haben nach kurzer Zeit gewechselt, ich habe Paul überreden können, mich doch fahren zu lassen, er hatte das Auto einfach nicht unter Kontrolle.« Sie verbarg ihr Gesicht in den Händen und schluchzte nun hemmungslos. Endlose Minuten vergingen, in denen Stella nichts weiter hörte als ihr eigenes Weinen und das Knistern der Flammen.

»Na bitte, es geht doch.« Jemand war hinter sie getreten. Paul. Es war Paul, der das sagte und nun auf sie herabsah. »Keine Sorge«, sagte er, »dem Kater ist nichts passiert. Die Box ist leer.« Er musterte sie abfällig. »Aber es hat mir gefallen, dich so in Panik zu sehen.«

»Paul?« Ihre Stimme zitterte. »Paul, warum sagst du das? Ich verstehe das alles nicht, was ist hier los?«

»Was hier los ist?« Seine Miene verfinsterte sich. »Du hast mich seit Jahren belogen! Du hast mir meine Frau genommen und mich glauben lassen, dass ich schuld daran bin. Das ist los.«

»Aber ich wollte doch nur …«

»Du wolltest«, schnitt er Stella das Wort ab, »mich besitzen. Wie ein Haustier, wie dein Paulchen! Deshalb hast du mir nicht gesagt, dass wir die Sitze getauscht haben und dass in Wirklichkeit *du* gefahren bist. Dass das nicht nur eine Lüge ist, die wir allen erzählen, damit ich meinen Job nicht verliere.«

Stella zitterte am ganzen Körper, dennoch gelang es ihr, sich aufzurichten. »Das ... das ändert doch aber nichts«, brachte sie mühevoll hervor. »Natalie ist trotzdem tot und wir ... wir ...«

»Es ändert alles«, zischte er und schüttelte den Kopf. »Es gibt kein ›Wir‹ mehr! Ich habe dir geglaubt. Alles habe ich dir geglaubt. Als damals der USB-Stick mit dem Video in meinem Briefkasten lag, da war ich dir so dankbar, dass du mich beschützen wolltest. Dass du die ›Schuld‹ auf dich genommen hast.« Paul betrachtete sie verächtlich. »Auf der Konfirmation von Laura im April habe ich dann das erste Mal mit Lukas darüber geredet. Habe ihm alles gestanden. Habe ihm gesagt, dass ich damals gefahren bin und du mich deshalb seit Jahren in der Hand hast. Dass ich mit dir gefangen bin.« Er fuhr sich mit den Fingern durch die Haare, sie zitterten und verrieten seine Erregung. »Dass ich jeden Tag in deine hässliche Fratze sehen muss. Jeden Tag daran erinnert werde, was passiert ist. Was ich verloren habe. Dass mir aber keine andere Wahl bleibt, als es auszuhalten, weil du mir beigestanden, weil du für mich gelogen hast. Und weißt du, was dann passiert ist? Ich habe Lukas ein Foto von dir gezeigt – und er hat gesagt, dass es sehr merkwürdig ist, dass deine linke Gesichtshälfte zerstört ist. Die linke. Nicht die rechte. Aber die hätte es sein müssen, wenn du tatsächlich auf dem Beifahrersitz gesessen hättest. Andernfalls hättest du bei unserem Streit, bei dem du mich angeblich gegen die Schulter geboxt hast, zur gleichen Zeit rechts aus dem Fenster schauen müssen. Das passte irgendwie alles nicht zusammen.«

»Als plastischer Chirurg sehe ich solche Verletzungen nicht selten«, erklärte Lukas und bedachte sie mit einem süffisanten Blick. »Es muss dich ja damals ganz schön erwischt haben, und wer immer dich wieder zusammengeschustert hat, war nicht gerade ein Meister seiner Kunst. Aber mich konntet ihr natürlich nicht fragen, ob ich dich operiere, eher hätte ich mir eine Hand abgehackt.« Er wiegte den Kopf hin und her. »Schade eigentlich. Denn nicht nur, dass ich das bestimmt schöner hinbekommen hätte – hätte ich damals schon die Schnittwunden in deinem Gesicht gesehen, wäre mir gleich aufgefallen, dass eure Version des Unfalls nicht ganz stimmen kann.«

»Aber eine Vermutung ist natürlich kein Beweis«, fuhr Paul fort. »Am Tag nach der Konfirmation habe ich Enno angerufen und ihm von meinen Zweifeln erzählt. Er hatte dann die Idee, dass wir dich unter Druck setzen, also haben wir uns mit Lukas und Saskia getroffen und gemeinsam überlegt, wie wir dich dazu bringen können, dass du die Nerven verlierst. Damit du es zugibst. Was du ja jetzt auch getan hast.«

»Du hast das alles geplant«, erwiderte Stella tonlos. »Ihr habt das alles geplant, habt mich in eine Falle gelockt!«

»Und du bist ganz bereitwillig hineingelaufen«, stellte Paul fest. »Ja, das haben wir uns hübsch ausgedacht. Ich habe bei der Firma angerufen und gesagt, dass ich vorerst aus persönlichen Gründen nicht fliegen kann, außerdem habe ich mich im Erdgeschoss vom Flower-Bay-Quartier eingemietet.«

»Die Wohnung mit den geschlossenen Jalousien.« Sie stellte es mehr fest als dass sie es fragte.

»Ja«, bestätigte er. »Einen besseren Ort, um dich zu beobachten und unsere kleinen Aktionen wie die Sache mit den Fragezeichen durchzuziehen, gab es schließlich nicht.« Er grinste. »Marius Marquardt habe ich erzählt, ich müsste dringend eine kleine Wohnung haben, in der ich mich heimlich mit meiner Freundin treffen könnte. Das hat er natürlich sofort verstanden. Er hat mir sogar Respekt gezollt, dass ich die Chuzpe habe, mich quasi direkt um die Ecke von unserem Haus mit meiner Geliebten zu amüsieren. Und er hat versprochen, keinem Menschen etwas zu verraten – schließlich war er mir dankbar, dass ich ihn immer darüber auf dem Laufenden gehalten habe, was du mir von den Versammlungen des Blockwarts so berichtet hast.«

»Das hast du getan?«

»Natürlich«, antwortete er. »Egon Scharff hat mich erpresst und eine ziemliche Stange Geld gekostet, so ein kleines bisschen Rache hatte ich mir da verdient.«

»Du widerst mich an!«, schleuderte sie ihm entgegen und hätte am liebsten vor ihm auf den Boden gespuckt.

»Nein, Stella. Du widerst *mich* an.«

»Hast du mich denn nie geliebt?«

»Nein«, sagte er. »Nie. Ich habe nur geglaubt, ich müsste es tun, weil ich es dir schuldig bin.«

34

»Komm, es ist vorbei.« Stellas Kopf fuhr herum. Enno Borchers hatte sich unbemerkt genähert, stand nun direkt neben ihr, die Hände in den Hosentaschen vergraben. »Wir hatten gehofft, dass du es früher zugibst, dass schon der Mercedes vor der Tür, die Anrufe und die kleinen Schikanen wie die defekte Außenbeleuchtung dich dazu bewegen würden, mit der Wahrheit rauszurücken. Spätestens als eine Freundin von Lukas und Saskia aufgetaucht ist und sich wie Natalie auf die Rückbank gelegt hat, haben wir mit deinem Zusammenbruch gerechnet. Wir hatten gar nicht vor, bis zum Äußersten zu gehen und auch noch Pauls Entführung und die Sache mit dem Kater zu inszenieren, aber deine Hartnäckigkeit hat uns schließlich dazu gezwungen.« Der Therapeut betrachtete sie fast mitleidig. »Dabei hättest du es so einfach haben und mir in meiner Praxis alles beichten können, bereits direkt nach dem Unfall damals hättest du das tun sollen.« Nun sah er sie an wie ein Lehrer, der mit einer ungehorsamen Schülerin schimpft. »Dafür bin ich doch da, dass man mir erzählt, was einem auf der Seele lastet.«

»Ihr habt mich reingelegt«, flüsterte Stella und erhob sich auf wackeligen Knien.

»Nein, mein Schatz«, schaltete Paul sich wieder ein. »Du

hast *mich* reingelegt. Du hast mich um Jahre meines Lebens betrogen.«

»Gut.« Sie rang um Fassung und verschränkte die Arme vor der Brust. »Dann habt ihr ja jetzt, was ihr wolltet. Also kann ich gehen.«

»Du wirst gehen«, bestätigte Paul. »Und zwar für immer. Ich bringe dich jetzt nach Hause, da kannst du deine Sachen packen und dann für alle Zeiten aus meinem Leben verschwinden.«

»Können wir nicht noch einmal reden?«, bat sie ihn. »Ich weiß, dass das, was ich getan habe, falsch war. Aber als du damals mit dem Film bei mir aufgetaucht bist … da …«

»Da hast du die Gelegenheit beim Schopf ergriffen, mich an dich zu ketten«, vollendete er ihren Satz. »Hast die Tatsache, dass ich mich an nichts erinnern konnte, eiskalt für deine Zwecke missbraucht.« Er machte einen großen Schritt auf sie zu und packte sie am Arm. Sie versuchte, sich gegen ihn zu wehren, kam aber körperlich nicht gegen ihn an. Er schob sie in Richtung Mercedes, hielt sie mit eisernem Griff umklammert, öffnete die Tür der Beifahrerseite und stieß sie auf den Sitz. »Eigentlich müsste ich dich zur Polizei schaffen«, raunte er ihr zu, sobald er hinterm Steuer des Mercedes Platz genommen hatte. »Aber in diesem Fall hast du Glück. Wahrscheinlich ist die Sache tatsächlich verjährt, und das Einzige, was ich will, ist, dass ich dich nie wieder zu Gesicht bekomme.« Er startete den Motor.

»Ich bringe noch Lukas und Saskia nach Hause«, rief Enno, als sie langsam an den dreien vorbeifuhren. »Später bin ich in der Praxis.«

»Alles klar«, antwortete Paul. »Ich melde mich, sobald ich die hier losgeworden bin.«

Die hier. Das war sie nun also für ihn, nichts weiter mehr als *die hier.*

»Wo ist Paulchen?«, fragte Stella, nachdem sie losgefahren waren.

»Bei Renata Graubert.«

»Verstehe«, sagte sie. Die Haushälterin, natürlich, die war auch mit von der Partie, gehörte mit zu diesem Komplott. »Du weißt vermutlich gar nicht, wie sehr ich dich liebe«, fügte sie leise hinzu.

»Liebe?«, fragte er. »Das, wovon du sprichst, ist sicher keine Liebe!«

»Doch«, erwiderte sie. »Du verstehst es nur nicht.«

»Das ist auch nicht zu verstehen.«

Eine Weile sah sie schweigend aus dem Fenster. »Weißt du eigentlich, dass Natalie nach dem Unfall noch ziemlich lange gelebt hat?«, wollte sie schließlich wissen. Mit einem Mal hatte seine keine Angst mehr, gar keine. Auch nicht davor, Paul zu verlieren. Es war längst geschehen. »Hätte ich gleich einen Krankenwagen gerufen, hätte man sie vermutlich retten können.«

Sein Kopf fuhr zu ihr herum. »Was? Was redest du denn da?«

»Ich habe das Auto absichtlich von der Straße gelenkt«, sprach sie weiter. »Wir haben uns gestritten, und du hast mir gesagt, dass du deine Frau noch immer liebst und zu ihr zurück willst.« Sie zuckte mit den Schultern. »Das war, als würdest du mir den Todesstoß versetzen, weil ich für dich nichts weiter als ein Trostpflaster war. Ich habe mich wie eine Nutte gefühlt. Wie eine dreckige kleine Nutte, gerade gut genug für ein bisschen Ablenkung im Bett.«

»Stella …«

»Du hast mich benutzt!«, schrie sie ihn unvermittelt an, spie ihm die Worte förmlich entgegen. »Hast mich benutzt und wolltest mich danach wegwerfen, einfach so! Aber das konnte ich nicht zulassen. Also habe ich das Steuer verrissen, so dass wir von der Straße abgekommen sind. Der Wagen hat sich überschlagen, wir wurden alle herausgeschleudert.«

»Halt den Mund!«, fuhr Paul sie an. »Hör auf!«

»Sie hat so schön geblutet, deine Natalie«, redete Stella unbeirrt weiter. »Hat da gelegen und darum gefleht, dass ich ihr helfe. Aber das ging natürlich nicht, das verstehst du sicher. Ich habe mich neben sie ins Gras gesetzt, habe ihren Kopf auf meinen Schoß gebettet und gewartet, bis es vorbei war.« Sie seufzte. »Es hat ewig gedauert, bestimmt eine halbe Stunde. Aber irgendwann war sie erlöst. Sie hat direkt in den Himmel geschaut, weißt du? Erst danach, als sie schon tot war, habe ich deinen Gürtel genommen, Natalies Bein abgebunden und den Notruf gewählt.«

»Du Dreckstück!«, stieß Paul aus und schlug mit einer Faust aufs Lenkrad. »Du mieses Dreckstück!«

»Nein«, gab Stella zurück und wunderte sich selbst darüber, wie ruhig sie klang. »Ich bin kein Dreckstück.«

Mit diesen Worten beugte sie sich nach links und griff ihm blitzschnell ins Lenkrad. Der Wagen scherte aus, Paul stieg reflexhaft auf die Bremse, doch konnte nicht mehr verhindern, dass sie über die Böschung holperten. Der Oldtimer überschlug sich, Stella wurde augenblicklich aus dem Sitz geschleudert, sie hörte jemanden schreien und wusste nicht, ob sie es selbst war oder Paul. Mit dem Rücken prallte sie auf den Boden auf, so hart, dass ihr einen Moment lang die Luft wegblieb. Als sie sich nach einer gefühlten Ewigkeit japsend und stöhnend auf die Seite drehte, entdeckte sie Paul, der ein paar Meter entfernt von ihr lag und sich nicht regte. Mit letzter Kraft kroch sie zu ihm hinüber, jeder einzelne Knochen in ihrem Körper schmerzte.

»Paul!«, rief sie, »Paul!«

Er sah beinahe friedlich aus. So, als würde er schlafen, wäre sein Schädel auf der einen Seite nicht so grauenhaft eingedrückt gewesen und würde ihm nicht hellrotes Blut aus dem Mundwinkel tropfen. Mit letzter Kraft gelang es Stella, sich neben ihn ins Gras zu setzen. Vorsichtig hob sie seinen Kopf an und bettete ihn in ihren Schoß, so, wie sie es damals bei Natalie getan hatte. Plötzlich stieß Paul ein gurgelndes Röcheln aus und öffnete mit flatternden Lidern die Augen. Seine Lippen bewegten sich, er schien etwas sagen zu wollen, brachte aber nur unverständliche Laute hervor.

»Schsch, mein Herz«, flüsterte sie ihm zu und strich ihm mit einer Hand vorsichtig durchs verklebte Haar. »Wehr dich nicht, mein Herz, es ist alles gut.«

Wie sehr musst du mich lieben, dass du so etwas für mich tust?

EPILOG

EINIGE WOCHEN SPÄTER

»Guten Morgen, Michael.«

Hermann Wagner nickte dem Apotheker freundlich zu, als er den Laden betrat.

»Guten Morgen. Was kann ich für dich tun, Hermann?«

»Ach, weißt du, ich habe immer noch Probleme mit dem Einschlafen und wollte dich fragen, ob du irgendetwas Rezeptfreies für mich hast.«

»Sicher«, erwiderte der Apotheker, drehte sich zu der holzgetäfelten Wand mit den Medikamenten um und zog die unterste Schublade auf. »Hier, das müsste dir helfen«, sagte er und reichte dem alten Mann eine Schachtel Tabletten. »Nimm jeweils eine davon, etwa eine halbe Stunde, bevor du ins Bett gehst.«

»Das mache ich. Was schulde ich dir?«

Michael Sanders hob abwehrend die Hände. »Ich bitte dich«, sagte er, »die gehen aufs Haus.«

»Vielen Dank.«

»Dafür musst du mir nicht danken. Ohne deine finanzielle Unterstützung hätten wir die Apotheke nicht halten können, damit hast du lebenslanges Recht auf kostenlose Arzneien.«

Ein trauriger Ausdruck trat auf das Gesicht des Witwers. »Haben wir richtig gehandelt, Michael?«, fragte er leise.

»Ja, haben wir. Für Marlies gab es keine Chance mehr, wieder gesund zu werden. Sie hätte sich vermutlich monatelang quälen müssen.«

»Ja«, Hermann Wagner seufzte, »du hast recht.« Doch er klang nicht überzeugt.

»Mach dir keine Vorwürfe«, sagte Michael Sanders. »Keiner, der davon weiß, verurteilt dich oder mich. Selbst Stella Johannsen hat es doch verstanden und ist nicht zur Polizei gegangen.«

»Ja«, der alte Mann nickte abwesend. »Das war ein großes Glück.«

»Ich mochte sie«, sagte der Apotheker. »Schade, dass sie die Villa an Natalies Familie zurückgegeben hat und fortgezogen ist. Aber natürlich auch verständlich bei den tragischen Umständen, unter denen Natalie und Paul ums Leben gekommen sind, da würde mich hier in der Straße auch nichts mehr halten.«

»Mich auch nicht«, stimmte der Witwer zu.

»Ich glaube, Stella hat damit etwas wiedergutmachen wollen. Schließlich wusste sie ja all die Jahre, dass ihnen das Haus moralisch gesehen nicht zusteht.«

»Hat sie das zu dir gesagt?« Hermann Wagner sah seinen Nachbarn erstaunt an.

»Nein, ich habe gar nicht mehr mit ihr gesprochen. Aber der neue Mieter, dieser Enno Borchers – mit dem habe ich mich neulich länger unterhalten, und er denkt, dass das ihre Gründe waren, alles so überstürzt zurückzulassen. Hätte sie Paul damals bei dem ersten Unfall nicht gedeckt, wäre das für ihn eine Katastrophe gewesen.«

»Geerbt hätte er das Haus aber trotzdem«, wandte der Witwer ein.

»Kann sein. Aber seine Karriere wäre vorbei gewesen, vielleicht wäre er sogar ins Gefängnis gekommen.«

»Unfassbar, dass Egon Scharff sein Wissen und das Video so lange für sich behalten hat«, stellte Hermann Wagner fest. »Er ist doch sonst immer der Erste, der andere anschwärzt.«

»Tja, keine Ahnung. Gut möglich, dass wir da nicht alle Hintergründe kennen.«

»Kann sein.«

Der alte Mann seufzte. »Jedenfalls muss Stella Paul sehr geliebt haben.«

»Das muss sie wohl. Wie schrecklich für sie, dass er tot ist.«

Einen kurzen Moment lang sahen sie sich schweigend an, dann öffnete sich die Ladentür, und einer der neuen Mieter des Flower-Bay-Quartiers kam herein.

»Dann bis bald!«, verabschiedete sich Hermann Wagner und trat hinaus in die kühle Herbstluft der Blumenstraße.

DANK AN …

… meine Lektorin Iris Kirschenhofer vom Fischer Verlag. Es war nicht nur eine tolle Zusammenarbeit, sondern du warst mit mir auch überaus geduldig.

… meine Agentin Petra Eggers, mit der ich schon so viele Jahre lang durch dick und dünn gehe.

… Marius Heratsch, Flugkapitän und guter Freund, sowie an seine Frau Katrin. Ohne euch hätte ich diesen Roman nie so schreiben können – toll, dass ich euch Löcher in den Bauch fragen durfte.

… Inga Wulff. Vielen Dank für die vielen Informationen, mit denen du mich in Sachen »Crewplanung« versorgt hast.

… Lisa Dickreiter. Dein dramaturgischer Rat ist der BESTE, den man sich vorstellen kann und sucht seinesgleichen.

… Peter Prange und meine Cousine Heike Lorenz für hilfreiche Anregungen – und für den Erstlesertest.

… Melanie Raabe – dafür, dass auch du dir die Zeit genommen hast, das Manuskript zu lesen.

… Jens Jeep. Immer gut, einen Notar zu kennen, der in Erbschaftsfragen Bescheid weiß.

… Wibke und Martin Bode. Vielen Dank für eure Unterstützung – und dafür, dass ich Wibke immer fragen darf, wenn ich etwas Medizinisches wissen muss.

… Arno Strobel. Für das mehrmalige In-den-Hintern-Treten.

… meine Schwester Frauke Scheunemann und ihren Mann Bernd. Ihr seid die Besten! Schön, dass ich bei euch immer unterkriechen kann, wenn mich die Schreibkrise beutelt.

… Sina-Michelle Kayser, Lina Hauschildt, Stefan Kurzweg und Johannes Bühl von der Digitalagentur Edelweiss72. Danke für den Arbeitsplatz bei euch! www.edelweiss72.de

… meine »Kita-Mädels« Nina Blunk, Katrin Heratsch, Nina Pohlmann und Sonja Janßen. Schön, dass es euch gibt und unsere Kids sich so gut verstehen.

… Gunnar Rockenfeller von der Allianz Generalversicherung Rockenfeller & Pflüger, der sich sehr viel Zeit genommen hat, um mir alles zum Thema »Verlust der Pilotenlizenz« sowie die Funktionsweise einer Berufsunfähigkeitsversicherung für Piloten (»Loss auf License«) zu erläutern. www.rockenfeller-pflueger.de

... Tom Ockers. Für deinen kritischen Blick auf meine Geschichte und deine hilfreichen Anregungen.

... Dr. Christian Perro, Facharzt der Psychiatrie und mit allen Niederungen der Seele vertraut.

... Prof. Dr. med. Axel Larena-Avellaneda, Facharzt für Gefäß-, Viszeral- und Allgemeinchirurgie am UKE Hamburg, für seinen Rat bezüglich abgetrennter Gliedmaßen. Immer wieder ein schönes Thema.

... Janine Binder, die Kripobeamtin meines Vertrauens, die mir auch dieses Mal wieder sehr geholfen hat.

... Mark Fahnert, Schreib-Kollege und ebenfalls bei der Kripo. Ich danke dir dafür, dass ich dich jederzeit mit irgendwelchen Fragen behelligen darf.

... Matthias Bürgel, der mich als Kriminalbeamter ebenfalls beraten hat. Danke, das war echt klasse.

... Eric Chase für deinen Input rund ums Thema »Oldtimer Cabriolet« und deinen Vorschlag, daraus einen Mercedes zu machen.

Gern können Sie mir Ihre Meinung schreiben oder mir Fragen stellen, liebe Leserin, lieber Leser. Sie erreichen mich unter

mail@wiebke-lorenz.de